乔成杰　张士意　主　编
宋　行　曹定良　副主编

监狱安全管理实务

Prison Security
Management Practices

化学工业出版社
·北京·

本书秉持全面安全、持续安全的理念，以风险管理和应急管理理论为基础，结合监狱安全管理的实践，对监狱安全管理的原则、监禁安全、生产安全、防疫与公共卫生管理、信息安全等方面的内容进行了阐述，并介绍了西方一些发达国家的监狱安全管理情况。本书特别对监狱安全风险的辨识、评估、管控、预警、应急处置等过程进行了全景式的解构，初步探讨了监狱安全管理创新的内容和路径。

本书主要供在职民警培训用，也可作为司法警官院校刑罚执行、监所管理和教育矫正等专业的教学用书，亦可作为在职民警工作指导用书。

图书在版编目（CIP）数据

监狱安全管理实务/乔成杰，张士意主编 . —北京：
化学工业出版社，2012.4
ISBN 978-7-122-13588-9

Ⅰ. 监⋯ Ⅱ. ①乔⋯②张⋯ Ⅲ. 监狱-安全管理-中国
Ⅳ. D926.7

中国版本图书馆 CIP 数据核字（2012）第 028482 号

责任编辑：旷英姿　　　　　　　　装帧设计：杨　北
责任校对：洪雅姝

出版发行：化学工业出版社（北京市东城区青年湖南街 13 号　邮政编码 100011）
印　　刷：北京永鑫印刷有限责任公司
装　　订：三河市万龙印装有限公司
787mm×1092mm　1/16　印张 12　字数 282 千字　　2012 年 6 月北京第 1 版第 1 次印刷

购书咨询：010-64518888(传真：010-64519686)　　售后服务：010-64518899
网　　址：http://www.cip.com.cn
凡购买本书，如有缺损质量问题，本社销售中心负责调换。

定　　价：45.00 元

《监狱安全管理实务》编委会

主　　任　　乔成杰　张士意

副 主 任　　宋　行　曹定良

顾　　问　　于丰华　于荣中

委　　员　　（按姓名笔画排序）

　　　　　　史继君　庄明珠　李　鑫　余蜀兴　宋建华

　　　　　　张　伦　林芬杰　姚玉平　郭　祥

主　　编　　乔成杰　张士意

副 主 编　　宋　行　曹定良

编写人员　　（按姓名笔画排序）

　　　　　　王　平　王海宁　史继君　邢小龙　乔成杰

　　　　　　刘　铁　孙庆年　李　楠　吴国平　宋　行

　　　　　　宋建华　张　伦　张士意　武新建　徐希国

　　　　　　曹定良　臧淑旭　魏　尧

前　言

　　监狱作为阶级统治的"法器"和社会管理的重要工具，其安全管理的水平和绩效在某种意义上体现了一个国家的社会治理和控制能力。因此，对监狱秩序的关注往往是超越特定的社会制度、意识形态和时代的。只要有监狱存在，安全应该是监狱这种国家"暴力机器"和强制机构的基础性目标。我国现代监狱的发展具有强烈的内生性，并初步形成了独特的管理体系。尤其在《中华人民共和国监狱法》施行后，监狱惩罚与改造罪犯的职能得到进一步纯化和强化，监狱安全管理的组织领导机制、责任机制、保障机制等基本形成，监狱安全管理的实践丰富多彩，卓有成效。但不可忽视的是，我国正处于改革发展的关键时期、社会结构转型期、深层次矛盾凸显期和刑事犯罪高发期，监狱在构建和谐社会和加强社会管理创新的愿景下，被赋予了更多的期冀和责任，确保监狱的安全稳定是所有监狱人民警察重要的政治担当。维持监狱秩序既是保障监狱有效矫正罪犯的需要，同时安全管理本身就是矫正罪犯的活动。因此，我们要以系统、动态、专业的思维去思考监狱安全管理，探究监狱安全管理的规律，把握监狱工作的主动权，不断提高监狱安全水平和绩效。这也是我们编写本书的主要目的。

　　本书秉持全面安全、持续安全的理念，以风险管理和应急管理理论为基础，结合监狱安全管理的实践，对监狱安全管理的原则、监禁安全、生产安全、防疫与公共卫生管理、信息安全等方面的内容进行了阐述，并介绍了西方一些发达国家的监狱安全管理情况。本书特别对监狱安全风险的辨识、评估、管控、预警、应急处置等过程进行了全景式的解构，初步探讨了监狱安全管理创新的内容和路径。

　　本书由乔成杰、张士意主编，宋行、曹定良副主编；全书由乔成杰、宋行、张士意、曹定良等统稿，乔成杰、宋行修改并最后审定。

　　本书在编写过程中得到了江苏省高淳监狱和江苏省司法警官高等职业学校的全力支持，要特别感谢本书顾问、江苏省高淳监狱党委书记、监狱长于丰华同志，他长期担任基层监狱主要领导，有丰富的实践经验，以严谨、务实的态度和开放的思维对本书的编写进行了指导，并给予了多方面的支持。

　　本书主要供在职民警培训用，也可作为司法警官院校刑罚执行、监所管理和教育矫正等专业的教学用书，亦可作为在职民警工作指导用书。由于时间紧，加之我们学术水平有限，本书不妥之处在所难免，敬请读者批评指正。

编　者
2011 年 11 月

目　　录

第一章　监狱安全管理概述

监狱作为阶级统治的"法器"和社会管理的工具，安全一直是它的重要价值维度，其管理水平在某种意义上表征了国家公权力的社会治理和控制能力。因此，对监狱安全的关注往往超越了特定的社会制度、意识形态和时代。只要有监狱存在，安全始终是监狱这一"暴力机器"和强制机构的基础性目标追求。当下，人们对安全的认识已经突破传统观念的范畴，对安全的追求已经从狭义的没有损害（伤害）逐步发展到人、物、环境（自然）免遭威胁、没有损害并且和谐融洽的状态。毋庸置疑，监狱的安全管理是一个理论性和实践性都很强的课题，同时也是一个愈论愈新的话题。因此，重视和加强对监狱安全管理的学理研究，探索监狱安全管理的客观规律，对把握安全工作的主动权有着重要意义。

一、监狱安全管理的概念

虽然不同时代人们对安全的表述不完全相同，但安全一直是人最基本的需要和追求。对安全管理的内涵进行剖析，有助于明确监狱安全管理的内涵和外延。

（一）安全的内涵

安全，在希腊文中的意思是"完整"；在梵语中的意思是"没有受伤"或"完整"；在拉丁文中则有"卫生"之意。在我国古汉字中，安全的意思有两层：一是平安、无危险，二是保护、保全。《辞海》❶对安全的解释是："没有危险，不受威胁，不出事故；保护，保全。"综合起来讲，"安"指不受威胁，没有危险，太平、安全、安适、稳定等，可谓"无危则安"；"全"指完满、完整或没有伤害、无残缺等，可谓"无损则全"。

"无危则安，无损则全"，这是我国对安全的传统认识。随着时代的进步，人类生产活动范围的扩大，尤其是科学技术、管理方法的迅猛发展，人们对安全问题的研究逐步深入，行业性安全研究和系统性安全研究不断取得突破，对安全的内涵也有了更深的认识。安全被纳入到系统科学的范畴，强调人类整体与生存环境、资源和谐相处，互相不伤害，不存在危险的、危害的隐患。安全被理解为在人类生活、生产过程中，将系统的运行状态对人类生命、财产、环境可能产生的损害控制在人类能够接受的水平。当人或事物不受到内部与外部的侵扰，或者不产生破坏性甚至毁灭性的因素与行为，始终保持自身的完整、稳定、和谐时，这就是安全。因此，安全最简单的解释就是"安"加"全"。安，就是安稳、平定、平安，强调系统的稳定性；全，就是全面、保全、不损，强调系统的完整性。稳定性属于系统的时间功能属性，完整性属于系统的空间功能属性。安全实质上是主体、

---

❶ 参考自"夏征农，陈至立．辞海（M）．上海：上海辞书出版社，2009．"。

系统、对象或事物在时间和空间上的基本稳定性和完整性。

安全是一个相对和发展的概念。由于人类认识自然、改造自然的能力限制，只要存在人类活动，就存在安全问题。安全永远是相对的，人类不可能消除一切隐患、危险，绝对的安全是人们基于非理性认识基础上的善良愿望。尤其随着人类活动范围的扩大，未知的安全风险必然大量存在。对于安全的内涵，可以从以下几个方面来理解和把握。

1. 安全是一种文化

广义的文化是人类在社会历史发展过程中所创造的物质财富和精神财富的总和。狭义的文化是指意识形态所创造的精神财富，包括宗教、信仰、风俗习惯、道德情操、学术思想、文学艺术、科学技术、各种制度等。安全文化，实质上就是为使人类变得更加安全、康乐、长寿，使世界变得友爱、和平、繁荣而创造的安全物质财富和安全精神财富的总和。安全文化所涉及的范畴极其广泛，如国家的安全、社会的稳定、厂矿企业的安全生产、核电站安全、食品安全、卫生安全、生存安全以及全民的防灾减灾思想意识、公众的安全文化素质等。安全是一个包括物质形态和意识形态的系统文化。

2. 安全是一门科学

安全是古老的问题，也是人们最常用的词语之一，但它作为学科却是新兴的。1992年11月1日我国颁布的《学科分类与代码》，将安全列为学科。在2009年11月1日实施的新的《学科分类与代码》中，"安全科学技术"在所有62个一级学科中排第33位。安全科学是人类生产、生活、生存过程中，避免和控制人为技术、自然因素或人为—自然因素所带来的危险、危害、意外事故和灾害的学问。它以技术风险作为研究对象，通过事故与灾害的避免、控制和减轻损害及损失，达到人类生产、生活和生存安全的目的。

3. 安全是一门技术

生产、生活和生存过程中存在的不安全或危险的因素，危害着人们的身体健康和生命安全，同时也会造成生产、生活和生存的被动或发生各种事故。为了预防或消除对参与者健康的有害影响和各类事故的发生，改善劳动条件，而采取的各种技术措施和组织措施，综合称为安全技术。安全可称为技术，在于要消除各个不安全因素，保护劳动者的安全和健康，预防伤亡事故和灾害性事故，就必须从技术的层面去考虑或实施，或者以技术为主，提出具体的方法和手段，以达到劳动保护之目的。安全技术与安全科学相比，安全科学着重于安全规律的探索、发现和本质把握，安全技术更侧重于应用。安全技术丰富了安全科学，安全科学又指导和推动了安全技术的发展。

4. 安全是一门管理艺术

安全管理问题，既有人对物的管理，又有对人的管理，还包括人、机、环境三者多元复杂的矛盾问题。现代安全管理必须围绕预防事故这个中心课题，进行定性、定量分析，使安全状况指标化，推行事前预测、事后反馈原则以及进行安全评价等。现代安全管理的一个重要特征就是强调以人为中心，把工作重点放在激励人的士气和发挥其能动作用方面。安全管理本身包括教育方法、法律建设、经济手段、行政手段，宣传手段等。现代安全管理也应是系统的安全管理，要把管理重点放在整体效应上，实行全员、全过程、全方位的管理，使其达到最佳的安全状态。同时，计算机的普及应用，加速了安全管理信息的处理和流通，使安全管理逐步由定性走向定量，先进的管理经验、方法得到迅速推广，从而提高了整体安全效能。

5. 安全是效益

事故的危害和损失往往是灾难性的，特别是重大恶性事件。只有抓住了安全，才能规避安全事故带来的生命伤害、经济损失以及社会恶劣影响，从这个意义上说安全就是效益。安全的效益具有两重性，即可预见性和不可预见性。安全效益的可预见性是指参照以往安全事故造成的损失，间接预知在安全状态下而未消耗的资金和人力资源；不可预见性是指在不发生安全事故的情况下，安全效益的大小是不可预知的，谁也无法说清安全到底有多大的效益。关注安全，注重安全管理，避免安全事故发生，就是直接或间接地创造了经济财富和社会效益。

6. 安全是一种伦理道德

伦理道德属于意识形态范畴。它是人们的信念或信仰，也是规范行为的准则。安全可以认为是观念、思维、意识。安全伦理主要表现为"安全第一"的哲学观念，"预防为主、安全为天"的意识，安全维护参与者的生命、健康与幸福的伦理观。实践证明，要使人们从被动（要我安全）到自觉（我要安全）地执行"安全第一、预防为主"的方针，不仅要从科技、管理、人的生理及心理方面来认识安全的内涵，更重要的是不断提高参与者的安全素质，使群体和每个人从价值观、人生观、行为准则等方面，响应安全理念。尊重人权，保护人的安全和健康是安全的出发点，也是安全的归宿，更是安全伦理的体现。安全伦理就是每一个公民对安全进行理性思考和自主选择的方法论。

（二）管理的内涵

许多学者根据自己的研究对管理进行了多种定义，以下是几种具有代表性的见解。

1. 管理是由计划、组织、指挥、协调及控制等职能为要素组成的活动过程

这是由法国实业家、现代管理理论的创始人亨利·法约尔提出来的。这一定义强调了管理的过程，表示管理者发挥的职能或从事的主要活动。

2. 管理是通过计划工作、组织工作、领导工作和控制工作的诸过程来协调所有的资源，以便达到既定的目标

这一定义对管理的基本职能，即计划、组织、领导、控制给予更多的认同。

3. 管理就是决策

这是1978年度诺贝尔经济学奖获得者赫伯特·西蒙提出的。这一定义强调了管理的决策作用。他通过对决策过程的四个阶段分析，即：调查情况，分析形势，搜集信息，找出制定决策的理由；制定可能的行动方案，以应付面临的形势；在各种可能解决问题的行动方案中进行抉择，确定比较满意的方案，付诸实施；了解、检查所选择方案的执行情况，作出评价，导致新的决策。该理论认为决策过程是任何管理工作者解决问题时所必经的过程。

4. 管理就是谋求剩余

所谓的剩余也就是产出大于投入的部分。这一定义强调了管理的目的。

5. 管理就是领导

该定义的出发点是，任何组织中的一切有目的活动，都是在不同层次的领导者领导下进行的，组织活动的有效性取决于领导者的有效性。

此外，有人从人际关系和人的行为出发，提出了管理就是协调人际关系，激发人的积极性，以达到共同目标的一种活动；从管理的自然属性出发，指出管理是一种以绩效责任

为基础的专业职能；从系统论原理出发，指出管理就是根据一个系统所固有的客观规律，施加影响于这个系统，从而使这个系统呈现一种新状态的过程。

以上这些关于管理的定义，反映了这一学科的宽泛性。目前，人们比较认同的定义是：管理是依据事物发展的客观规律，通过综合运用人力资源和其他物质资源，以有效地实现目标的过程。首先，管理的目的是为了实现预期的目标。每一个组织都有明确的目标，它们都需要借助管理来实现。其次，管理是一种追求效率的活动。效率指的是投入与产出的比例关系。提高效率可以有两种途径：一是对于给定的投入，获得更多的产出；另一种是对于较少的投入，可以获得同样的产出。由于资源的稀缺性，管理者对于投入的资源，包括人力资源和其他物质资源，关心其有效利用的问题，因此，管理就是要使资源成本最小化。最后，管理的本质是一种协调。协调就是使个人的努力与集体的目标相一致。

对于管理的内涵，可以通过管理要素（职能或过程）来认识。许多新的管理论和管理学实践已一再证明：计划、组织、领导、协调、控制和创新是一切管理活动最基本的职能。

1. 计划

任何管理活动都是从计划开始的。既然组织是为了实现某个特定目的而存在的，那么首先就必须确定目标并制订实现目标之途径。计划工作是计划职能的一个重要组成部分。从广义上看，计划工作是指计划的制订、执行和对执行情况检查密切相关的三个方面，涵盖了一般管理全过程；从狭义上看，计划工作就是计划的制订，也就是在一般管理中根据各个组织内外部环境，在科学预测和分析研究的基础上，确立自己的目标，并制订为达到目标而采取的措施和办法，以使组织获得最优的绩效。计划工作表现为确立目标和明确达到目标的必要步骤及过程，包括估量机会、建立目标、制订实现目标的战略方案等。

2. 组织

组织是管理者在制订出切实可行的计划后，要组织必要的人力和其他资源去执行既定的计划。组织是为了有效地实现计划所确定的目标而在组织中进行部门划分、权力分配和工作协调的过程。组织是计划工作的自然延伸，包括组织结构的设计、组织关系的确立、人员的安排以及资源的配置等。组织工作是确定组织特定结构以实现组织目标的过程，这个特定结构应能完成劳动分工和工作协调，所以组织工作是根据一个组织的目标，将实现组织目标所必须进行的各项活动和工作加以分类和归并，设计出合理的组织结构，配备相应人员，分工授权并进行协调的过程。组织管理的根本任务就是：通过设计和维持组织内部的结构和相互之间的关系，使组织中的各个部门和各个成员为实现组织目标而协调一致地工作。

3. 领导

每一个组织都是由人组成的，管理的任务是指导和协调组织中的人。因此，领导工作就是管理者利用职权和威信施展影响，指导和激励各类人员去努力实现目标的过程。当管理者激励他的下属、指导下属的行动、选择最有效的沟通途径或解决组织成员间的纷争时，他就是在从事领导工作。在管理工作中，领导工作这一职能是联结计划工作、组织工作以及控制工作等各个管理职能的纽带。从实践来看，领导工作是对一个组织内每个成员（个体）和全体成员（群体）的行为进行引导和施加影响的过程。其目的在于使个体和群体能够自觉并有信心地为实现组织的目标而努力。一般来讲，领导工作包括三个必不可少

4

的要素：领导者、被领导者及所处的客观环境。因此，领导职能就表现为对人的管理，即研究和协调人与人的关系。

4. 协调

随着社会化分工和专业性要求越来越强，管理的协调职能越来越明显，主要表现在以下几个方面。

一是协调奋斗目标，不同部门、单位、人员的工作目标出现矛盾冲突，必然导致行动的差异和组织活动的不协调，因此，协调好不同部门、单位和人员之间的工作目标，成了协调工作的重要内容。二是协调工作计划，计划的不完美或主客观情况的重大变化，是导致计划执行受阻和工作出现脱节的重要原因，因此，要根据实际情况特别是重大情况变化，调整工作计划和资源分配。三是协调职权关系，各部门、单位、职位之间职权划分不清，任务分配不明，是造成工作中推诿扯皮、矛盾冲突的重要原因，因此，协调各层级、各部门、各职位之间的职权关系，消除相互之间的矛盾冲突，是协调职能的重要体现。四是协调政策措施，政策措施不统一，互相打架，是造成组织活动不协调的重要原因，消除政策措施方面的矛盾和冲突，也是协调工作的重要内容。五是协调思想认识，在组织管理过程中，要协调不同部门、单位、人员的思想认识，统一大家对某个问题的基本看法。

5. 控制

为了确保组织目标及为此制订的行动方案顺利实现，组织或管理者必须自始至终地根据计划目标派生出来的控制标准对组织各项活动的进展情况进行检查，发现或预见到偏差后及时采取措施予以纠正，这就是管理工作中狭义的控制职能。广义的控制职能还包括根据组织内外环境的变化，对计划目标和控制标准进行修改或重新制订。控制是保证组织目标能按计划实现所必不可少的，任何组织为了保证有效地实现目标，都要对组织成员和组织活动加以控制。控制工作包括确立控制标准、衡量实际业绩、进行差异分析、采取纠偏措施等。

6. 创新

组织、领导、协调、控制是保证计划目标的实现所不可能缺少的活动，从某种角度讲，它们是管理的"维持职能"，其任务是保证系统按预定的方向和规则进行。但是管理是在动态环境中生存的社会单位系统，仅维持是不够的，还必须不断调整系统活动的内容和目标，以适应环境变化的要求，即管理应该具有创新职能。任何组织系统的任何管理工作无不包含在"维持"或"创新"中，维持和创新是管理的本质内容，有效的管理在于适度维持与适度创新的组合。创新职能的基本内容包括目标创新、技术创新、制度创新、组织机构和结构的创新、环境创新等。管理者以创新所产生的驱动力不断推进管理效能的提升。

（三）监狱安全管理的内涵

作为伴生于自由刑的现代监狱，承担着惩罚和改造罪犯、预防和减少犯罪的重要职责。罪犯的惩罚、改造离不开稳定的监狱秩序，同时预防罪犯狱内再犯罪，确保监狱的安全稳定本身也是监狱特殊预防职能的内涵之一。而对于监狱安全管理，迄今为止并没有一个规范、完整和普遍被接受的定义，这既与监狱安全管理实践的复杂性有关，也与长期以来我国监狱工作者更多地注重监狱安全管理实践，而忽视对监狱安全管理的学理研究有关。

从传统和狭义的观点来看，监狱安全管理的目标主要是确保不发生罪犯脱逃、暴狱、凶杀、非正常死亡、瘟疫等事故（事件），通常被表述为"五个不发生"或"三防"、"四防"等。这些目标主要以罪犯为关注点，以保障罪犯的生命健康和维护监狱秩序为追求。从现代和广义的观点来看，监狱安全管理的目标已经突破了传统的范畴，防范自然灾害、罪犯自杀、民警职务犯罪，维护监狱信息安全、卫生与防疫安全，正确处置监狱舆情，化解各种矛盾等也被纳入监狱安全管理的视角。监狱安全管理不再单纯地以罪犯为关注点，监狱的执法行为、监狱的公信力等被赋予了安全的含义。监狱安全管理已拓展为包括人（罪犯、民警）、物（设施、财产、信息）、环境等内容在内的管理行为和活动。这种安全也被称为"大安全"、"整体安全"或"全面安全"等。

监狱安全管理目标体系的逐渐丰富也是我国监狱事业不断发展的一个缩影。随着监狱财政保障、关押布局调整、监企分离改革的逐步到位，我国监狱的硬件设施水平、民警队伍素质、资源保障力度不断提高、加大，监狱安全管理工作也逐渐由粗放型、经验型向精细型、科学型，由人防为主向综合防范演进，监狱安全管理的水平和绩效不断提高。在构建"和谐社会"、建设法治国家的进程中，监狱的职能不断得到重视，监狱同时作为国家机器的重要组成部分和公权力机关，民众对其执法公信力愈加关注，尤其在信息化和传媒时代，无论是罪犯脱逃、暴狱、伤害、瘟疫等事故，还是罪犯自杀、食物中毒、生产事故、民警职务犯罪以及因各种矛盾引发的冲突纠纷等均有可能演变为重大的政治事件或"人权"事件。

对监狱安全管理内涵的理解，除了上述的目标体系外，还可以从以下几个方面入手。

1. 监狱安全管理的对象

监狱安全管理的对象主要包括三类，即人，包括罪犯、民警、其他人员；物，包括财产、设施、信息等；环境，包括自然环境和社会环境。

（1）人

① 罪犯。监狱关押的罪犯是监狱安全管理的最主要对象。监狱安全管理行为、活动的最主要指向就是罪犯。在其他领域和行业的安全管理中，人一般都被作为最能动、最积极和有创造性的资源，是安全管理的最根本力量。而在监狱安全管理中，罪犯更多地被视为消极、破坏和危险因素，是安全管理中最重要的防范对象。事实上，脱逃、暴狱、自杀、袭警、杀人等事件都是出于罪犯的主观故意，由其积极推动的。对罪犯的安全管理主要包括对罪犯个体行为的管理、群体行为的管理和罪犯监禁秩序的管理等。

② 民警。民警是监狱的法定管理主体，依法行使国家赋予的刑罚执行权。在监狱安全管理中，民警是安全管理的主体，任何安全管理行为和活动都需要通过民警去实现，民警是安全管理中最重要的要素，民警的道德素质、业务技能、执行能力等是监狱安全管理能否取得实效的关键。在这里，民警作为安全管理的对象，主要是针对民警规范执法而言，包括要防范民警的执法不当和违法犯罪行为，如私自释放罪犯、玩忽职守、徇私舞弊、体罚虐待罪犯、贪污受贿等刑事案件，以及在监狱执法中的明显不当和失误行为。

③ 其他人员。其他人员主要包括监狱职工和外来人员。监狱职工，他们或在监管设施维护保养岗位上，或在生产技术岗位上，或在营销采购岗位上，或在后勤服务岗位上。虽然他们不直接从事罪犯管理工作，但他们的行为和工作质量对监狱安全有直接或潜在的影响。因此，监狱职工既是监狱安全管理的主体部分也是监狱安全管理的对象。外来人

员，是对监狱民警和职工以外人员的统称，包括各级政府和机构的视察或检查人员、罪犯亲属、社会帮教人士、志愿者、外来生产技术指导人员等，一旦他们进入监狱视察、检查、指导和帮教，就成为安全管理的对象，必须按照外来人员管理规范进行统一管理。

（2）物　这里所说的物，主要包括设施、财产和信息三类。设施是监狱的物质载体，对它的管理就是通过对其建设（配置）、检测、维护、使用等一系列管理活动使其保持完好，免遭破坏并发挥应有的效能，如监狱的建筑、禁戒设施等。财产管理主要是防范监狱持有的国有财产损失，如加强安全生产和安全保卫工作，防范火灾、失窃等事故。信息，主要是监狱作为国家刑罚执行机关和准军事组织，拥有的一些不适宜公开的秘密信息。随着信息化技术在监狱管理中的大量运用，保密和信息安全应当引起高度重视。

（3）环境　监狱安全管理对自然环境的关注主要体现在监狱建筑的选址和自然灾害的应对上。社会环境主要是指监狱与社会公众、媒体等的互动关系，重点是要赢得他们对监狱执法工作的理解、信任和认同。随着人权意识的觉醒、传媒时代的到来，人们对公权力的关注愈发增加。在实践中，因为罪犯伤残、死亡、民警执法、资源利用、周边关系等原因，监狱经常要解决与罪犯亲属、周边群众的冲突和纠纷，应对各种舆情。

2．监狱安全管理过程

监狱安全管理首先是一种以安全为目标追求的管理活动，必须遵循管理的基本规律。安全管理的职能说和预防为主的思想，是监狱安全管理的主要理论基础。监狱安全管理的过程可以分为两种途径来表达。一种是从管理学的角度，以组织形态为依托，将监狱安全管理过程划分为安全目标和计划的制订、安全管理的实施、安全管理的保障、安全管理的检查和评价、安全管理的改进等以及相互联系的部分。这主要借鉴管理科学中的戴明 PDCA 循环管理模式，实现计划—实施—检查—改进的闭环和循环，使安全管理的水平和绩效呈现螺旋式上升。另一种是按照风险管理和应急管理的学理，以监狱所面临的风险（危险、隐患、威胁）为出发点，将监狱安全管理分为风险的辨识、风险的评估和分类、风险的管控和应急管理等相关过程。

3．监狱安全管理的方法手段和机制

在长期的监狱安全管理实践中，初步形成了监狱安全管理的方法体系和基本机制。例如对于监管安全，人们将防范方法群总结为人防、物防、技防、联防"四防"手段或"安防一体化"，每种方法都包含了大量的防范技术、工具、手段等。人防即人力防范，是监狱安全管理最核心、最根本的手段，主要是利用人们自身的传感器官（眼、耳等）进行探测，发现妨害或破坏监狱安全的行为，用声音警告、恐吓、设障、武器还击等手段来延迟或阻止危险的发生，在自身力量不足时还要发出求援信号，以期待作出进一步的反应，制止危险的发生或处理已发生的危险。物防主要是通过物理形态的屏障，屏蔽或推迟危险的发生，为"反应"提供足够的时间。技防，主要是将信息化等高科技手段运用到监狱安全管理中。联防，主要是联合运用监狱之外的力量和资源。在"四防"中，人防是基础、核心、关键，物防、技防、联防等本质上都是"人防"手段的延伸和补充。

监狱安全管理的机制，由领导责任机制、安全防控机制、隐患排除机制、应急处置机制、狱情搜集机制组成。领导责任机制，即坚持"谁主管、谁负责"，"谁执法、谁负责"的安全责任制原则，构建实施"主要领导亲自抓，分管领导具体抓，层层签订责任状，一级抓一级，逐级抓落实"的监狱安全责任机制。安全防控机制，即坚持以推进"四防一体化"建设为核心，构筑形成"人防严密、物防坚固、技防高效、联防可靠"的监狱安全防控机制，全方位确保监狱的持续安全稳定。隐患排查机制，就是构建"狱情分析、动态掌控、全面排查"的机制，切实把安全隐患解决在始发阶段，把不稳定因素化解在萌芽状态。应急处置机制，即监狱在维护安全稳定工作中，必须强化联防、联控机制，形成"监狱、武警、社会"三位一体的联防体系及应急处置网络，提高监狱应对突发事件的快速反应能力与应急处置能力。狱情研判机制，就是发挥"信息预警、信息导防、信息促安、信息强侦"在监狱安全管理体系中的实战效能，构筑形成"监狱—职能科室—监区（分监区）"三级狱情信息研判机制，完善监狱"大安全"和"大侦防"格局，以促进监狱安防与技侦工作的转型优化发展。

基于以上对监狱安全管理目标、管理对象、管理过程、管理方法和管理机制的阐述，我们可以认为，监狱安全管理是以风险管理、应急管理等现代管理理论为基础，以防范罪犯狱内犯罪为重点，综合运用各种资源和手段实现监狱的人、物、环境安全，有效处置各种突发事件，维护监狱秩序，保障监狱刑罚执行职能实现的管理活动。

（四）监狱安全管理的外延

监狱安全管理首先是一种管理活动，其次表现为以监狱安全为目标的安全管理活动。因此既具有所有管理活动的要素，也是一种行业性的管理活动。从监狱作为国家机器的本质来看，监狱的安全管理活动有其明确的外延范畴。

1. 监狱安全管理是一种矫正活动

监狱安全管理是监狱狱政管理的主要部分，狱政管理与劳动、教育一直是我国改造罪犯的"三大"基本手段。安全管理中对于罪犯个体行为和群体行为的控制，也是监狱强制改造罪犯的一种形式。对罪犯实施各种纪律教育、消除危险情绪、矫正不良心理等活动本身就是一种矫正活动。因此，安全管理是罪犯矫正的一种手段。

2. 监狱安全管理是监狱管理的重要内容

监狱自从诞生之日起，面临的首要问题就是监狱是否安全。无论在人类早期作为拘禁场所，还是近现代作为实现自由刑目的的重要物质载体和现实形态，安全一直是监狱追求的重要功利性目标之一，无论是惩罚、报复、威慑的刑罚目的，还是被现代社会普遍认可的教育刑、矫正刑的监狱职能，或两者兼而有之，其实现均必须依赖于监狱安全和稳定的秩序。任何社会制度、意识形态的国家都不会容忍监狱发生罪犯脱逃、暴狱、伤害等安全事件，都高度重视监狱的安全管理。因此，监狱的安全管理是监狱管理的重要内容。

3. 监狱安全管理是刑罚执行的重要组成部分

监狱以惩罚和改造人为宗旨，基于安全管理的各种强制、约束本身就是监狱刑罚执行活动的一部分。同时通过监狱的安全管理，保障罪犯的生命、健康，是刑罚对罪犯权利保障的最低要求，通过监狱安全管理，预防和减少罪犯的狱内重新犯罪，是刑罚特殊预防的应有之意。

4. 监狱安全管理是社会管理的有机环节

监狱是社会治理的重要工具，在社会管理体系中扮演着不可或缺的角色。罪犯被监禁后，其家庭、社会关系发生重大变化，一个罪犯被判刑入狱，会影响到很多的社会成员和家庭。因此，监狱是否安全稳定，直接影响着这些人员、家庭是否稳定。在实践中，罪犯脱逃后，往往会继续铤而走险、疯狂作案，人民群众的安全感会下降。在中央提出的加强社会管理创新中，就明确指出要加强特殊人群的管理，监狱的安全管理应成为社会创新管理的重要部分。

二、监狱安全管理的特征

监狱安全管理与一般安全管理相比，既有共性之处，又有特定性。监狱安全管理具有以下几种特征。

（一）管理对象的特定性

在监狱安全管理中，罪犯是安全管理最主要的对象。这是因为，在监狱中罪犯本身就被视为一种危险、威胁、风险。因此与其他行业的安全管理不同，监狱安全管理首要的就是研究罪犯。

1. 首先要正确地认识罪犯

犯罪是罪犯个体对抗社会的行为，罪犯也是社会规范的越轨者，因此无论罪犯是否属于暴力犯罪，其本质上都具有一定的社会对抗性和破坏性，都有不同程度的人身危险性。自由刑对自由的剥夺及带来的一系列惩罚有可能使罪犯的生理、心理发生巨大改变，从而使之更具危险性。从认识论上来看，必须要将任何一名罪犯都视为一种特殊的、现实的危险，监狱安全管理必须覆盖到每一名罪犯。

2. 其次罪犯危险的动态性

罪犯的人身危险性是动态变化的，往往会受到多种因素影响，罪犯实施狱内犯罪行为的诱因也非常复杂。如罪犯对于自身罪行的悔恨、公正文明的监禁环境、民警的教育、家庭的关心等会促进罪犯遵规守纪、积极改造。如果罪犯不思悔改、家庭发生重大变故等，就有可能发生脱逃、凶杀等安全事故。因此，民警要高度关注罪犯的思想、行为动态，通过各种途径和方法及时、全面、准确地掌握罪犯的情况，并采取针对性的措施，防止各类事故的发生。

3. 最后罪犯在监狱安全管理中也具有一定的积极意义

例如罪犯的检举揭发，可以阻止狱内违规和犯罪行为；实施罪犯互监小组、联号制度，可以促使罪犯之间相互监督；利用罪犯中非正式群体的积极功能，引导罪犯认罪悔罪、踏实改造；在安全生产管理中，民警可以通过多种方法、多种渠道，引导、激励罪犯发挥积极性，主动参与安全生产活动，消除岗位安全隐患。

（二）评价标准的多元性

人们普遍对于安全的追求，是基于对生命健康的珍惜和对财产损失的回避，一般来说这些伤害和损失均可以用经济指标、情感接受程度和社会影响力来衡量。虽然任何一起监狱安全事故的发生，监狱的人员伤亡和财产损失是显而易见，可以用一个具体的数字来表述，但社会大众对安全事故的反应是极为强烈的。监狱安全事故带来的群众社会安全感下降，对监狱安全控制能力的质疑乃至对司法公信力、政府治理能力的负面评价，都说明监狱安全的评价标准与一般安全的评价标准是不尽相同的，必须基于监狱是国家刑罚执行机关和公权力机关的视角来权衡。因此，监狱安全的评价标准是多元的。监狱是国家刑罚执行机关，一切监狱执法和管理活动的目标是为了惩罚和教育改造罪犯，发挥一般预防犯罪和特殊预防犯罪的作用，维护社会的长治久安。正是监狱所承担的这一特殊社会责任，决定了监狱安全管理是以其所承担的社会责任为终结目标，决定了监狱安全管理的评价标准必须以监狱是否发挥了国家、法律赋予的职能为核心标准，即刑罚执行的公信力。因此，监狱管理者必须具有强烈的社会责任感和政治使命感，把确保监狱安全稳定作为一种政治担当。

（三）管理的法定性

监狱安全管理是一种执法行为。监狱的安全管理活动有国家法律的支持。我国监狱法第四条规定："监狱对罪犯应当依法监管。"第五条规定："监狱的人民警察依法管理监狱、执行刑罚、对罪犯进行教育改造等活动，受法律保护。"同时，我国监狱法、刑法、刑诉法等对监狱人民警察私放罪犯、失职致使罪犯脱逃，罪犯暴狱、脱逃等犯罪行为均有明确的罪刑规定。此外，我国安全生产法、消防法、职业病防治法、公共卫生法、食品安全法、突发事件处置法、保密法、信息安全法等对监狱机关同样适用。国务院和司法部制定的一系列行政法规和部门规章中涉及监狱安全管理方面的，也是监狱安全管理的法律依据。

监狱安全管理必须依法进行。法律是一种强制，监狱安全管理的法律规范既包括对罪犯的强制，也包含对监狱、相关机关、监狱人民警察的强制。如我国监狱法第十八条规定，罪犯收监检查时，"女犯由女性人民警察检查"。罪犯不得拒绝监狱人民警察的安全检查，但男性监狱人民警察不得以任何理由和借口对女性罪犯实施检查。第五十八条规定了罪犯不得在生产劳动中故意违反操作规程或者有意损坏劳动工具，第七十二条规定了"监狱对参加劳动的罪犯，应当按照有关规定给予报酬并执行国家有关劳动保护的规定。"因此在监狱安全管理实践中，不能忽视监狱和人民警察的职责和义务，如监狱在组织罪犯劳动时，必须执行国家有关安全生产、职业病防治、劳动保护的相关规定，保证基本的安全设施和条件，开展安全教育，制定各类事故应急预案。关于监狱警戒，监狱法对监狱、公安、武装警察部队的职责作了明确规定，监狱、公安、武警部队要在分工的基础上相互协作、密切配合。

监狱安全管理不得损害罪犯的合法权益。维护罪犯的合法权益是监狱的重要职责，监狱不得以安全管理的名义损害罪犯的合法权益。如监狱不得任意扩大违禁品、危险品的认定范围，侵犯罪犯的合法财产权益；对罪犯违规行为的调查不得刑讯逼供；对于有现实危险的罪犯需要加戴戒具、关押禁闭、使用武器的，必须以制止违规行为为目的，严格执行相关规定，不得超过必要限度对罪犯造成不必要的身体伤害。

（四）管理的效率性

作为一种管理活动，监狱安全管理同样存在效率的问题。监狱安全管理对效率性的追求主要体现在以下几个方面。

1. 采用现代科技手段提高监狱安全管理效率

在监狱安全管理的实践中，技术防范手段的作用愈加明显。随着国家财力的增加，监狱的硬件设施水平不断提高，尤其是以计算机和远程通讯技术为依托，监狱信息化建设不断得到加强。视频监控、监听、门禁、数字电网、网络报警、移动单兵设备、应急处置指挥系统等在监狱中得到广泛运用。部分省份监狱通过信息网络平台实现罪犯身份的网上甄别，与武警、公安、社区实现音视频互通，打造突发事件处置五分钟"黄金圈"。

2. 突出管理重点提高监狱安全管理效率

"二八定律"，也称为"二八法则"，是 20 世纪初意大利统计学家、经济学家维尔弗雷多·帕累托提出的。他认为，在任何特定群体中，重要的因子通常只占少数，而不重要的因子占多数，因此只要能控制具有重要性的少数因子即能控制全局。监狱要认真研究案例，探索安全事故的发生机理和规律，突出防范和管理重点，包括重点人员、重点部位、重点时段和重点事项。

（1）重点人员的管理　重点人员，又称重危分子，主要是指具有自杀、行凶、脱逃等严重现实危险性的罪犯。要对所有罪犯进行人身危险性评估，加强对重点人员的排摸和认定，认真落实教育转化和控制措施。

（2）重点部位的管理　重点部位主要是指监狱围墙、监区大门、武警岗楼、配电间、锅炉房、仓储库、警械库、枪弹库、危险品存储处、排水沟、行洪道等。

（3）重点时段的管理　重点时段主要指夜间、节假日、开饭、出收工、交接班、放风等时段。这些时段罪犯自由度大，管理警力相对薄弱，极易出现安全事故。

（4）重点事项的管理　重点事项主要包括押解罪犯、罪犯跨区域劳作、罪犯外出就医、罪犯在社会医院住院治疗、民警实弹演练等。

3. 充分利用社会资源提高监狱安全管理效率

如利用社会力量开展帮教活动，稳定罪犯情绪，增强罪犯改造信心，使之安心改造，遵规守纪；与监狱周边社区搞好联防；与社会医院协商建立安全病房；邀请心理咨询专家开展心理咨询和重点人员的心理危机干预；将卫生防疫纳入当地政府规划；主动接受属地安全生产监督管理部门的监督管理等。

（五）管理的系统性

监狱安全管理的系统性是由管理对象的复杂性和管理的动态性、整体性所决定的。

监狱安全管理的核心对象是罪犯，罪犯的复杂性决定了监狱安全管理的复杂性。目前在押犯构成日趋复杂，二次以上判刑犯、团伙犯、暴力犯、涉枪毒黑犯、流窜犯、外省犯等占据一定比例。三假人员（假姓名、假地址、假身份）、三无人员（常年无人会见、无包裹汇款、无通信来往）数量增加，不少罪犯身负余罪。部分罪犯的恶习较深，暴力性、盲动性、反社会性强，教育矫正难度较大。

1. 监狱安全管理的动态性

动态性是管理的基本属性，强调管理目标、组织结构、资源配置、制度、手段和方法等，必须适应各种管理环境、影响因素的变化而作出及时、适宜的变更和调整。影响监狱安全的因素有很多，既有内部的，也有外部的；既有管理方面的，还包括诸多非管理因素，如刑事政策、监狱体制等；既有民警因素，如民警失职渎职、管理不到位、对罪犯教育方式方法不当等，也有罪犯因素，如罪犯的行为、心理的复杂多变；既有客观因素，如监狱设施不达标，也有主观因素，如监狱对安全工作重视不够，民警安全防范意识不强等。这些影响监狱安全管理的因素不仅是多样的，也是不断变化的，会随着时间、环境、条件的变化而发生转变，或消失、或缓减、或加重、或产生新的不稳定因素。比如，监狱围墙不坚固、电网不达标给监狱安全带来了隐患，当围墙、电网按标准修建了，这种不安全因素就会减少或消除；某个罪犯昨天是积极改造的，今天其家庭发生变故，受到打击，他就有可能产生自杀、脱逃的念头。因此，我们要根据不断变化的情况，不断地修正安全管理目标、措施、手段和方法。

2. 监狱安全管理的整体性

从监狱安全的目标体系来看，监狱安全包括监禁安全、生产安全、信息安全、公共卫生防疫管理、矛盾化解、舆情处置等诸多内容。从监狱安全的责任主体来看，监狱对监狱安全负主要责任，武警、公安、地方政府等也有相应的责任和义务。从监狱安全管理的实践看，既包括罪犯的劳动管理、教育管理和狱政管理，也要规范监狱执法行为，保障罪犯基本权益，坚持公正文明执法，营造积极向上的改造氛围等。目标的多层次性、责任主体的多元性、管理内容的多重性，要求监狱在安全管理中必须建立系统思维，树立全局观念，统筹协调、整体推进各项工作。

三、监狱安全管理的功能

加强监狱安全管理，确保监狱安全，不仅是监狱的基本职责所系，而且对保障罪犯、民警的人身和财产安全，维护监狱管理秩序，提高罪犯改造质量，服务和谐社会建设，都有着极其重要的功能。

（一）保障功能

加强监狱安全管理，可以有效保障罪犯、民警的人身安全和财产安全。我国监狱法第七条规定："罪犯的人格不受侮辱，其人身安全、合法财产和辩护、申诉、控告、检举以及其他未被依法剥夺或者限制的权利不受侵犯。"罪犯作为犯了罪的人，其人身安全和健康与普通公民一样必须得到保障，保护罪犯的生命健康权是监狱的法定职责。同样，监狱人民警察作为法定的监狱管理主体，保证其人身安全和健康是警察职业保障的基本内容。安全作为人最基本的需求，必须得到制度层面和实践层面的保障。监狱必须保证罪犯、民警的基本人身安全和健康。在罪犯暴力脱逃、行凶、伤害、爆炸、火灾、自然灾害等监狱安全事故中，往往会有罪犯、民警被袭击或受到各种伤害，因此监狱必须加强安全管理，尽量避免和减少类似事故。同时，加强监狱安全管理还可以保护进入监狱的其他人员的人身安全，保护罪犯、民警的个人合法财产和监狱持有的国家财产。

（二）维持功能

监狱安全管理贯穿于狱政管理、监禁管理、劳动管理、生活卫生管理、狱内侦查等监狱的各项业务中，同监狱的各项管理活动一起发挥着维持监狱秩序的功能，维持罪犯自觉或强制地遵守各种监狱秩序规范，保持罪犯群体正常的生活、劳动、学习和休息。例如罪犯联号管理制度既是狱政管理的方法，也是安全管理的重要手段，在罪犯小组的生活、劳动、学习、娱乐等活动中起到维持小组秩序的基本作用。显而易见的是，如果安全没有了保障，监狱势必会呈现一片混乱的状态，秩序就无从谈起。同样如果监狱发生罪犯脱逃等恶性事件，脱逃罪犯往往会进一步铤而走险，继续实施犯罪行为，这将直接破坏社会治安的稳定，降低人民群众的安全感。因此，加强监狱安全管理，不仅仅直接维持监狱的正常秩序，也间接维持了社会治安秩序。

（三）矫正功能

"矫正"概念被引入社会领域，成为司法方面的专门用语，意指国家司法机关和工作人员通过各种措施和手段，使犯罪者或具有犯罪倾向的违法人员得到思想上、心理上和行为上的矫正治疗，从而重新融入社会，成为其中正常成员的过程。教育矫正罪犯是监狱的职能之一。监狱安全管理渗透于监狱的各项工作之中，特别是改造罪犯的三大手段即狱政管理、教育、劳动改造，对罪犯行为矫正和心理矫治起到积极的推动作用。监狱安全管理本质是一种规范约束，对罪犯的行为、意识有积极的矫正功能。例如：监禁安全管理的有关制度要求，有利于罪犯培养规范意识和纪律观念；生产安全管理，有利于矫正罪犯不良的劳动习惯，提高安全生产素养；防疫和公共卫生管理可以帮助罪犯养成良好的生活习惯，培养健康的生活方式。

（四）服务功能

安定有序是和谐社会的重要特征之一。监狱安全稳定是社会稳定的重要组成部分。加强监狱安全管理，提高罪犯改造质量，是构建和谐社会的客观要求。监狱是国家的刑罚执行机关，通过惩罚和改造罪犯，发挥预防和减少犯罪的作用。如果因为监狱安全管理不到位，监狱秩序混乱，事故频发，必然影响罪犯改造质量的提高，罪犯释放后的重新犯罪率必然升高，社会不和谐、不安定的因素增加，同时会削弱监狱对社会潜在的危险人群的威慑力。近阶段，部分国家发生监狱骚乱和暴动事件，在一定程度上引发了社会的混乱。监狱要进一步强化安全管理，保持监狱场所的安全稳定，服务于和谐社会和法治社会的建设。

四、监狱安全管理创新

创新是一个民族进步的灵魂，是国家兴旺发达的不竭动力。我国监狱在安全管理方面积累了很多经验，监狱总体安全态势良好，安全绩效显著，有力地促进了监狱事业的健康发展，为国家发展和社会稳定作出了积极贡献。但也应该看到，监狱安全管理还存在着一些薄弱环节，监狱安全管理的形势仍然十分严峻，所面临的挑战也是前所未有的，因此，监狱要在认真总结、传承成功经验的基础上不断创新。在新时期，党中央提出要加强和创新社会管理，进一步加强流动人口和特殊人群管理和服务，其中的特殊人群就包括了服刑人员[1]。可以预见，创新必将成为推动我国监狱事业健康发展的重要驱动力。

创新是在传承基础上的改进和发展，监狱安全管理的创新亦是如此。监狱安全管理创新必须根植于我国的政治、社会体制和法律文化的土壤，必须立足于我国监狱安全管理的实践。

（一）监狱安全管理创新的内容

监狱安全管理的创新主要包括理念创新和实践创新两个方面，其中理念创新是先导。

1. 监狱安全管理的理念创新，主要是要树立以下理念。

（1）大安全的理念　监狱的安全管理绩效和水平关系到监狱作为国家"暴力机器"和重要社会管理工具效用的发挥，关乎刑罚双重预防目的的实现。尤其在构建和谐社会的愿

---

[1] 在颜晓峰、王军旗主编的《加强和创新社会管理党员干部学习读本》（人民日报出版社 2011 年版第 117 页）指出，特殊人群一般包括弱势群体、优抚对象和边缘人群。边缘人群指那些因为社会流动或者社会越轨而导致不适应社会的人群，如外来人员、社会越轨人群等。

景下，监狱，无论在其器物形态层面，还是在刑罚权运作方面，一定程度上已经成为国家和政府社会控制、社会治理能力的重要表征。大安全的理念包括三个方面的含义。

建立全面和持续的监狱安全观。要将监禁安全、生产安全、民警职务犯罪预防、卫生与防疫管理、信息安全、矛盾化解等内容纳入监狱安全管理的目标体系，以实现监狱整体秩序的稳定。同时要不断改进监狱安全管理方式，整合资源，拓展载体，丰富形式，根据国家社会治安、经济发展、刑事政策、押犯结构、民警队伍等情况的变化，及时修正安全管理措施，用系统和动态的思维看待监狱安全管理，建立监狱安全管理长效和可持续发展的机制。

将监狱安全管理融入地方安全管理体系。我国监狱的管理体制基本是省以下的垂直管理，监狱安全生产、卫生与防疫管理等以监狱自主管理为主，未能有效利用属地的治安管理、救灾救助、职业技术教育等资源。监狱要争取地方政府的关心、支持，将监狱安全管理主动融入属地安全管理体系和相关规划。如江苏省监狱系统通过协调，与地方公安机关建立了突发事件预警和处置的联动机制，公安机关在监狱设立执勤卡点，监狱的视频监控和公安机关卡点视频互通，监狱的安全应急处置纳入属地的110执勤系统，有效地提高了对罪犯脱逃等案件的快速处置能力。

将监狱安全管理纳入社会综合治理体系。罪犯必须为自己的犯罪行为付出代价，如自由被剥夺、权利被限制，名誉受到不利影响，无法享受家庭生活等，但罪犯的社会属性不会因其被判刑而消失。在监狱安全管理实践中，罪犯的家庭经济困难、邻里纠纷、子女教育、婚姻危机等是不少罪犯脱逃、自杀的重要起因，不少罪犯基于对回归社会信心不足，索性破罐子破摔，在监狱内寻衅滋事，无所顾忌。调查也发现，罪犯子女犯罪率要高于一般家庭。因此，对于罪犯，政府、社会有责任和义务去帮助他们。如对困难的罪犯家庭予以救助，协调子女教育，提供法律援助，保护罪犯合法的家庭、婚姻、财产权利，对刑满释放后生活没有着落的人员要予以妥善安置，提供基本生活待遇。

（2）专业化的理念　现代监狱安全管理，运用到管理学、社会学、信息技术、心理学、教育学、医学、法学等多学科知识和风险管理、应急管理、危机管理等的技术、工具、方法，呈现专业化发展的趋势。树立专业化的理念就是要实现监狱安全管理主体的专业化和管理方法的技术化。

管理主体的专业化，就是要积极稳妥地推进监狱警察的专业化建设和职业分类工作。将监狱警察分为看管型、矫正型、生产型、辅助型等类别，建立专业化民警的招录、分类培训机制。如看管型民警主要负责监狱大门、三大现场、禁闭室和罪犯押解等安全警戒任务，要求体格强壮，娴熟掌握应急处置技能，有敏锐观察力和强烈的责任心。

管理方法的技术化，就是要求在监狱安全管理活动中不断运用各种科学手段。如运用风险管理的工具、方法进行监狱安全风险因素的辨识、评估、分类分级、管控和预警；运用应急管理理论指导监狱应急预案的编制、演练和突发事件处置；借鉴体系管理的PDCA循环模式实现监狱安全管理的持续改进。尤其要重视信息化技术的运用，提高安全防范的科技水平。

（3）安防一体化的理念　一般把人防、物防、技防、联防手段统称为"四防"手段。一体化要求这四种手段要综合、有机、协调运用，不可偏废，要注重对人防中的制度执行问题，物防中的设施检查问题，技防中的实际运用问题，联防中的关系协调问题的管理。

同时，要突出人防手段的根本性和重要性，激发民警管理的积极性、创造性，提升监狱安全管理制度的执行能力。坚持软硬件并举，既要开展监狱基本警戒设施的达标建设活动，更要加强监狱民警队伍管理，完善隐患排查、安全防控、应急处置和领导责任机制。要通过规范监狱管理，依法公正文明执法，整肃监狱秩序，建立积极、健康、向上的监区文化等活动，使罪犯不敢违规、不能违规、不想违规。

2. 监狱安全管理的实践创新

我国监狱事业的健康发展离不开广大监狱人民警察在长期的实践中解放思想、总结经验、推陈出新。当前和未来一段时间，监狱安全管理的实践创新应该主要集中在以下几个方面。

（1）调整监狱布局和押犯规模　从 20 世纪 80 年代起，我国陆续开始了监狱布局调整工作，到 2005 年年底，一些经济比较发达的省份已经基本完成了布局调整工作。尽管如此，目前，大部分经济欠发达地区监狱布局不合理的情况并没有得到更多地改变。不少监狱地处偏远山区，交通不便，无法有效利用各种社会资源，还经常受到泥石流、山体滑坡、洪水灾害的威胁，有些监狱水质达不到饮用水标准，建筑老化，警戒设施简陋。如根据江西省监狱管理局的调查统计，截至 2004 年年底，该省内监狱的 42072 米围墙中，不达标的围墙有 33304 米，占总数的 79.1%，危险围墙有 3538 米，占 8.4%。[1] 美国矫正协会和矫正鉴定委员会制定的《成人矫正机构标准》指出："矫正机构应当位于距离至少有 1 万人口的居民中心 50 英里以内的地方，或者距离一所医院、消防站和公共交通中心 1 小时汽车路程的范围内。"我国新颁布的监狱建设标准（建标 139—2010）[2] 对监狱的地质、交通和基础设施条件也做了相应规定。应该说，监狱布局对监狱安全管理的影响是显而易见的，因此要继续推进监狱布局调整，使监狱减少受自然灾害威胁的程度，便于罪犯家属会见、罪犯疾病救治，便于监狱利用社会资源加强监狱安全管理。

我国监狱的押犯规模普遍较大，押犯在 2000 人以上的监狱占绝大多数，一般占监狱总数的 75% 以上。这跟多数国家的监狱规模以及联合国《囚犯待遇最低限度标准规则》所倡导的一般以 500 人左右为宜的规模相比差距较大。监狱押犯数量过多会造成监狱拥挤，引发罪犯之间的冲突，同时卫生和防疫管理难度加大。尤其是在超关押能力的情况下，监狱警力不足，民警超负荷工作，容易疏于管理教育，滋生牢头狱霸现象，甚至会引发罪犯暴狱等重特大监管安全事件。王志亮在《外国监狱囚犯暴乱及对策研究》[3] 一书中认为，监狱人员拥挤或超押容易导致罪犯为争夺空间发生各种冲突，甚至是群体骚乱或暴动。当然，我国每所监狱押犯规模控制在有的国家倡导的 500 人左右也是不现实的，关键要以确保监狱安全为前提，合理评估监狱的安全防范能力、教育矫正能力、警察数量、硬件设施状况，确定合理的收押量。

（2）实施监狱分类　科学制定监狱等级，对不同警戒等级的监狱实施不同的管理模式、防范措施和建设标准，是提高监管效能的基本途径。区分监狱类型也是国际社会比较流行和成熟的做法，如美国将监狱分为三种等级，即最高警戒度监狱（maximum security

---

❶ 参考自"陈志海. 关于监狱体制改革试点问题的调研报告（J）. 犯罪与改造研究，2006，3."。

❷ 该国家标准由司法部起草，住房和城乡建设部、国家发展和改革委员会以建标〔2010〕144 号通知联合批准发布，自 2010 年 12 月 1 日起施行，原《监狱建设标准》（建标 258—2005）同时废止。

❸ 参考自"王志亮. 外国监狱囚犯暴乱及对策研究（M）. 桂林：广西师范大学出版社. 2009 年."。

prison)、中等警戒度监狱（medium security prison）和低等警戒度监狱（minimum security prison），其中高、中、低警戒度监狱分别有 154 所、345 所和 301 所。❶ 法国、瑞典、英国、比利时等国家通常将监狱划分为封闭式监狱和开放式监狱。我国监狱除设置未成年犯监狱、女犯监狱外，对成年男犯监狱一般按照生产结构和劳动方式区分为室内工业型监狱（主要为重刑犯监狱）、室外工业型监狱和农业型监狱，监狱建筑、警戒设施和警戒等级、管理强度基本趋同。这种单一的监狱类型越来越不适应监狱安全管理和改造罪犯的需要。因此，为了提高监狱的安全系数，对不同警戒等级的监狱实施不同的防范对策，必须尽快建立科学的监狱分类标准。要在继续完善建设好未成年犯、女犯监狱的基础上，将成年犯监狱按罪犯人身危险程度设置为高等、中等和低等戒备级别，建立新收犯监狱、出监罪犯监狱、老病残犯监狱等功能性监狱。

（3）实施罪犯分类　罪犯调查和分类是监狱类型设置的依据，又是进一步对罪犯实施分类管束和分别处遇的前提条件，它与监狱分类密切相关。无论是警戒的严厉程度、罪犯的狱内自由度，还是对罪犯管理教育措施的实施，都依赖于罪犯分类。美国普遍建立了罪犯分类机构或接受中心，负责对罪犯进行分类。美国的罪犯分类主要有以下三种。

初步分类。以帮助罪犯适应监狱环境，在深入了解罪犯的基础上，将罪犯分到合适的监狱（监区）服刑。

重新分类。确定对罪犯进行安全管理的警戒等级，并根据罪犯服刑表现，不断调整罪犯的警戒等级和居住监区。

释放前分类。即对临近刑满的罪犯实施特殊的矫正方案。

但从美国监狱罪犯分类的一些变量因素，如犯罪记录、刑期、心理因素、使用毒品或酒精情况来看，其分类的实质是以安全为要。❷ "始于我国 20 世纪 80 年代末的我国监狱的分类关押、分类教育、分级管理的工作……导致本来应当全方位深入探索的监狱'三分'工作，最终的主要成果侧重于四类罪犯类型的划分统计和创办特殊学校的教育改造经验总结。因此，严格地说，我国监狱领域尝试的罪犯'三分'工作明显地呈现出'虎头蛇尾'之势。"❸ 要形成科学合理的罪犯分类标准，成立罪犯分类的专业机构，制定罪犯动态评估、调整分类以及管理处遇的实施办法等，形成以罪犯人身危险性为主要维度，辅之以未成年犯、女犯、老弱病残犯、轻微犯分类的罪犯分类制度。

（4）采用现代管理方法　监狱安全管理是以监狱安全为目标的管理活动，具备管理的计划、组织、实施、检查、激励等基本职能和要素。同时，它又由监狱风险的辨识、评估、分类分级、管控、预警、突发事件处置等环节组成。预防为主、防处并重、持续改进是监狱安全管理的最重要原则。监狱安全管理较多地借鉴了风险管理、危机管理、体系管理的理论，不过目前这些理论在监狱安全管理活动中的运用是粗浅和无意识的，应该通过创新的方法，采取现代管理科学成果，构建监狱安全管理新的"方法群"，如危机管理技术，危机管理最早适用于经济领域，是企业为应对各种危险情境所进行的规划决策、动态调整、化解处理及员工培训等活动过程，其目的在于消除或降低危机所带来的威胁和损

---

❶ 参考自"吴宗宪. 中国现代化文明监狱研究（M）. 北京：警官教育出版社，1996：171，197."。
❷ 参考自"张苏军. 中国监狱发展战略研究（M）. 北京：法律出版社.2000：256."。
❸ 参考自"郭建安、鲁兰. 中国监狱行刑实践研究：上册（M）. 北京：北京大学出版社，2007：45."。

失。目前危机管理理论被广泛运用于社会管理、政治运作、外交、营销等领域。在西方国家的教科书中，通常把危机管理称之为危机沟通管理，强调加强信息的披露与公众的沟通，争取公众的谅解和支持。对突发事件快速、有效地处理甚至在危机中发现机遇是监狱安全管理的重要任务，监狱应急整体预案、子预案的制定、演练、事故响应、处置、修复、信息发布等都属于危机管理的内容。成熟的危机管理技术运用到监狱安全管理工作中，使监狱突发事件处置在策略选择、流程设置、资源配置、运作机制上充分借鉴和吸收危机管理的工具、方法和手段。

（5）开展罪犯狱内犯罪预测　　罪犯狱内犯罪预测虽然主要以罪犯的人身危险性评估为基础，但又不完全等同之，它是在罪犯人身危险性评估的基础上，结合罪犯狱内犯罪的引致因素，对罪犯在狱内实施犯罪行为的可能性和犯罪类型进行预测。在监狱安全管理实践中，引发罪犯犯罪的原因有很多，可以初步分为个人恶性和外部不良条件影响两类。外部不良条件包括监狱秩序混乱、基本设施条件差、民警管理疏忽、罪犯受到欺压、罪犯家庭变故、罪犯受到不良心理暗示等。"监管安全说到底都是人的原因，都是罪犯再犯罪心理的外化的结果。不管是脱逃、凶杀或其他监管安全事故，都是押犯个体恶性心理长时间积累和沉淀的结果……一个监管安全事故的发生往往从制度不健全、管理秩序差开始，使罪犯原有的恶性心理死灰复燃，滋生或助长了再犯罪心理的形成……一旦具备其外化条件或'玩火者'自认为具备外化的条件时，那必然会引起犯罪分子铤而走险的结局。"❶ 对罪犯狱内再犯罪预测的主要基础是罪犯的人身危险性因素和事故引致因素。对事故引致因素研究要关注不良心理暗示和犯罪条件两个方面。不良心理暗示是诱发、激化犯罪起意，强化犯罪决意的因素，如罪犯无意间获知监狱警戒设施、警力布置情况，发现安全管理中的明显漏洞，发现其他脱逃罪犯长期未被捕获等，进而产生脱逃念头、实施脱逃行为。犯罪条件指罪犯在实施犯罪时必须借助和依靠的资源。一般来讲，罪犯的狱内犯罪是"见不得阳光"的行为，必须摆脱群体的约束，必须有单独的时间和空间，必须有相应的工具，及时切断任何一个环节，罪犯的犯罪链条就会断裂。因此要把罪犯的人身危险性评估和犯罪引致条件评估有机结合起来，通过定性和定量分析方法，得出罪犯再犯罪倾向预测和犯罪类型预测，从而提高监狱安全方法工作的针对性和有效性。当然，这种预测是以定性判断为主的，不具有相当的精准性，预测也动态的，必须要与顽危犯、重点人员的排摸管控紧密结合起来。

（6）加强监狱安全文化建设　　文化是一个群体在一定时期内形成的思想、理念、行为、习惯、代表人物等以及由这个群体整体意识所辐射出来的一切活动。在汉语体系中，"文化"的本意是"以文教化"，表示对人的性情、品德的教养。建立监狱主流文化是改造和矫正罪犯的需要，可以有效压制监狱亚文化的发展和蔓延。同时，通过法律制度、管理制度和传统文化的融合而形成的，警察和罪犯内心信服并在实践中被普遍遵守的监狱秩序理念、共同规则和愿景等，是监狱安全管理的重要保障。如有的监狱在"四防"之外提出"心防"的概念，就是通过文化的熏陶建立更为隐性、基础、牢固的监狱安全防线。建设监狱安全管理文化就是追求安全理念的持久确立和获得普遍认同，安全管理制度得到有效执行，安全秩序得到积极维护。监区安全文化就是要通过各种形式、载体、活动，在罪犯

---

❶ 参考自"杨玉林．构建监狱监管安全预警机制的探讨（J）．中国监狱学刊，2007，5．"。

中开展遵规守纪教育、心理健康辅导和危机干预活动，鼓励罪犯正确对待人生、监狱生活，鼓励罪犯积极检举违规行为，共同维护监狱安全稳定的秩序。通过案例警示、现身说法等活动让罪犯认识到狱内犯罪的危害性。通过监狱准军事化组织的优势，发挥罪犯之间的行为协同、相互监督、相互牵制作用。通过监区安全文化建设，就是要使罪犯趋利避害，远离狱内犯罪行为，并主动维护监狱安全稳定的秩序。警察安全文化是监狱安全文化的主体，是监狱警察对监狱安全的认知和技能的综合反映。民警要充分和深刻理解安全的重要意义，主动认同和积极接受安全管理制度的约束，做到安全理念入脑入心，处处、时时、事事践行安全。要突出民警的制度执行能力，包括发现安全隐患、落实管理制度、应对突发事件、自身安全防范等意识、素养和技能。通过警察安全文化建设，实现民警从"要我安全"到"我要安全"的理念升华，使维护安全稳定成为民警的一种坚定意志和积极行为。

（二）监狱安全管理创新的路径

路径是个体在时空间活动的连续轨迹。监狱安全管理创新路径的选择直接决定了创新的内容、深度、形式、效率和转化为实践的可能性。一般来讲，理念上的创新最终要落实在制度层面，包括宏观的法律制度和微观的管理制度，即用制度来固化创新成果。自由刑罚最早产生在18世纪的英、美等国家，伴随资产阶级的刑事立法和监狱改良运动的开展，近现代的监狱制度由此形成。联合国成立后，在世界范围内推动刑罚执行、监狱管理和因犯保护等领域的广泛合作。我国现代意义上的监狱滥觞于清末轰轰烈烈的"监狱改良"运动，从出现雏形至今不过百年，而且我国社会主义政权监狱的发展具有强烈的内生性，在20世纪80年代前对外国监狱的情况了解不多。因此在监狱安全管理创新中，学习、借鉴和移植外国一些行之有效的做法、经验也是监狱安全管理创新的重要路径之一。

1. 借鉴和移植

借鉴是在对外国监狱安全管理理论、技术、工具等深入了解、科学分析、领会精髓的基础上有选择地接受、吸纳和采用。移植是整体性的快速模仿和复制，但必须考虑政治、人文、环境等因素，以防产生"水土不服"的问题，这种方法在实践的运用受到很多限制。在借鉴、移植的过程中要注意甄别，如部分国家监狱私营化的问题，对特别危险罪犯的长期单独监禁问题要深入分析，不可以照搬照抄。对于外国监狱比较成熟的管理人员分类、监狱警戒等级分类、罪犯分类、开放式监狱、出狱人保护、处遇管理、心理矫治等制度要把握要义，进行"本土化"改造，以实现准确和合理借鉴。对于外国的罪犯人格、心理测试量表必须进行改造，符合我国罪犯的特质。在借鉴、移植外国监狱安全管理制度时，也要消除迷信和盲目崇拜的心理，评价要客观，分析要理性，如对于国外的暴狱事件，要分析其发生原因、发展机理和处置模式，为我国防范此类事件提供相关经验和知识储备。

2. 立法

法是一种阶级统治和社会治理的重要工具。法通过对相关主体的权利、义务调整实现法自身的职能。在一个国家的法律体系中，包含监狱法在内的刑事执行法律地位重要，因为自由处于法价值体系的顶端。在自由刑成为主要的刑罚方式后，作为与侦查、起诉、审判并列的监狱法律规范的重要性更加突出。监狱安全管理的重要目标是人的安全，因此将监狱安全管理创新的主要内容纳入法律体系，用法的强制性、规范性和普适性来保障其实施是最有效率、最有效的路径。我国目前的监狱法律规范以 1994 年 12 月 29 日第八届全国人大常委会第十一次会议通过的《中华人民共和国监狱法》为主，在充分肯定该部法律积极意义的同时，从实践层面来看，该部法律存在着诸多问题，亟待修改。监狱分类、监狱布局、监狱押犯规模、罪犯分类、警察职业分类、心理治疗等方面的内容应该在修改后的监狱法中占据一定的篇幅，同时也要明确地方政府和相关机构在安全管理中的责任、义务，如对监狱经费的保障问题、罪犯义务教育和卫生防疫纳入当地教育和卫生防疫规划问题、罪犯职业培训和释放安置救助问题等。鉴于我国的法律渊源有法律、法律解释、行政法规和行政规章、部门规章、地方性法规等形式，监狱法主要就上述问题作出原则性的规定即可，具体的可以以法律解释、行政法规、规章、强制性标准等形式予以具体化，如发布监狱分类和罪犯分类的技术标准。

3. 制度化

制度主要是微观层面的。将经过实践或研究认为比较成熟和完善的监狱安全管理创新的内容予以制度化，是实现监狱安全管理创新成果固化的一个重要途径。这里的制度化主要包括监狱管理机关和监狱两个层级，司法部和监狱管理局、省（自治区、直辖市）监狱管理局等，主要通过规范性文件的形式对全国、省级区域内适用的内容予以规定。监狱层面的制度化主要是将创新内容予以流程化和实体化，内容比较丰富和具体。制度化的监狱安全管理创新内容，必须经过一定时间的实践检验。为此，要开展相应的调查研究、试点工作，确保创新内容的实效性和制度制定的严肃性。

第二章 监狱安全管理原则

所谓原则，是指观察问题、处理问题的准则。作为评价人们行为的一种标准，它是人们长期社会实践的经验升华，因此，原则也被视为具体规则的来源和依据。监狱人民警察在长期的刑罚执行实践中，总结出许多监狱安全管理的经验、方法、制度和规则，特别是在科学发展观的指导下，坚持以人为本的理念，在管理过程中以人—民警和罪犯为出发点和落脚点，围绕着激发和调动人的主动性、积极性、创造性来展开监狱安全管理的各项活动，有力地保证了监狱的长治久安。基于监狱安全管理的实践和理性思考而提炼出来的监狱安全管理原则，应该具有整体性、全局性和始终性的特点，它既不是监狱安全管理某项活动的具体原则，也不是某个阶段、某一环节的具体行动要求，而应该是广大监狱人民警察开展监狱安全管理工作的行动指南。根据我国监狱安全管理的相关理论和实践，其原则应该包括人本、制度保障、资源优化配置、防处并重和持续改进等。

一、人本原则

在监狱安全管理中坚持人本原则包括两层含义：一是在管理系统中，人是其他构成要素的主宰，财、物、时间、信息只有为人所掌握，才有管理的价值。监狱的安全目标要依靠人的活动去实现。监狱人民警察是监狱法定的管理主体，能否调动和激发其积极性、主动性、创造性是监狱安全工作成败的关键。监狱要采取多种方法激发民警的工作热情，激励民警认真履行职责。二是监狱安全管理离不开对人的研究，即要科学、全面地认识、研究罪犯和民警的心理和行为特点。罪犯不是监狱安全管理的简单对象，而是有自然和社会属性的人，对罪犯的研究是安全管理工作的重要内容。要深入了解罪犯的真实想法，及时察觉罪犯的违规征兆或行为，正确评估罪犯的人身危险性。同时，在监狱管理制度设计、刑罚执行、设施建设上要基于人道、人权和人性的考量，既要合乎法律，也要符合基本的伦理道德。坚持公正文明执法，保障罪犯的基本权利，做到"宽不过人，严不过囚"，宽严有度。

（一）"人防"为主

人们通常把现有的安全防范手段归纳为"四防"，即"人防"、"物防"、"技防"和"联防"。物防、技防、联防最终要靠人去实现，实质上都是"人防"的补充和延伸。因此，在现有的"四防"体系中，要以人为主，突出"人防"的地位；在众多的防范方法、工具、要素中，要突出人的重要性。诸多的安全事故提醒人们，无论制度设计得多么完善，硬件设施建设得多么先进，最终要都靠人去执行、管理和使用，离开了人，离开了人防，就不可能杜绝监狱安全事故的发生，监狱安全的目标也就不可能实现。如内蒙古某监狱，是一所部级现代化文明监狱，硬件条件在全国处于领先地位，仅监狱大门处就设置有四道关卡，还配备了鹰眼虹膜识别系统，但在 2009 年还是发生了四名重刑犯杀害民警集体越狱的重大恶性案件。"人防"为主，要求监狱应该以民警的制度执行力建设为重点，落实各项安全管理制度，要求监狱安全管理的制度体系、操作流程的设计，要符合人性需要，要立足于简洁实用，流程清晰，不搞烦琐哲学，并要充分考虑执行者的感受并不断改进，消除执行者的抵触情绪；要尊重监狱民警的首创精神，尊重基层实践者的发言权，经常问计于警；要坚持从严治警与从优待警相结合，在严格管理的同时，还要改善民警的工作、生活、学习条件，培养民警的职业自豪感，解决民警的实际困难，关心民警个人发展。

（二）重视教育培训

监狱一方面要坚持素质强警，重视监狱人民警察的教育、培训，通过岗位比武、练兵、事故演练、案例学习、以师带徒等多种形式和载体，对民警开展有效的教育、培训工作，切实提高民警的安全管理认知能力和实战能力。另一方面要发挥教育改造的攻心治本作用，切实提高罪犯教育改造质量，激发罪犯对监狱管理行为的理解、认同、接受和互动，使罪犯认清狱内犯罪的危害，使其"不敢为"、"不愿为"。如在生产安全管理中，罪犯是生产现场的实际操作者，监狱要通过各种形式的教育和培训，使罪犯从"要我安全"转变为"我要安全"。

（三）全员参与

所谓全员参与，就是将安全视为整个组织的共同愿望和追求。监狱的各个部门、各个押犯单位及各个不同岗位的民警、职工都有参与监狱安全管理的义务和责任，形成齐抓共管的良好格局。如生活卫生部门，要执行好罪犯伙食标准，严把食品采购关，认真做好卫生防疫工作，杜绝食品安全事故及流行病疫情的发生；心理矫治部门，要开展好罪犯的心理健康教育、咨询、心理测评和重点罪犯的心理危机干预等。在全员参与的基础上，监狱还要通过安全责任制的形式，分解、落实每个部门和个人的安全责任，做到监狱安全，人人有责。

（四）发挥罪犯的作用

在监狱安全管理中，也要充分发挥罪犯的作用，如建立罪犯互监互控制度，鼓励和保护罪犯检举、制止违规行为。实践中很多监狱通过联号制度的全面构建，要求罪犯"个人保联号、联号保班组、班组保监区"，形成了罪犯个体—联号—班组—监区—监狱的安全管理层次。监狱要突破单向思维，不能仅仅局限于监狱民警的思考和智力，还要敢于、善于听取被监管罪犯的想法，通过判断、分析，吸取有利于监狱安全稳定的建议，有时会收到意想不到的效果。如通过与罪犯的刑释前谈话，可以获取关于监狱安全管理方面一些有价值的信息。

二、制度保障原则

制度，也称规章制度，是国家机关、社会团体、企事业单位为了维护正常的工作、劳动、学习、生活秩序，保证国家各项政策的顺利执行和各项工作的正常开展，依照法律、法令、政策而制定的具有法规性或指导性与约束力的规章和准则，是各种行政法规、章程、制度、公约的总称。用制度来规范千差万别的社会成员，解决错综复杂的社会问题，是人类在千百年来的共同生活中形成的一条基本经验。❶ 因此，作为高度关注安全管理的监狱，从来都十分重视安全管理的制度建设，遵循制度保障原则，以制度来指导安全工作，以制度来保障安全战略的实施，以制度来监督安全措施的落实。"监狱工作各项管理制度，是监狱管理工作依法有序进行的依据，事关监狱安全稳定，事关干警人身安全，必须坚决贯彻落实。要进一步健全完善制度，认真清理各项制度，该坚持的坚持，该废止的废止，该修订的修订，该新建的新建，构建相互衔接、有机协调的制度体系，真正形成靠制度管人、按制度办事、用制度规范工作的有效机制。要提高制度执行力，严格落实制度，加强对制度落实情况的督促检查，严格考核奖惩，坚决做到令行禁止，维护制度的权威。"❷ 在监狱安全管理中坚持制度保障原则，就必须始终坚持完善制度建设，多措并举发挥制度在安全管理中的保障功能。

（一）规范制度建设

规范和完善监狱安全管理制度是为了更好地总结安全管理的实践经验，吸取现代监狱安全管理理念和寻求技术支撑，使监狱安全制度更符合现代安全管理趋势，满足监狱安全管理的需求，以实现监狱秩序的长期稳定。完善监狱安全管理制度建设，一方面是对当前尚未建立的规章制度，建章立制；另一方面是对当前的制度和规范进行修正、补充或废止，使得制度适应当前监狱安全管理的需求，并对将来一段时间内的安全管理具有指导意义。

1. 建章立制

建章立制是对制度空白的填补，是规范和指导当前安全管理工作的必然之需。制定监狱安全管理的规章制度应遵循制度体系的内在要求，即依法性、科学性和系统性。严格依法是监狱安全管理制度的首要特征。依法，就是制度制定的全过程，包括建立、修改、落实、监督、考核等都必须在国家法律法规的框架内进行。科学性体现为构建监管安全管理制度在理论和逻辑上是缜密严谨的，是与时俱进的；在制定过程中注重调查研究，强调理论与实践相结合；在操作中具有个性化特征，具有现实的针对性和可行性。系统性原则是制度体系建设的内在性要求，体系内的各项制度必须相互关联、相互补充、相互协调，以构成一个有机完整的制度网络体系。如果体系内制度之间存在矛盾或相互冲突，不仅削弱了制度的权威性和严肃性，而且让实施制度的工作者无所适从。建章立制的依法性、科学性和系统性是相辅相成，不可孤立地强调某一方面。

建设监狱安全管理制度，不仅要制定具有宏观调控战略性指导的条例规章，也要有具体的操作细则，即不仅要有司法部以及省级监狱管理机关提纲挈领的监狱安全管理工作条例，还得有监狱就具体安全管理工作的实施细则和办法；既要有监狱整体安全制度，还要有各个环节的安全制度；既要有监狱安全制度，还要有行刑制度、罪犯教育改造制度、罪犯心理矫治制度、生活卫生制度、罪犯医疗保障制度、罪犯劳动管理及保障制度、信息化管理制度、监狱民警管理制度、行政后勤管理制度以及保障这些制度顺利执行的相关制度。监狱安全管理方面的制度，要重点制定监狱安全风险、监禁安全、生产安全、公共卫生安全、信息安全、突发事件的处置应对以及与监狱相关舆情等方面，以求形成完整的监

---

❶ 参考自"贾立政. 重视制度的保障功能 [N/OL]. 人民日报，2005-05-25 [2011-11-11]. http://opinion.people.com.cn/GB/40604/3414381.html."。

❷ 参考自"吴爱英. 切实加强内部正规管理 提高教育改造质量 确保监狱安全稳定 [N/OL]. 法制日报，2010-04-28 [2011-11-11] http://www.legaldaily.com.cn/bm/content/2010-04/28/content_2127620.htm? node=20729."。

狱安全管理制度体系。

2. 制度的调整

制度是要求一定的公众共同遵守的办事规程或行动准则，是在一定环境和条件下形成的公众共同意志。当制度产生的环境、条件和公众意志发生变化时，表现为制度载体的行文就会通过废止、修正或补充等形式来调整，以适应新的办事规程或行动准则。监狱安全制度的运用虽然在一段时间和一定范围内保持相对稳定，但并不是一成不变的。从一定的历史时期来看，它总是随着国家政治经济形势、行刑理念和科学技术的发展变化而变更，或废止、或修正、或补充，使之日趋完善，促使制度在安全管理中发挥其应有的保障功能。正是因为制度具有相对的稳定性和发展的动态性，监狱安全管理者必须要用与时俱进的发展眼光来看待制度的调整，制度滞后不仅会严重阻碍安全管理者实践的积极性，而且制约了安全管理的创新发展。要通过调查求证，对相关制度该废止的废止，该修订的修订，该新建要新建。制度的调整一方面可以通过自身来调整即制度本身的修复性，在制度制定和设计的过程中设定出现特定情形时制度随之发生变更；另一方面制度的制定者和实施者在安全管理的实践中，根据现实需要组织人员对安全管理制度进行变更，以适应当前和今后的监狱安全管理的需要。

（二）强化制度执行

纵观近年来一些监狱发生的监管和生产事故，不难发现，其发生的一个重要原因不是规章制度本身的问题，而恰恰是执行力存在着问题。监狱的安全稳定是监狱工作的头等大事，是一项长期而又艰巨的任务，要实现这一目标和任务，就必须以超强的执行力作为保证。❶ 因此维护制度的法制效应，强化制度的执行力，形成制度管人、管事、规范工作是发挥制度保障功能的基础。

1. 维护制度的法制效应，是坚持制度保障原则的根本需要

制度虽然不是法律，但它具有法律的属性和法治精神，是"行为规范和强制而非道德提倡"，因此必须维护制度的权威性和严肃性，在制度面前人人平等，才能实现制度的普遍约束性和体现制度的保障作用。在监狱安全管理过程中，对那些原则强、执行制度规定好的民警，要旗帜鲜明地支持，并给予肯定和奖励；对那些法纪观念淡薄、原则性不强、奉行好人主义的民警，要进行批评教育；对违反制度规定的人和事，要进行严肃处理，决不姑息迁就。要坚决纠正有规不依、有章不循、执纪不严的问题，促使每一名监狱工作者真正做到思想上更加重视、行动上更加自觉、落实上更加有力，把制度作为铁的纪律，上下共同遵守，不变通不走样不打折扣，切实维护制度的法制效应，实现制度的规范性和约束性。在此过程中，监狱领导要以身作则，率先遵守，起到先锋模范作用，出现违反制度的情形时，要敢于自我批评，承担责任，接受制度的惩罚，不可成为制度的规避者和破坏者。

2. 强化执行各项规章制度，是发挥制度保障功能的重要保证

落实制度，一方面要强化制度学习和制度意识教育，深化广大民警对安全管理制度的认同，使"靠制度管人管权管事、按章办事"成为一种习惯与文化，养成遵守制度的自觉性。另一方面，人固有的懒惰心理和行为，使之不是时时、事事、处处都能把遵守制度作

---

❶ 参考自"李德超，宋行，潘学龙. 监狱执行力（M）. 北京：化学工业出版社，2009：4."。

为一种自觉的行为，而需要依靠外力的强制和督促。许多监狱制度落实不好的原因之一就是督查检查不力，没有及时发现存在的问题和隐患，或是对发现的问题没有严肃处理，从而使罪犯有制造事故的可乘之机。外力的督促要从正反两面入手，既要落实安全责任激励措施，大力宣传、鼓励，促使安全管理制度的落实者享受正激励；又要落实责任追究制度，对违反制度者进行批评教育，责令改正，接受负激励，对造成恶劣影响和严重后果的，进行必要的行政处分乃至移交司法机关处理。

三、资源配置优化原则

资源是一切可被人类开发和利用的物质、能量和信息的总称。资源最显著的特征是资源的稀缺性。正因为如此，如何配置资源，使得有限的资源获得最大限度的利用，得到了监狱安全管理者的普遍关注。监狱资源的稀缺性表现在：安全管理得有必要的人、物、资金来进行安全基础设施建设、现代化防范科技运用和监狱人民警察队伍建设等，而监狱自身拥有资源的有限性，决定了监狱管理者必须要合理调配有限的警力、资金和实物来满足各方面安全管理的需要；安全管理的对象主要是罪犯，罪犯袭警、脱逃、暴动、行凶等其与身带来的现实危险性凸显出监狱人民警察武装资源的有限性，监狱必须借助武装人民警察部队、公安机关以及监狱周边人民群众等力量来保护监狱的安全；监狱的职能是惩罚和教育改造罪犯，罪犯的人生观、世界观的扭曲以及复杂多变的心理状态凸显出监狱人民警察教育改造罪犯的专业性资源的有限性，必须借助社会各界的教育资源来教育矫正罪犯，促使罪犯的再社会化，消除自身的现实危险性，以实现监狱的安全稳定和社会的和谐稳定。因此在监狱安全管理的过程中，只有坚持资源配置优化原则，合理优化拥有的和可协调的资源，监狱安全管理才能达到事半功倍的效果。

（一）分类是监狱安全管理资源配置优化的基本方式

分类的目的是通过分类来合理配置监狱自身所有拥有的资源，以实现高效的安全管理。在现行的分类管理中，主要表现为监狱、罪犯和监狱警察的分类管理。

1. 监狱分类

我国现行监狱法对监狱的类型尽管没有明确、直接的法律条款规定之，但从第三十九条关于分押分管的规定以及第七十四条关于未成年犯教育改造的规定，可以看出目前我国监狱的基本分类。第三十九条规定："监狱对成年男犯、女犯和未成年犯实行分开关押和管理，……"第七十四条规定："对未成年犯应该在未成年犯管教所执行刑罚。"这些法律条文表明，我国监狱法将监狱主要分为成年男犯监狱、女犯监狱和未成年犯管教所三大类。实践中将成年男犯监狱又分为重刑犯监狱和轻刑犯监狱，或者根据罪犯劳动的性质分为农业监狱、工业监狱和混合生产型监狱。我国也在酝酿按戒备等级进行监狱分类，即依据监狱警戒设施、监管技术装备、警力配备、管理方法、活动范围、劳动方式等因素，将监狱分为高度戒备、中度戒备和低度戒备三个等级，分别关押具有相应危险程度的罪犯。❶ 高度戒备监狱拟主要关押被判处十五年以上有期徒刑、无期徒刑或者死刑缓期两年

---

❶ 参考自"王比学. 我国监狱将分级管理按戒备等级分类关押罪犯［N/OL］. 中国法院网，2005-06-27 ［2011-11-12］. http://www.chinacourt.org/public/detail.php? id＝167100."。

执行的罪犯，累犯，惯犯，判刑两次以上的罪犯或者其他有暴力、脱逃倾向等明显人身危险性罪犯；中度戒备监狱拟主要关押刑期不满十五年的罪犯；低度戒备监狱拟主要关押人身危险性较低的罪犯，包括经分类调查认为适合在低度戒备监狱服刑的过失犯，刑期较短的偶犯、初犯等。住房和城乡建设部、国家发展和改革委员会批准发布的《监狱建设标准》（建标139—2010）适用于新建、扩建和改建中的中度戒备和高度戒备监狱建设。

2. 罪犯分类

罪犯分类管理是指我国监狱根据一定的标准，将不同类型的罪犯分类关押、分类分级管理，并给予相应待遇的监管方式和管理制度。结合监狱法关于"三分"的规定，现在执行的是四次分类体系，即自然分类、基础分类、基本分类和动态分类。自然分类是对新入监罪犯按年龄、性别的不同分别收押于成年男犯、成年女犯和未成年犯监狱；基础分类是收押分流中心根据一定的分类原则和标准，如刑种、刑期、案由、现实表现等，对每名罪犯进行综合诊断、鉴定和评价，确定其人身危险性，并依据危险性大小将其分类，分别关押于不同警戒等级的监狱或监区服刑改造；基本分类，是监狱按罪犯的案由性质，思想、心理及行为特征等将罪犯分为财产型、暴力型、性犯罪、职务型等类别，实行分管分教；动态分类，即根据罪犯人身危险性、刑期、现实表现等动态变化情况，及时调整罪犯的关押监狱或监区。

3. 警察分类

在监狱工作实践中，监狱民警一般分为管理型、专业型和看守型。管理型警察主要是从事行政管理的人员，包括监狱长、科长、监区长等中高级行政管理人员。专业型警察主要是从事专门业务的人员，包括从事刑罚执行、狱政、狱内侦查、教育、生活卫生、心理咨询、医疗、生产技术、财务等专业技术人员。看守型警察主要是负责监狱内监管罪犯的看守和安全保卫人员，主要职责是对罪犯活动进行日常管理，维护监内秩序稳定，这类人员主要是门卫、内看守、内值警人员等。

监狱分类和罪犯分类是西方发达国家普遍采用的监狱基本管理制度。以罪犯人身危险性为主要标准的罪犯分类和以警戒等级为主要标准的监狱分类往往是结合在一起的。罪犯分类和监狱分类有利于监狱资源的合理配置，也有利于罪犯的控制和分类管理、分类教育矫正。在部分国家，监狱工作人员来源广泛，分工也比较细致，不同岗位有相应的任职资格和职业技能要求。如负责警戒和保卫的监狱看守人员要求身体强壮、应急反应能力强，监狱对看守人员重点强化武器使用、突发事件处置等技能训练。我国在罪犯、监狱、警察分类方面的实践相对滞后，监狱设施雷同，罪犯"三分"工作进展缓慢，监狱人民警察专业化建设处于探索阶段。目前，部分省份建立了新收犯监狱（新犯分流中心）、出监监狱、病犯监狱。监狱一般都设置了入、出监监区、老弱病残监区、高危犯监区等功能性监区，尤其是对高危犯监区，在警戒设施、技术支持、警力资源上予以倾斜，实现对高度危险罪犯的教育和管控。监狱应该立足现有条件，加强对罪犯的人身危险性评估、分类，发挥高危犯监区的功能，对重点罪犯加强夹控和转化。同时，要对监狱警察实施分层分类培训，按照"缺什么，补什么，干什么、学什么"的原则，强化监狱民警的岗位技能培训，使其满足和胜任各个岗位要求。

（二）监狱内外资源的融合是优化资源配置的基本途径

要保证监狱的长治久安，仅靠监狱自身的力量是不够的，还需要外部资源的介入与融合。监狱的安全管理必须借助和整合监外各种资源。

1. 在安全防范上，注重武装警察部队、公安机关以及周边社区群众协同防范

《中华人民共和国监狱法》第四十一条规定："监狱的武装警戒由人民武装警察部队负责，具体办法由国务院、中央军事委员会规定。"第四十二条规定："监狱发现在押罪犯脱逃，应当即时将其抓获，不能即时抓获的，应当立即通知公安机关，由公安机关负责追捕，监狱密切配合。"第四十四条规定："监区、作业区周围的机关、团体、企事业单位和基层组织，应当协助监狱做好安全警戒工作。"因此，监狱应与武警部队、公安机关、地方政府、社会团体、社区互相协调，互相配合，共建、共管、共保监狱安全。监狱必须认真做好与监狱周边社会治安力量的联防工作，建立健全联防协防机制，完善联防方案，经常开展联防活动，定期进行以追捕、搜查、设卡为主的联合演练，提高应对处置突发事件的能力和水平，筑牢联合防线，确保监狱的安全稳定。

2. 在罪犯教育上，充分利用社会教育资源教育矫正罪犯

对罪犯的教育改造是一项复杂的系统工程，需要依靠诸多专业性的人力资源和教育资源。监狱既要立足自身的教育改造资源，更要借助社会力量开展社会帮教活动，例如邀请公安、法院等机关人员对罪犯进行法制宣传和认罪伏法教育工作；通过罪犯亲友及地方政府的帮教，稳定罪犯改造情绪，树立罪犯改造信心；协调社会保障部门开展罪犯的职业技术培训；将罪犯的义务教育纳入当地政府的教育规划。特别是监狱教育学、心理学、社会学、精神病学等专业性人才比较缺乏，要善于借助高等院校、研究机构、社会志愿者等专业性资源开展相应的罪犯教育矫正工作。

3. 在安置帮教上，发挥当地政府和社会组织的积极作用

妥善安置刑满释放罪犯，帮助他们重新回归社会，有利于降低刑释人员的重新犯罪率，同时也有利于罪犯在希望中改造，树立改造信心，安心改造。我国监狱法第三十七条规定："对刑满释放人员，当地人民政府帮助其安置生活。刑满释放人员丧失劳动能力又无法定赡养人、扶养人和基本生活来源的，由当地人民政府予以救济。"尽管监狱在刑满释放人员的安置上没有法定义务，但应当积极协助当地政府做好罪犯刑满释放后的安置和帮教工作。监狱要及时通报罪犯的改造情况，便于地方政府做好刑释人员安置帮教工作；对一些出狱后生活困难的罪犯，要积极建议当地政府予以救济或将其纳入社会保障体系；对再犯罪倾向明显的罪犯，要及时向有关机关报送相关信息资料。同时，监狱要在开展罪犯职业技能培训的基础上，加大刑释罪犯的就业推介，如发布相关用工信息，举办罪犯劳动产品展览，邀请企业进监招工等。

（三）安防一体化是实现资源优化配置的基本手段

安防一体化是在现有监狱安全防范体系平台上的升级与扩容。它是通过对监狱安全本质内涵的揭示，从监狱安全的风险来源、发生环节、演变特点以及控制要素等出发，对监狱安全问题进行系统的分析与解剖，从历时的状态中和现实的可能上对监狱安全采取系统地预测、防范和控制、处置的一系列方案、措施、行动的总括。安防一体化的主要特征是监狱安全防范管理的综合化和系统性，它要求将原来多个相互独立的主体通过某种方式逐步结合成为一个单一的实体，通过整合形成新的性质，从而在本源上达到系统和整体最优状态。安防一体化系统的建设，就是从监狱安全防范的本质要求出发，通过监狱全方位、全层面和全局性资源的综合配置，建立以技术和网络为基础的防范平台，以管理和教育为

主要内容，以制度设计和预案为基本框架，以人为监控主体和核心的系统、全面、动态和复合的监狱安全防范格局和运作体系，从而将罪犯的行为可控在安全的视线和范围之内，进而实现监狱整体的安全。

安防一体化，既是一个整体性方案，又是一个运用性很强的系统，它突破了原来简单地按照人、物、技为防范手段的局限，而是重在优化配置系统内的各种现有资源，协调系统外的各种可用资源，来组织、协调、指挥、控制监狱安全的各项管理措施。首先，它是以技术层面为基础，通过监控、报警、应急处置等平台的建设，形成严密的监狱安全防范的技术屏障，并在此基础上形成数字化的集成网络系统，能够对海量的数据和信息进行分析和处理，从而及时作出反馈。除了物质基础层面，安防一体化更重要的是管理层面和制度层面的内容，要求对整个系统作出科学化的制度设计和制度安排，发挥物防技防的综合效果。因此在安防一体化中，既要重视硬件设施（科技装备等物质层面）的建设，又要重视软件环境（制度、意识层面等）的保障。其次，安防一体化突破了监狱单一的防范格局，它要求把监狱安全放在社会大系统中，与公安、武警、检察、法院、监狱所在地政府、社区以及其他社会帮教组织等建立共同的防范体系，在监狱防范安全工作中形成多道防线，并根据其职能的不同在防范的内容上各有侧重，以监狱为中心，协同防范，相互监督，相互补充，充分发挥社会各种防范资源的作用，协同监狱完成整体性的安全管理。

四、防处并重原则

防处并重原则，就是要预防在先，注重安全事故的防范，避免和减少事故的发生，同时在事故发生时要及时予以有效处置，减小事故损失和影响。预防（事前）和处置（事后）虽然是安全管理的两个不同阶段，但不能把它们孤立看待，既不能过分夸大预防的功能，忽视事故处置的作用，也不能过分夸大事故的处置功能，而忽视预防的积极效应，而应当把安全事故的预防和处置有机结合起来。在日常工作中要力争把安全事故的预防做到尽善尽美，但安全事故一旦发生必须迅速启动事故应急处置预案，将人员伤亡、经济损失和社会影响降低到最小程度，并通过已经发生的安全事故举一反三，吸取经验教训，总结不足，整改预防方案和措施，避免类似的事故再次发生。在监狱安全管理工作中，大部分安全事故可以通过有效的预防措施来避免，所以监狱必须重视各种突发事件的预案编制、演练，储备应急资源，做到未雨绸缪、常备不懈，有效应对各种危机。

（一）预防在先

预防，主要是加强源头管理和过程管理。从事物发展变化的内在规律来看，任何一起监狱安全事故的发生，是"内因"与"外因"相互作用的结果，更是一种"量变"到"质变"的发展过程，因此及时发现征兆、苗头并及时预警，是安全管理工作的重点。预防在先，就是要把预防监狱安全事故的发生放在监狱安全管理工作的首位，而不是被动的在发生事故后组织处置，进行事故调查、查找原因、追究责任、堵塞漏洞，要积极探索监狱安全管理的客观规律，谋事在先，防线前移，采取有效的事前控制措施，做到防患于未然，将事故消灭在萌芽状态。同时，安全绩效是由过程管理来保证的，必须重视严格和精细化的过程管理。

1. 开展风险的全面辨识、评估、分类分级，是预防监狱安全事故的前提，是监狱安全管理最为重要的活动

首先，要立足监狱行刑的所有环节和流程，考虑到可能发生的所有安全风险，满足风险辨识充分性的要求。不仅要考虑监狱自身行刑活动所带来的风险，还应关注供应商、访问者以及使用外部服务所带来的风险，如外来人员的人身安全风险、突然停电停水带来的风险等；不仅要注重常态风险，还要考虑非常态风险，如自然灾害、恶劣气候、外部势力破坏等；不仅要考虑由罪犯活动形成的风险，还要考虑民警活动形成的风险，如民警通过门禁时，未及时关门导致罪犯尾随，民警将警服随意摆放被罪犯盗用等。其次，是要开展罪犯个体危险性评估，通过收集罪犯基本资料、人身危险性量表测试等方法，确定罪犯人身危险等级和潜在事故类型。风险的全面辨识是监狱安全管理的基础性和源头性工作，关系到所有风险是否被充分、全面、合理、有效地识别，是风险评价、分级分类和制定控制方案的基础。要对相关风险从产生原因和表现形式进行分类，从对监狱安全目标的威胁程度分级，通过定性、定量的方法进行评估，以确定不同类型风险的可承受性。再次，风险辨识、评估后，要制定相应的预防应对措施，包括规避风险、减缓风险、转移风险等。最后是注重风险的监控，即要强调风险辨识、评价、分级分类的动态性和关注安全风险的各项应对措施落的实情况。

2. 完善征兆信息捕捉机制，是预防监狱安全事故的必要条件

所有监狱安全事故发生前基本上都有征兆，关键是这些信息能否被及时、完整地捕捉并予以有效处理。如罪犯预谋脱逃期间，一般会悄悄准备现金、便服、工具，想方设法打听、考察警戒设施和逃跑路线，并且反复权衡、酝酿，情绪紧张。罪犯预谋团伙犯罪的，往往会联系紧密，经常以隐蔽小团体形式在一起密谋计划。经常违反操作规程或发生轻微安全生产事故的罪犯，因为习惯性违章，发生较大安全事故的倾向和概率较大。

完善征兆信息捕捉机制，要重点做好以下几方面工作。首先要强化征兆信息搜集能力，拓展信息渠道。一方面要监狱加强民警的业务培训工作，增强民警的敏锐性和敏感性，及时、全面的了解承包小组罪犯的思想动态，善于从个别谈话、会见监听、往来书信、情绪变化、行为举止等细节中"察言观色"，发现异常；另一方面，要完善狱情排查和通报制度，严格落实个别谈话制度，要求罪犯定期书面汇报思想，开展罪犯相互检举活动，畅通罪犯检举渠道。坚持狱情"日碰头，周通报，月分析"制度，监区承包民警全面掌握承包罪犯情况，监区所有民警了解重点罪犯情况。其次，要充分运用信息化技术。信息化技术在监狱安全管理中发挥着较为重要的作用，数据信息采集录入处理、视频监控、报警、应急处置等都依赖以计算机为主的信息化设备的广泛运用。在监狱刑罚执行流程和管理程序中，信息化技术可以自动识别信号、复核上道程序、输出异常信息的功能，具有纠错和修复能力，并实现个体、时间、空间三个维度的监控、预警和初步处置。如江苏省监狱系统开发的图像分析智能技术，通过对罪犯就寝床铺设定立体控制区限，当罪犯坐起、离床时，计算机自动报警，提醒民警察看，实现对就寝罪犯、卧床病犯的人工智能控制和频度分析。要积极发挥信息化技术优势，推进监狱信息化建设，逐步实现视频监控全覆盖，配齐会见、监舍监听、复听等设备。

（二）重视事故处置

安全事故处置，是指监狱对各类安全事故所采取的对策和有关处理措施。在对安全事

故的认识上，既要重视事故的预防，也要重视事故的处置。监狱对事故处置的重视体现在科学制定预案，通过演练检验预案并及时、有效处置各类事故方面。

1. 制定预案

监狱的安全管理工作必须防患于未然，对重大安全事故包括自然灾害都必须有预案，以防事故发生时措手不及。制定安全管理预案，先要广泛收集信息，找出可能存在的安全隐患，认真分析解读收集到的信息，进行预案设计和制定。预案的内容，要体现明确、快速、高效、操作性强的原则，明确预案编制的目的、依据、适用范围，明确预案的组织指挥系统，明确职责任务，明确安全事故的级别划定，建立畅通的信息传输渠道和严格的信息上报机制，明确应对处置措施及善后与恢复完善措施。预案的种类，不仅包括监狱安全事故处置总体预案，还要制定分项预案，如罪犯脱逃、罪犯闹监、停电、火灾、大雾处置预案等。对一些大型活动、危险性较强的业务行为还要制定专门预案，如监狱开展大型帮教活动，民警带罪犯外出就诊等。

2. 预案演练

加强预案演练，就是要检验预案的有效性，并使参演人员训练有素，切实提高应急队伍的素质。要通过演练增强组织指挥人员、安全管理人员对预案的启动、运作流程的感性认识，使之遇到紧急情况，能从容应对，冷静处理，果断处置。要把预案的演练和宣传教育工作结合起来，和日常安全防范工作结合起来，和队伍、设施建设结合起来。同时要通过预案演练，及时发现日常安全防范措施中的漏洞，检验预案响应的有效性、资源配置的协调性、信息传输的畅通性和处置工作的有效性。

3. 现场处置

搞好监狱突发事故的现场处置，可以迅速稳定监狱秩序，稳定罪犯的思想情绪，及时打击、告诫、惩罚图谋不轨的不法之徒，保护人员生命和财产安全，最大限度挽救损失，降低影响。有效的事故现场处置不仅取决于预案的科学性和有效性，也取决于现场指挥者的危机处理能力，尤其是判断、信息采集、决策和资源协调能力。现场处置是对指挥者应急能力的重大考验，在复杂多变的现场形势下，指挥者要临危不乱，统筹考虑，控制事态，协调多方力量，要以保护生命为第一原则，科学施救，疏散人员，并注意救援人员的安全，防范次生灾害发生。

五、持续改进原则

持续改进是监狱管理者积极寻找改进机会，不断修正安全管理行为，构建监狱安全管理的长效机制，努力提高安全管理的有效性和安全管理绩效。

（一）动态管理

在监狱安全管理中强调动态管理，就是要关注和保持监狱安全状态的稳定性、长期性和可持续性。要将监狱安全管理活动置于社会宏观管理系统和刑罚权力运行系统中予以考察，不断适应事物的发展变化，考虑影响监狱安全各种因素的变动情况，及时调整安全管理的方法、技术、手段，以实现监狱安全管理的动态发展，安全管理水平和业绩螺旋式的上升。在监狱安全管理中秉持动态的理念，既是基于对监狱安全管理工作实践和客观规律的认识和把握，也是监狱工作在新时期的必然要求。例如，随着社会的进步和我国公民人权意识的提高，现在人们都普遍承认罪犯的法律地位，认同罪犯的基本人权。基于罪犯独立意志的自杀行为，在以前被认为是"自绝于人民"，不会被视为监狱安全事故。而在现在，监狱作为一种监禁机构、"人身保管场所"和虚拟的"监护人"，应该保证罪犯的生命和身体的完整性，防止罪犯自杀已被纳入安全绩效考评体系。又如，2011 年 2 月 25 日第十一届全国人民代表大会常务委员会第十九次会议审议通过了《中华人民共和国刑法修正案（八）》，该修正案于 2011 年 5 月 1 日起施行，"宽严相济"的刑事政策实际上取代了我国长期实行的"惩办与宽大相结合"的刑事司法政策，并首次在我国的基本法律——刑法中得到体现。该修正案提高了数罪并罚的最高执行刑期，提高了部分罪犯减刑、假释的起始年限，延长了减刑后刑罚实际执行年限，规定了累犯、暴力性重刑犯不得假释，被判处死缓的累犯以及暴力性死缓犯，人民法院可在判决的同时决定对其限制减刑。众所周知，在监狱中，罪犯最大的功利性需求是获得减刑、假释，尤其是三年有期徒刑以上的罪犯。为罪犯呈报减刑、假释也是监狱调动罪犯改造积极性、维护监管秩序安全稳定的主要甚至是最重要的资源和功利性手段。监狱往往会主动推动罪犯的减刑、假释工作，争取更多的减刑假释指标、更短的减刑间隔期和更高的减刑幅度。该修正案以及可以预见即将密集出台的"下位法"对监狱安全管理工作的影响是巨大的。因此，监狱要客观评估监狱安全管理的形势，及时调整安全管理的思路、策略和重点。在管理罪犯的过程中，也要关注各种影响因素的变化，如社会政策的重大调整、自然灾害、家庭变故等都有可能会对罪犯的改造产生严重影响，从而给监狱安全带来隐患和威胁。

（二）循环管理

循环管理，即 PDCA 戴明循环模式，包括 Plan（计划）、Do（执行）、Check（检查）和 Action（行动）等要素，通过相关要素的有机衔接和良性循环，不断增强管理活动满足目标要求的能力，进而提高管理绩效。在监狱安全管理中，要把计划制订、工作部署、执行、检查考核、反馈改进等环节有效整合，做到安全管理工作有计划、有检查、有考核、有反馈。尤其要对现有管理方法、制度、手段的有效性进行客观分析，通过加大检查频次，采用科学检查方法，全面评价行为绩效等，发现问题和薄弱环节，及时予以改进，在改进的基础上，逐步提高管理目标。实施监狱安全的循环管理，就是要以计划、目标、绩效的不断提高为原则，通过激活基层监狱人民警察的工作热情，树立永不满足、善于改进的理念，高目标追求、高标杆定位，实现监狱的持续安全稳定。如在监禁安全管理中，要建立制度执行、设施管理、执法行为等方面的经常性安全检查和隐患排查机制，通过检查—反馈—整改—检查的不断循环，不断减少各类可预知的安全隐患。

（三）体系管理

目前，质量管理体系（ISO 9000）、环境管理体系（ISO 14000）、职业健康安全管理体系（ISO 18000）、信息安全管理体系（BS7799-2）等在管理实践中获得了广泛的运用。管理体系的最基本理念是持续改进和预防为主。预防为主要求对任何活动、因素、潜在危险都要进行辨识、评估并采取相应措施。持续改进意味着管理水平在发现问题—解决问题—发现问题的螺旋式上升中得到提升，这些体现为管理体系的普遍性特征，即先进性、动态性、预防性、全过程控制性。借鉴这些管理体系的流程设置、控制方法和学理基础，建立安全管理体系，是实现监狱安全管理向动态性、系统性、规范化、精细化演进的重要路径，是监狱安全管理水平绩效提升的"助推器"。

管理体系由相关要素组成，要建立监狱安全管理体系必须提炼和明确其所具有的相应要素。一是安全方针，建立安全方针要素的目的是要求监狱管理者制定出书面的安全管理方针，以规定安全管理工作的方向和原则，确定责任及绩效总目标，表明实现安全目标的正式承诺。二是最高管理者承诺，该要素要求监狱的最高管理者对方针的建立起调研决策的主导性作用，对监狱安全资源配置起保障性作用，对体系运行起模范遵守的表率性作用，对体系实施起督促牵引的推动性作用。三是组织和机构，组织和机构是安全方针、目标和责任具体落实的载体和保障。四是计划与实施，该要素包括危险辨识、评估、分级分类，初始评审，风险控制策划，目标体系和管理方案建立，运行控制，应急预案等。五是检查和评价，该要素要求定期或及时发现体系运行过程及体系自身存在的问题，并确定问题产生的根源或需要持续改进的地方，主要包括绩效监测，事故、事件、不符合项的调查，审核和管理评审等。六是改进措施，包括改进措施、持续改进、执行力强化三个二级要素。监狱应该根据绩效测量与监测，事件、事故、不符合调查，审核和管理评审活动所提出的纠正和预防措施，制定具体的实施方案并予以保持，确保体系的自我完善功能。重点要关注改进措施的持续性，不能随时间推移产生思想放松、制度走样、标准降低、执行变形等问题。同时要不断寻求方法持续改进安全管理体系及绩效，不断抵制、降低、消除危害和风险。执行力强化要素是监狱安全管理体系能否发挥效能的关键要素，强调监狱安全管理体系的所有制度、要求被准确无误、及时完整地执行、运用和实践，为此相应的技能教育、检查、督察和考核、奖惩、责任追究机制等必须配套完备。这也是监狱安全管理体系最重要的保障性要素。当然，监狱的安全管理较为复杂，绝大部分安全事故是出于罪犯的主观故意并由罪犯主动推动的，因此不能一味地强调监狱安全管理体系而忽视对罪犯的研究，既要通过体系的设计、建立和运行有效地预防、控制各种事故，又要突出对罪犯主观恶习的矫正，营造规范的执法环境，浓厚监狱文化氛围，使罪犯在思想、感情和认知上主动配合监狱的刑罚执行活动。

第三章　监狱安全风险管理

　　监狱安全关系国家长治久安与社会和谐，是监狱的政治生命。[1] 因此，强化监狱安全管理意识，提高监狱安全管理能力，保障监狱的安全稳定，既是监狱管理的基本职能，也是时代赋予新时期监狱人民警察义不容辞的责任。历史与现实表明，监狱安全风险始终伴随着监狱存在，对监狱的安全稳定造成现实或潜在的威胁，严重影响着监狱刑罚执行和教育改造罪犯活动的顺利进行。因此，研究和探索监狱安全风险管理，是监狱工作者必须担当的责任。如何识别、评估、处置和监控监狱安全风险，减少乃至避免监狱安全风险事故的发生，是监狱管理者和执法者应该积极应对的现实问题。

一、监狱安全风险管理概述

　　风险与人类社会并存，始终伴随着社会的发展。风险管理是社会生产力和科学技术发展到一定阶段的产物，是人类为了规避风险，谋求生存与发展所采取的积极措施。特别是在 18 世纪工业革命以后，社会生产力得到空前发展，社会化生产程度得到普遍提高，社会关系变得紧密而又复杂，与此同时社会也面临着前所未有的各种风险。如何应对科技与社会进步带来的风险，风险管理这门新的管理科学应运而生。风险管理理论与实践发展到今天，受到各个领域的普遍关注，尤其是在金融行业和生产经营企业里，风险管理已经发展成为一个具有相对独立职能的管理领域。这些行业专门设立风险管理经理即风险管理人、风险管理顾问等，负责各种风险的识别、评估和处置等方面的工作，它们同财务、人事、营销等部门一道，共同为实现管理目标而努力。

　　（一）风险管理理论简介

　　风险管理是研究风险发生规律和风险控制技术的一门新型管理科学，各经济单位通过风险识别、风险衡量、风险评价，并在此基础上优化组合各种风险管理技术，对风险实施有效的控制和妥善处理风险所致损失的后果，期望达到以最小的成本获得最大安全保障的目标。[2] 这是我国理论界比较认可也是比较全面的风险管理的定义，它强调了风险管理不仅是一门管理科学，而且也是一种管理方法。它是以观察、实验和分析损失资料为手段，以概率论和数理统计为数学工具，以系统论为科研方法，研究风险管理理论、组织机构、风险和风险所致损失发生的规律、控制技术和管理决策等。风险管理一般包括八个相互关联的构成要素，它们来源于经营组织的方式，并与管理过程整合在一起。这些构成要素包

---

　　[1] 参考自"李景平．监狱危机管理的问题与对策研究［D］．济南：山东师范大学中国硕士学位论文全文数据库，2010．"。

　　[2] 参考自"范道津，陈伟珂．风险管理理论与工具（M）．天津：天津大学出版社，2010：16-17．"。

括以下八个方面 一是内部环境，内部环境是风险管理其他要素发挥作用的基础，包括风险管理理念和风险容量、诚信和道德价值观以及所处的经营环境。二是目标设定，风险管理确保管理者采取适当的程序去设定目标，确保所选定的目标支持和切合该主体的使命，并且与它的风险容量相符。三是风险识别，必须识别影响主体目标实现的内部和外部事项，区分风险和机会。四是风险评估，通过考虑风险的可能性和影响来对其加以分析，考虑风险对设定目标的影响程度，包括发生的可能性和发生后的后果。五是风险应对，它是根据各类风险的大小而采取的管理策略，管理当局选择风险应对—回避、承受、降低或者分担风险—采取一系列行动以便把风险控制在主体的风险容限和风险容量以内。六是控制活动，制定和执行一系列的政策与程序以帮助确保风险应对得以有效实施。七是信息与沟通，相关的信息可以保证对员工履行其职责的方式和时机予以识别、获取和沟通。八是监督，对现有的风险管理系统的现状以及其功能的发挥进行监督，必要时加以修正。监督可以通过持续的管理活动、个别评价或者两者结合来完成。❶ 风险管理并不是一个严格的顺次过程，一个构成要素并不是仅仅影响接下来的那个构成要素，它是一个多方向的、反复的过程，在这个过程中几乎每一个构成要素都能够、也的确会影响其他构成要素。风险管理过程如图3-1所示。

可以看出，风险管理是一种积极、主动和预防性的管理方法，它以对目标产生威胁、破坏的各种风险为关注点，通过对风险的定性和定量分析，采取多种技术、工具、手段和方法，将风险及风险造成的损失和影响控制

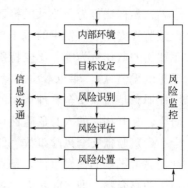

图 3-1 风险管理过程图

制在管理者可接受的范围内。风险管理在管理目标上与监狱安全管理是一致的，监狱安全管理在实践中有意识或无意识地运用了风险管理的流程设置、控制方法和相关的技术手段。

（二）监狱安全风险

监狱是关押罪犯的场所，其安全风险自它产生之日起就一直存在。随着时代的变迁和发展，特别是近代管理科学的发展和应用，人们对监狱安全风险所具有的含义和类型有了新的认识。监狱运用风险管理理论进行安全管理既是时代发展的需求，也是监狱安全风险内在的客观反映。

1. 监狱安全风险的内涵

国际标准化组织对风险的定义是（ISO 13702，1999），风险是某一有害事故发生的可能性与事故后果的组合。这一定义包含了风险两个方面的含义：风险的不确定性，即风险事件出现的概率；这种不确定性带来的损害，即一旦风险事件出现，其后果的严重程度和损失的大小。与风险密切相关的是风险因素，它是导致风险事件发生的前提，是可能产生潜在损失的先兆。因此，风险过程显示了风险形成机理，同时也显示了风险的构成，即最终的风险后果和损失通常是一系列风险因素和风险事件依次作用的结果。结合监狱安全的

❶ 参考自"美国 COSO 制定发布. 企业风险管理：整合框架（M）. 方红星，王宏 译. 大连：东北财经大学出版社，2005."。

33

实际，可以得出对监狱安全风险的认识，监狱安全不期望事件的发生或存在概率与可能发生事故的组合。监狱安全风险是监狱在执法和管理过程中发生各类安全事故的可能性和严重程度，它是一系列安全风险因素和安全风险事件依次作用的结果。

（1）监狱安全风险因素　监狱安全风险因素是指促使监狱安全风险事故损失频率和损失幅度增加的要素，是导致监狱安全事故发生的潜在原因，是造成损失的直接原因或间接原因。例如，一名罪犯本身不具有的公民基本素养和监狱民警教育方法不合理性都是造成该罪犯发生狱内案件的潜在因素。又如监狱民警将直接管理罪犯的职权授意罪犯来行使，这种无法律依据的授权是导致监狱牢头狱霸产生的潜在原因。监狱安全领域内的风险因素表现形态各异，既有有形的，也有无形的，如监管设施材料的质量缺陷和施工安装技术缺陷风险因素将直接影响监管设施的结构和使用性能；罪犯劳动车间供水系统、消防增压系统、管道传输路线的不安全风险因素直接影响车间发生火灾时的救灾；监狱民警的玩忽职守、徇私枉法行为；监狱民警已经预见罪犯的行为可能危害监管安全，但轻信能够避免，以致监管安全事故发生的过于自信的心理态度；有漏罪余罪的罪犯侥幸逃避的心理；诈骗犯惯用的欺诈行为等。比较特殊的是，在监狱安全风险中一切风险因素皆由罪犯而来（无罪犯既无监狱），罪犯本质上就是一种消极因素和破坏力量，对监狱安全直接构成威胁。因此罪犯是监狱安全管理重要的指向和核心客体，必须把罪犯作为安全风险关键因素进行研究，展开相应的人身危险性识别、评估和分类管控。

（2）监狱安全风险事故　监狱安全风险事故是指造成与监狱相关的生命、财产损失或社会恶劣影响的偶发事件，是直接或间接造成损失的事故。因此监狱安全风险事故是监狱损失的媒介物，即风险只有通过风险事故的发生才能导致损失。例如，天热导致很多罪犯中暑，此时，"天热"是罪犯夏天作业的风险因素，"中暑"就是风险事故；罪犯脱逃、自杀、伤害等监管安全风险事故中，"罪犯"本身是风险因素，"脱逃、自杀、伤害"就是风险事故。

（3）损失　损失是指非正常的、非预期的经济价值减少或社会价值受损，通常是以货币或社会影响程度来衡量，必须同时满足"非预期"和"经济价值减少或社会价值受损"这两个条件才能成为损失。如监狱企业固定资产的折旧，只满足了"经济价值减少"这个条件，但由于它是有计划的和可预期的经济价值的减少，因此不能成为监狱安全生产风险的损失。如罪犯越狱脱逃案件，是监狱管理者力求避免的事件，一旦发生罪犯脱逃，监狱、公安、武警以及社会其他部门都将参与到追捕行动中来，势必造成大量的人力、物力和财力的损失，更为严重的是罪犯脱逃给广大人民的生命财产和社会治安带来了威胁或实质性的伤害，造成恶劣的社会影响，这种非正常事件造成的一系列的损失就成为监狱安全风险事故的损失，而且属于比较严重的风险事故损失。虽然监狱安全管理的评价标准是多元的，但因监狱是国家的刑罚执行机关，其安全风险事故的损失更多体现在监狱的社会价值上。

（4）监狱安全风险因素、风险事故和损失三者之间的关系　解释风险因素、风险事故和损失三者之间关系的理论有两种：一是海因里希的骨牌理论，二是哈同的能量释放理论。虽然他们都认为风险因素引发风险事故，而风险事故又导致损失，但这两种理论的区别在于侧重点不同。前者强调风险因素、风险事故和风险损失这三张骨牌之所以倾倒，主要是人的错误所致；后者强调的损失，是因为事物承受了超过其能容纳的能量所致，且物理因素起主要作用。[1] 从上述的两种理论中我们可以看出，风险因素、风险事故和损失三者的关系组成一条因果关系链条，即风险因素的产生或增加，造成风险事故的发生，风险事故的发生则又成为导致损失的直接原因。认识风险因素、风险事故和损失三者之间关系的内在规律是研究监狱安全风险管理的基础，图 3-2 所示的风险作用链展现了风险动态过程，对认识监狱安全风险发生的机理，预防监狱安全风险、降低监狱安全风险损失有着十分重要的意义。

图 3-2　监狱安全风险作用链

2. 监狱安全风险的分类

对风险进行分类可以为识别风险提供不同的识别思路和角度，对了解风险特征和本质起到促进作用。不同类型的风险具有不同属性和特征，一般来说从不同的属性可以将风险进行不同的分类。这里主要介绍监狱安全风险的四种分类。

（1）按照监狱安全风险存在的领域分类　可分为以下四类。

监狱公共安全风险。是监狱的相关危害事件对不特定对象引发的风险。包括社会环境风险，监狱信息安全风险，因安全事故、民警职务犯罪、执法纠纷等引发的监狱舆情风险等，主要表现为对监狱的社会形象和公信力的威胁、破坏和损害。

监狱监管安全风险。是监狱在刑罚执行、教育改造罪犯过程中存在的不稳定因素影响监狱职能发挥的风险，该类风险在监狱安全风险领域中占据决定性的地位。重大监管安全风险存在形式为罪犯脱逃（含个体或团伙，未遂和得逞），罪犯暴狱或哄闹监，罪犯行凶伤害，罪犯自杀、自伤自残，罪犯打架斗殴，劫持人质等破坏监管秩序行为，表现为对监狱秩序的稳定性和民警及罪犯的人身以及财产安全的威胁、破坏和损害。

监狱生产安全风险。是指监狱在组织罪犯劳动的过程中，可能导致劳动产品质量问题和生产事故的各种可能的缺陷。主要存在形式有劳动产品质量不符合技术标准要求，劳动过程中的机械伤害风险、电器设备伤害风险、防火防爆的风险、压力容器意外风险、生产作业搬运风险、建筑施工风险等，表现为对民警和罪犯的身体健康、监狱财产和环境的威胁、破坏和损害。

监狱卫生与防疫风险。是在监狱范围内发生各种内源性和外源性疫情、罪犯食物中毒、群体性职业损害等事件的可能性。这类风险对罪犯、民警的身体健康产生威胁和损害。

（2）按风险损害的对象分类　可分为以下四类。

财产风险。是导致财产发生毁损、灭失和贬值的风险。如监狱生产车间物资遭受火灾的风险，劳动产品发生大批量质量事故的风险，财产价值因经济因素有贬值的风险，监狱的建筑、警戒设施被自然灾害或人为破坏的风险等。需要特别说明的是，一些不宜公开的监狱信息也是一种非物化的财产。

❶ 参考自"刘峻梅．刍议内部审计介入风险管理（J）．财会研究，2007，6：89．"。

人身风险。指人员伤亡、身体或精神的损害。如民警被伤害，狱内罪犯非正常死亡，罪犯在劳动中致伤致残和患职业病，监狱发生疫情，罪犯自伤自残等。

责任风险。是指因侵权或违法，依法对他人遭受的人身伤亡或财产损失应负的赔偿责任的风险。例如，监狱民警滥用职权，虐待罪犯致伤致残，按照法律责任规定，就须对受害人或家属给付赔偿金，并承担相应的刑事责任；罪犯狱内又犯罪，必须要承担应有的民事和刑事责任。

信用风险。是指在经济交往中，权利人与义务人之间，由于一方违约而造成对方经济损失的风险。例如，监狱生产经营活动中的合同信用风险，监狱食品采购的信用风险等。

（3）按照风险引发事故原因要素分类　可分为以下四类。

人为风险。指风险成为引发事故的因素为人为因素的风险。如罪犯在劳动生产过程中违反劳动纪律、违反操作规程、民警违章指挥，消防通道人为的堵塞，罪犯故意又犯罪等。

物因风险。指风险成为引发事故的因素是设备、设施、工具、能量等物质的风险。如消防器材的损害，监舍门窗的破损等。

环境风险。指风险成为引发事故因素是环境条件因素的风险。如罪犯劳动作业环境，教育改造环境，监狱周边社会治安环境等。

管理风险。指风险成为引发事故因素是管理因素的风险。如监管制度落实不到位造成罪犯脱逃的，罪犯劳动、生活、学习现场监督不力造成罪犯聚众闹监的，特殊岗位作业的罪犯培训不到位、不符合从业资格的等。

（4）按照风险的程度分类　可分为以下三类。

一般风险。发生可能性比较低或者风险后果造成的影响、损失较小的风险。

较大风险。发生可能性较大，或风险后果造成的影响、损失较大的风险。

重大风险。发生可能性特大，同时风险后果造成的影响或损失特别重大的风险。

也有将风险等级分为红、橙、黄、蓝四级。风险的控制措施要根据级别高低进行有效的设计和实施。这种分类控制措施在监狱安全风险管理中运用比较广泛，如根据罪犯的危险程度分为省局级顽固危险罪犯（重大风险）、监狱级顽固危险罪犯（较大风险）、监区级顽固危险罪犯（一般风险），在日常监管改造过程中，监区级顽固危险罪犯又分为 A 级（重大风险）、B 级（较大风险）、C 级（一般风险）；在监狱中，安全生产危险源被分为 A 级（重大风险）、B 级（较大风险）、C 级（一般风险）。

（三）监狱安全风险管理

近年来，为了应付监狱中发生监管安全紧急事件或情况的可能，西方国家监狱管理部门发展了一些危机管理措施。在危机管理的人员与设施上，除了监狱的矫正官员或者看守人员重点负责对罪犯的日常监管之外，还建立了专门应付危机情况的力量，配备了专门应付危机情况的设施。从美国的情况看，监狱中往往建立专门的骚乱控制小组（disturbance control team. DCT）或者应急反应小组（emergency response team），以便应付可能发生的危机情况。同时为了更好地应付监狱中可能发生的紧急事件，监狱不仅建立了专门的力量，还制订了一套应急管理计划（emergency management plan），其主要内容有报警联络、保护现场、指挥、通知与回应程序、建立指挥中心、对危机情况的评估、准备应急小组、外部联络、准备预案等等。❶ 我国的监狱管理也十分重视监管安全防范工作。在责任体系上，明确规定每个监狱的监狱长（政委）为监管安全第一责任人；在制度防范上，坚持每周、每月的狱情分析排查制度、隐患整改制度和民警直接管理制度等；在应急处置上，设立了应急处置预案，成立了防暴大队，并与武警部队开展共建、共管、共保安全的协作活动；在防范设施上，逐步完善了围墙、电网、视频监控和报警等硬件建设。这一系列的安全防范举措，在应对监狱安全风险方面发挥了积极作用，但也存在一些不足，一是没有充分认识到罪犯作为风险因素在风险事故中的关键作用，应努力提高教育改造质量为基础的互动安全或者动态安全才是创造一种安全环境的根本方式；二是过分依赖监狱警戒设施来防范监狱安全风险；三是对监狱安全风险管理没有系统的理论支撑，更没有完整的科学认识、评估、处置和管控监狱安全风险的运行机制，尚未形成监狱安全风险管理的规范，大多靠人的严防死守来实现监狱安全。

监狱安全风险管理作为风险管理在监狱这一特殊领域中的具体运用，其具有风险管理的一般共性，如目标的一致性、构成因素的关联性、组织运行的集权性、风险信息的互通性、管理理念的创新性等。此外，它还具有独特的个性，主要表现为以下三个方面，一是监狱安全风险的管理具有明显的强制性，这种强制力来自于国家法律，监狱管理者必须按照法律法规的要求对监狱安全风险进行管理，化解和消除监狱安全风险，最大限度地保证监狱处于安全状态，否则负责监狱安全的责任人将受到法律法规的惩罚和制裁。监狱关押的罪犯必须服从监狱的安全管理，凡有破坏监狱安全和秩序的行为，必将受到法律严厉的惩罚。二是监狱风险管理是以监狱所承担的社会责任为核心目标，监狱是国家刑罚执行机关，一切监狱执法和管理活动的目标都是为了惩罚和教育改造罪犯，起着一般预防犯罪和特殊预防犯罪的作用，维护社会的长治久安。正是监狱所承担的这一特殊社会责任，决定了监狱的经济效益目标始终处于次要地位，监狱企业为教育改造罪犯提供必要的劳动场所，并不是以获利为目的的一般经济性组织。因此，监狱风险管理的目标有别于其他以经济目标最大化的组织或团体，是不能完全以经济指标来衡量的。三是监狱安全风险管理的核心对象是罪犯，罪犯作为有自然属性和社会属性的人，一个有思想、有行为的动态个体，对其风险因素的识别、评估和处置，与物态相比，难度很大，专业性也强，而且还没有一套相对成熟和完善的理论和工具，这在一定程度上也降低了监狱管理者对安全风险的掌控能力。

正是一般的风险管理与监狱领域的安全风险管理存在共性和个性的特点，要求我们必须辩证地看待风险管理的一般理论在监狱风险管理中的运用。这里将结合我国监狱安全工作的现状，运用风险管理的理论，使用风险管理方法，开展风险管理活动，使在刑罚执行过程中影响监狱安全的各类因素和风险得到有效监控或规避，从而保证监狱的安全稳定，其主要内容包括监狱安全风险的识别、监狱安全风险的评估、监狱安全风险的处置和监狱安全风险监控等内容。

二、监狱安全风险的识别

研究监狱安全的最终目的，是构建监狱安全稳定的长效机制，运用各种手段测评监狱

---

❶ 参考自"吴宗宪. 当代西方监狱学（M）. 北京：法律出版社，2005：337."。

安全，找出监狱安全体系中存在的不足，有针对性地加以解决，达到预防安全事故、规避安全风险的预期效果，以实现最小的安全管理成本完成最大的安全保障效能。监狱安全风险的识别就是要了解监狱安全体系中存在的不足，辨识监狱安全面临的风险，分析它们各自的风险因素，预测安全风险发生的后果以及剖析导致风险事故的原因等内容。

（一）监狱安全风险识别的含义

监狱安全风险识别，是指通过监狱安全风险调查和分析，查找出风险管理对象的风险源，并且找出风险因素向风险事故转化的条件。风险识别是风险管理实施的起点，是风险评估的前提，决定着风险评估的针对性和有效性。风险识别并不是一劳永逸的，而是随着外部环境和条件的变化而变化，或恶化原有的风险，或减轻原有的风险，或衍生新的风险，或消失原有的风险，特别是在以有思想、有意识、有行为的罪犯为主要风险因素的监管场所，各种风险因素的变化就显得更为突出，因此风险识别必须是动态的、常态的和及时的。监狱安全风险识别过程主要存在两个环节，一是查找监狱安全风险源，二是找出这些风险因素向风险事故转化的条件。当查找出风险源后，寻求安全风险因素向安全风险事故转化的条件就显得格外重要。只有弄清楚安全风险因素向安全风险事故转化条件和内在联系，才能在风险转化的链条中加以干预，控制风险的转化，降低风险事故发生的概率和损失程度。

（二）监狱安全风险识别的内容

监狱安全风险识别主要包括两个方面的内容，一是感知风险，即通过调查和了解，识别监狱安全风险的存在，例如调查风险本身是否存在社会影响、财产损失和人身伤害等方面的风险。比如通过侦查，了解到一名罪犯有逃脱的风险，逃脱风险又包括监管秩序遭到严重破坏、追捕逃脱罪犯的人力和物力的损失消耗、社会影响恶劣等，而逃脱的可能原因有不服判决，逃避惩罚；有余罪害怕追究；改造表现差，减刑无望；家庭发生变故；受牢头狱霸欺压，不堪承受；管理上有漏洞，发现可乘之机等。二是分析风险，即通过归类，掌握安全风险产生的原因和条件以及风险发生的内在规律，通过安全风险的分析，掌握安全风险具有的性质和特点，为安全风险的评估、应对提供更多的信息。例如，侦查出一名罪犯有逃脱的风险，通过风险的分析，判断该犯是因为不服判决，逃避惩罚，那么就应该采取针对性的认罪伏法教育，来化解罪犯逃脱的风险。感知风险和分析风险是监狱安全风险识别构成的基本内容，二者相辅相成，相互联系，感知风险是风险识别的基础，分析风险是风险识别的关键。只有感知风险的存在，才能进一步有意识、有目的地分析风险，掌握风险存在及导致风险事故发生的原因和条件，同时也只有分析风险事故发生的内在机理，才能面对客观存在的风险采取有效措施，消除不利因素，减少或避免风险带来的损害。

（三）监狱安全风险识别的流程

监狱安全风险识别的流程如图 3-3 所示。

1. 获得监狱安全风险管理的整体规划

监狱安全风险管理整体规划是风险识别工作开展的总体依据。该规划包括监狱环境、安全风险管理目标、风险标准、决策标准以及对风险识别的总体要求等。

图 3-3　监狱安全风险
识别的流程

2. 确定风险识别的对象和范围

包括获得和确认监狱执法和管理活动的过程、计划、目标、具体的风险标准等信息。首先，识别监狱安全风险的对象是罪犯，"被监禁中的囚犯受到各种因素的影响，特别是冲动和不计后果上无法预料和控制，因而发生囚犯杀人和重大伤害事件每年都会在极少数监狱发生。预谋性的杀人、伤害事件相对较少，但因打架斗殴引发的伤害事件在监狱管理中经常发生。"❶ 罪犯是监狱安全最核心的风险因素和重点风险源，因此监狱安全风险识别必须紧紧围绕罪犯来展开，把罪犯以及罪犯活动的范围作为风险识别的主要对象和范围。其次，识别监狱安全风险的对象是监管设施、器材以及相关设备，这些作为监狱安全物的载体，它们所处的状态直接影响到监狱的安全状态，能直接诱发各种安全风险。此外，识别监狱安全风险对象和范围还包括监狱民警、外来人员及车辆、监狱周边自然环境、社会环境等一切与监狱发生关联的人或物。

3. 制订风险识别计划

风险识别计划包括识别方法的选择，并在此基础上确定识别人员的能力需求、识别工作时限、识别深度、识别费用、识别成果形式等。

4. 准备识别工具

根据所选的具体识别方法，准备相应的识别工具，例如风险识别对象的分解结构、风险因素调查表、情景分析会、风险的历史资料、风险登记表等。

5. 开展调查

开展调查即通过调查进行风险因素、相应风险事件和可能结果的描述及分类。

6. 提交风险识别成果

（四）监狱安全风险识别方法及识别过程

根据风险管理理论，风险管理活动首先是识别和评估潜在的风险领域，这是风险管理中最重要的步骤。风险识别要系统地、连续地识别风险，监狱安全风险识别包括确定风险的来源、产生条件，风险识别不是一次就可以完成的事，应在执法和管理的自始至终中进行。风险识别没有一个单一的方法和工具，目前运用到监狱安全风险识别的方法很多，常见的有以下几种方法。

1. 头脑风暴法

头脑风暴法，是发挥参与者的创造性思维，诱发参与者产生"思维共振"，集思广益，以达到相互补充并产生组合效应，从而获取更多的风险识别信息，使风险预测和识别的结果更准确。这种方法运用得较为普遍，例如省级监狱管理部门通过不定期的组织专家对某一监狱单位安全防范工作或对安全事故发生单位进行会诊，从中找出风险的潜在或显性因素，并提出做好针对性防范工作的建议；各监狱不定期组织管理人员开展头脑风暴法进行讨论，讨论分析可能发生事故的苗头和因素。

头脑风暴法风险识别的具体过程如下。第一，人员选择，人员主要是优秀的监狱安全管理者、长期从事监狱安全工作的人员、基层一线的监区民警等，必要时邀请法学、心理学方面的专家，事故救援机构人员，公安（武警）处突人员参加。会议主持人应该具有较强逻辑思维能力、归纳能力和综合能力。第二，明确会议的主题。第三，轮流发言并记

---

❶ 参考自"于爱荣，魏钟林. 监狱囚犯论（M）. 南京：江苏人民出版社，2011：15."

录，无条件接纳任何人意见，不加以评价，主持人应尽量原话记录每条意见，并可以将其展示出来。第四，发言过程可以循环进行，通过收集参与者的意见，然后加以综合整理。第五，与会人员在轮流发言停止后，共同评价每一条意见，并逐步使意见趋向统一，最后总结出重要结论，形成会议纪要或会议决定。

2. 安全检查表法

在实际的监狱安全管理实施过程中，需要不断搜集并分析常见的实施改进点、执行操作错误（或解决办法）清单，对照检查潜在的风险，以此来检查各种规定和标准的执行情况。它以清晰明了的规范清单项目为显著特征，受到广大实施者的青睐，是监狱安全风险识别最常用的方法之一。

首先根据系统工程的分析思想，在对系统进行分析的基础上，找出所有可能存在的风险源，然后以提问的方式将这些风险因素列在表格中，形成安全检查表。安全检查表的编制程序分为四个步骤：一是将系统风险分解为若干个子系统；二是运用事故树，查出引起风险事件的风险因素，作为检查表的基本检查项目；三是针对风险因素，查找有关控制标准或规范；四是根据因素的风险程度依次列出问题清单。安全检查表分析弹性很大，既可用于简单快速分析，也可用于更深层次的分析，是识别已知危险的有效方法。这张表既可以用来判断风险是否存在，也可以在发生事故后帮助查找事故原因。在日常的监管安全、生产安全等管理中得到广泛的运用。一张简单的监管安全检查表如表 3-1 所示。

表 3-1　监管安全检查表

检查人员：_____　　时间：_____　　被检查单位：_____

序号	检查项目	检查子项目	现实状况	判断	备注
1	民警思想意识	略			
2	基本监管制度落实	略			
3	监管警戒设施	略			
4	违禁危险物品管理	略			
5	危险性罪犯的管理	略			
⋮	⋮	⋮			

3. 案例分析法

案例分析法是指把实际工作中已经发生的风险事故或被成功化解的安全风险作为案例，交给监狱民警去研究分析，认知已发生风险事故的风险因素或成功化解安全风险的经验，以及各个因素之间的内在联系，风险因素转化为风险事故的条件等，来培养监狱民警的分析能力、判断能力、解决问题及执行业务的能力。案例分析法，它是以鲜活的事例，惨痛的风险事故教训或成功防范风险的经验，给人以形象直观的感受，能引起监狱民警的积极关注，对风险的识别、评估和控制往往能起到较好的示范效果。

案例法用于风险识别的过程如下。首先是收集近期发生的有影响力的监狱安全风险事故，突出风险事故的时效性和影响力，给人以足够的震撼力，引起监狱民警的足够注意。其次，关注已发生的监狱安全风险事故整个过程的各个环节，分析并找出风险事故的风险因素以及这些风险因素转化成风险事故的内在原因和外在条件。最后，根据分析的结果对照目前监狱安全的状况，进而判断当前的风险是否存在即识别当前的安全风险。案例分析法常常运用于对于重大安全风险事故的剖析或对成功案例的经验总结，在监狱安全工作中使用的比较普遍。例如2009年发生的震惊全国的某监狱四名罪犯袭警越狱案，2011年某监狱成功破获一起两名重刑罪犯企图袭警越狱案，通过还原这些案件发生、侦破的整个过程，分析相关管理制度、防范措施落实、监狱设施等情况，可以进一步增强民警的安全意识、防范技能、应对能力，并改进监狱安全管理，避免类似事故的发生。

4. 情境分析模拟法

情景分析模拟法是监狱就监狱安全风险领域内某一主题进行系统分析并模拟演练的一种研究方法。它是通过对安全风险所处环境的研究，识别影响监狱安全主题发展的外部因素，模拟外部因素可能发生的多种交叉情景，分析和预测各种可能前景并在现实的环境中进行模拟演练，以检验情景分析的可靠性，从而识别出影响风险主题的各种因素，制定应对策略。如罪犯聚众冲监、越狱、暴动以及监狱安全生产中一些有损检测或破坏性试验，可以通过情景假设来模拟，以求识别影响风险的关键因素，从而制定出应对此类风险的最佳方法。在日常监狱管理过程中，可以假设发生罪犯脱逃、行凶伤害、火灾等事故情景，并结合以往发生的案例，对监狱安全管理过程进行倒推分析，从而找出现实监狱安全中的风险因素，同时对风险事故的防范进行演练，不断完善处置能力和水平。

情景假设分析模拟法用于风险识别的过程包括以下几个方面。确定分析模拟主题，即确定所需要研究的安全风险；选择主要影响因素，即前期分析所有可能的情形，找出可能导致风险事故发生的主要影响因素；描述与筛选方案，即将关键影响因素的具体描述进行组合，形成多个初步的未来情景描述方案；模拟演习，即组织人员进入描述的情景中演练，面对情景中出现的状况或问题作出对应策略；制定策略，即总结分析情景分析模拟的得与失，确定可能出现的风险事故的各种风险因素，制定完整的应对策略；建立早期预警系统和响应系统。

三、监狱安全风险的评估

风险识别确认后，接着要做的就是风险评估。监狱安全风险评估就是对识别出来的安全风险作进一步的分析，对其衡量和评价，进行分类分级，为进一步的安全管理决策提供依据。风险评估的目标是核实和评定监狱安全面临的风险，并证明风险是确实存在的；风险评估的成果体现为将识别出的风险因素按照对监狱安全的威胁或破坏程度列出清单，为监狱安全规划、管理控制提供事实依据。

（一）监狱安全风险评估的含义

监狱安全风险评估是指在监狱安全风险事件发生之前或之后（但还没有结束），对该事件给监狱秩序、生命、财产等各个方面造成的影响和损失的可能性进行量化评估的工作，即量化测评监狱某一事件或事物带来影响或损失的可能性，包括安全风险估测和安全风险评价。

1. 监狱安全风险估测

监狱安全风险估测是指在安全风险识别的基础上，通过对所收集的大量、详细资料加以分析，运用统计分析工具，估计和预测风险发生的概率和损失程度。风险估测的内容主要包括损失频率和损失程度两个方面。损失频率的高低取决于风险单位数目、损失形态和风险事故；损失程度是指某一特定风险发生的严重程度。风险估测不仅使风险管理建立在科学的基础上，而且使风险分析定量化，损失分布的建立、损失概率和损失期望值的预测值为监狱安全风险管理者进行决策、选择最佳管理技术提供了可靠的科学依据。它要求从风险发生频率，发生后所致损失的程度和所承担的法律、社会责任以及自身的财务支出能力入手，分析自己的风险承受力，为正确选择风险的处理方法提供根据。

2. 监狱安全风险评价

风险评价是指在风险识别和风险估测的基础上，对风险发生的概率、损失程度，结合其他因素全面进行考虑，评估风险发生的可能性及其危害程度，并与公认的安全指标相比较，以衡量风险的程度，并决定是否需要采取相应的措施。处理风险需要一定费用，费用和风险损失之间的比例关系直接影响风险管理的效益。通过对风险的性质的定性、定量分析和所承担的法律、社会责任以及处理风险所支出的费用，来确定风险是否需要处理和处理的程度，以判定为处理风险所支出的费用是否有效益。

（二）监狱安全风险评估的原则

在监狱风险评估的过程中，必须坚持以下原则，才能使风险评估的结果全面地反映风险的实际程度。

1. 全面性原则

对风险的估计应该全面，以反映该风险所有的可能性和可能造成的所有影响，不仅考虑被评估对象的本身情况，还要研究周边的环境。

2. 动态性原则

在进行风险评估时，不仅应考虑目前的情况，还应该考虑环境变化的趋势以及环境发展变化对风险及风险对象的影响。

3. 可操作性原则

风险评估中的评估方法必须与现有的风险评估资料相配套，如果某种评估方法非常适合，但所需的资料无法获得，就不能采用该方法进行风险评估。

4. 风险评估的客观性

风险评估的目的是为了决策，而评估的质量直接影响着决策的正确性，因此必须尽量排除主观臆断，按照客观事实和规律进行评价，保证评估的客观性。

5. 风险评估过程的规范化

过程的规范化是确保评价的客观性和科学性的重要前提。风险评价者必须具有相应的职业技能，遵守职业操守，做到公正、客观。

图 3-4　监狱安全
风险评估的流程

（三）监狱安全风险评估的流程

监狱安全风险评估的流程如图 3-4 所示。

1. 收集数据资料

风险评估的第一步是要收集与风险因素相关的数据和资料。这些数据和资料可以从过去的类似风险管理项目经验总结或记录中取得，也可以从相关研究或试验中取得，还可以在风险识别实施过程中取得。资料的搜集要力求准确和完整，因为只有准确的资料才能反映客观情况，而完整的资料可以避免得出片面的结果。原始资料数据收集之后，必须对其进行整理，根据研究任务的需要，将收集来的资料进行加工、综合，使之条理、系统化，成为能够反映事物总体特征的综合资料。

2. 确定风险评估目标，估计风险发生的可能性和损失后果

以取得的有关风险的数据资料为基础，确定风险评估目标，对风险事件发生的可能性和可能的结果给出明确的量化描述，即风险模型。建立风险模型后，就可以用适当的方法去估计每一风险因素发生的可能性和可能造成的损失。

3. 建立风险评估指标体系

风险评估指标体系的确定至关重要，具体包括资料的收集、确定指标体系的结构、指标体系的初步确定、指标体系的筛选与简化、指标体系的有效性分析、定性变量的数量化等环节。

4. 综合评估实施

一是收集指标体系数据；二是确定风险评价基准，风险评价基准就是风险主体针对每一种风险后果确定可以接受水平，单个风险和整体风险都要有明确的评价基准；三是确定整体风险水平，整体风险水平是综合所有个别风险之后确定的；四是进行风险等级判别，将单个风险和单个评价基准、整体风险水平与整体评价基准对比，进行风险等级的判别；五是评估结果的评价与检验，对评估结果进行评价和检验，以判别所选评价模型、有关标准、有关权值，甚至指标体系合理与否，如不符合要求，则需要进一步修改，甚至返回到前述的某一环节；六是评估结果分析与报告，包括评价结果的书面分析、撰写评估报告与发布评估结果、资料的储备与后续开发利用。

（四）监狱安全风险评估方法与度量方法

在风险评估的分析和评价过程中，需要利用适当且有效的评估风险方法和度量风险方法，以便于监狱安全风险管理者能够准确认识到风险存在对监狱安全威胁的程度以及各风险因素在转化成风险事故中起到的作用，为处置风险决策提供参考依据。

1. 监狱安全风险评估方法

监狱安全风险评估方法一般采取定性分析法和定量分析法。在实际安全风险评估活动中可以单一采取其中的一种方法，也可以将两种方法结合使用即半定性半定量评价。

（1）监狱风险评估的定性分析法　监狱安全风险评估的定性方法是指监狱用文字或描述的级别说明风险的影响程度和这些风险出现的可能性，有些级别可以根据监狱的具体情况进行调整或修改，有些级别是以行政规章或行政规范性文件规定，在一定的时间和范围内处于稳定状态。定性方法是监狱安全风险评估的常用方法，具体常用于定性分析的方法有个案长期跟踪观察、问卷调查、现场调查、档案资料查阅、集体会议讨论、标杆比较等，这些方法可以单独使用也可以任意组合使用，以更加准确地定性分析监狱安全存在的风险。例如对监管安全中重点风险因素"顽固和危险犯"的评估认定，"有下列情形之一的，认定为顽固犯：拒不认罪，无理纠缠的；打击改造表现积极罪犯，拉拢改造表现落后罪犯，经常散布反改造言论的；屡犯监规，经常打架斗殴，抗拒管教的；无正当理由经常逃避学习和劳动的；有其他需要认定为顽固犯情形的。有下列情形之一的，认定为危险犯：有自伤、自残、自杀危险的；有逃跑、行凶、破坏监管秩序等犯罪倾向的；有拉帮结伙，煽动闹事，暴力抗改等倾向的；有隐瞒余罪嫌疑或隐瞒真实姓名、身份的；其他需要

认定为危险犯情形的。"❶ 这是以规范性文件的方式对顽固和危险犯评估认定的定性描述，在评估认定顽固或危险犯时，只需采用"标杆对比"法与上述条文对照，有符合其情形的即可认定为顽固或危险犯。但在具体"情形"评估认定中，例如"拒不认罪，无理纠缠的"则需要个案跟踪观察、现场调查、档案资料查阅、集体会议讨论等多种方法的组合使用来评估认定是否确实属于"拒不认罪，无理纠缠的"。对于有些因为错判、重判或有冤情等原因而不认罪的罪犯，不仅不能评估认定为顽固犯，而且还要提供权利救济措施，维护罪犯的合法权益。

（2）风险评估的定量分析法　监狱安全风险评估的定量方法是指监狱用数字价值（而定性方法中使用的描述性等级）分析风险的影响程度和可能性，采用来自多个来源的数据，包括历史数据、行业相关做法和经验、相关文献资料、监狱系统研究及试点推广结果等。随着科学技术的发展，许多领域的理论如心理学、社会统计学、测量学、管理学等运用到监狱工作中来，一些定量方法慢慢取代了过去依靠经验的定性方法，用数字量化的方式作为风险参考标准，从一定程度上抑制了监狱管理者在监狱安全风险评估中的主观性和随意性。学术界通常用以下公式表示风险程度：$S = \sum EQ$，其中 S 为风险损失，E 为价值，Q 为发生事故的可能（概率）。安全管理中，就是要努力降低 Q 值，即将发生事故的可能性降至最低，即要使安全的各个要素处于可控、在控的状态。其中的 Q 值，过去一般是靠经验估计，得出一个模糊的数据，现在运用统计学的方法，通过对原始数据的记录、汇总、处理并借助一些数学工具计算出准确的数据，为安全风险评估和决策提供可靠的依据。在罪犯教育改造方面，心理、行为、人身危险、重新犯罪等方面的诊断评估，采用了量表测量工具，是监狱工作在科学量化实践方面的重大发展。

2. 监狱安全风险评价度量方法

风险评价度量方法较多，在企业里运用较为广泛的有评级法、评分法、LEC 法、MES 法、MLS 法、SWOT 分析法、模糊评价法、蒙德法、蒙特卡罗法等，它们在不同的领域内发挥着不同的评价度量风险的作用。结合监狱安全风险管理的实际运用情况，这里主要介绍监狱安全风险评级法、评分法和 LEC 法。

（1）风险评级法　这种方法可以系统地对风险水平进行评级或评分，通常用来长期、连贯地评定某一风险的等级，也可用来支持、管理和监督监狱安全的决策。风险评级的基本思想是基于风险理论的数学关系，风险程度＝危险概率×危险严重度。如果能定量计算出风险程度，则可根据风险程度来进行风险分级。但是，在实际监狱安全管理过程中，很难或不可能取得精准的数据进行精确和定量的风险计算，因此通常采用定性或定性与定量组合的方法进行风险评级。

目前最广泛采用的，具有代表性的一种评级方法是美国军用标准（MIL-STD-882B）中提供的定性分级方法。❷ 该分级分别规定了危险严重性等级以及危险概率的定性等级，通过不同的等级组合，进行风险水平分级。危险严重等级和危险概率分析分别如表 3-2 和表 3-3 所示。

---

❶ 参考自"江苏省监狱管理局．监狱工作实用手册：第 5 册（下）．南京：江苏省监狱管理局，2010：520．"。

❷ 参考自"Military Standard System Safety Program Requirements. MIL-STD-882B：Licensed by Information Handling Services，1984：A-14，B-3．"。

表 3-2　危险严重等级 （MIL-STD-882B）

分类等级	危 险 性	破 坏	伤 害
一	灾难性的(Calastrophic)	系统报废	死亡
二	危险性的(Critical)	主要系统损坏	严重伤害,严重职业病
三	临界的(Marginal)	次要系统损坏	轻伤、轻度职业病
四	安全的(Safe)	系统无损坏	无伤害、无职业病

表 3-3　危险概率分析 （MIL-STD-882B）

分类等级	特征	项目说明	发生情况
一	频繁	几乎经常出现	连续发生
二	容易	在一个项目使用寿命期中将出现若干次	经常发生
三	偶然	在一个项目使用寿命期中可能出现	有时发生
四	很少	不能认为不可能发生	可能发生
五	不易	出现的概率接近零	可以假设不发生
六	不能	不可能出现	不可能发生

危险性严重性和危险概率等级的组合，构成风险分级的级数矩阵，如表 3-4 所示。应用表 3-4 的数值即可进行监狱安全风险分级，用矩阵中的指数大小作为风险分级准则。即指数为 1～5 的为 1 级风险，是严重威胁监狱安全，必须采取专门有效措施来处置的风险等级；指数为 6～9 的为 2 级风险，是监狱不希望有的风险，对监狱安全存在一定的威胁，监狱必须积极应对的风险等级；指数为 10～17 的是 3 级风险，是监狱在一定范围内能够接受的风险等级；指数为 18～20 的是 4 级风险，监狱通过日常管理能够避免或消除的风险，是监狱能够接受的风险等级。

表 3-4　风险定性等级

可能性 ＼ 严重性	灾难的	严重的	轻度的	轻微的
频繁	1	2	7	13
很可能	3	5	9	16
有时	4	6	11	18
极少	8	10	14	19
几乎不可能	12	15	17	20

（2）风险评分法　目前普遍使用的一种评分方法是综合评分法。综合评分法是用于评价指标无法用统一的量纲进行定量分析的场合，而用无量纲的分数进行综合评价。监狱安全风险评估综合评分法是建立在实际安全管理经验基础上，细化各个安全因素并赋予一定的分值，通过实地检查各个安全因素的状况得出该安全因素的分值，然后采用加权相加，求得总分。由于该方法操作性强，且还能依据分值有一个明确的级别，因此在监狱、监区安全等级综合评定中通常采用此方法。一般使用综合评分法的过程如下。

① 确定评价项目，即哪些指标采取此法进行评价。

② 制定出评价等级和标准。先制定出各项评价指标统一的评价等级或分值范围，然后制定出每项评价指标每个等级的标准，以便打分时掌握。这项标准，一般是定性与定量相结合，也可以是定量为主，也可以是定性为主，根据具体情况而定。

③ 制定评分表。内容包括所有的评价指标及其等级区分和打分，简单的格式如表 3-5 所示。

表 3-5　评分表

分数　　　等级 指标	优 （90～100 分）	良 （80～89 分）	中 （60～79 分）	差 （60 分以下）	评分说明

④ 根据指标和等级评出分数值。评价者收集和指标相关的资料，给评价对象打分，填入表格。打分的方法，一般是先对某项指标达到的成绩做出判断，然后进一步细化，根据实际的检验情况打上一个具体分。

⑤ 数据处理和评价。首先，确定各单项评价指标得分，然后，计算各组的综合评分和评价对象的总评分。

⑥ 评价结果的运用。将各评价对象的综合评分，按原先确定的评价目的，予以运用。

（3）安全风险系数 LEC 评估法　LEC 评估法是对具有潜在危险性作业环境中的危险源进行半定量的安全评价方法。该方法采用与系统风险率相关的三个方面指标值之积来评价系统中人员伤亡风险大小。这三个方面分别是：L 为发生事故的可能性大小；E 为人体暴露在这种危险环境中的频繁程度；C 为一旦发生事故会造成的损失后果。风险分值 D＝LEC。D 值越大，说明该系统危险性大，需要增加安全措施，或改变发生事故的可能性，或减少人体暴露于危险环境中的频繁程度，或减轻事故损失，直到调整到允许范围内。对这三个方面分别进行客观的科学计算，得到准确的数据，是相当繁琐的过程。为了简化评价过程，采取半定量计值法。即根据以往的经验和估计，分别对这三方面划分不同的等级，并赋值。具体如表 3-6、表 3-7、表 3-8 所示。

表 3-6　事故发生的可能性（L）

分数值	事故发生的可能性	分数值	事故发生的可能性
10	完全可以预料	0.5	不可能,可以设想
6	相当可能	0.2	极不可能
3	可能,但不经常	0.1	实际不可能
1	可能性小,完全意外		

表 3-7　暴露于危险环境的频繁程度（E）

分数值	暴露于危险环境的频繁程度	分数值	暴露于危险环境的频繁程度
10	连续暴露	2	每月一次暴露
6	每天劳动时间内暴露	1	每年几次暴露
3	每周一次或偶然暴露	0.5	非常罕见暴露

表 3-8　发生事故产生的后果（C）

分数值	发生事故产生的后果	分数值	发生事故产生的后果
100	10 人以上死亡	7	严重
40	3～9 人死亡	3	重大，伤残
15	1～2 人死亡	1	引人注意

根据公式风险 D＝LEC 就可以计算作业的危险程度，并判断评价危险性的大小，其中的关键还是如何确定各个分值，以及对乘积值的分析、评价和利用。如表 3-9 所示。

表 3-9　风险分值

D 值	危 险 程 度	D 值	危 险 程 度
＞320	极其危险，不能继续作业	20～70	一般危险，需要注意
160～320	高度危险，要立即整改	＜20	稍有危险，可以接受
70～160	显著危险，需要整改		

根据经验，总分在 20 以下被认为是低危险的，这样的危险比日常生活中骑自行车还要安全些；如果危险分值到达 70～160 之间，那就有显著的危险性，需要及时整改；如果危险分值在 160～320 之间，那么这是一种必须立即采取措施进行整改的高度危险环境；分值在 320 以上的高分值表示环境非常危险，应立即停止该项活动直到环境得到改善为止。

（五）监狱安全风险评估

监狱安全风险涉及到监狱公共安全风险、监禁安全风险、生产安全风险等领域，覆盖面广。现从监狱、监区和罪犯个体三个层次来说明监狱安全风险的评估方法和过程。

1. 监狱监管安全风险评估

监狱监管安全风险评估是根据监狱的押犯规模与构成、警力资源、警戒设施、历史安全绩效和现有安全管理水平等进行定性和定量分析，预测该监狱发生安全事故的可能性和事故类型，进而为该监狱的安全管理提出建议。这种方法一般可以用于省级监狱管理机关对所管辖的监狱进行安全风险评估，明确监督管理的重点监狱和重点事故类型，进而有效地指导基层监狱工作，合理调配相关资源。评估工作应坚持全面、客观和动态性原则，定量评估与综合分析相结合，过程评估与结果评估相结合，并确定监狱监管安全等级。本书附录一是某省监狱管理局制定的《监狱监管安全风险等级评定方法》。

2. 监区监管安全风险评估

监区安全风险评估是在监狱安全评估的总体框架下，细化各风险因素，评定危险等级，明确具体风险源与监区安全保障程度以及它们之间相互作用所导致监区教育改造、劳动生产、卫生防疫等方面可能性的风险预测。监区监管安全风险评估的过程和方法通常与监狱安全风险评估保持一致，定量分析与定性分析相结合，运用综合评分法来评估监区安全等级。本书附录二是某监狱的监区监管安全风险等级评定方法。

3. 罪犯个体风险评估

罪犯个体风险即罪犯个体人身危险性，指罪犯在监狱服刑期间可能给监狱管理乃至社会安全造成的潜在威胁，也包括给罪犯自身带来的影响改造和正常生活的不确定状态。前者如罪犯的脱逃、行凶、暴狱、劫持人质等暴力性倾向；后者如罪犯的自杀、自残等倾向。罪犯人身危险性作为一种危害监狱改造秩序的可能性，当条件和时机一旦成熟就会转化为现实。罪犯的邪恶本质以及其特有的人格对罪犯人身危险性的形成起决定作用，它是人身危险性形成和存在的内部因素，是内因，如强烈的报复泄恨心理、深度仇视社会心理、极度的悲观绝望心理、冲动好斗、自制力弱等。罪犯邪恶的本质和人格一经形成，就表现为对现实的稳定态度和与之相适应的习惯化的行为模式，在一定的情境中，就会实施特定的行为。人身危险性正是建立在罪犯犯罪倾向性人格基础上的，罪犯的犯罪倾向性大，人身危险性就大，反之则小。罪犯总是在一定的改造环境中存在，罪犯改造的每一过程都有环境在起作用，犯罪行为的最终外化就是在环境的作用下步步选择的结果，它是人身危险性形成和存在的外部条件，是外因。当前狱内小环境中存在不良因素，在一定程度上对罪犯人身危险性起着诱发、催化的作用。如牢头狱霸，狱内团伙，他们以强凌弱，或教唆指使他人，或自己直接出面，虐待、殴打新犯人，索钱索物，要他犯臣服自己；或欺侮、刁难与己关系不好的罪犯；或拉拢一些罪犯，排斥打击积极改造的罪犯；或在民警与罪犯之间、罪犯与罪犯之间制造矛盾，有的甚至挑拨民警之间的关系。他们的行为直接导致了狱内又犯罪或激起了受害罪犯的暴力反抗，诱发了狱内又犯罪。当内因和外因发展到一定程度时，罪犯人身危险性就暴露无遗，罪犯个体人身危险性这一风险因素就会酿成监狱安全风险事故。

罪犯人身危险性是客观存在的，是监狱安全风险的核心因素，对其进行正确的预测和评估，既可以为监狱监管安全工作提供决策依据，也可以为监狱民警教育改造罪犯提供可靠的资料，从而有效处置罪犯个体存在的安全风险。评估罪犯个体风险可采用以下五种分析方法，为了使得评估结果准确可靠，通常是这五种分析方法同时使用或部分方法组合使用。

（1）犯罪概要分析　认真查阅罪犯的判决书和起诉意见书，掌握罪犯的犯罪过程、犯罪原因、犯罪事实、犯罪手段、犯罪危害，从中分析得出该犯的案情是否复杂、重大，属于哪一类犯罪性质，犯罪性质是否恶劣，犯罪手段是否残忍，是突发性还是预谋性，是初犯还是惯累犯，在改造当中是否存在类似的犯罪可能和倾向。

（2）个人简历分析　查阅《罪犯入监登记表》，掌握罪犯的成长过程，从中分析该犯在社会的成长经历是否平坦、清白，是否受到正常的教育，经历了哪些挫折，取得了哪些成就，是否有前科和不良痕迹，其改造是否会受到人生经历的影响等等。

（3）家庭成员及社会关系分析　多渠道核实罪犯的家庭成员、社会关系是否真实可靠，从中分析出家庭状况、背景如何，社会关系是否复杂，家庭成员及主要亲属是否对该犯关心和照顾，有无父母离异现象，该犯是否关心或仇视家庭，以及在家庭中的地位和作用；服刑以后是否牵挂和关心家庭，家庭成员和亲属对其犯罪是否能谅解，亲情关系能否延续，是否能帮助和支持其渡过改造难关，亲情规劝对该犯的作用如何，是属于顾虑家庭型还是仇视家庭型。

（4）社会调查分析　为了进一步弄清楚罪犯的成长经历、家庭状况、社会关系、犯罪背景和经历以及其他社会活动状况，必要时可以进行社会走访调查。通过对罪犯的家庭成员、社会关系、社区或村庄、学校、工作单位、地方公安派出所等个人或单位的实地调查了解，剖析罪犯心理、行为发展过程，分析罪犯犯罪的原因，进一步辨析罪犯现实行为的倾向性和危险性。

（5）改造表现分析　改造表现分析即个案跟踪，对罪犯服刑期间在生活、劳动、学习活动中跟踪观察，获取现实行为信息，对其思想、心理、行为等情况作出综合性的评价。此分析主要包括认罪服判情况分析、改造信心分析、性格类型分析、影响改造的心理因素分析。认罪服判分析就是该犯是否认罪服判，有无认为轻罪重判、无罪错判、有错无罪的现象，在改造中是否会申诉、缠诉，是无心改造还是改造、申诉两不误。改造信心分析就是根据个人的认罪态度、悔改意识、入监表现、家庭状况、个人身体状况、文化素养、就业谋生能力、特长爱好等情况判定罪犯是积极改造型、破罐破摔型还是顽抗到底型。性格分析就是根据罪犯个人在服刑期间的言行举止、为人处世的表现判定罪犯是内向型、外向型还是中性型。影响改造的心理因素分析就是通过谈话教育、外围情况收集、接见通信、亲情电话等方法，归纳分析影响改造的心理因素，如负罪感、认罪服判态度、顾虑家庭、家庭变故、环境变化、身心状况等因素。

（6）心理测试分析　心理测试分析是根据心理测试的量表进行分析，是研究罪犯个体危险性的一个重要方法，是作出罪犯危险性评估的重要参考依据。研制开发符合我国监狱罪犯特点的评估工具，是提高罪犯人身危险性评估科学性的重要前提。一些国外的心理测验量表，不完全符合我国监狱罪犯的特点。目前，江苏省监狱管理局设计编制的《罪犯人身危险程度检测表》（又称 RW 检测表）和广东四会监狱设计编制的《新收押罪犯危险性评估量表》已在实践中运用，并取得了较好的成效。[1] 对罪犯个体方面存在的风险检测评估和控制，采用罪犯人身危险度检测表（RW）和高危行为倾向评估表（GRW）来检测。[2]

通过 RW 量表检测（RW 量表见附录三），能够测试出不同的分值，根据分值的情况对罪犯个体风险评估划分为三个等级，分别为稳定、相对稳定、高危，分值和等级对应关系如表 3-10 所示。

表 3-10　分值和等级对应关系

类　　别	平均值	稳定	相对稳定	高危
10 年以上有期徒刑、无期期、死缓（男）	52.54	＜42.5	≥42.5 且＜63.5	≥63.5
不满 10 年有期徒刑的罪犯（男）	42.46	＜34	≥34＜51	≥51
女犯	36.17	＜29	≥29 且＜43	≥43
未成年犯	43.5	＜35	≥35 且＜52.5	≥52.5

高危行为倾向评估表的主要目的是根据罪犯在监狱中的现实行为表现，评估罪犯脱逃、暴力和自杀行为倾向，对罪犯进行再次分类。评估表的因子共分为两大类，即罪犯自然状况和现实行为表现。自然状况主要是与罪犯的自身有关联。现实行为表现是对罪犯矫正的写实，它包括罪犯对矫正的认识（态度）、罪犯行为表现和个别化矫正方案实施效果的评估。

---

[1] 参考自"黄勇峰等．罪犯人身危险性评估问题研究［J/OL］．广东监狱管理局，2007-10-29［2011-10-5］．http://www.gdjyj.gd.gov.CN/news_view.jsp？NewsIndex＝404．"。
[2] 参考自"彭兵．江苏省监狱监管安全防范项目风险管理［D］．南京：南京理工大学中国硕士学位论文全文数据库，2008．"。

需要说明的是，高危行为倾向评估表（GRW）是 RW 评估量表的补充，它是指在通过 RW 量表测试后，对其中属于高危人群的罪犯进行二次测量。其目的是通过测量，进一步分析高危罪犯属于哪种类型的风险。测量分值和等级具体对应关系如表 3-11 所示。

表 3-11   分值和等级具体对应关系

分 类	无	轻度	中度	强度	极强
脱逃危险倾向	低于 10 分	10～26 分	26～46 分	46～63 分	63 分以上
暴力危险倾向	低于 10 分	10～20 分	20～30 分	30～40 分	40 分以上
自杀危险倾向	低于 10 分	10～20 分	20～30 分	30～40 分	40 分以上

通过检测后，对检测结果稳定的罪犯给予一般管理，在处遇方面给予从宽，在减刑、假释等法律奖励方面从宽，在监狱内可以给予更多的自由。对检测结果相对稳定的罪犯要密切观察，并经常进行教育巩固，在管理上相对从严，在处遇上给予一般待遇。对检测结果高危的罪犯进行严格约束，做好包夹控制，可将其关押到警戒条件相对较好的高危犯监区，同时对于高危人群中具有脱逃危险、暴力危险和自杀危险倾向的罪犯要落实好针对性的教育、疏导和控制措施。

四、监狱安全风险的处置

为实现风险管理目标，根据风险评估的结果，选择最佳的风险处置策略并予以实施是风险管理中最为重要的环节。风险处置的目的是降低风险事故发生的频率和减少风险损失的程度，重点在于改变引致风险事故和扩大损失的各种条件，以求能够规避、降低或分担风险，实现监狱安全效能的最大化。

（一）监狱安全风险处置的含义

监狱安全风险处置是指在确定了监狱执法和管理活动中存在的风险，并分析出风险概率及其影响程度的基础上，根据风险性质和监狱对风险的承受能力而制定的规避、减缓或者分担风险等相应防范计划和措施。一是监狱安全风险处置是在风险管理目标的基础上，有什么样的风险管理目标，就有相应的风险管理决策处置措施，风险处置必须始终围绕监狱安全管理的目标，即遵循以最少的支出和人力资源，获得最大的监狱安全保障和社会效应。二是风险处置是对风险管理各项工具的优化组合和综合运用，是对风险管理基本程序的统筹安排和具体实施。

（二）监狱安全风险处置的原则

风险处置是整个风险管理过程中具体解决风险问题的实施阶段，风险处理手段的选择即风险管理决策是整个风险管理周期的重点，它与风险识别、风险评估共同构成了制订风险管理计划的基础，并直接影响到风险管理的成效。为了保证风险管理目标的实现，风险处置应该坚持以下原则。

1. 目标性原则

风险管理决策应与监狱职能目标相一致，制定的处置目标必须是积极、适当的。如目标过低，则失去激励作用，不利于监狱职能的发挥；如目标过高，则会使人丧失信心，达不到应有的效果。当然，在客观情况发生较大变化时，目标要随之进行适当调整。

2. 效率性原则

任何监狱安全管理处置决策必须要考虑财政投入和监狱职能的发挥以及监狱的社会效应，即用最小的投入产生最大的效能。

3. 客观性原则

风险处置决策属于不确定情况下的决策，在决策过程中，会遇到很多不确定的风险变量，这就要求决策者要客观、实事求是地对决策变量进行分析，切忌主观臆测，这样才能作出合理的决策。

4. 满意性原则

在很多情况下，监狱并不能获得风险处置的"最优"决策，只能退而求其次，选择一个使各方面都感到满意的决策方案。

（三）监狱安全风险处置的方法

在监狱安全管理中，具体处置风险的方法很多，监狱管理者经常采用的方法有规避风险、减缓风险、转移风险和自留风险等。

1. 规避风险

规避风险是通过避免受未来可能发生事件影响的方式而消除风险，主要是通过主动放弃或终止承担某一任务，从而避免或消除风险。如因为游泳有溺水的危险，就不去游泳。虽然回避风险能从根本上消除隐患，但这种方法明显具有很大的局限性，有"因噎废食"之嫌，而且并不是所有的风险都可以回避或应该进行回避。监狱规避风险的途径主要有以下几种方法。

（1）监狱通过规范性文件、限制性制度和标准，限制高风险的活动。如监狱通过规范性文件严格审批罪犯的离监探亲事宜来规避罪犯离监逃脱或又犯罪的风险；通过通信管理制度规定罪犯不得拨打非直系亲属电话，不得持有手机等移动通信工具等来规避罪犯内外勾结谋求越狱或其他违法活动；通过对罪犯来往信件的检查、出监搜查等制度来规避监狱信息外泄的风险；通过技术手段对移动终端设备的管制来防止民警工作过程中泄露工作秘密；通过会见、邮包管理制度禁止罪犯亲属传送食品、药品等规避罪犯健康受到威胁的风险等。

（2）监狱通过重新定义目标、调整战略或重新分配资源，停止某些高风险的监管活动、生产经营活动等来规避风险。如通过监狱企业资源重组，生产经营结构调整，停止罪犯室外作业；退出煤炭、化工、冶炼等高度危险产业来规避因行业本身带来的风险；对有潜在危险的建筑物予以拆除、重建；将医疗卫生设施集中在监狱大墙之内，避免罪犯因外出看病期间逃脱的风险等。

2. 减缓风险

减缓风险，是利用政策、制度或措施将风险降低或延缓到可以接受的水平，使风险事故的损害在预期控制的目标之内，一是减缓风险事故发生的频率，二是减缓风险事故损失的程度，或者二者都被减缓。减缓风险的方法在监狱安全风险处置中运用的比较广泛，减缓风险的途径有以下几种方法。

（1）利用国家政策和社会资源，来减缓监狱安全风险。如通过监狱、监区的功能和布局调整，减缓监管安全风险；充分结合武装警察部队外围武装警戒的威慑力和联动处置机制来减少罪犯聚众闹监、劫持人质等恶性事件；将监狱的灾害应急救援、安全生产监督管理、卫生防疫等纳入属地政府管理等。

（2）借助监狱内部管理机制，规范管理流程，将不良事件发生的可能性降低到可以接受的程度。重点要规范监狱执法和管理工作，做到公正文明。如监狱通过教育、心理矫治或强制措施来削弱罪犯的人身危险性，减少狱内案件的发生概率；通过规范执法、管理流程和深入细致的教育转化工作，不仅有利于罪犯的教育改造，减少罪犯违规违纪事件的发生，也有利于罪犯感受到法律的公平公正和人性化关怀，进而促进罪犯悔过自新，将监狱安全的消极因素转化为积极因素。

（3）监狱通过授权给合适的人或部门做决策，应对突发事件，快速处置，减缓突发事件发生后带来的风险损失，即通过事后种种补救措施来挽救风险事故带来的损害。如监狱成立应急指挥中心、防暴大队等来应对罪犯脱逃后的追捕、狱内聚众闹监等突发事件，通过快速反应，及时控制事态的扩展来减缓风险事故给监狱秩序造成的损害和社会影响；成立监区夏季防暑降温工作组，当发现罪犯中暑后，迅速组织人员将中暑罪犯安置在通风阴凉处，并采取常规消暑措施或及时送治，缓解因中暑给罪犯生命造成的危险等等。

（4）标识。规范危险区域、危险物品的标识管理。如高压配电柜周围安装护栏并悬挂"高压危险"的字样，可以大大降低罪犯误触遭电击的概率；在监狱大门处张贴不得随便进入、不得携带手机、不得拍照等标识；在锅炉房、危险化学品库房树立警示标志等。

（5）配置安全设施。如更换保险系数高、安全装置齐全的机械设备降低操作者致伤致残的概率；在监狱大门内外设置缓冲装置、隔离栅栏等；配齐生产区、寝舍的消防设施；对下水道、分洪道等设置多重隔离防护等。

（6）分散。如合理确定监狱、监区的关押规模；控制罪犯集体活动的人数；保证罪犯的人均厂房面积和监狱建筑面积；适度分散放置重要物资等。通过对人员、财产集中度的调整来降低发生事故的损失程度，同时也避免服刑人员过分集中、拥挤带来的骚乱、秩序失控、滋生矛盾的风险。

（7）消除风险因素引致事故的条件。罪犯实施狱内犯罪，需要有相应的条件，如作案工具，监狱警戒设施和警力部署等信息，需要脱离民警、罪犯的视线，需要足够的时间和空间来准备等。因此，通过消除风险因素引致事故的条件就可以切断罪犯的狱内再犯罪链条，如加强劳动工具和危险品管理，清查违禁品，取消小房间，强化罪犯联号、点名、签到、查人制度等。

3. 转移风险

转移风险是指通过某种安排，把自己面临的风险全部或部分转移给另一方，通过转移风险而得到安全保障。用转移风险的方法来应对处置风险在企业风险管理中应用比较广泛，如保险、再保险、风险补偿、风险移嫁等。但在监狱安全风险应对和处置中，该种方法的运用受到一定的局限性，这主要是因为在监狱安全风险中占据主导地位的监管安全风险是无法转移给其他社会组织的。

（1）保险 监狱向保险公司投保，以契约形式确立双方的经济关系，保险公司以监狱缴纳保险费建立起来的保险基金，对保险合同规定范围内的灾害事故所造成的损失，进行经济补偿或给付。如监狱可以通过与保险公司签订保险合同，对监狱有关财产、人身、医疗卫生等进行商业保险。将罪犯医疗卫生纳入当地医疗卫生保险，以减轻监狱医疗费用等等。

（2）外包　监狱把一部分工作、生产工序委托给第三方来完成和运作，实现风险的转移，如通过合同委托有资质的超市或商场采购罪犯食品；委托相应资质的建筑企业来完成监狱建筑施工；外包服装加工生产中有职业中毒危险的水洗工序；将供热供暖的锅炉外包给有资质的从业人员来管理；外聘特种作业人员完成登高、带电维修等作业等等。

（3）监狱附属职能社会化　监狱要进一步纯化职能，压缩"办社会"的职能，把一些应由社会承担的职能交给地方政府、专业机构、企业等，如将监狱社区的供电、供水、供暖管理移交给相关企业，将监狱周边的治安管理交由当地公安机关，将交通、干工医疗、干工子女的教育纳入地方政府规划等。

4. 自留风险

自留风险也称为风险自留或者风险承担，是指监狱自己非理性或理性地主动承担风险，即指监狱以其内部的资源来应对风险或弥补损失。监狱风险管理中，应用自留方式处理风险一般有三种情况：一是当风险无法规避或转移时，被动地将风险留下来即被动自留，如监管安全风险。监管安全风险是监狱民警在参与刑事司法过程中对罪犯依法进行监禁、管理、教育、劳动等所面临的破坏监管秩序的各种安全风险，这是由监狱的职能所决定的，必须由监狱自留下来处置和应对。二是经评估确认风险程度较小，对监狱总体安全不会造成太大的影响，通过预防和控制能够有效的应对风险，于是保留下来，属于主动自留。如监狱组织的社会帮教活动，进监的帮教人员特别是异性人员存在人身安全遭受罪犯攻击的风险，但监狱认为经过管控能够很有效的应对该种风险。三是没有准确把握风险或对损失发生存在侥幸心理而把风险保留下来，即非理性保留。这种风险一般具有隐藏性强、潜伏期长等特点，不易辨识发现。例如没有准确把握罪犯的病情或侥幸地认为罪犯病情不严重而没有及时将罪犯送往有资质医院治疗而发生的医疗事故、罪犯死亡等风险；没有准确鉴定罪犯的精神疾病或认为罪犯精神疾病发作时能够控制而没有及时送往精神病院治疗而导致的罪犯因精神疾病造成狱内案件；对于年代已久的厂房，估计能够暂时使用，未及时拆除、维修而发生房屋倒塌引起的安全事故。

五、监狱安全风险的监控

风险监控是指在风险管理的运行过程中，对风险的发展与变化情况进行全程监督，并根据需要进行应对策略的调整。因为风险是随着内外部环境的变化而变化的，它们在监狱执法和管理活动的推进过程中可能会增大或者衰退乃至消失，也可能由于环境的变化又生成新的风险。监狱安全风险监控就是通过对风险识别、估计、处置全过程的监视和控制，从而保证风险管理能达到预期的目标。它是风险管理实施过程中的一项重要工作。监控风险实际是监视监狱执法和风险管理活动的进展以及监狱执法环境的变化，其目的是核对风险管理策略和处置的实际效果是否与预见的相同；寻找机会改善和细化风险处置；获取反馈信息，以便将来的风险管理更符合实际。在风险监控过程中，对那些新出现的以及随着时间推延而发生变化的风险，应及时反馈，并根据对监狱职能的影响程度，重新进行风险识别、评估和处置。

（一）监狱安全风险监控的依据

监狱安全风险监控的主要依据包括以下四个方面。

1. 安全风险管理目标

安全风险管理目标对安全风险管理做了整体的规划，提供了关键风险、风险处置措施等风险监控的具体内容和对象，是风险监控的指导性计划。

2. 实际风险变化情况

监狱安全风险是动态的，随着环境变化而变更。如果监狱执法环境出现大的变更，则要求进行新的风险分析和风险应对。在监狱安全风险管理执行过程中，日常反馈的各种信息也是监控风险、处置风险的依据。

3. 新识别出的风险

新识别出的风险包括原先风险不大的风险成为关键风险和原先不存在或没有识别出来的风险因素或风险事件。

4. 发生的风险事件和已实施的风险处置计划。

（二）监狱安全风险监控的原则

监狱安全风险监控一般遵循以下原则。

1. 及时性

这种及时性体现在两个方面，一是监狱在进行风险监测的时候要及时发现风险，二是监狱在风险控制的时候要及时采取有效措施，在风险尚未造成巨大损失的时候消除风险或将风险控制在可以接受的范围之内。通常风险监控，设立风险预警和应急预案系统，对有可能出现的风险，采取超前或预先防范的管理，一旦在监控过程中发现风险的征兆，及时采取校正行动并发出预警信号，最大限度地控制不利后果的发生。

2. 持续性

风险是无时无刻不存在的，风险监控应该贯穿整个监狱执法和管理活动中，是一个持续的过程。随着时间的推移，原有的风险情况可能发生变化，新的风险可能出现，原来的次要风险可能转化为主要风险，这时再按照以前制订的风险管理计划和风险应对计划进行风险监控就不能满足风险管理的要求，因此必须根据情况的变化对风险监控进行动态调整。

3. 可操作性

在风险监控中采取的控制措施，必须结合监狱自身的能力和资源状况，具有可操作性。一般来讲，控制措施分为两类，第一类措施为主动的、积极的进攻策略，也称为风险调控措施，它是针对治本性风险管理目标设定的策略，强调主动出击，抵消风险的作用力，防范风险事件的发生，堵塞风险事件发生的缝隙，积极地控制风险、引导风险。第二类措施为被动的、消极的防守策略，也称为风险处置对策，它是针对治标性风险管理目标而制订的策略。监狱安全风险管理者要根据自身的特点合理选择控制措施。

（三）监狱安全风险监控的步骤

在实践中，监狱安全风险监控一般遵循以下步骤。

1. 建立监狱安全风险监控常备机制

（1）组织机制　只有做好组织上的准备，才能有备无患。要分层次组建监狱安全防范风险管理小组。其作用在于全面、准确地对监狱可能面对的各种风险进行预测，为监狱处理各类各层次风险制定有关的政策和策略，对安全风险管理的实施进行必要地监督和信息反馈。平时要加强对监狱管理人员的培训，提高全面、快速、及时处理风险的能力。

（2）预案机制　监狱建立了风险防范管理的组织和部门后，除了必备的岗位描述外，还要有风险事件的分析档案和应对措施预案。监狱不同的风险状态，应有不同的处理方法。要按监狱安全风险类型和可能发生风险的程度，规划出监狱安全风险管理的流程。在做分析图和预案时，要尽可能详细地剖析出可能发生的风险事件。要按风险轻重缓急来确定处理的重视程度、资源支配和投入等，既不要小题大做，也不能轻视疏忽。要建立处理程序和实施细则，做到细致、明确、可行，防止流程不明导致风险来临时的惊慌失措。

（3）装备保障　这是指处置各类突发风险应配备的装备保障。如通信保障（对讲机、手机、电话、传真、扫描仪等），各类应急包（生活用品、指南针等），自身防范类设施（警棍、照明手电、警笛、警绳、交通指挥标牌、手铐等等），阻挡类设施（盾牌、头盔、阻挡汽车链、消防梯、消防气垫、停车牌等），防冲击类设施（高压水枪、网枪、催泪弹、辣椒喷雾器、武器等），医疗类设施（救护车、手术器械、各类药品等）以及车辆设施、后勤生活保障等。

2. 确定风险监控责任

所有需要监控的风险都必须落实到人，同时明确岗位职责，实行专人负责。既要有监狱安全风险控制的总负责人，也要有风险管理行动小组负责人，还得有具体岗位负责人；既要明确监狱安全风险监控的法律责任，也要明确行政责任，还得规定具体岗位责任，做到权责一致，促进风险监控计划执行畅通。

3. 确定风险监控的风险事件、监控时间，制订具体监控方案

对风险的监控要制订时间计划和安排，不仅包括进行监测的时间点和监测持续时间，还应包括解决风险问题的时间表与时间限制，做到有组织、有计划地推进监控措施。根据风险特性和时间计划制订出各具体风险控制方案，找出能够控制风险的各种备选方案，然后对方案做可行性分析，以验证各风险控制备选方案的效果，最终选定要采用的风险控制方案或备用方案。

4. 实施具体安全风险监控方案

要按照选定的具体风险控制方案开展风险监控活动，收集风险事件控制工作的信息并给出反馈，即跟踪确认所采取的风险控制活动是否有效，风险的发展是否有新的变化等，以便不断提供反馈信息，从而指导监狱根据具体情况做出方案调整。特别是监狱自留的安全风险，要作为监控的重中之重，在监控方案实施中丝毫不能打折扣。

5. 建立风险预警机制

监狱在风险管理中建立风险预警机制是非常重要的，因为风险预警是监狱危机的"雷达"。要按照早发现、早报告、早处置的原则，对监测到的信息进行分析，及时发现，进行预警，使风险事故造成的损失降到最低程度。监狱需要建立一套快速有效的综合性的事先预警、事中紧急救援以及事后安置的预警管理模式，从而广泛调动监狱和社会资源，有效防范突发事件的发生，使其损失最小。预警机制可以通过对安全事件发生可能性较大领域的各种异常情况进行连续监测，分析其产生的原因，及时发布相关预警信息，为监狱及相关部门的决策提供服务；可以帮助监狱对阶段期间内可能会发生各种形式的风险事故有一个充分的估计，并做好应急准备，选择最佳应对策略。它主要由预防、预案、预备三个部分组成。

（1）预防 这是建立预警机制的第一步，主要是通过监狱管理者将监测到的各种异常信息在风险事件发生前进行预告。这要求明确报警、接警、处警的部门和第一响应队伍，明确其工作要求与程序，明确预警的方式、方法、渠道和落实情况的监督措施。

（2）预案 这是指为降低突发风险事件发生后果的严重性而预先制定的处置方案。它是进行事故处置的行动指南和关键。平时要开展模拟训练，包括领导的指挥控制、民警的应急措施实施、风险事故发生后的公关宣传管理等。

（3）预备 预备是各项保障准备。有效的安全事件预警管理是建立在充分的保障准备基础之上的，包括信息通讯保障、医疗卫生保障、物资保障、人员保障等。

6. 判断风险是否已经消除

若认定某个风险已经解除，则该风险的控制作业就已完成。若判断风险仍未解除，就要重新进行风险识别，重新开展下一步的风险监控管理。

第四章　监狱应急管理

监狱安全管理要坚持防处并重的原则，既要树立防范在先的理念，尽量避免和减少各类安全事件的发生，也要加强应急管理，积极应对已发生的事故，及时启动应急预案，展开现场处置，控制事态，降低事故损失和影响。总体来讲，监狱应急管理的内容包括预案管理、现场处置以及由突发事件衍生的舆情管理三部分。预案管理主要是科学制定总体预案和各类事故预案并通过演练检验其响应的有效性；现场处置包括事故应急响应和事故处置；舆情管理包括如何及时公布信息、回应质疑、引导舆论等内容。

一、监狱应急管理概述

监狱中被监管的罪犯是社会上最危险的一类人群，由于受社会、个人、管理和地理环境等诸多因素的影响，监狱与其他社会机构相比，更容易发生各种各样的、难以预测的突发性事件。尽管通过有效的日常管理，能降低监狱突发事件的发生概率，但是在监狱中，发生突发性事件的可能性永远无法消除。监狱必须积极应对可能发生的突发事件，强化应急管理，确保监狱的安全稳定。

（一）监狱突发事件的分类和特征

《中华人民共和国突发事件应对法》将突发事件定义为："指突然发生，造成或者可能造成严重社会危害，需要采取应急处置措施予以应对的自然灾害、事故灾难、公共卫生事件和社会安全事件。"监狱突发事件是指在监狱管辖范围内突然发生的扰乱或破坏监管秩序的，具有一定规模、危害后果严重并需要紧急处置的各种犯罪活动和危害事故的总称。

1. 监狱突发事件的分类

监狱突发事件从不同的角度有多种分类方法。通常根据监狱突发事件的起因，将之分为以下几类。

（1）自然灾害类　指由于自然环境的变化而引发的不以人的意志为转移并难以抗御的突发事件，如地震、洪水等。

（2）安全生产类　指监狱在组织罪犯劳动过程中发生的安全事故和职业损害，如火灾、爆炸、触电、机械伤害、职业病等。

（3）狱内犯罪类　指罪犯在监狱内故意制造和实施的破坏监管秩序、危及生命财产安全、后果严重的突发性事件。包括罪犯脱逃、暴动、骚乱、聚众斗殴、集体绝食、行凶伤害、劫持人质、纵火、自杀以及其他破坏活动等。

（4）公共卫生类　指监狱中突然发生的，造成或者可能造成众多人员健康严重损害的重大传染病疫情、群体性不明原因疾病、食物中毒和职业中毒等突发事件。

2. 监狱突发事件的特征

监狱突发事件一般具有以下几个特征。

（1）类型相对固定　监狱突发事件的类型具有相对的固定性，主要是集中在罪犯脱逃、生产安全事故、自杀、行凶、群殴、聚众闹监、集体绝食等事件类型上，而且以人为性事故居多。

（2）事件的聚众性　监狱是人员高度密集的场所，在发生火灾等突发事件时容易发生重大人员伤亡。同时由于人员集中，容易引发大规模的骚动，促使事态蔓延、升级。监所内群体暴乱、骚动、绝食等突发事件，多是由少数罪犯策划，通过鼓动、欺骗、威胁等方式把一些不明真相的罪犯卷入到事件中来的。

（3）事故的复合型　监狱突发事件具有复合型，一种突发事件中往往包含不同类型的其他事件。如罪犯的脱逃事件，往往伴随着罪犯劫持人质、杀害民警或者其他罪犯、抢夺武器等一系列犯罪行为。

（4）状态的失衡性　基于监狱自身的特殊性，突发事件一旦发生，在事态发展上往往会形成一定的扩张性，在事态发展过程中逐渐呈现危害结果从小到大，危害行为由轻到重，危害范围由内到外，甚至形成恶性膨胀的趋势。实践中，因为监狱所处的地理位置比较偏僻、关押对象比较消极，监狱突发事件很难得到及时平息，有可能使个体事件演变为群体性事件，造成的损失和影响急剧加大。

（5）处置的紧迫性　监狱突发事件会造成严重的社会危害，对社会安全稳定造成严重威胁。监狱必须快速决策，快速处置，控制事态，降低危害，减少不良影响。这种紧迫性是由突发事件的突发性、事态发展的扩张性、危害后果的严重性和执法工作的严肃性所决定的。

（二）监狱应急管理的内容

监狱突发事件应急管理作为一门新兴的专门研究领域，目前还没有一个能够被普遍接受的定义。一般情况下，可以认为监狱应急管理是与监狱突发事件紧密相连的一个概念。因而，可将监狱突发事件应急管理概括为，为了降低突发事件的危害，达到优化决策的目的，基于对突发事件的成因、发展过程及后果的分析，集成监狱及社会各方面的资源，对突发事件进行有效预警、控制和处理的过程。监狱突发事件发生之后，在信息高度缺失的状态下，监狱必须作出及时、迅速的反应，采取尽可能合理、有效的处置措施，充分调配各种资源，协同相关部门，并根据现场实际情况，对预案进行动态调整，从而达到有效处置、减少危害损失的目的。监狱应急管理的内容主要包括：应急预案制定、应急预案演练、应急预案响应、突发事件的现场处置、善后处理以及相关信息发布等。

1. 应急预案的制定

为有效预防、及时控制和消除监狱突发事件的危害，依据相关法律、法规以及上级有关预案框架，结合监狱自身实际，制定突发事件处置预案，明确监狱突发事件处置的原则、程序和方式、方法，包括制定监狱整体应急预案和各类事故专项预案。

2. 应急预案的演练

预案演练的目的是提高预案的有效性和针对性，通过演练检验预案响应的有效性、资源配置的协调性、信息传递的通畅性和指挥系统的科学性，进而即时修改、完善相关预案。演练也可以起到宣传安全文化、培养安全意识、提高应急处置能力的作用。

3. 突发事件的响应与处置

突发事件的响应与处置是监狱遇到突发事件后，根据分级响应的原则，迅速启动响应程序，采取措施和行动，遏制事态蔓延并使之恢复正常状态的行为。突发事件的响应是在突发事件之初所采取的行动。突发事件的处置是面对突发事件所采取的平息事态的措施，其行动是否迅速，措施是否得力，直接决定了突发事件的后续发展和事件结果。突发事件的现场处置是处置突发事件的关键步骤，也是监狱应急管理的核心内容。

4. 突发事件的善后处置

善后处置是指在监狱突发事件消除后，进行现场清理、原因调查、伤亡救护与赔偿，以及对突发事件处置的评估和总结等一系列过程，也包括对同类突发事件的应急管理体系进行修改和完善，对突发事件相关者进行心理干预，消除突发事件所造成的内外部负面影响等内容。

5. 突发事件的舆情管理

随着社会各界对监狱关注程度的提高，监狱突发事件会引发媒体的密集报道，民众会产生各种猜测、质疑。因此，监狱要高度重视舆情管理，及时、全面发布有关信息，澄清事实，引导舆论，消除负面影响。

（三）监狱应急管理的要求

监狱应急管理的要求主要包括以下几个方面。

1. 要以预案为保障并强化预案的演练，使突发事件处置有序、有效进行

凡事预则立，不预则废。监狱在突发事件应急管理中，要突出预案的保障作用并强化预案的演练。监狱通过预案，事先确定不同级别和层次的应急指挥机构、事件响应程序、现场处置策略，并储备各种应急物资、力量、资源。一旦发生事故，按照既定的程序、方法组织指挥、调集人员，协调各种资源，开展事故处置，做到应对自如，从容不迫。通过平时的模拟演习，增强预案的针对性、有效性，锻炼处突人员，提高实战效能。

2. 要坚持以人为本的原则，尽量减少人员伤亡

以人为本是科学发展观的核心，也是监狱处置突发事件的首要原则。监狱在处置突发事件时，必须把人的生命健康放在第一位，保障罪犯、民警和救援人员的人身安全，尽最大努力抢救人员。在地震、火灾等事故中，要迅速疏散罪犯。在狱内犯罪事件中，要以控制事态、平息事件为主，在非常必要时才能采取武力措施，之前要对实施犯罪的罪犯进行规劝、警告，并以制止犯罪行为为原则，有度使用武力，避免造成不必要的伤害。事后要对突发事件相关人员进行必要的心理辅导，消除不良影响。

3. 要充分利用各种资源，协同作战

在疫情、自然灾害等突发事件处置中，要与地方政府、专业机构实行资源共享，建立合作机制，协同作战。监狱要积极开展"三共"活动，加强与有关方面的预案协调和联合演练，相互通报信息，交流经验。在自然灾害、防疫、安全生产事故救援、罪犯劫持人质、罪犯群体性对抗等事件中，要邀请专业救援人员、谈判专家、公安技侦人员等参加。

4. 迅速反应，灵活处置

监狱突发事件，往往破坏力大、发展快、扩散效应明显，而且来势凶猛，时间紧急，严重威胁人员安全和监狱秩序。处置决策、应急疏散、紧急救援，事态控制，必须迅速，

以最快的速度在最短的时间内启动应急响应预案，会同武警部队、公安等力量，根据现场具体情况及时采取措施予以处置，力争将事态制止在初发阶段。同时不能拘泥于预案和相关规定，要以减少人员伤亡、控制事态为原则，根据现场情况，灵活采取各种策略和措施。

二、监狱应急预案管理

监狱应急处置的目的在于避免、控制突发事件的发生或事态蔓延，减少和降低损失和影响，而应急预案可以起到有序、有效处置突发事件的重要作用。因此监狱必须高度重视应急预案的管理工作。

（一）监狱应急预案的分类

应急预案是针对可能发生的重大事故（事件）或灾害，为保证迅速、有序、有效地开展应急与救援行动，降低事故损失而预先制订的有关计划或方案。监狱应急预案通常按照管理范围和突发事件的性质两个维度进行分类。

1. 根据突发事件管理范围可分为综合预案、专项预案和现场预案。

（1）综合预案　是监狱针对发生突发事件的整体预案，从总体上阐述监狱的应急政策、方针，应急组织机构以及相应的职责和应急行动的总体思路等。

（2）专项预案　是监狱针对某种具体的、特定类型的突发事件而制定的处置预案，如罪犯脱逃、劫持人质、集体食物中毒、火灾事故预案等。专项预案是在综合预案的基础上，对应急处置的组织机构和处置措施等方面进行更具体细致的阐述，具有较强的针对性。专项预案还包括监狱举办各类大型活动（如大型帮教活动）、执行危险任务（如押解罪犯、罪犯外出住院）、应对特殊情况（如大雾天气、停电）等而制定的安全预案。

（3）现场预案　是在专项预案的基础上，根据具体情况需要而编制的，针对特定的具体场所存在的某种特殊危险，为确保这一场所和区域的安全而制定的预案。如罪犯发生群体斗殴事件专项处置预案下的强行驱散预案。现场预案具有更强的针对性和对现场具体救援活动的指导性。

2. 根据突发事件的性质可分为监管安全类预案、公共卫生类预案、生产安全类预案和自然灾害类预案等。

（1）监管安全类预案　主要包括处置罪犯脱逃、暴狱、自杀、行凶、劫持人质、群体斗殴、绝食、骚乱以及社会不法分子冲击监狱、滋事闹事等事件的应急预案。

（2）公共卫生类预案　主要包括罪犯集体食物中毒、传染病爆发流行、中暑等事件的应急预案。

（3）生产安全类预案　主要包括机械伤害、触电事故、火灾、爆炸等事件的应急预案。

（4）自然灾害类预案　主要包括地震、洪水、风灾、雪灾、山体滑坡等灾害事故的应急预案。

（二）监狱应急预案的内容

监狱突发事件应急预案要在充分调研的基础上，组织专门力量进行编制。预案要符合有关法律法规精神，不得突破上级监狱管理机关的预案框架，并要将预案纳入地方政府突发事件预案体系。预案要有科学性、针对性、系统性、可修正性，突出实战性和实效性。各类预案之间应该有机衔接。根据国务院办公厅 2004 年发布的《国务院有关部门和单位制定和修改突发公共事件应急预案框架指南》，结合监狱安全管理实践，一份完整的应急预案应该包括以下内容。

1. 总则

总则部分说明编制该预案的目的、工作原则、编制依据和适用范围等。监狱应急预案编制的依据主要包括监狱法、国家突发事件应对法、安全生产法等法律和司法部监狱管理局、省级监狱管理机关的预案、地方政府相关预案等。

2. 组织指挥体系及职责

明确各组织机构的职责、权利和义务，以突发事件应急响应全过程为主线，明确事故发生、报警、响应、结束、善后处理等环节的主管部门与协助部门，以应急准备及保障机构为支线，明确各参与部门的职责。监狱现行的突发事件处置机制一般属于三级架构，即省级监狱管理机关、监狱、监区。其中，省级监狱管理机关负责处置突发事件的业务指导和全省监狱系统应急预案的制定；监狱是实际处置突发事件的中心机构，负责制订监狱预案，组织应急防暴力量开展现场处置，开展预案的演练；监区是处置突发事件的基本单元，主要任务是负责制定本监区的预案并开展演练。

3. 应急响应

主要包括分级响应程序，信息共享和处理，通信，指挥和协调，紧急处置，应急人员的安全防护，其他人员的疏散和防护，其他社会力量参与，事故调查分析、检测与后果评估，信息发布，应急结束等相关要素。根据突发事件造成的人员伤亡、财产损失或者可能造成的社会影响程度，监狱突发事件分为特别重大突发事件（Ⅰ级）、重大突发事件（Ⅱ级）、较大突发事件（Ⅲ级）和一般性突发事件（Ⅳ级）。发生不同的突发事件，就要相应地启动Ⅰ级响应、Ⅱ级响应、Ⅲ级响应或Ⅳ级响应。

（1）Ⅰ级响应　特别重大突发事件（Ⅰ级）是指对监管安全产生严重危害，造成恶劣社会影响，需要由省级人民政府和司法部、武警总队应急指挥部启动响应的事件。主要包括以下几类情况。

罪犯 10 人（含本数，下同）以上暴狱、越狱或者聚众劫狱的事件；10 人以下，但涉及特管犯、死缓犯、无期犯、十五年以上有期徒刑犯的事件；

5 人以上的群体性自杀事件、劫持 5 人以上人质的事件；

针对监狱制造的危害范围较大、涉及人员较多、财产损失较大的恐怖事件；

其他需要由省级人民政府和司法部、武警总队应急总指挥部启动Ⅰ级应急响应的事件。

（2）Ⅱ级响应　重大突发事件（Ⅱ级）是指对监管安全产生严重危害，造成较大社会影响，需要由司法部、武警总队和省级监狱管理机关应急指挥部启动响应的事件。主要包括以下几类情况。

罪犯 4 人以上暴狱、越狱或者聚众劫狱事件；4 人以下，但涉及特管犯、死缓犯、无期犯、十五年以上有期徒刑犯的事件；

调遣中发生的脱逃 3 人以上事件；

其他需要由省司法厅应急指挥中心启动Ⅱ级应急响应的突发事件。

（3）Ⅲ级响应　较大突发事件（Ⅲ级）是指罪犯暴狱、越狱、劫狱、脱逃、行凶、自杀，以及自然灾害、生产事故等情况不十分严重或虽造成损失，但损失和影响较小的事件和中毒等引起死亡的事件；其他需要省级监狱管理机关启动Ⅲ级应急响应的事件。

（4）Ⅳ级响应　一般性突发事件（Ⅳ级）主要包括狱内一般案件，对监管安全产生一般危害，造成较小影响的事件。一般由监狱或监区直接指挥处置。

4.应急处置突发事件响应力量编成

监狱人民警察和驻监武警看押部队是处置突发事件的主要力量。监狱要建立专门处置突发事件的应急防暴大队，武警部队应成立处置突发事件应急班。

（1）应急防暴大队　应急防暴大队大队长和教导员分别由政治处副主任和狱政科长或狱内侦查支队支队长担任。防暴大队下设现场处置分队、现场取证分队、宣传瓦解分队、后勤保障分队、医疗救护分队、战时护卫分队等。现场处置分队执行现场突击攻破任务；现场取证分队执行获取、保存犯罪证据的任务，并分析罪犯逃跑时间、方向，提出有利追捕的建议；宣传瓦解分队负责对罪犯宣传法律、政策，与罪犯进行谈判，对其团伙进行分化，瓦解其意志，迫使其投降；后勤保障分队在罪犯脱逃时，负责向当地公安机关110报警，请求公安机关设卡搜查，保证应急救援所需物资及交通运输车辆；医疗救护分队在发生人员伤亡事件时，负责医疗救护工作；战时护卫分队在发生暴狱、劫狱等突发事件时，负责监狱外围、办公区、社区的警卫巡逻任务。

（2）武警应急班　驻监狱武警部队对目标进行武装警戒，主要是负责监狱外围的武装警戒。驻监狱武警部队要成立应急班，和监狱一起开展突发事件的处置，并根据突发事件的态势及时上报上级，必要时请求上级武警部队的支援。

5.后期处置

应急预案的后期处置包括：伤亡人员的善后处置、事故调查报告、事故责任追究、总结经验教训和提出改进建议等。

6.保障措施

保障措施包括：通信与信息保障，应急支援与装备保障，技术储备与保障，宣传、培训和演习，监督检查等。各级应急指挥中心应配备必备的应急处置设施，包括固定电话、IP电话、基地台、对讲机、卫星电话等通讯设施，专用电脑、打印机、传真机、摄像机、投影仪、扫描仪，与所在地公安机关、驻监武警部队、驻监检察室的音视频互通系统；实现数据共享和信息互换的数据中心，包含应急系统、辅助决策、视频会议系统、GPS车载定位等的远程指挥系统等等。

7.附则

附则包括有关术语和定义，预案管理与更新，沟通与协作，奖励与责任，制定与解释部门，预案实施或生效时间等。

8.附录

附录包括相关的应急预案、预案总体目录、分预案目录、各种规范化格式文本、相关机构和人员通讯录等。

（三）应急预案的编制程序

监狱应急预案的编制一般分为以下五个步骤。

1．成立应急预案编制小组

成立应急预案编制小组可以为应急各方提供协作与交流的机会，有利于统一观点和意见，有效地保证应急预案的准确性、完整性和实用性。应急预案编制小组的成员一般应包括监狱主管领导、职能部门负责人、技术专家、基层民警代表，以及省级监狱管理机关代表和社会应急管理部门的专家等。预案编制小组的成员确定后，要确定小组领导，明确编制任务、职责分工，制订工作计划。

2．危险分析和应急能力评估

（1）危险识别　危险识别的目的是识别可能存在的重大危险因素，通过分析本地区的地理、气象等自然条件，交通状况，公共设施，押犯结构特征，重点区域，重点人员等具体情况，总结监狱历史上曾经发生的重大事故，来识别出可能导致自然灾害和重大事故发生的各种风险和相关因素。

（2）脆弱性分析　脆弱性分析要确定的是，一旦发生危险事故，最容易受到冲击破坏的部位和有关人员，以及最可能出现波动或激变的环节。

（3）风险评估　根据脆弱性分析的结果，评估突发事件发生时，造成破坏（或伤害）的可能性，以及可能导致的实际破坏（或伤害）程度。

（4）应急能力评估　依据风险分析的结果，对已有的应急资源和应急能力进行评估，包括驻监武警、公安机关、当地政府应急资源的评估，进而明确应急救援的需求和不足。

3．编制应急预案

应急预案的编制必须基于突发事件风险分析结果、应急资源现状以及有关法律法规的要求，还应充分参阅已有预案，确保预案间相互衔接。因此，要广泛收集编制预案所需的各种资料，包括相关法律法规、应急预案、国内外同类事件、案例分析、监狱相关规章制度等，作为编制参考依据。应急预案内容应包括以下六个核心要素：方针与原则、应急策划、应急准备、应急响应、现场恢复、预案管理与评审改进等。六个核心要素之间既要具有一定的独立性，又要紧密联系，从应急的方针、策划、准备、响应、恢复到预案的管理与评审改进，形成一个有机联系并持续改进的应急管理体系。预案要切合实际、真正管用，避免照抄照搬、搞形式主义、做表面文章；要职责清晰、简明扼要、一目了然，明确谁来做、何时做、做什么、怎么做、用什么资源做；要广泛征求、充分尊重基层民警的意见，使预案编制过程成为宣传、教育、动员广大民警的过程。

4．应急预案的评审与发布

为确保应急预案的科学性、合理性以及与实际情况的符合性，预案编制小组和职能管理部门应依据我国有关应急管理的方针、政策、法律、法规、标准和其他有关应急预案，组织技术专家进行评审并征求有关方面意见，根据评审和征求的有关意见再行修订。预案经编制小组集体讨论通过后，由监狱主要负责人签署发布，并按规定报送省级监狱管理机关应急机构备案。

5．应急预案的实施

应急预案经批准发布后，有关应急机构应完成以下几方面工作。

（1）开展应急预案宣传、教育和培训。应急预案经批准发布后，监狱应在全监范围内广泛宣传，组织民警对预案进行学习，使广大民警知晓预案内容以及各自在预案中的职责。

（2）定期检查落实应急资源，确保准备的应急资源处于正常状态，避免自然失效或被挪为他用。

（3）组织应急演习和训练。根据实际需要，监狱定期或不定期地组织应急预案的演练和相关的训练，不断提高单兵作战、协同作战的实战能力。

（4）应急预案实践。应急预案要在突发事件中不断地接受检验并完善，使其更贴切监狱突发事件处置的实际情况。

（四）监狱应急预案管理机构

在我国多年应对突发事件的实践中，总结出一系列的经验，其中重要的一条就是设立一个具有综合协调能力的权威性政府应急管理常设机构。监狱应把应急管理纳入日常管理的运作机制中，建立适应本监狱实际情况的，具有高度权威性和综合协调能力、信息搜集与研判能力及应急处置权的监狱应急管理指挥常设机构。在构建常设机构的过程中，相关制度的制定要先行，要对常设机构的编制、岗位、经费、设备、职责等进行规定；对各级常设机构之间、常设机构与其他机构之间的关系进行界定；对常设机构的权力运作程序和问责制度进行规定，将应急常设机构纳入法制化和规范化的运行轨道。常态情况下，常设机构在监狱应急管理指挥部的直接指挥下，具体承担监狱应急政策的制定、应急信息系统的建设维护、突发事件应急管理资料整理、应急预案体系建设、应急管理战略战术研究、预警评估和模拟演练的组织保障等任务。当监狱突发事件发生后，常设机构立即转为以监狱长为核心的处置突发事件应急决策指挥中心。应急预案管理机构一般由以下四个层次组成。

1. 省级监狱管理机关突发事件领导指挥小组

省级监狱管理机关成立突发事件领导指挥小组，负责全省监狱系统突发事件处置工作的统一组织和协调，构成如下：

组长：省级监狱管理局局长；

副组长：省级监狱管理局副局长；

成员：省级监狱管理局应急指挥中心主任及相关处室负责人。

主要职责：负责管辖区域内监狱突发事件武器装备的配备，做好监狱突发事件的演练指导与检查工作；突发事件发生后，决定启动、终止突发事件应急救援预案，决定有关重要事项，提出重大决策建议，制定处置措施，及时向省级司法厅（局）、省（市）人民政府报告处置情况，同时赶赴现场指导、调查、处理、紧急救援和对警察、职工、驻监狱部队慰问，负责与武警总队、监狱当地政府及其他有关部门的协调工作。

2. 监狱突发事件应急指挥部

指挥部设在监狱长办公室或监狱应急指挥中心，组织机构如下。

总指挥：监狱长；

副总指挥：监狱政委、分管副监狱长、监狱其他领导、武警部队领导；

成员：监狱应急指挥中心主任及相关业务科室负责人和相关工作人员。监狱可根据突发事件的种类、性质，必要时可与驻监武警大（中）队、地区公安机关组成联合指挥部，结合预案的分工，共同参与处置。

主要职责：负责定期组织监狱内的各种突发事件应急预案的组织演练工作，及时发现演练中出现的问题并负责监狱应急预案的修订完善工作；突发事件发生后，决定启动、终止应急救援预案，决定有关重要事项，提出重大决策建议，制定处置措施，及时向上级报告处置情况，及时赶赴现场指导、调查、处理、紧急救援，负责与其他有关部门的协调工作。

3. 监区突发事件应急指挥小组

监区突发事件应急指挥小组由各监区长（教导员）任组长，监区分管领导任副组长，组员为本监区民警。其职责是迅速将突发事件向上级报告，根据突发事件发生的原因、时间和方式，指挥、调动全监区的警力，尽量稳住事态，减少损失。

4. 专家组

在一些救援难度特别大、专业性强的突发事件中，如在处置煤矿生产安全事故、罪犯劫持人质事件时，监狱要设立专家组，作为指挥系统的决策辅助机构，弥补监狱自身处理突发事件能力的不足。

（五）监狱突发事件应急处置预案的演练

制定预案的目的在于有效处置各类突发事件，但预案能否真正发挥作用，除预案本身的科学性外，关键在于处置人员是否能全面、熟练地掌握预案。应急演练是为了检验应急预案的针对性、有效性以及应急准备工作的完善性，提高监狱在应急状态下的快速反应和应急处置能力而进行的一种模拟实践活动。演练可以提高指挥人员的现场指挥能力，检验监狱、武警以及公安机关整体协同作战能力，并使全体参演人员进一步熟悉和掌握预案。

1. 监狱应急演练的分类

应急演练种类很多，可按不同标准进行分类。

（1）按参加部门，可分为联合演练和部门演练。如监狱、武警、公安联合处置罪犯脱逃演练是联合演练；医院处置中暑事件演练是部门演练。

（2）按参加人员，可分为指挥部演习和基层现场演习。

（3）按演习规模，可分为综合演习和单项演习。综合演练需要多部门参与，规模较大，有的甚至需要社会政府部门和医疗机构的参与。单项演练是针对突发事件中某一个环节而进行的演练。

（4）按演习目的，可分为研究性演练、检验性演练和示范性演练。研究性演练的目的在于检验和证实应急预案的可行性，即既定计划和措施能否处置某类突发事件。检验性演练的目的在于检验应急方案的有效性和参与人员处置突发事件的能力和水平，也称为实战性演练。示范性演练的目的在于进一步熟悉和掌握预案内容和处置程序，也称为程序性演练。

一般情况下，监狱每年对自然灾害、生产安全事故、卫生事件、监管安全事件的应急预案须演习一次以上。全体民警和武警看押部队都要参加演练，必要时，可商请公安机关、检察机关和社会医疗机构共同参与。

2. 监狱应急演练的参演人员

按照演练过程中承担的任务和扮演的角色，可将应急演练人员分为以下几类。

（1）策划人员　即设计具体演习目标、情境以及演练方案的人员。他们的任务是对本单位或部门的危险源与风险进行研究和分析，有针对性地设计具体的演练目标、情境、情节，确定参与部门和人员，制定演练方案，并在演习结束后根据各部门的意见，总结演练情况，拟定改进措施。

（2）指挥人员　即根据演练设计控制应急演练进展的人员。他们在演习过程中的任务包括确保应急演练目标得到充分演示，确保演练活动具有一定的挑战性，保证演练进度，解答参演人员的疑问，处理演练过程中出现的问题，保证演练过程的安全等。

（3）响应人员　即在演习过程中，模拟真实情境采取响应行动的人员。他们所承担的具体任务包括处置突发事件，控制现场，疏散人员，救助伤员或被困人员，获取并管理各类应急资源，与其他应急响应人员协同应对重大事故或紧急事件等。

（4）模拟人员　即在演习过程中，为使演习更真实，扮演突发事件的肇事者、受害人等角色的人员。如模拟自杀、行凶、劫持人质、恐怖袭击、哄监闹狱等情境中的肇事者，或模拟自然灾害、人为事故中的伤员、被困人员、受影响人员、围观人员等。

3. 监狱应急演练的准备

应急预案演练准备是搞好演练的首要环节，它是整个演练过程的统领，也是任务最为繁重的一个环节。主要工作包括以下几个方面。

（1）确立演练目标　演练可检验应急预案的实用性和可操作性，但这并非演练的唯一目的，演练也是为了检验和提高监狱各级部门对具体突发事件的应急处理能力和协同作战能力，使应急响应人员将已经获得的知识和技能与应急实际相结合。因此，演练的目标就应该包括检验预案和实际处置能力两方面的内容。

（2）组建演练机构　成立演练指挥部，明确组成人员。根据预案组织体系及相关机构的职能设置，一般情况下，总指挥由监狱长担任，副总指挥由监狱政委、副监狱长和驻监武警部队负责人担任，其成员可为各成员组组长。根据演练目的、规模，可设置多个职能组，并明确组长和组员。如警戒组，可由狱政科人员组成，狱政科科长任组长；装备组，可由狱内侦查科人员组成，狱内侦查支队支队长任组长；医疗组，可由监狱医院人员组成，医院院长任组长；教育宣传组，由教育改造科、心理健康指导中心人员组成，教育改造科科长任组长。

（3）编制演练方案　编制演练方案一般包括以下内容。

演练情景设计。也就是通常所指的演练脚本制作。演练情景是指对假想突发事件按其发生过程进行的叙述性说明，设计出一个或一系列的情景事件，包括重大事件和次级事件。目的是通过引入这些需要应急组织作出相应响应行动的事件，刺激演练不断进行，从而全面检验演习目标。演练情景中必须说明何时、何地、发生何种事件（故）、事件（故）的强度和危害状况、现场条件等事项，如："××年×月×日×时，×监狱×监区值班民警工间查人签到时发现罪犯李×不在岗位，经进一步查找仍未发现，目前已脱离民警管理视线约30分钟，罪犯李×可能已经实施脱逃。"演习情景可以通过口头、书面、广播、视频或音频方式等向演习人员说明。

演练计划。为确保演练成功，策划小组应事先制定演练计划，演练计划的主要内容包括演练的总体思想、原则和适用范围，演练情景，演练目标、评价准则及评价方法，演练程序，指挥人员、评价人员的任务及职责，演练所需的必要物质条件和协助措施等等。

演练计划的评价。由评价人员根据演练目标对演练进展情况进行观察和记录，评价的主要内容包括应急动员能力、指挥和协调能力、事态评估能力、资源管理能力、通讯保障能力、应急物资和设施的准备情况等。

有关演练文书。根据演练方案的要求，编制相应的演练文书，主要包括事件（故）报告记录、会议记录、有关请示和指令、演练人员通讯录等。

演练人员手册。通过手册向演练人员详细提供有关演习的具体信息和程序，但有时为实现演练的检验目的，会对某些信息予以保密，如情景事件等。

（4）开展专项训练 为了保证演练顺利完成，应在演练前组织有关人员认真学习有关法律、法规、应急预案和专项行动方案，并由演练方案制定人向有关人员讲解演练方案，明确注意事项，并组织开展相应的专项训练或预演。

（5）组织后勤保障 在演练前，要布置好演练场地，准备好演练所需的通讯、办公、交通设施和物资器材，落实有关的演练经费，邀请相关演练观摩人员，准备参演人员的受伤救护等。

4. 监狱应急演练的实施

实施是演练的关键内容，演练开始前，演练指挥部应组织全体参演人员学习演练方案，对演练的总体情况进行详细介绍。当演练总指挥下达启动演练命令后，参与人员要迅速进入演练状态，按照演练计划规定的程序进行演练。在演练过程中，有关人员要严格遵守演练现场规则，特别是严守演练纪律。演练总指挥要控制好演练进程，出现意外情况时，应及时调整演练计划或宣布暂停演练。完成全部演练任务后，由演练总指挥宣布演练结束。

5. 监狱应急演练总结

演练结束后，进行演练总结是全面评价演练是否达到演练目标、应急预案和应急水平是否需要改进的一个重要步骤，也是演习人员进行自我评价的机会。演习总结与评价可以通过座谈、汇报、自我评价和通报等形式进行。策划小组负责人应在演练结束后的规定期限内，根据评价人员在演练过程中收集和整理的资料，以及从演练人员和从公开会议中获得的信息，编写演练报告。演练报告是对演习情况的详细说明和对该次演练的评价，因此要全面反映和总结演练准备、实施情况，要充分肯定成绩，但主要是查找出存在的问题和不足，并深挖原因和根源。对演练中暴露出来的问题，要组织有关人员认真分析研究，提出相应的改进意见和措施，并制定整改时间表，指定专人监督、检查纠正措施的进展情况。

三、监狱突发事件的响应与处置

突发事件响应与处置是监狱遇到突发事件时迅速启动应急预案，采取针对性行动和措施，平息事态以及事后处理的全过程，是监狱应急管理的核心部分。监狱对突发事件响应是否迅速及时，处置措施是否果断有力，直接影响到突发事件的蔓延态势和最后结果。因此，监狱必须注重日常监狱信息的监测，一旦突发事件发生，及时启动相应的应急响应程序，抑制事态的扩张和蔓延，减少突发事件造成的危害和社会影响，保障监狱人民警察、职工、罪犯的生命安全和公共财产安全。

（一）监狱突发事件的响应

监狱突发事件的响应包括突发事件发生前日常信息的监测和报告、发生时的应急响应程序和面对突发事件的分级响应措施。监狱日常信息的监测和报告是能够迅速启动应急响应的前提；应急响应程序是在突发事件发生时能够迅速行动、有序启动应急响应的保证；分级响应措施是能够有效利用各种资源采取针对性措施的要求。它们共同构成了监狱突发事件响应的主要内容。

1. 监狱信息监测与报告

（1）监狱信息监测　监狱应建立健全突发事件信息网络，做好信息监测和收集工作。监狱突发事件预测预警支持系统主要由监狱狱政管理信息系统、狱内侦查系统、生产安全检测系统和卫生检测系统等组成，其中自然灾害的预测主要依靠社会行业部门的预测结果。信息传递、反馈及应急指挥信息系统均采用垂直途径，以保证高效、快捷和资源共享。

（2）监狱信息报告　要制定各部门面临突发事件时信息报告的工作规范。明确信息报告责任主体、信息报告时间、信息报告程序、信息报告内容等。信息报告内容要简明、准确，应包括以下要素：突发事件时间、地点、性质，信息来源，主要经过，初步原因，影响范围以及采取的应急措施，应急指挥机构负责人联系方式等，并要报告事态发展和处置情况，及时续报动态信息。信息报告内容要做到要素完整、重点突出、表述准确、文字精炼，同时还要建立信息报告通报制度和信息报告责任制度。

2. 监狱应急响应程序

发生突发事件后，监狱应在第一时间内作出反应。值班监狱长应在最短时间内赶到现场，组织力量对事件的性质、类别、危险程度、影响范围等进行评估。应急指挥机构应立即开始运作，进行先期处置，控制事态发展，同时立即向上级报告。

（1）报警　发生突发事件时，事发现场民警应立即报告监狱应急指挥中心。指挥中心人员应立即报告当天值班监狱领导，并通报驻监武警部队。遇到以下情形时必须迅速报警：罪犯发生暴狱或脱逃行为的，罪犯企图实施自杀或已经实施自杀行为的，罪犯劫持人质或行凶伤害的，罪犯打架斗殴可能危及人身安全或三人以上打架斗殴的，罪犯发生群体性哄监闹监事件的，罪犯袭击警察或警察自身安全受到威胁的，罪犯出现食物中毒事件的，其他需要报警请求指挥中心紧急支援的情况。

（2）发出警报　值班监狱领导下令发出警报，通报相关处突部门，按规定向上级部门报告，并且控制好现场。警情能当时处置的，可先行处置；不能单独处置的，须等候上级指示后再进行处理，同时启动相应的应急预案。

（3）集结警（兵）力　应急指挥中心根据警情的性质、事态规模、紧急程度，第一时间集结足够警（兵）力进行处置，由指挥部首长布置任务。

（4）现场控制　监狱乃是一个特殊场所，人员高度密集，突发事件的发生必然引起恐慌甚至骚乱，加之人员精神高度紧张，稍不留意就会可能引发其他的安全事件。因此警（兵）力到达现场后，首先要封锁现场，控制事态发展。

（5）开展处置　根据各类突发事件的性质和规模，选择相应的应急预案进行处置。

3. 监狱突发事件分级响应措施

一般采取三级响应措施。

（1）Ⅰ级和Ⅱ级响应　监狱特大突发事件发生后，监狱应立即向省级监狱管理机关报告，并成立应急指挥部，进行先期处置。监狱各职能部门到达指定岗位后，要积极开展事件处置工作，如协调及宣传、现场处置、对罪犯进行教育疏导和政治攻心、后勤保障、医疗救护、联系 120 医疗力量增援等。省级监狱管理机关接到应急报告后，应及时成立应急指挥部，协调有关部门做好先期处置工作，并将事件情况迅速报告省司法厅，同时提出启动预案的建议；各职能部门应按规定迅速到达指定岗位，在省司法厅应急指挥中心的统一领导下开展事件处置工作。省司法厅接到省级监狱管理机关应急报告后，应及时成立应急指挥中心，对收集的信息立即进行分析、判断，决定启动预案响应程序，统一指挥应急处置工作，并将事件情况按照规定及时上报省（市）委、省（市）政府、司法部，同时通报有关部门。属于特别重大突发事件的，在上报的同时应建议司法部启动Ⅰ级响应程序。

（2）Ⅲ级响应　发生较大突发事件后，监狱应及时向省级监狱管理机关报告，并向驻监武警部队、地区公安机关等部门通报警情。省级监狱管理机关应急指挥中心要指导监狱开展应急处置工作。监狱迅即启动响应预案，各职能部门根据指挥部的命令迅速开展处置工作。

（3）Ⅳ级响应　发生一般性突发事件后，事发监区应立即上报监狱应急指挥中心。监狱或监区可直接进行处置，必要时监狱和驻监武警部队可成立应急联合指挥部，配合开展处置工作。

（二）监狱突发事件的现场处置和后期处置

应急预案启动后，现场指挥部和相应工作组要立即开展工作，除特别重大突发事件需由上级主管部门统一协调指挥外，重大、较大和一般突发事件处置工作一般由监狱长任总指挥。总指挥应迅速了解事件基本情况和先期处置情况，按照处置工作预案，发布命令，组织各工作组立即开展应急处置，保证组织到位、应急救援队到位、应急保障物资到位。

1. 现场处置

监狱、武装警察部队、公安机关以及其他参加处置工作的有关单位和人员应当服从现场指挥部的统一指挥，互相支持，密切配合，按照不同类型突发事件处置要求，做好现场处置工作。

（1）处置罪犯暴狱事件　对于罪犯暴狱事件，监狱应立即启动防暴预案进行处置。处置原则是坚持政治攻势、武装威慑与依法打击相结合。在实施有效威慑的前提下，对参与者进行教育攻心，必要时对暴力犯罪分子可实施武力打击。根据暴狱人员规模、事态发展、可控情况等采取相应的办法和步骤进行处置。

（2）处置罪犯脱逃越狱事件　罪犯个体或结伙脱逃事件发生后，事发监区民警立即报警，监狱应急指挥部立即启动应急预案，并上报省级监狱管理机关，通报驻监武警部队和所在地区公安机关。以监狱为中心，设置 1 公里范围（监狱民警）、5 公里范围（监狱民警、公安民警）、20 公里范围（公安民警）的三道包围圈，力争将脱逃罪犯堵截在包围圈内。必要时可由省级监狱管理机关协调公安机关实施网上通缉。对于罪犯集体越狱事件，要及时上报省司法厅、监狱管理局，由省厅、局按照Ⅱ级响应的处置要求，依照相关预案进行处置。

（3）处置罪犯劫持人质事件　对于罪犯劫持人质，企图行凶、脱逃时，要严厉警告，开展政治攻势，控制事态发展，稳住罪犯情绪，防止人质被害。如果罪犯可能对人质造成更大危害，可使用非杀伤性武器制服。在使用非杀伤性武器无效时，可在确保人质安全的前提下，使用杀伤性武器将其制服。制服罪犯后要及时抢救受伤人员，同时要立即突审，查清原因，直到彻底稳定局势为止。

（4）处置狱内行凶伤害事件　对于狱内发生的罪犯行凶、伤害的案件，按就近原则及时进行制止，并立即向指挥部报警。指挥部接到报警后要组织处置组赶到作案现场，对正在作案的单个罪犯先行教育规劝，教育无效时以非杀伤性武器或杀伤性武器进行制服。对正在作案的罪犯团伙，要根据现场的实际情况和地形，组织监狱民警和武警快速形成包围圈，必要时可商请公安特警协助处置。

（5）处置不法分子劫狱事件　对于狱外不法分子暴力劫狱，指挥部应立即组织监狱防暴警察和武装警察部队按预案占领阵地，包围事发地，同时报告公安部门，迅速形成对劫狱分子的合围态势，根据劫狱事态发展、可控情况等采取相应的办法和步骤进行处置。

（6）处置重大传染病暴发流行、集体食物中毒事件　对于监狱发生的非典、鼠疫、霍乱、炭疽等烈性传染性疾病疫情或集体食物中毒事件，监狱指挥部应先行处置，在报告上级机关的同时，立即报告当地卫生防疫部门，接受卫生防疫部门的统一指挥，协助卫生防疫部门尽快查明病因、检测毒源，采取隔离、救治、消除毒源等措施，防止疫情蔓延、毒害扩散。同时，加强对监狱的警戒防范，防止次生、衍生事件发生。

（7）处置重大安全生产事故（险情）　重大安全生产事故（险情）发生后，监狱指挥部应先行处置，在报告上级机关的同时，立即报告当地安全生产监督管理部门，接受安全生产监督管理部门的统一指挥，协助安全生产监督管理部门做好以下工作：实施疏散和救援行动，组织人员开展自救互救；紧急调配应急资源，进行应急处置；划定警戒区域，采取必要的强制驱离、封锁、隔离、管制等措施；对现场实施动态监测，加强安全防护，防止事故（险情）扩大。

（8）处置重大自然灾害事件（险情）　对于地震、洪涝、风暴等自然灾害（险情），监狱指挥部应先行处置，在报告上级机关的同时，立即报告当地人民政府和有关部门，接受政府和有关部门的统一指挥，协助政府有关部门开展人员救护、安置疏散、工程抢险、卫生防疫等应急工作。

2. 后期处置

监狱突发事件的后期处置是指突发事件消除后，对后续事情的妥善处理，它是突发事件处置的延续，是监狱应急管理的重要组成部分，不可轻视。

（1）监狱突发事件应急结束　监狱突发事件的善后处置工作由监狱负责。监狱要组织力量全面开展突发事件的损害核定工作，及时收集、清理和处理污染物，对事件情况、原因、人员补偿、征用物资补偿、重建能力、可利用资源等作出评估，制定补偿标准和事后恢复计划，并迅速实施。当监狱突发事件得到有效控制，事件成立的条件已经消除，事件所造成的危害已经解除，无继发可能，事件现场的各种专业应急处置行动已无继续的必要时，应急结束的条件就基本得到满足。现场指挥部应向批准预案启动的省级监狱管理机关应急小组或省级监狱管理机关提出结束现场应急的报告。省级监狱管理机关应急小组根据各方意见，做出终止总体或专项应急预案的指令，撤销应急指挥部，宣布应急结束。

（2）监狱突发事件善后工作　应急结束以后，监狱应积极采取措施，在尽可能短的时间内，努力消除突发事件带来的不良影响，做好善后工作。

现场清理。监狱要对突发事件现场进行清理，做好核实、统计和上报灾情等工作，采取有效措施，确保监狱秩序稳定，对潜在隐患应当进行监测与评估，发现问题及时处理。

监狱监管设施遭受破坏的，应及时予以修复或重建。

原因调查。纪检监察部门会同有关部门组成调查组，及时对突发事件进行调查，查清事件性质、原因和责任。根据《狱内案件立案标准》进行狱内案件侦查，属于责任事件的，应当对责任单位和个人提出处理意见，涉嫌犯罪的移交司法机关依法追究刑事责任。一般性突发事件由监狱组织调查，属于较大以上突发事件的，由省级监狱管理机关会同有关部门进行调查。

伤亡赔偿。突发事件造成罪犯死亡的，属于工伤的，按照司法部《罪犯工伤补偿办法（试行）》等有关规定予以补偿。对突发事件中致病、致残、死亡的人员，按照国家有关规定，给予相应的抚恤和补助。对征用的安置场所、应急物资的所有人给予适当补偿。

3. 监狱突发事件处置的评估与总结

突发事件处置完毕后，参与处置的有关部门应对处置工作进行总结，根据事件的性质和原因总结教训并提出防范和改进措施。针对协调处置突发事件过程中暴露出的有关问题，提出相应的意见和建议。监狱应向省级监狱管理机关提交处置情况专题报告。报告内容包括事件基本情况、人员伤亡和财产损失、事件处置情况、引发事件的原因分析、善后处理情况及拟采取的防范措施等。监管部门应针对应急处置过程中暴露出的问题及法律法规的相关变化，进一步修改完善有关监管措施、风险监测及预警指标体系、风险提示和防范手段及应急预案。

对在突发事件应急处置工作中有良好表现或作出突出贡献的单位和个人，监狱和武警驻监部队应依据有关规定给予表彰和奖励。对违抗命令、行动消极或者临阵脱逃、擅离职守、违反规定使用武器的有关人员，按照有关规定予以严肃处理。

4. 信息发布

需公开对外报道的监狱突发事件，应经上级主管部门审核，根据有关规范发布新闻或接受媒体的采访报道。

（三）几类突发事件的现场处置程序

1. 罪犯脱逃

发生罪犯脱逃事件后，监狱必须以最快的速度，在最短的时间内，采取果断的措施予以处置，力争即时抓捕。报警后，应急指挥中心应该立即启动预案。未能即时抓捕的，根据我国监狱法的有关规定，应该及时通知公安机关，由公安机关负责抓捕。同时监狱应积极予以配合，成立专案小组，通过核查逃犯的日记书信、电话录音、会见记录、社会关系、家庭情况、改造情况等，对罪犯逃跑的方向和落脚点进行研判，为追捕提供有效信息。罪犯脱逃应急处置流程如图 4-1 所示。

（1）报警　发现罪犯脱逃，应该落实报警"首问制"，监狱民警或者武警哨兵谁先发现，谁就要发出报警信号。应急指挥中心接报后，应立即报告总指挥、副总指挥，拉响警报，启动预案。同时，应急指挥中心根据情况，决定启动响应等级，并向上级应急指挥中心报告。

（2）控制侦察　电台立即呼叫各监区值班领导，清点罪犯人数，清查脱逃人数，必要时可组织立即收监。狱内侦查部门对案发现场进行勘查，分析罪犯可能逃匿的方向与地点，并派出应急防暴小分队前往搜索。

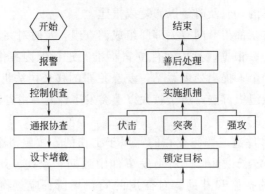

图 4-1　罪犯逃脱应急处置流程图

（3）通报协查　监狱应急指挥中心应立即向驻监武警部队、所在地公安机关110指挥中心和检察机关通报脱逃罪犯的基本情况、可能的去向、可能携带的凶器、伪装用品等情况和又犯罪预判情况等。同时省级监狱管理机关应急指挥中心要立即向省辖各监狱通报情况，发布协同配合围捕脱逃罪犯的指令。

（4）设卡堵截　监狱应急防暴分队要会同所在地公安机关、驻监武警部队，迅速到达各自的设卡点，实施堵截守候，对过往的车辆和人员严格检查；走访周围群众，收集线索。设卡堵截要体现针对性，罪犯逃跑时间不长的或者地形不熟悉的，要将重点放在附近的车站，罪犯的必经之路。设卡堵截可以以公开的武装形式进行，也可以化装成为地方安全检查人员秘密进行。设卡堵截点不能设在道路的转弯处、上坡处、狭窄处，不能设在桥梁和隧道内。盘查过程中不能对群众态度刁蛮、训斥、辱骂，甚至粗暴动手。

（5）锁定目标　应急指挥中心与公安机关共同分析案情，确定围追堵截的重点和范围，必要时协调公安机关技侦、刑侦部门，依法利用科技手段锁定目标具体位置。

（6）实施抓捕　锁定目标后，组织警力设置包围圈，多管齐下。

伏击。目标锁定在某一个范围内时，采用伏击手段抓捕。对罪犯可能落脚的地点、通往该点的道路上设伏守候，对持有武器和危险品的要以快制敌。对逃犯驾驶车辆的，可以设置路障，必要时可以用滚钉或火力攻击等手段，逼迫就范。

突袭。目标准确地锁定在一个点上时，对隐蔽的准确地点进行秘密包围，接近隐藏位置，乘其不备，强行突入抓捕。

强攻。对负隅顽抗者，教育喊话组开展政策攻心，在喊话无效的情况下，视情组织强攻。强攻根据现场的地形、罪犯火力等因素决定。

（7）善后处理　武器使用后，要保护好现场，制作现场勘查笔录并通知检察机关到场。罪犯被抓获后，立即组织审讯，整理相关材料，写出专题报告。监狱还要以此为典型案例对罪犯进行警示教育。

2. 罪犯行凶

发生罪犯行凶事件的应急处置流程如图4-2所示。

（1）喝令制止　发生罪犯行凶时，现场民警要喝令制止。

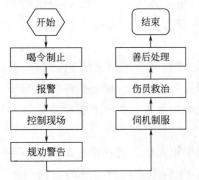

图 4-2　罪犯行凶应急处置流程图

（2）报警　如喝令无效，民警要立即用对讲机等呼叫报警，请求支援。

（3）控制现场 控制事态，使其不扩大、不升级、不蔓延，这是处理事件的关键，也是事件处置成败的基础和前提，更是以时间换取处置空间。防止事态扩展的关键性措施有，及时将现场无关人员疏散到安全地带，及时保护现场，增援警力及时到达现场一起对行凶罪犯进行包围、控制。

（4）规劝警告 教育喊话组赶赴现场，对行凶者进行有针对性的喊话规劝，疏导攻心，瓦解其意志，迫使其放弃继续行凶企图。

（5）伺机制服 "机"体现在控制现场的过程中，尽快查明事发的原因、参与人员、行凶手段、受害人情况等。如是团伙性犯罪，应先分化瓦解，控制主谋。若受害人已死亡，直接依法使用警械、杀伤性武器立即制服凶手；若受害人生命正遭受威胁，则应采取迂回包围手段、采用非杀伤性武器予以制服，解救受害人。

（6）伤员救治 对受伤人员实施现场临时性救护，并立即送往医院救治，最大限度抢救受伤人员生命。

（7）善后处理 事态平息后，对行凶现场进行勘查，为依法、及时、有效惩处行凶罪犯提供证据。要对全体罪犯进行教育引导，严肃纪律，消除不良影响，稳定监狱秩序。

3. 罪犯自杀

罪犯自杀事件现场处置流程如图 4-3 所示。

（1）劝说制止 发现罪犯企图自杀，民警应在第一时间作出反应，耐心劝说，规劝其放弃自杀念头。同时，将其他罪犯带离现场，防止少数罪犯借机哄闹滋事。

（2）迅速报警 在劝说、制止的同时，民警应立即向监狱应急指挥中心报警，监狱应急指挥中心应立即报告监狱领导，通知相关部门并组织警力赴现场增援。

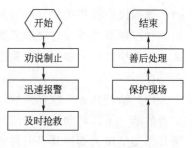

图 4-3 罪犯自杀应急处置流程图

（3）及时抢救 如罪犯已实施自杀，则根据其不同的自杀方式采取相应的抢救措施。对自缢的，应迅速将其从高处放下，小心解开绳套，采用人工呼吸等救护措施；对用锐器割腕、颈的，应劝说其放下锐器，若劝说未果，应寻机夺下，对受伤的罪犯还要进行简易包扎；对企图跳楼的，要劝其放弃自杀念头，并做好地面防护和救护准备；对吞噬异物自杀的，要立即送往医院救治。

（4）保护现场 如罪犯自杀既遂，死亡特征明显的，要立即通知医疗部门进行认定。对自杀现场采取保护措施，设置隔离带，通知并等候检察机关或相关职能部门进行现场勘查。

（5）善后处理 对自杀未遂的罪犯，在积极救治的同时，要查明原因，进行有针对性的心理疏导，并予以相应的处理；对自杀死亡的罪犯，要按照规定由检察机关对死亡原因做出鉴定，并通知罪犯亲属，积极争取他们的配合，必要时要争取地方党政部门的支持，妥善处理善后事宜，避免因此而引发其他事端。同时，要对整个事件进行深入细致的调查分析，详细记录发现过程、处置方法、解决情况、有关部门的结论等情况，认真排查、整改监管制度执行方面存在的问题，落实防范措施，防止类似事件再次发生。对其他罪犯尤其是与自杀罪犯较为亲近罪犯、同监舍罪犯、现场罪犯，进行心理干预，防止个别罪犯因负面心理而反应过度。

4. 罪犯劫持人质

罪犯劫持人质现场处置流程如图 4-4 所示。

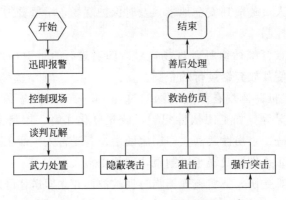

图 4-4　罪犯劫持人质应急处置流程图

（1）迅即报警　发生罪犯劫持人质后，当班民警应大声喝止，令其停止犯罪行为，并立即通过电话、手持对讲机、触发式报警器等向监狱应急指挥中心报警，请求增援。

（2）控制现场　将保护人质安全放在首位，快速将其他罪犯带离现场，防止其围观哄闹。增援民警按梯次配置对现场进行包围控制，监狱应急处突队在事发地周边设置包围圈，并占领制高点，对劫持者形成震慑。同时，向省局应急指挥中心报告，向驻监武警部队、驻监检察机关和公安机关通报有关情况，选择有利地形布置狙击手，做好武力处置准备工作。

（3）谈判瓦解　教育喊话组应当及时赶赴现场，视具体情况与当事罪犯周旋，稳定劫持者情绪，了解其劫持人质的真实意图，通过谈判瓦解、政策宣讲、心理疏导等措施，平缓其激动情绪，劝说其不要伤害人质并释放人质。

（4）武力处置　在劝说无果的情况下，当事罪犯出现言语急躁、情绪波动、思维混乱，极有可能伤害人质时，据情按照监狱、驻监武警、驻监检察院"共建、共管、共保安全"实施方案，三方共同决策使用武力。

隐蔽袭击。主要针对事发地点形势相对复杂，视线不畅，或者设有障碍，如在监房、厕所、医务室、储藏室等小房间，且无法诱出肇事罪犯，只能利用送香烟、食物的机会，选派精干民警、武警化装进入，力求一次突袭成功。

狙击。对于暴露在我方控制之下罪犯，可以直接实施狙击。对多名肇事罪犯狙击时，以对人质危险最大的罪犯为重点。对于狙击手要实行明确的分工，统一指挥，服从管理，同时进行射击。

强行突击。如果劫持者已经实施杀害行为，被劫持者生命安全已无法保障，应当立即组织强行突击，依法使用武力将劫持者制服或击毙。

（5）救治伤员　及时救治事件中的受伤人员，最大程度降低事件的危害。

（6）善后处理　做好侦查、调查和被劫持人员心理疏导等工作。同时，开展教育整顿，稳定罪犯思想情绪，组织安全隐患排查整改，堵塞管理漏洞，稳定监狱秩序。

5. 罪犯哄监闹监

罪犯哄监闹监现场处置流程如图 4-5 所示。

（1）报警求援　现场民警迅速向监狱应急指挥中心报警，说明哄闹事件的地点、人数和当前事态发展状况，请求增援。

（2）控制事态　民警应在事发现场进行政策教育，缓和对立情绪，阻止事态发展；将未参与哄闹的人员带离现场，防止事态扩大；调查事发的主要原因，查明带头闹事的首要分子。

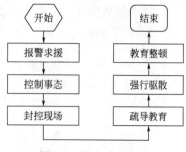

图 4-5　罪犯哄监闹监
应急处置流程图

（3）封控现场　监狱应急指挥中心接到报告后，立即向省局应急指挥中心报告，及时迅速按预案集结应急处突队和驻监武警部队，封锁事发现场外围，加强内外警戒巡逻和门卫、会见室等要害部位管控，严防罪犯乘乱脱逃。

（4）疏导教育　请驻监检察官、心理干预人员或谈判专家共同做好对哄闹监狱人员的政策宣传、思想教育、分化瓦解工作，促其主动停止哄闹行为。

（5）强行驱散　在警告无效情况下，组成战术队形，强行突入，将哄闹监狱人员分割包围、驱散，控制首要分子，平息事态。

（6）教育整顿　查明事发原因，总结教训，追查责任，改进工作，依法、及时打击煽动闹事者。开展专题教育整顿活动，稳定正常的改造秩序。

6. 罪犯群体斗殴

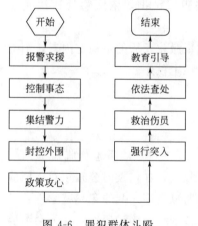

图 4-6　罪犯群体斗殴
应急处置流程图

罪犯群体斗殴现场处置流程如图 4-6 所示。

（1）报警求援　现场民警第一时间向监狱应急指挥中心报警，简要说明群体斗殴的地点、人数和目前事态，请求增援。

（2）控制事态　现场民警立即进行喊话劝阻，责令肇事者停止打斗；及时将未参与斗殴的罪犯安全带离现场，避免事态扩大；迅速了解事发原因。

（3）集结警力　监狱应急指挥中心接到报告后，应迅速调集应急处突队和驻监武警部队，通报驻监检察官，防范布控。

（4）封控外围　封锁监狱大门和斗殴现场，占据有利位置，将群体斗殴人员包围；加强内外巡逻警戒，严防罪犯乘乱脱逃。

（5）政策攻心　对群殴人员进行法律政策规劝、疏导攻心，分化、瓦解斗殴团伙。

（6）强行突入　在警告无效，其他方法又难以制止的情况下，按监狱、驻监武警、驻监检察院"共建、共管、共保安全"实施方案，三方共同决策，依法使用武力，动用催泪弹和警械，并组成战术队形，强行突击，将斗殴罪犯分块驱散、分割包围，迅速制服、抓捕负隅顽抗的罪犯，平息事态。

（7）救治伤员　医护人员进入现场对受伤人员实施现场救护，并将伤势严重者送往医院救治。

（8）依法查处　依法进行侦察和调查，提取证据，查处、打击参与斗殴人员。

（9）教育引导　开展教育整顿活动，消除不良影响，稳定监狱正常秩序。

7. 罪犯暴狱

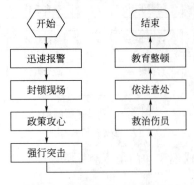

图 4-7　罪犯暴狱应急处置流程图

罪犯暴狱现场处置流程如图 4-7 所示。

（1）迅速报警　现场民警应立即向监狱应急指挥中心报警，并喝令暴狱罪犯停止犯罪行为；现场开展教育，缓解暴狱罪犯情绪；疏散撤离其他罪犯，防止暴狱事态的恶化。

（2）封锁现场　接到报警后，监狱应急指挥中心迅速启动预案，封锁暴狱现场、大门以及会见室等要害部位，占据有利地形，形成包围阵势，武力控制，严密警戒，加强监狱内外巡逻，防止事态扩大。

（3）政策攻心　在武力震慑同时，会同驻监检察官对参与暴狱罪犯进行喊话，宣讲法律政策，实施心理攻势，分化暴狱罪犯，瓦解其反抗意志，孤立首要分子，迫其放弃反抗。

（4）强行突击　选择有利时机、有利地形，强行突入现场，捕获首犯。对已脱逃人员按相关预案实施抓捕。

（5）救治伤员　医护人员进入现场对受伤人员实施现场救护，并将伤势严重者送往医院救治。

（6）依法查处　依法进行现场勘查，及时提取违法犯罪证据，依法惩处违法犯罪分子。

（7）教育整顿　总结教训，彻查潜在的诱发因素或重新激化矛盾的不稳定因素，消除安全隐患；对全体罪犯进行教育，正面引导，消除影响，稳定秩序。

四、监狱舆情管理

舆情管理在当今时代已经成为政府有关部门的一项重要工作，监狱也面临着如何应对、引导和管理舆情的问题，尤其在监狱发生各种安全事故后，如何及时公布信息、回应质疑、引导舆论成为监狱应急管理的重要内容。比如某省监狱发生一起罪犯越狱案件，一时间就会成为街头巷尾热议的话题，其具体情节和细节会被演绎成多种版本，往往会给监狱形象带来巨大的不良影响。目前，人们对监狱的关注度越来越高，有关监狱执法的民意表达和民众诉求也越来越广泛，监狱舆情管理对于改进监狱管理，维护监狱形象，提升司法公信力，就显得尤为重要。

（一）监狱舆情的特征

舆情分为广义说和狭义说。狭义的舆情指在一定的社会空间内，围绕中介性社会事项的发生、发展和变化，作为舆情主体的民众对国家管理者产生和持有的社会政治态度。广义的舆情指国家管理者在决策活动中所必然涉及的，关乎民众利益的民众生活（民情）、社会生产（民力）、民众中蕴涵的知识和智力（民智）等社会客观情况，以及民众在认知、情感和意志的基础上，对社会客观情况以及国家决策产生的主观社会政治态度（民意）。简而言之，广义的舆情，就是指民众的全部生活状况、社会环境和民众的主观意愿，也就是通常所说的"社情民意"。一般认为，舆情是由个人以及各种社会群体构成的公众，在一定的历史阶段和社会空间内，对自己关心或与自身利益紧密相关的各种公共事务、敏感事件所持有的多种情绪、意愿、态度和意见交错的总和。监狱是国家的刑罚执行机关，依照刑法和刑事诉讼法的规定，对被判处死刑缓期二年执行、无期徒刑、有期徒刑的罪犯执行刑罚。监狱的刑罚执行权力取决于国家的法律意志，或者说监狱及其刑罚执行是国家意志的衍生物，是国家作为统治机器的载体之一。监狱的履职行为，是执法行为，关系到社会公平和正义。监狱舆情就是围绕监狱执法、罪犯权益保护、民警管理以及由监狱资产引发的与民众、周边政府、社区的纠纷等内容，导致的个人以及社会群体在一定时间、空间内所持有的多元化情绪、意愿、态度和意见的综合反映。监狱舆情既有一般舆情的共性特征，如开放性、自由性、隐匿性、偏差性、复杂性等，又有其特殊性，尤其是明显的政治倾向性。

1. 关注的集中性

公众对监狱工作的关注点主要集中在罪犯的减刑假释、罪犯权益、罪犯管理以及罪犯脱逃、自杀、狱内重新犯罪、民警职务犯罪等事件上。现实舆情中关注点集中在监狱作为国家执法机关的所有行为，凡是涉及监狱、民警及罪犯的所有事项都被贴上了执法机关的标签而备受关注。

2. 传播的即时性

网络舆情传播是各种信息在网络空间内由点到面、由散到聚随时间不断动态变化的非线性过程。一方面个人观点可以瞬间参与继而汇聚，另一方面其他渠道信息又可以迅速互动，且随着事件的进一步发展，舆情所带来的危机更具多种潜在的突发性。对于民众来说，监狱比较神秘，发生安全事件往往会迅速引发关注和网络围观。如2009年某监狱发生四名重刑犯杀害民警集体越狱案件，媒体对该案件的关注度极高，仅六天的时间，国家重大新闻网站发文量达1800余篇，国内主要网络论坛有关该案件的主题帖中47%的观点对该监狱的管理制度产生质疑。

3. 意见的指向性

监狱舆情具有较强的意见指向性，主要体现在网络的新闻跟帖、社区论坛、博客留言以及电视、群众耳闻口传中，其中以情绪化的意见表达居多，甚至出现污辱、谩骂、人身攻击等极端言论，而网民这种极端化的情绪往往影响网络舆论的走向。监狱舆情在现实生活中涉及的主要是罪犯权益保护、国家司法公正等重大政治性质问题，一旦出现相关事件，普通民众会直接把矛头指向执法机关。因为工作性质，监狱机关的执法及其所代表的整个执法形象、司法公信力都是在一定情形下舆情的指向。

4. 主体的先入性

就近几年来有关监狱的舆情事件来看，监狱舆情有别于其他事件的发生机制。社会关注监狱的热点问题起先都是从网络开始传播继而引起全社会关注的，而涉及监狱的相关舆情往往是从外围民众初步知晓开始至非主流网络传媒扩大，然后再是监狱介入发布真实信息，最后形成两种"声音"，继而引发包括网络在内的专题舆情扩散。这和监狱机关的特殊性有关，从历史和实践层面看，监狱因为其封闭性、严肃性而让外界了解甚少，普通大众需要一定的专业知识和相当的渠道才能把握监狱实际情况和正确视听。

（二）监狱舆情管理的原则

监狱舆情管理，就是对有关监狱的负性情绪、舆论的管理。具体是指对公众对监狱、监狱执法者、监狱执法行为的负性态度和看法进行梳理和引导，客观、合理地解释真相，最大限度地赢得理解的行为。2011年发生的某省某狱警殴打修车人而引发的普通治安案件，造成了较大的社会影响，该事件在某种程度上严重损害了监狱民警的形象。相关机关对该事件进行了迅速严厉的处理，给予当事民警以开除处分，并开展了为期一个月的纪律整顿教育。此举有效地将一个负性事件的社会影响降到最低，塑造了一个负责任、纪律严明的国家机关形象。

1. 监狱核心利益原则

监狱舆情的核心指向是监狱。在任何时期，监狱正常的执法活动和监狱安全不受到干扰。监狱舆情管理必须以监狱的核心利益为轴心展开，各方面工作都要以核心利益为考量标准，侵损或影响该核心利益的事情都应坚决加以杜绝。同时要注意将捍卫核心利益的坚定性与实现监狱综合利益、长远利益的灵活性相结合。

2. 司法公信力优先原则

监狱司法公信力是指在社会公共生活中，监狱执法实践中表现出的公平、正义、效率、人道、民主、责任所获得的民众的信任程度。司法公信力对监狱发展有举足轻重的作用，监狱公信力也是舆情聚焦的目标之一。监狱舆情管理实践中必须以确保司法公信力不受影响为优先原则，综合考虑监狱层面、执法主体层面、国家层面等方面的行事尺度，切实保障和维护监狱司法公信力。

3. 第一时间原则

第一时间原则就是在"第一时间"发布信息，抢占舆论先机，掌握舆论主动权。突发事件发生后，公众对于事件缺乏了解，心中存有疑问，如果得不到及时、准确的信息，就只能进行猜测、推断或到处打听小道消息。因此，能否及时发布信息，对避免谣言，稳定民心至关重要。"第一时间"原则就是要求以最快的速度告诉公众真实的情况。研究表明，公众在关注舆情事件期间，获得的信息越多，对有关部门的信任度就越高。美国心理学家奥尔波特提出一个著名的传播学公式，流言流通量＝问题的重要性×证据的暧昧性。只有公开、透明，以清晰信息克制模糊信息，才能控制谣言，夺取舆论的主导权。

4. 渐进发布原则

突发事件发生后，在短时间内很难弄清楚它的来龙去脉，对其全面认知需要一个过程。因此，可以分阶段、分层次发布，而不是等事情处理完再发布新闻。在事件发生之初，信息发布要及时、简明扼要，即向公众公布"4W"（何时、何地、何人、何事）。至于事件的原因，如果没有调查清楚可以暂缓发布，根据事情的进展，连续不断地进行发布。

5. 真实坦诚原则

坦诚的态度是舆论引导最好的策略。发言人不能说谎，说出去的话要站得住脚，经得起推敲。特别是社会性事件期间，不论出于什么动机都不能欺骗公众。虚假的信息迟早要大白于天下，一旦这种情况发生，后果将不堪设想。

6. 口径一致和留有余地原则

突发事件发生后，面对媒体和公众，绝对不能各部门各说各话，互相矛盾。各部门表态无序、混乱，往往会造成公众的困惑、猜疑和恐慌，进而丧失公众信任，引发新的舆情。突发事件发生后，应由新闻发言人或指定的专人统一对外表态，做到"用一个声音说话"，其他人员应该避免擅自对媒体表态。表态应该事先认真准备，力求科学，严谨，避免互相矛盾，不能自圆其说。要拟定统一的表态口径，主要领导表态，也要按统一口径表态。话不要说得绝对，不要过度承诺，尽量不要首先让"一把手"面对媒体等。一般情况下，第一时间应由新闻发言人或副手出面面对媒体，在情况逐渐清楚或危机进一步扩大的情况下，再由一把手出面。

（三）监狱舆情管理的内容

要成功应对和管理舆情，必须加强舆情应对的策略研究和管控能力建设，建立健全舆情预警制度，完善监狱形象危机处理机制。

1. 健全组织机构，提高舆情应对能力

建立专门的监狱舆情管理机构，成立舆情管理小组，用专业化的人才队伍去管理舆情。监狱机关"一把手"要充分认识到加强监狱舆情管理工作的重要性与紧迫性，把这项工作纳入日常工作。监狱机关要密切关注涉及监狱方面的舆情、动态，特别是一些群众关心的焦点、热点问题以及上访案件，开展全员舆情管理素质教育和培训，普及舆情管理知识、增强专业敏感性，做到舆情早知道、早应对，抓住舆情管理的关键期。建立新闻发言人和新闻发布会制度，规范新闻发布，定期和不定期地向公众发布社会关注的舆情信息。积极培养监狱新闻发言人，提高其专业素质。构建权威信息发布平台，对一些重大案件、涉警突发性事件等，争取在第一时间发布权威信息，第一时间公布事实真相。如果监狱管理者不尊重客观事实，一味搪塞、回避，甚至"胡言乱语"，势必加剧舆论的极度偏斜，进而出现"集体失语"的尴尬局面。重点对曲解的事实进行澄清，对偏激言论进行引导，对蓄意炒作者进行有力批驳。

2. 建立监狱舆情信息收集研判机制

一方面加强事前的信息收集和分析研判，征求社会各界对监狱的意见，梳理监狱工作存在的问题和不足，有针对性地提出整改措施。另一方面，加强事中的信息收集和分析研判。指定专门的网络舆情监督员，对互联网上涉及监狱机关的网络舆情进行信息采集、分析和危机研判，并使之常态化。在舆情分析研判中应注意做到以下几点：一是要注重时效，捕捉具有苗头性的信息，如果错过了决策的最佳或者关键时机，再有意义的信息，其价值也无从体现，遇有重大情况应立即上报；二是把握总体态势，加强深度分析。通过把海量零散的信息贯串起来，拼出网络舆情信息的架构图，由点及面，由形及势，找出问题形成的原因，提出解决问题的对策和建议，形成舆情报告；三是定性分析和定量分析相结合，不但要关注统计量的增减，更要分析质的区别，充分考虑环境、背景、原因、人群等特征要素；四是根据舆情分析，预测和判断事件的发展和走向，做到未雨绸缪，及早做好应对准备。

3. 加强沟通与协调，提高监狱舆情的管控能力

监狱在管理和应对突发事件时，要加强与网络、新闻媒体的沟通与协调，强化正面引导，构建监狱与媒体的沟通联谊机制，争取新闻舆论支持。媒体在舆情管理中非常重要，掌握媒体的宣传导向是促成舆情演变转化的关键。因此，监狱应经常与新闻媒体保持联系，争取他们对监狱工作的理解和支持，如利用他们的专业优势，发掘、放大突发事件中

的"闪光点","策划"媒体舆论的"兴奋点",最大程度地减少监狱机关的社会负面影响。关注监狱舆情的利害关系人和活跃分子,加强对"网络意见领袖"的引导,争取为我所用。

4. 建立网络舆情快速反应机制

根据新闻传播学原理,如果没有权威声音在第一时间占领舆论阵地,小道消息就会大行其是。当出现关于监狱的负面舆论时,保持沉默、消极敷衍绝非明智之举,要充分尊重和认识新闻传播公认的三原则:即"以我为主的说、迅速的说、全面的说"。做到重大问题不回避、媒体询问不推诿、重要事件不失语、热点问题不搪塞。通过及时、准确、真实的信息迅速澄清谣言,掌握主动,占领舆论制高点。要培养一支专门网络发贴对舆论进行干涉的网络评论员队伍,根据监狱应对网络舆情工作的要求,主动参与热点问题的讨论,对涉狱涉警的负面信息,多向导流,化害为利,形成监狱新闻发布与网评队伍配合呼应态势,让整体舆论朝着有利于监狱的方向发展。

5. 加强监狱执法规范化建设,提高民警公正文明执法能力

坚持公正文明执法,是监狱工作的生命线。要从根本上防范负性舆情对监狱机关的影响,关键在于监狱民警自身执法行为立得住、站得稳、过得硬。面对当今开放、公开、透明的执法环境,监狱民警的一言一行、一举一动都可能在网络上被展示,被人用"放大镜"、"显微镜"、"透视镜"去仔细观察。应对舆情的治本之策还在于监狱机关自身要提升规范执法的水平和能力,确保监狱安全稳定,提高教育改造质量,彰显执法机关的威严和法治价值。

第五章　监狱监禁安全管理

监禁，在《辞海》[1]中的解释是"把人关起来，限制人身自由；监押犯人，禁止其行动自由"。通俗地理解，监狱监禁就是将罪犯关押在监狱内并限制其行动自由。我国监狱法规定，监狱收押被判处有期徒刑、无期徒刑和死刑缓期两年执行的罪犯。保证这些罪犯在监狱中接受惩罚和改造，维护监狱秩序的安全稳定，自然就成为监狱的一项重要任务。监禁安全管理就是为实现上述目标，综合运用各种资源，开展各种管理活动，分析和研究各种不安全因素，采取相应措施，进而有效防止罪犯脱逃、行凶、暴狱、骚乱等监禁事故的相关管理和控制活动。监禁安全管理，在实践中一般也被称为监管安全管理。

一般来说，监禁安全管理的对象包括两个方面。一是对物的管理，如对监狱建筑、警戒设施、警械、应急器材等所实施的管理。对这些物的管理有两层含义，首先是保障这些物本身的安全，防止被破坏、毁损或挪作他用等；其次，这些物中很大一部分具备监禁安全防范和防护的功能和效用，其建设或装备的目的是服务于监狱安全，要通过管理使其发挥应有的效能。如坚固的围墙、高压电网、耸立的岗楼、厚重的大门等既是监狱的标志，也是监狱基本的安全防范设施。二是对人的管理。这里的人主要是指罪犯，也包括监狱民警、职工、进入监区的外来人员以及其他与监禁安全管理相关的人员、组织、机构等。首先要保证所有在监狱内人员的人身安全，如罪犯，在监狱工作的民警、职工，进入监狱的社会志愿者、参观访问人员等。其次，是对这些人的个体行为、集体活动的管理，保证这些人的行为、活动符合监狱规范的要求，使监狱保持正常、稳定的秩序。

监禁安全管理主要包括以下内容。首先是对监狱相关物理设施的管理，包括建设、配置、使用、检查、维护等；其次是对人的管理，重点是对罪犯、外来人员的管束和监狱整体秩序的控制。从管理主体上来看，一种是以监狱自身力量和资源为主的，由监狱人民警察为法定管理主体的监禁安全管理；一种是监狱借助社会其他力量和资源进行的安全管理，如我国监狱法规定的人民武装警察部队负责监狱的外围警戒；监狱和作业区周围的机关、团体、企事业单位和基层组织，应当协助监狱做好安全警戒工作；发生罪犯脱逃事件，公安机关应当履行相应职责等。以上这些内容，在监禁安全的实践中，一般被视为"四防"手段即"人防、物防、技防、联防"或"安防一体化"的内容。

一、监禁设施和警用装备管理

监禁设施，是构成监狱物质形态的各类建筑物、警戒设施、技防设施及配套性设施的总称，是监狱固化的物质形态，也是监狱工作正常开展的物质条件和载体。警用装备是指

---

[1] 参考自"夏征农，陈至立. 辞海（M）. 上海：上海辞书出版社，2009."。

监狱人民警察在执行公务中所使用的必要装备和器材。监禁设施和警用装备的安全管理，就是通过合理配备与设置、规范使用、检查、维护等为内容的管理活动，确保设施和装备安全、有效运转，充分发挥效用，即建立"建（设）"、"（使）用"、"管（理)"、"维（护）"的机制。

（一）监禁设施和警用装备的种类

对监禁设施和警用装备进行分类，有利于提高监狱人民警察对监禁设施和警用装备的认识、使用和管理，以便最大效能地发挥它们在监禁安全管理中的作用。

1. 监禁设施

监禁设施主要包括监狱建筑用房、警戒设施、配套设施等。

（1）监狱建筑用房　建筑用房是监狱的基础设施之一，是监狱监禁和教育改造罪犯的主要场所，监狱的所有活动必须借助于建筑用房才能正常开展。监狱建筑用房主要包括罪犯用房、民警用房、武警用房及其他附属用房等。监狱建筑用房的建设，必须以《监狱建设标准》（建标 139-2010）和《监管改造环境规范》（司法部第 11 号令）为依据，科学布局，规范设置，依法建设。监狱建筑用房的设计，要以确保安全、利于监管、方便罪犯的教育改造为目的，充分运用先进的科学技术，做到功能完备齐全，合理配置，安全防护设施到位。例如，对于罪犯用房的设计，要从有利于监狱安全、便于管理罪犯的角度出发，体现高度安全性，监舍窗户均应设防护铁栅栏，监舍管道、电线均应暗装。对于民警办公、生活等配套设施，应根据实际情况，本着够用、适用、安全可靠、功能齐全的原则，配齐排水、供暖、变配电、电信网络和基本安全设施。

（2）警戒设施　警戒设施是监狱安全防范的基础设施，特别是监狱外围警戒设施，更是监狱安防建设的根基与"门面"，对罪犯具有防范和震慑效果，对外具有警示效用。监狱警戒设施主要包括大门、围墙、岗楼、电网、监控监听系统、报警装置、安检设施等。监狱大门是人员和车辆直接出入监管区域的主要通道，要足够坚固、开启灵活、色彩庄重；门卫值班室应设在大门一侧，并应安装防护装置和通讯、报警实施；应在大门前、后设置拒马、电动阻车器等，防止车辆强行冲击大门；监狱人员通道主要供监狱人民警察、职工上下班进出使用，一般要设置门禁、人工验证系统和闸机（滚闸）等设备。监狱的高危犯监区和禁闭室是对具有高度危险、破坏监管纪律、需要重点防范控制的罪犯进行特别监管和处罚的场所，是为确保监管安全而设置的一种特别防范和控制设施。高危犯监区和禁闭室的建设，要针对关押对象和管理方式的特殊性，在警力、财力、设施上提供充分保障，要配齐警务装备，完善监控、监听、无线定位报警系统等警戒设施，最大限度地提高监管安全系数。

（3）配套设施　配套设施是与监狱建筑、环境、设备的建设和使用相配套的设施。配套设施的建设与完善，对其他监禁设施的正常运转具有重要的辅助作用。监狱配套设施主要包括民警办公设施，罪犯生活教育、劳动改造设施，道路系统，消防、给排水、供暖、变配电、电信、煤气、有线电视、环保设施等以及场地绿化、美化等。监狱配套设施的配备，应在各种功能区域的布局上，在软件、硬件的配置上，在同周边环境的融合上，体现先进性、科学性、实用性。

2. 警用装备主要包括警械和武器、应急防暴器材、警务用品等

（1）警械和武器　警械是指警察按照规定装备的警棍、催泪弹、高压水枪、特种防暴

枪、手铐、脚镣、警绳等警用器械。警械是监狱人民警察履行职责时依法所使用的专门器械，是保障警察履行职责的一种基本装备。根据现实用途，警械可分为四大类：驱逐性警械，包括警棍、电击器、催泪弹、闪光弹等；约束性警械，如警绳、镣铐等；震慑性警械，如警笛、警报器，红色回转警灯等；自卫性警械，如防弹衣、头盔、盾牌等。武器是指监狱人民警察按照规定装备的枪支、弹药等致命性警用武器。

（2）应急防暴器材　应急防暴器材是指监狱人民警察在处置突发事件和狱内防暴工作时的专用防暴武器和应急设备。监狱防暴器材主要有：防爆手电、防爆盾牌和警棍、防暴枪、高压水枪等。应急器材主要有卫星电话、现场应急照明设备、救护车、担架、安全绳、救生气垫等。

（3）警务用品　警务用品是指监狱人民警察专用的服装、标志、证件，主要包括警服、警衔标志、警号、警官证等。警务用品配发范围为在编、在职的人民警察（含见习警察），非人民警察不得配发警务用品。

（二）监禁设施和警用装备安全管理的主要内容

监禁设施是监狱工作正常开展的必备条件。监禁设施安全管理是一项系统性、关联性、整体性很强的工作，涉及技术、人员、管理制度多方面的有机结合，必须做到精心组织、科学推进、措施到位、有效管理。因此，要牢固掌握监禁设施的本质特性和运转规律，严格抓好设施的建设与配置、操作与使用、使用人员的学习与培训，努力实现监禁设施的效能最大化。

1. 建设和配置管理

在监禁设施的规划、建设过程中，必须认真贯彻《监管改造环境规范》和《监狱建设标准》等相关规定，确保硬性的物质设施数量、技术性能指标不打折扣，不擅自变更。在严格执行规定的基础上，各单位可根据气象条件、地质状况、资源、水文、生产项目、地域文化等客观条件，在规定范围内作出合理调整。同时，应严格按照司法部、省级监狱管理机关的配备标准，结合监狱实际情况，及时清点和梳理现有警戒设施、警用装备，对达不到标准的进行增加添置，对过旧损坏的予以更新，确保监禁设施和警用装备的数量到位、质量过关，切实提高监狱安防能力和监狱人民警察的实战防护能力。

2. 使用管理

一是完善管理制度，结合本监狱实际，制定监禁设施的使用、管理等制度，将警用装备管理责任落实到人，对监禁设施的使用、维护、保管做出明确规定，如警用物品损坏或丢失应及时报告，警戒设施由专门人员检查、维护等。同时，应重视安全信息技术的应用与开发，利用信息化手段，提高管理效率。建立监禁设施安全预警机制，构建快速报警、有效应急、迅速支援的安全管理屏障。二是加强使用管理，由监狱主管部门统一监禁设施、装备的编号，严格使用程序，强化监督考核，实现对监禁设施日常申领、部门审批、登记、销账的全过程管理。三是加强人员教育培训，通过发放操作手册、专业演示、现场操作指导等方式加强监狱人民警察对监禁设施的种类性能、应用方法、操作步骤、注意事项及维护保养等知识的培训，强化监狱人民警察规范使用、安全使用意识，最大限度发挥监禁设施在威慑罪犯、执法值勤、处置狱情、保护警察人身安全等方面的作用。

3. 检查和维护管理

通过日常检查与定期检查相结合的方式，由监狱专门人员按规定要求和标准对监禁设施进行状态检查，确保设施功能正常运转。检查过程中应填写好检查日志，如有异常应立即排除或通知监狱处理。监狱主管部门负责对监禁设施的使用情况实行定期检查，对民警配套警用装备的正确佩戴进行定期或不定期的督察，发现问题及时督促整改，防止设施使用不当和警用装备损坏、流失、被盗用。同时，应认真做好监禁设施的维护保养工作，建立设施使用保养责任制，制定维护保养规程，确保设施的安全正常运行。

4. 档案管理

监禁设施的档案管理是一项基础性管理工作，它为监禁设施安全管理提供信息、资料和数据。通过对档案信息资料的整理、分析，可了解监禁设施的运行状态，为设施的检查、检测、故障诊断、修复等提供科学的依据。监狱主管部门应强调设施档案管理工作在监禁设施管理中的重要性，加强宣传教育，使用单位和设施管理相关人员重视设施档案管理工作，做到台账清晰、档案完备，真实、详细、动态地记录监禁设施领用、使用、故障、维修等情况。

二、监狱秩序控制

在汉语中，秩序的解释是"秩，常也；秩序，常度也"，指人或事物所在的位置，含有整齐守规则之意。除了强调物质层面上的条理性外，秩序的主要含义是通过制度性的安排，使人的行为和活动符合各种规范的要求。监狱监禁的核心内容是剥夺罪犯的人身自由，通过强制性手段将罪犯隔离于社会，并使罪犯处于有秩序的控制之下。监狱秩序控制主要包括监狱对罪犯的管理、对外来人员的管理和监狱周边关系管理三部分内容。

（一）罪犯行为规范管理

罪犯的行为管理是控制监狱秩序的基础性工作。做好罪犯的一日行为规范、互监互控和"三大现场"管理能够避免许多狱内安全事故，特别是重大恶性事件。因此，监狱人民警察必须高度重视罪犯行为规范管理这项基础性工作。在管理罪犯行为规范时，要坚持做到以下几点。首先，知标准，民警必须明确罪犯行为规范的各项具体要求，作为衡量罪犯行为的标尺。其次，勤观察，民警要注意观察罪犯表情、动作，倾听罪犯话语，观察现场环境，仔细分析可疑之处。如罪犯是否按规定着装，囚服上是否佩戴标志，囚服内是否有便衣，口袋内是否有异物，表情是否异常，说话是否正常，动作是否协调，现场工具和用品位置、形态是否异常，现场空气是否有异味等等。再次，勤督促，民警发现罪犯有不符合规定的行为，就应当及时督促其纠正，必要时，还要进行个别教育。最后，勤记录，民警发现罪犯有违纪违规行为时，要及时记载并按照考核奖惩的规定落实奖惩。

对罪犯行为规制的依据是各种规范和制度，通过这些规范和制度实现对罪犯行为的指引、评价、监督和控制。罪犯行为规范是由监狱管理机关依据法律、法规，以社会公共道德为基础，结合监狱的特殊环境制订的，具有普遍适用性和约束力。这些行为规范明确规定了罪犯应当怎样行为，禁止哪些行为。目前我国罪犯的行为规范主要是司法部88号令《服刑人员行为规范》。该规范共五章三十八条，分别规定了罪犯的基本规范、生活规范、学习规范、劳动规范、文明礼貌规范，通过对罪犯个体行为和群体行为的管制实现对罪犯行为的规范管理。

1. 罪犯一日行为规范管理

罪犯一日行为规范是监狱规定的罪犯每天必须遵守的最基本的日常行为准则，是罪犯确立自己行为正误的标准，是民警衡量罪犯行为是非的标尺，是确保监区秩序稳定的基石。建立罪犯一日行为规范的目的是建立罪犯群体积极健康的生活秩序，矫正罪犯不良的生活习惯，督促罪犯履行法定义务，使罪犯一言一行健康、有度、合法、合规。

2. 罪犯互监互控管理

为了加强对罪犯的监督控制，防止罪犯单独或者结伙实施违法犯罪行为，确保监狱安全，促进罪犯改造，监狱在罪犯中实行互监组制度。互监组制度是监区民警利用罪犯中的积极力量或罪犯之间的关系，建立起互相制约机制，达到控制罪犯的目的。同一互监组罪犯要严格遵守"三联号"、"四固定"、"五同时"制度，并实行连带责任。"三联号"，即几名罪犯编入一个互监互控小组，其中有两名罪犯改造表现较为积极；"四固定"，即睡觉铺位固定、学习座位固定、队列站位固定、劳动岗位固定；"五同时"，即同生活、同劳动、同休息、同活动、同学习制度。任何人不得擅自脱离互监组行动，同一互监组任何罪犯一旦发现其他罪犯有危险行为或者不知去向，必须立即制止或报告民警，否则该组所有罪犯就要承担连带责任，一起受到处罚。

3. 罪犯"三大现场"管理

"三大现场"管理，是指监狱对罪犯在生活、学习、劳动现场的一切改造活动直接进行组织指挥、监督控制等具体的管理活动，具有一定的时空性、规范性和直接性，管理效果的好坏，直接取决于监狱人民警察现场组织、指挥、监督、控制职能履行的状况。

（1）生活现场管理　生活现场，是指罪犯的起居现场、就餐现场、文体活动现场等罪犯服刑改造的主要活动场所。不同的活动场所，管理的内容和要求也是不同的。在起居场所，如寝室、卫生间、洗漱间、晾晒间、开水间、储藏室、医务室、心理咨询室、亲情电话室、阅览室、教育娱乐室及监房大厅等，罪犯的一切活动都要接受民警的监督管理。罪犯出入监区要报数。3名以上罪犯走路成纵队且靠右行走，遇见民警靠右停行避让。坚持点名查人制度，尤其在早起床后和晚上就寝前。民警点名时，罪犯要立即答"到"。罪犯在大型集体活动现场必须服从监区民警的组织、指挥、协调、控制，防止其利用文体活动的机会进行违法犯罪活动。

（2）出工、收工和劳动现场管理　民警带领罪犯出工、劳动、收工，是监区的一项日常性工作，也是监区民警对罪犯进行行为规范管理的主要手段。主要包括出工前的准备、清点人数、分派劳动任务、管理行进队列、收工准备以及带队回监等工作。收工队伍到达监区门口时，带工民警与监区值班民警必须对每名罪犯进行搜身，整队核实人数无误后，双方签字。劳动现场是监狱对罪犯实施劳动改造的主要场所，不断提高监狱生产现场管理水平是监狱管理法制化、科学化、社会化的重要组成部分，是保障罪犯人身安全、调动罪犯劳动改造积极性、提高改造质量的基本要求，是建立安全生产长效机制的重要基础。劳动现场管理主要包括罪犯劳动现场秩序的监控、劳动职业风险的防范、危险性劳动工具的管理、提高劳动效率和产品质量，以及现场的物流管理等等。

（3）学习现场管理　学习现场，是指监狱对罪犯实施"三课"教育的场所及用于罪犯学习的其他场所。包括教室、阅览室（电子阅览室）、电教中心、礼堂、报告厅等场所。监狱组织的集体活动，应以监区为单位划定座位区域，并制订活动方案和专题事故预案，做好突发事件的应急准备。罪犯在监区民警的带领下，列队进入指定地点。集中学习过程中，罪犯要服从管理，听从指挥，认真听讲、观看，不得讲话、起哄，不得随意走动，不得乱丢垃圾。活动过程中，民警要始终在现场进行监督管理，密切注意罪犯动向，及时处理异常情况。

（二）外来人员管理

监狱虽然具有很强的封闭性，但也是社会的一个重要组成部分。监狱工作的正常开展离不开与社会的密切联系，离不开与监狱外部组织、企业以及个人的合作和交流，如监狱教育部门与各地司法机关联合组织的帮教活动，监狱生活物资的配送，罪犯生产劳动技能的指导等等。监狱与外部的联系、合作和交流必然会产生外来人员（非监狱内部工作人员）进出监狱的问题。监狱外来人员管理，就是从监禁安全管理的目标出发，通过对外来人员进行身份验证、安全教育、登记换证、陪同保护等措施，一方面保护外来人员不受罪犯的侵害，另一方面谨防外来人员与罪犯勾结进行违法犯罪活动。实践中，坚持以监禁安全管理的各项规章制度为依据，通过对外来人员的安全管理，能够有效地预防罪犯利用外来人员违法犯罪、防止违禁物品和危险品流入监内，既保护了外来人员的人身财产安全，也充分发挥了外来人员在罪犯教育改造、生产指导、生活卫生防疫等方面的积极作用。

1. 外来人员的分类

根据外来人员进入监狱的目的，可将外来人员可分为以下三类人员。

（1）上级机关领导及检查人员　上级机关领导及工作人员进入监狱视察、检查时，进出监狱时由门卫查验证件，并由监狱领导或业务科室民警全程陪同。

（2）因生产、经营及其他业务需要进入监区的人员　该类人员进入监区必须经过监狱批准，业务部门民警全程陪同。

（3）外来帮教人员　外来帮教人员进入监区，应当经业务科室审核，报监狱分管领导的审批，狱政部门、业务部门共同落实警戒方案，由民警全程陪同。

2. 外来人员的管理要求

监狱对外来人员的一般管理要求如下所列。

（1）从严控制人员数量　严格控制外来人员进监次数、人数，可进可不进的，一律不许进入。对于监狱与有关部门联合组织的大型活动，应由监狱制定详细的活动预案，并报监狱上级机关审批。

（2）严格审批，民警全程陪同　为确保外来人员身份正确和人身安全，必须对外来人员提前进行审查，得到批准后方可进入，未经批准一律不得进入监区。接待民警对进入监区的外来人员必须做到全程陪同，严禁其与罪犯私自接触，并对进入监区的外来人员的人身安全负责。

（3）强化过程管理　外来人员必须严格执行监狱的相关管理规定，接受检查，服从管理。监狱在其进监之前要规定行动路线和活动区域。进入监区的外来人员一旦违反监狱有关制度及规定的，监狱要严肃处理并禁止其今后再次进入监区。

3. 外来人员进、出监程序

外来人员进出监狱一般遵循以下程序。

（1）审批　相关业务科室如需带外来人员进入监区，由相关业务科室携带外来人员的有效证件（身份证、警官证、军官证等）与外来人员一同至狱政科填写《外来人员进入监区审批表》；若监区需带外来人员进监的，由监区民警携带外来人员的有效证件和经监区审批过的《外来人员进入监区审批表》至狱政部门办理审批手续。在办理审批手续过程中，需要对外来人员进入监狱的必要性进行审查，即查明其是否属于必须进入。狱政部门审核、登记后，陪同民警持《外来人员进入监区审批表》请监狱分管领导或值班领导签署意见。

（2）门卫审查　由陪同民警持经监狱审批同意的《外来人员进入监区审批表》带外来人员至相关关押点门卫办理进入监区登记手续。监区门卫民警要认真核查《外来人员进入监区审批表》和外来人员的有效证件，将《外来人员进入监区审批表》留下备查，在确认无误后做好登记、检查、放行。门卫对进入监区的外来人员每次进出都应坚持核查、登记、告知、换证、安检等制度。陪同民警需要对外来人员进行安全教育，明确告知其行动路线和活动区域，交存手机、现金、香烟、打火机等物品，要求其不得随意走动，不得拍照摄像，在完成进入工作后及时由陪同人员带出监狱。

（3）带入民警全程监督　外来人员进入监区后，必须由民警全程陪同，严禁中途无故离开；确因工作需要中途离开的，必须做好交接工作，确保外来人员不脱管失控。对外来人员违反监狱制度的行为要及时进行劝导阻止，教育无效的予以严肃处理。对于严重违法违纪行为，应及时通知当地公安机关处理。外来人员业务工作结束后，应及时将其带出监区，禁止其在监区或罪犯监舍滞留。

（4）出门检查　外来人员出大门时，应接受门卫民警的出门检查。检查内容包括核对身份证件和相貌、人数；检查出门人员携带物品，退回保管物品；填写登记表等。如江苏省监狱管理局编印的《监狱执法流程》手册中对外来人员进出监区的规定流程如图5-1所示。

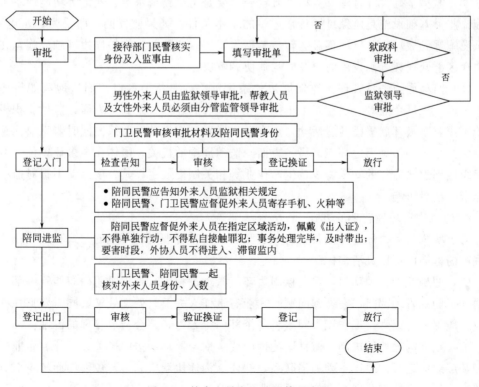

图 5-1　外来人员出入监区管理流程

（三）监狱周边环境管理

监狱与所在区域的政府机关、团体、企事业单位和基层组织有着密不可分的联系。我国监狱法第四十四条规定："监区、作业区周围的机关、团体、企业事业单位和基层组织，应当协助监狱做好安全警戒工作。"第四十三条规定："监狱根据监管需要，设立警戒设施。监狱周围设警戒隔离带，未经准许，任何人不得进入。"第九条规定："监狱依法使用的土地、矿产资源和其他自然资源以及监狱的财产，受法律保护，任何组织或者个人不得侵占、破坏。"以上三条分别对监狱周边安全警戒和资源、财产做出了规定，为监狱周边环境管理提供了法律依据。监狱如果忽视周边环境管理，就有可能因监狱生活污水排放、固体垃圾堆放、生产噪音粉尘等环境问题或土地、水、道路的使用与周边群众发生纠纷，甚至还有可能发生周边社区群众侵占监狱资源、破坏警戒设施、哄抢财产、堵路、断水等群体事件。积极协调监狱与周边环境的关系，发挥周边环境在监狱安全稳定中的积极促进作用，是现代监狱安全管理必须面对的问题。

1. 监狱周边环境管理的内容

监狱依法对周边环境进行协调管理，是在安全上实现共建联防，在"多边"关系上实现合作共赢，促进监狱安全防范和构建和谐监狱周边环境的必然要求。根据我国监狱法的规定，监狱对其周边环境进行管理，主要包括以下三个方面内容。

（1）监狱资源、财产管理　监狱资源、财产是指监狱依法使用的土地、矿产资源和其他自然资源以及监狱的财产（包括警戒设施）。对监狱资源、财产的管理和保护是监狱机关做好周边环境管理的主要内容。监狱应根据国土资源管理相关规定与当地政府、村民组织界定土地产权范围，做到互不侵占，避免纠纷。

（2）监狱基础设施管理　监狱基础设施主要是指道路、水电、通讯等功能性基础配套设施。监狱基础设施是监狱维持日常运转的基本条件，如果监狱的道路受阻、水电不通、通讯设施遭到破坏，监狱就很难运转。监狱需要安排职能部门维护周边基础设施，在遇到周边社区群众损坏基础设施时要及时沟通协调解决。

（3）监狱周边关系管理　监狱周边关系管理主要是指监狱应与周边地区如村庄、集镇、街道、工厂企业等，建立互不干扰、互相配合的和谐关系。一方面，监狱要积极做好宣传工作，积极开展警民共建活动，加强警民联系，密切警民关系。同时监狱要注意自然环境保护，不得污染周边环境。另一方面，监狱周围的机关、团体、企事业单位、城乡基层组织应当遵守监狱的安全警戒、生产作业等相关制度规定，其各项活动不得对监狱正常工作带来消极影响。

2. 监狱周边环境管理的方式

为了实现与周边环境和谐共处、共建联防，监狱管理周边环境的方式和形式在法律法规许可的框架内可以灵活多样。

（1）明确职能管理部门　在监狱周边环境管理过程中，首先要明确职能管理部门。只有明确了职能管理部门，在遇到问题时才能有责任人去及时处理处置，同时监狱在安排工作时才能保持持续性。工作无人问或者各个部门抢着管，都会造成管理的混乱。

（2）建立沟通协调机制　监狱职能部门要定期与监狱周边的机关、团体、企业事业单位和基层组织进行沟通，主动加强联系，并建立沟通协调机制，避免因沟通较少双方产生误解而导致出现监狱与周边单位关系紧张的情况。

（3）建立应急处理机制　监狱职能部门应与监狱周边的机关、团体、企业事业单位和基层组织建立应急处理机制，以便纠纷得到及时、有效的解决。监狱职能部门应主动联合监狱周边的机关、团体、企业事业单位和基层组织制定应急处理预案，成立应急处理组织。

三、监狱联防管理

监禁安全的联合防范是监狱通过与驻监武警部队、相关政府部门、公检法机关、基层组织、社区群众、罪犯亲属、社会志愿者等人员、组织、机构建立的联合防控、应急处突、安置帮教、教育改造为一体的综合安全防范体系。这些资源和力量介入监狱的安全管理工作，也是监狱工作社会化的体现。尤其随着国家、政府和社会对监狱工作的高度重视，监狱的安全管理工作得到了更多的关注、保障和支持。监狱要加强对联防体系的管理，加强与外界的交流与合作，与有关部门、周边社区、社会机构建立健全联防协防机制，完善联防方案，经常性开展联防活动，不断提高应对处置突发事件、维护监管安全和教育改造罪犯的能力和水平，确保监禁安全联防体系的协调、高效运转。

（一）"三共"建设

监狱应当与驻监检察机关、武警部队深入开展"共建、共管、共保安全"活动，在"思想共建、队伍共管、安全共保"三个方面下工夫，建立联席会议、联防处突、联检监督等一系列规章制度，实现互联互通、多点联动，共同推动新形势下监狱安全管理工作的健康发展。在思想共建上，强化忧患意识，增强事业心、责任感，打牢监狱安防的思想基础。在队伍共管上，重在落实制度，强化监督，抓好共教共育、联席会议、联检联评、联合演练等制度建设，共同查找安全隐患，堵塞安全漏洞，打牢监狱安防的管理基础。在安全共保上，健全完善内管、外警、联合追逃的责任体系，聚合联合防控与处突力量，经常性开展配合演练和专项演习，确保在思想上合心、行动上合拍、措施上协手，充分发挥"三共"体系的最大化效能。

（二）社区联防

监狱应根据监管工作需要和防范重点，加强与周边社会组织的联系，经常深入社区，宣传监狱工作方针、政策和监管情况，协同社区党政组织和企事业单位建立联防领导机构，明确职责和分工，并定期召开社区联防会议，互通信息，研究部署防范措施，提高社区群众对社区联防工作重要性和必要性的认识。开展警民共建文明社区活动，为社区群众办好事、办实事，参与社区的综合治理，维护社区的治安秩序。为提高实战能力，社区联防组织要开展必要的联防综合演练。对联防有功团体和个人，监狱应当按照有关规定给予必要的奖励。

（三）资源共享

监狱应及时、全面地向驻监检察室开放局域网、管教信息系统、全方位监控系统，使驻监检察室能在第一时间与监狱民警同步了解监狱工作动态，全面掌握罪犯的基本信息及改造情况。与驻地公安机关及周边派出所建立区域联防网络平台，规范统一联防措施，加强资源共享，联合制定处置突发事件预案。广泛向基层群众宣传社会治安联防和维护监狱安全稳定的重要意义，发动群众对不明身份人员以及窥视监狱、打探信息的人员进行举报，为监狱追捕逃犯提供线索等。

（四）执法监督

监狱应主动接受人民法院、检察院和社会各界的执法监督，加强民警职务犯罪预防。围绕罪犯计分考核、行政奖惩、减刑、假释、日常管理等执法内容，做到狱务公开，切实规范自身执法行为，提高监狱人民警察执法活动的公平公正性。定期召开执法监督员会议、服刑人员家属座谈会，听取他们对执法工作的意见和建议等。

（五）社会帮教

改造罪犯是一项复杂的系统工程，仅靠监狱自身力量是难以完成的，必须依靠社会公众，争取社会各界对罪犯改造工作的关心和支持。监狱通过与司法机关、罪犯亲属和社会志愿者的帮教安置协议，积极进行思想、文化和技术教育，为罪犯回归社会后安置就业创造条件。同时，监狱应积极做好探监亲属的工作，对重点对象进行家访，经常向他们介绍罪犯的改造情况，用亲情感化罪犯，提高教育改造工作的现实效果。监狱还应与劳动和社会保障部门积极配合，有计划、有步骤地实施帮扶安置工程，建立刑释人员就业"绿色通道"；与乡（镇）政府、街道办事处、村委会联合办理帮扶安置具体事宜；与司法部门联动，为刑释人员提供帮助，促使其顺利回归社会。

（六）医疗卫生

监狱应与属地卫生行政主管部门和定点医院建立协作关系，组织监狱医务人员参加属地卫生行政主管部门举办的业务技能培训，不断提高专业人员对重大疫情和公共卫生突发事件的监测和应急能力。监狱应与属地疾病防控中心建立处置突发性公共卫生事件的联动机制，防止监狱发生公共卫生事件。省级监狱管理机关可与社会医院协商建立罪犯安全病房，增加罪犯在外住院、就诊期间的安全系数。

（七）灾害应急

监狱应与自然灾害事故工作机构、气象局、国土局、地震局等部门建立经常性联系，以获得台风、暴雨、寒潮、大风、高温、沙尘暴、雷电、山体滑坡、泥石流、地震等预警信息和警报，了解可能造成的危害程度、影响范围、作用时间和发展态势，确保灾情发生时能够掌握信息，及时与有关部门取得联系，保证救灾物资的准备与调运，竭力将人员伤亡和财产损失降到最低限度。

（八）信息公开

监狱机关信息公开工作是新时期下提高监狱工作社会影响力的重要途径，也是提高监狱执法工作水平和监狱人民警察素质的一项综合性工程。当前，监狱要切实转变对外宣传理念，勇于适应时代发展要求，敢于公开、善于宣传。监狱要把与媒体交流沟通作为一项常态工作，善用报刊、杂志、互联网等各种媒介力量，大力推进狱务公开和"阳光监狱"建设。

四、监狱民警直接管理

监狱民警直接管理是指监狱民警对罪犯个体或群体所有活动和行为进行现场管理的履职行为。民警直接管理使每一名罪犯在每个时段都处于民警的直接监控之下。监狱民警直接管理是民警履职的基本形式和基本要求，是监禁安全管理的根本手段。在监狱日常管理中必须强化落实民警直接管理制度。在监禁安全方面，民警直接管理的内容主要有门卫管理、重点人员排摸和管控、联号制度管理、点名查人制度管理、零星分散犯管理、危险品和劳动工具管理、清监搜身、罪犯矛盾调处、狱情搜集与研判、罪犯的坦白检举管理、调查取证等。

（一）门卫管理

监门是监狱与社会发生联系的重要通道，主要供监狱民警、职工、外来人员、罪犯出收工以及有关车辆进出使用。监门分监狱大门、监区大门和监舍大门三种。其中监狱大门是罪犯监禁场所通向高墙外的通道，是监狱门卫管理的重点，属于要害地段。在满足监狱实际工作需求的情况下大门通道数量应尽量减少，一般一个关押区域内仅开设一个大门通道，同时尽量减少监狱大门的开启次数，严格控制进出的人、车辆和货物的数量，可进出可不进出的一律不予进出。随着监狱布局调整的实施，监狱物防和技防手段不断增强，罪犯从围墙脱逃的可能性逐渐降低，预防罪犯从监狱大门脱逃成为监管安全管理的重点环节。监狱民警要按照监狱规章制度，规范人员、车辆、物资进出监狱大门的管理，防范罪犯从监狱大门强行脱逃、化妆脱逃、尾随脱逃或藏匿在车辆、物品中脱逃等。在当前的监管安全压力之下，监狱的门卫管理应逐渐加强，除安排年富力强、责任心强的民警 24 小时值班外，还要和驻监武警联合执勤，提高应急处置能力。门卫民警管理的主要内容包括以下几个方面。

1. 审查

审查过往的人、车辆和物品是否符合进出监狱大门的条件，如时段要求、数量要求、资格要求等。监狱大门值班民警应当要求进出大门的所有人员（民警、职工、罪犯、外来人员等）遵守门卫管理制度，不符合规定的，一律不予放行。过往的车辆必须持有监狱审批签发的通行证且有民警陪同，检查后方可放行。过往的货物必须有监狱审批签发的进出监狱货物通行单，在检查无误后方可放行。如在检查过程中发现可疑问题应及时处理，并向狱政部门或监狱领导报告。

2. 值班

值班民警应当坚守岗位，坚持制度，认真履职，不得随意调换班次，不得擅自离岗，不得将无关人员放进监狱大门值班室。对待进出人员，语言规范，举止文明，按章办事。值班期间应保持警容严整，精神饱满，特别是在大雾、雨雪或停电、施工等特殊时段，必要时要增加检查警力。

3. 维护

值班民警应保持监狱大门及值班室卫生整洁，认真维护和正确使用监狱大门门禁系统、数字电网系统、网络报警系统等设备设施，做好日常维护工作，发现异常及时报修。

4. 汇报

监狱大门值班民警发现可疑人员、车辆或物品，一律不得放行，必要时根据规定采取强制性措施，并及时向狱政部门、武警中队或监狱领导报告，请求协助处理或支援。

（二）重点人员排摸和管控

重点人员是基于一定事由被监狱特别管束的重点控制罪犯。监狱重点人员包括抗改犯、危险犯、特定犯等。通过罪犯的犯罪档案分析、个人成长经历分析、社会关系调查、现实改造表现跟踪观察、监区民警评议、心理量表测试等方法和手段，对罪犯进行逐一排查和评估，确定重点管控人员。重点人员的防控措施主要有以下几个方面。

1. 实行专管责任制

对一般危险犯，应当成立由监区主要领导负责的监管小组，指定民警实行直接管理；对重大危险罪犯，监狱应成立由监狱主管领导、狱政管理部门领导、罪犯所在监区领导组成的专门工作组，负责指导、检查、监督和参与重点人员的管控和教育转化工作。

2. 建立危险犯专档

危险犯专档的内容应包括罪犯案情、刑期、主要犯罪事实、犯罪原因、认罪情况、体貌特征、社会关系、心理测验档案、危险性评估、教育转化方案、日常表现等。专档建立后，应根据现实表现实施个别化矫治和针对性的跟踪管理、教育。

3. 强化夹控和信息采集措施

监区应指定2～3名改造表现较好的罪犯对重点人员实行秘密或公开的包夹控制。实行夹控的罪犯每周（有特殊情况立即）向专管民警或监区领导汇报情况。同时监区应拓展信息搜集渠道，及时掌握危险犯的思想动态和行为表现。

4. 严格日常管理

重点人员不得从事重要岗位劳动，并要严格限制其活动范围，其一切活动都必须纳入民警的管理视线，绝对不允许单独行动。重点人员的通信及会见要严格限制，来往信件要严格审查，会见时必须进行严密监听。

（三）罪犯联号管理

罪犯联号制度是指以3～4名罪犯（一般为3名）组成一个联号同行组，指定联号组长，进行相互监督的基本监管手段。通过罪犯联号的编排与管理，对重控罪犯落实包夹，使同一联号组罪犯在学习上、劳动上、生活上相互监督、相互帮助、共同提高，从而达到防范各类违规事件和监管事故发生的目的。联号夹控制度的主要内容有以下几个方面。

1. 分组编号

在罪犯劳动岗位、就寝铺位、队列站位、课堂座位实现"四固定"的基础上，来确立联号组。一个罪犯联号组一般由3人组成，不足或多余3人的，合并组成4人联号组。每个联号组设联号组长1名，表现较差的罪犯放在中间，联号组长放在最后，确保联号组成员在视线范围内，发现异常及时制止，以防止违规违纪行为的发生。确定后的罪犯联号小组名单应向罪犯及时宣布，并在监区宣传栏内公开张贴。罪犯必须熟悉其联号成员、联号组长职责等内容。监区民警必须熟记分管小组的罪犯联号名单，对监区级、监狱级重点罪犯，监区所有民警应该熟记其所在联号。罪犯联号也要坚持动态调整，监狱应该制定罪犯联号编排、调整、考核等方面的制度。

2. 互监互控

原则上联号罪犯不得分开，联号成员中一人或两人确因特殊情形需要离开联号的，应该向当班民警请示，其他联号成员必须知道他的去向。离开联号的时间原则上应控制在5分钟以内，超过时限的，联号成员必须及时向带班民警汇报。联号成员应严格遵守各项纪律和"三联号"管理规定，维护联号小组正常的改造秩序，及时制止联号成员违规违纪和又犯罪行为，主动、及时、如实向民警汇报本联号小组罪犯的思想、行为动态。联号成员在互监互控的同时，应互帮互学，努力完成各项学习、劳动任务，争创优胜联号小组。

3．考核奖惩

要建立对联号执行情况的监督检查和奖惩机制。联号检查分为带班民警班次检查、监区每日检查、监狱定期和不定期抽查等形式。检查内容包括罪犯联号制度执行、联号成员改造表现等情况，检查情况列入民警和罪犯的考核。根据日常考核结果，依照《罪犯考核奖惩办法》，通过加扣分、评选优胜联号等方式，奖优罚劣，增强罪犯联号意识，切实提高联号夹控的有效性。

（四）点名查人

点名查人制度是监狱为了检查和核实罪犯是否在规定的时间和区域内从事指定活动的一项直接管理制度。该制度要求监狱民警应熟知所管辖区域内罪犯的基本情况，即习惯所说的"四知道"：知道罪犯的个人信息、知道罪犯的社会关系、知道犯罪情况、知道罪犯的改造表现。这是监狱民警进行监禁管理的前提条件，也是对罪犯展开针对性教育矫正的基本功。监狱民警在进行点名查人时应严肃认真，不可疏漏一人。在监禁安全管理的长期实践过程中，监狱人民警察形成了一套完整的点名查人制度，主要包括开封、收封、劳动、集体活动前后以及特殊情况下的点名查人。

1．开封、收封点名查人

开封、收封点名查人是监狱民警在开启监舍大门后或锁闭监舍大门前进行的点名查人，目的是为了核对罪犯人数，查明有无异常情况，检查罪犯是否按照规定起床或就寝等。

2．劳动点名查人

劳动点名查人包括出工、工间、收工以及零星罪犯劳动的点名查人，目的是为了核对罪犯人数，巡查劳动现场有无异常情况，检查罪犯劳动状况以及是否在岗位上从事指定的劳动等。

3．集体活动点名查人

集体活动点名查人是监狱民警在罪犯集体学习、娱乐活动以及其他教育矫正活动的前后和期间进行的点名查人，目的是为了核对罪犯人数，巡查集体活动现场有无异常情况，检查罪犯是否认真积极地参与等。

4．特殊情况下的紧急点名查人

特殊情况下的紧急点名是指在非正常情况下的紧急点名查人，如发生火灾时紧急疏散后的集合点名查人，发生狱内重大案件后的紧急点名查人等，目的是为了核查罪犯人数，进行及时教育引导等。

（五）零星分散罪犯的管理

一般情况下，监狱在押罪犯是以集体的形式生活、劳动、学习、休息的，但也存在零星分散罪犯的情况，如生产中特殊工种或岗位上的罪犯、需要临时劳动作业的罪犯、病假休息的罪犯、零星就诊的罪犯、参加兴趣小组文体活动的罪犯、个别接受特殊教育的罪犯等。零星分散的罪犯具有活动时间和范围的相对不确定性、随意性，给监禁安全带来一定的隐患，一直是监狱罪犯管理的重点。对零星分散罪犯的管理一般遵循以下几个原则。

1．坚持民警现场管理

零星分散罪犯的活动现场必须有民警在场，必须在民警的许可和带领下从事一定的活动。要做到有罪犯的地方必须有民警，不得让任何一名罪犯脱离民警的控制。民警要落实点名查人制度，监督零星分散罪犯的活动，并控制现场秩序和开展业务指导，处置相关突发事件。

2. 坚持联号制度管理

罪犯联号制度是罪犯管理的一项基本制度，零星分散的罪犯也必须遵守。零星分散的罪犯应由现场民警编制临时联号。

3. 坚持甄别筛选管理

零星分散的罪犯必须经过监区的甄别筛选并接受专项教育。具有现实危险性或有特殊经历的罪犯，一般不准进行零星分散劳动和分配特殊岗位。对特殊工种或岗位罪犯的选用、任用、考核、调整，须经监区集体评议，报监狱备案，在任用或卸用时要进行专项个别教育，有的特殊工种或岗位罪犯在任用前需要经过专项知识技能培训，并获得国家或行业许可资格。病假休息的罪犯必须得到有资质的医院开具的休息休养证明，防止罪犯诈病或装病等。

（六）劳动工具和危险品管理

劳动工具和部分危险品（包括汽油、柴油、杀虫剂、化验毒剂、易燃、易爆、易腐、剧毒物品和生产生活上使用的刀具、锐器、攀高物、绝缘材料等有可能造成事故发生的各类危险品）是监狱在组织罪犯劳动、生活过程中必不可少的物品，它们在给监狱生产、罪犯生活带来便利的同时，也给监狱安全带来了威胁。极少数罪犯总是想方设法利用劳动工具或危险品进行行凶、越狱或自残、自杀等。因此，监狱必须高度重视劳动工具和危险品的日常管理，谨防被罪犯利用而造成安全事故。

1. 建立危险物品领发、使用、回收制度

使用前，民警要亲自监督和指导，使用后和剩余部分要及时收回，妥善保管，并及时进行登记。危险物品应设专库或专柜保存，由民警直接管理，不得使用罪犯管理。

2. 建立劳动工具领发、使用、回收制度

劳动工具要统一编号，登记造册，实行专人专管，专人使用，有条件的必须加固定链条。存放劳动工具的工具柜必须加锁，柜内应贴有工具明细表，做到账物相符，领发手续齐全。生产工具未经批准不准带入监舍。

3. 建立使用人员的审核、考核制度

凡接触和使用危险物品或有危险性的劳动工具的罪犯，应由监区集体研究后方可允许使用。责任民警要经常对他们进行教育和考察，发现异常情况，要及时撤换相关人员。

（七）清监搜身

清监搜身是指监狱依法对罪犯劳动、学习、生活场所和罪犯人身进行的各种检查和搜查。清监搜身是监区的一项日常性工作，应严格执行"周小清、月大清、重大节日重点清、特殊情况随时清、出收工普遍清、不定期突击清"的清监搜身制度，对清查出的违禁品及时予以销毁或妥善保管，消除各类安全隐患。

1. 清监搜身的范围

主要包括罪犯监舍、谈话室、医务室、小房间、储藏室、更衣室、图书室、车间统计室、工具房、工具箱、罪犯劳动机位、劳动现场的要害部位、罪犯人身以及围墙周界等。

2. 违禁、危险物品

主要包括可被用作脱逃、自杀、行凶的器械、工具、树木、地图、假发、各类钝锐器

（水果刀、剪刀、裁纸刀、钳子、锥子、起子、扳手、锯条和自制刃具、刀片等）、攀高物（梯子、绳索、棍棒、布条等）、绝缘物（雨衣、电工工具、绝缘手套、鞋靴等）、特种用品（封箱带、胶带、伸缩带、毛刷等）、与警服、军服相似的衣服及其他铁制品和玻璃制品等；私藏的毒品、烟酒、毒性药品、易燃易爆品（打火机、罐装杀虫剂、蜡烛、酒精等）、火工品、化学品、鼠药、各类火种等；现金、邮票、有价证券、手表、收音机、相机、手机、MP3、MP4、U盘、证件、证章、内部刊物、通讯录、机密文件材料、高档服装等不宜犯人保管的物品；反动淫秽书刊、音像制品、非法出版物以及泄露监管机密和不利于罪犯改造的信件等；未经食堂加工的熟菜和生菜、非监狱采购供应的食品等物品；其他影响监管安全和不利于罪犯改造的物品。

3. 清监搜身的方式

在日常清监搜身工作中，主要方式分为带值班民警例行检查、监区清监检查和监狱清监检查。

（1）带值班民警例行检查 监区带班民警在罪犯出工时重点检查罪犯着装、头发、番号、携带物品等，发现异常情况及时处置。监区带班民警在罪犯收工时必须运用安检门和手持金属探测器对罪犯逐个检查，做到仪器安检和手工搜身分别达100%，对重点人员必须重点搜查。监内值班民警在值班期间要搜查3～5个罪犯监房（其中留监号房必查）和公共小房间，对零星进出监房、车间的罪犯（会见、就诊、领料、送饭送水等勤杂犯等）要坚持每（次）日搜身检查。带值班民警要及时向监区报告每日清查情况并在带值班记录簿上做好记载，对清查发现的重要情况要及时处置并上报监区处理。

（2）监区清监检查 监区清监检查由监区领导召集，每周清查不少于1次。各监区每月必须对罪犯的所有改造和生产场所全面清查一次以上。遇重大节假日，必须全面组织清监搜身，机关民警参加挂钩监区的清监搜身活动，必要时可报监狱商请武警中队派员参加。监区清监检查的情况要及时进行书面和网上登记，在组织清查搜监的次日将《清监报告》上报狱政部门备案，对清查发现的重大情况要及时处置并上报监狱处理。

（3）监狱清监检查 监狱组织清监搜身工作由狱政部门负责牵头，其他部门配合，必要时邀请驻监武警和检察官参加。重大清监搜身活动由民警管理部门调配警力。监狱狱政部门、督查组应加强对监区清监搜身工作的检查和考核。监狱督查组每天对监区收、出工搜身情况进行检查考核，监狱职能部门每半月要组织一次清监抽查，主要检查监区车间、监房和储藏室、小房间等。每月开展一次全监狱的清监搜身活动，对查出的问题限期整改。

4. 对违禁物品的处置

监区对每次清查出的违禁物品逐一登记并查明责任人、来源、用处等情况。对查获的罪犯现金、手机（小灵通）、手表、收音机、高档服装等贵重物品应按人造册登记，做好讯问笔录，上报监狱处理。根据监狱批准和履行相应手续后依法依规作出没收、销毁、监区代为保管、由罪犯寄回等处理。相关证据材料应由罪犯本人签字后存入罪犯档案。有重要嫌疑线索可供立案侦查的违禁品，交狱政部门保存、处理。对在清监搜身中查获的违禁品，监狱、监区和民警不得擅自处置、挪用或占为己有。

（八）罪犯矛盾调处

罪犯矛盾是指罪犯在服刑期间与其他罪犯、民警或家庭成员之间产生的各类人际矛盾的总称，具有潜伏性、累积性、危险性等特征。罪犯矛盾如果长期得不到有效调解，将会威胁监狱安全。罪犯矛盾调处工作应以化解实际矛盾，促进罪犯积极改造为立足点，通过建立行之有效的调处机制，及时查找、调解各类矛盾，减少或避免罪犯因矛盾等问题而引发的各类监管事故。

1. 罪犯矛盾排查

民警对罪犯中存在的各类矛盾，应及时采取有效措施进行摸排、查找，为后续调处工作做好充分准备。罪犯矛盾排查的主要方式包括以下几个方面。

（1）组织罪犯自我排查　监区、分监区要求罪犯将自己遇到的矛盾向分管民警汇报，分管民警须及时做好收集、分类、鉴别和评估等工作。

（2）监区分析排查　监区要组织民警通过查阅档案、审核信件、个别谈话、信息员反映、电话监听、罪犯汇报等方式和途径全方位搜集掌握罪犯中存在的矛盾，在每周狱情分析例会上进行专题分析排查，并逐一提出解决方案和措施。监狱挂钩部门要积极参与，提出意见和建议。

（3）监狱分析排查　监狱职能部门要通过监狱长信箱、督查和谈话了解等渠道，充分掌握罪犯中的矛盾情况，并利用每月一次的狱情分析会，全面、深入地分析排查罪犯中的矛盾情况和产生原因，制定针对性的调处措施，对排查出的罪犯矛盾要按照性质、难度分类分级并登记。

2. 罪犯矛盾调处机制

罪犯矛盾调处应坚持依法调处，妥善处理的原则，分级负责，上下联动，及时干预，切实解决罪犯存在的思想问题与实际问题。罪犯矛盾调处机制的主要内容包括以下几个方面。

（1）建立监区谈心日和个别教育日制度　利用谈心日和个别教育日，耐心做好罪犯的教育疏导工作，积极帮助调处罪犯矛盾。

（2）建立异议复议制度　罪犯对减刑假释、计分考核、等级处遇以及惩处不服的，可以申请监区复议，也可直接向监狱职能部门申请复议。

（3）建立信息反馈制度　加强信息员、班组长、监督岗的管理，充分发挥其信息反馈作用，及时收集、整理罪犯的人际矛盾。

（4）积极开展帮教活动　监狱应适时邀请机关企事业单位、社会团体、罪犯亲属进监开展帮教活动，并运用特困救济金等形式，切实帮助罪犯解决生活、家庭等方面存在的实际困难，缓解罪犯思想压力。

（5）开展法律援助活动　监狱定期不定期地开展法律援助活动，为罪犯释疑解惑，维护罪犯的合法权益。

（6）开展心理矫治工作　监狱心理健康指导中心、监区、分监区要对罪犯扎实开展心理健康教育和心理矫治工作，对心理存在问题的罪犯及时进行心理疏导，提高罪犯的心理健康水平。

（7）建立教育疏导、夹控、隔离的处理机制　对于罪犯之间的人际矛盾，监区应积极采取教育疏导措施，促进矛盾逐步化解，并安排罪犯联号夹控，谨防突发意外事件发生。由于罪犯之间人际矛盾的多样性和诱因的复杂性，并不是所有的罪犯人际矛盾都可以调处或化解，必要时候可通过调整罪犯联号、班组、监舍乃至监区的方法将关系恶化、积怨较深的罪犯隔离开来。对与个别民警对立情绪严重、有报复民警倾向的罪犯要及时调整监区，防止发生袭警事件。

（九）狱情搜集与研判

狱情搜集与研判是对涉及监管安全的人、事、物等情况或信息，进行搜集、整理、鉴别、评价，形成对监狱整体安全状况、在押罪犯心理动向和行为倾向的规律性认识和判断，为监管工作提供决策性服务和实现安全预警目的的执法活动。

1. 狱情信息搜集

狱情信息的搜集是狱情分析与研判的基础性工作，不仅有利于查找出监狱安全管理工作中的隐患与盲点，更是准确、客观、快捷地预测与研判狱情走势，及时、有效地维护监管安全稳定的基础。主要包括以下几个方法。

（1）设置信息员　信息员是指在监狱民警的直接布置和管理下，从事狱情信息、罪犯思想动态和违法违纪行为信息的搜集、汇报任务的在押罪犯。通过在罪犯中设置信息员，监狱民警能够动态掌握深层次的狱情动向、犯情动向及其他监管改造情报，及时发现线索。信息员的选用、管理、更换必须按规定程序进行。

（2）个别谈话　个别谈话既是教育改造的主要手段，也是狱情搜集的重要途径。通过经常性的个别谈话，监狱民警能够与罪犯加强思想和情感交流，增加亲近感与信任感，了解更多犯情、狱情。

（3）现场观察　现场观察是监狱民警掌握狱情最基本和最有效的手段。通过观察罪犯的日常行为举止、眼神及学习、劳动状况，监督、监听罪犯会见、通话等，分析、判断出罪犯的改造心理、行为倾向，及时发现罪犯异常情况和监管安全隐患。

（4）资料分析　通过审查罪犯的坦白、检举揭发材料，查阅罪犯档案、书面材料，查阅罪犯小组记录和个人往来信件，了解和掌握罪犯的思想动态，分析和鉴别出可疑线索或重要狱情信息。

2. 狱情信息研判

狱情信息研判是对所采集到的狱情信息进行整理加工的过程。狱情信息研判的目的是对罪犯个体情况及危险犯、其他重要罪犯进行摸排、分析与对策性研究，进而根据不同情况采取针对性控制或处置措施。狱情分析会是狱情信息研判的主要形式。监区要实行“日碰头、周分析、月报告”的狱情分析制度，监狱至少每月召开一次狱情分析会。遇有重要狱情，监狱应随时召开会议，及时研究，迅速采取对策措施。监区应以周报、月报的形式，将监区狱情动态上报至监狱。监狱狱侦部门对搜集或汇总的狱情信息资料应及时归纳整理，综合分析，以季报形式上报至省级监狱管理机关。

（十）罪犯坦白、检举的管理

罪犯的坦白检举是掌握罪犯余罪、漏罪，打击狱内又犯罪的有效途径。我国刑法第六十七条规定：正在服刑的罪犯，如实供述司法机关还未掌握的本人其他罪行的，可以从轻或者减轻处罚。其中，犯罪较轻的可以免除处罚。第七十八条规定：检举监狱内外重大犯罪活动，经查证属实的，应当减刑。最高人民法院《关于办理减刑、假释案件具体应用法律若干问题的规定》第一条规定：检举、揭发监内外犯罪活动，或者提供重要的破案线索，经查证属实的，可以减刑。同时我国刑法第七十条还规定："判决宣告以后，刑罚执行完毕以前，发现被判刑的罪犯分子在判决宣告之前还有其他罪没有判决的，应当对新发现的罪作出判决，把前后两个判决所判处的刑罚，依照本法第六十九条的规定，决定执行的刑罚。"坦白、检举是在押罪犯认清犯罪本质，彻底认罪悔罪，争取宽大处理和法律奖励的具体表现。坦白、检举的内容包括罪犯主动交代本人所为的，尚未被司法机关发现和追究的犯罪事实；主动积极地揭发犯罪同伙；举报其他犯罪，提供案件侦破线索等。罪犯的坦白、检举应当写出书面材料，将案犯姓名，犯罪的时间、地点、经过以及得到线索的途径等描述清楚，直接上交给所在监区民警，民警应及时交监狱狱内侦查部门。罪犯也可以直接以信件形式写给监狱、公安机关、检察院和法院。

开展好罪犯的坦白检举工作，不仅有利于监狱全面掌握罪犯的基本情况，深化教育改造的主动权，而且有助于识别罪犯中间潜在的不稳定因素，为公安机关侦破案件、抓获罪犯提供有用线索。监狱必须多措并举，常态化地开展罪犯坦白检举工作，抓深抓细、做实做好。

1. 因势利导，抓好法制教育

通过深入细致地开展法制教育，使罪犯深刻地认识到自己的犯罪行为给社会、家庭及他人造成的严重危害，明白坦白交代余罪，检举揭发违法犯罪行为是每个服刑罪犯应尽的义务。

2. 政策攻心，抓好转化教育

加大政策宣传和攻心力度，营造坦白检举、立功受奖的氛围，对罪犯阐明包庇犯罪、知情不举的危害性，同时主动做好顽固罪犯的思想转化工作，使他们消除疑虑，鼓起勇气，自觉投入到坦白检举活动中来。

3. 正面引导，抓好亲情教育

监狱要向罪犯充分阐明坦白从宽、抗拒从严的政策，对主动交代余罪，检举揭发他人违法犯罪行为的罪犯，依法进行处理。借助亲情教育，使罪犯在感受温情的同时，鼓起勇气坦白检举。

4. 个别攻坚，抓好专题教育

监狱要开展好坦白检举的专题教育，依法打击编造事实、诬陷他人，拒不坦白的罪犯。集中优势警力，做好个别顽固罪犯的攻坚，通过正反两方面的典型事例，促进其思想转变，消除顾虑。

5. 及时兑现奖惩，保护罪犯坦白检举的积极性

监狱和有关部门应该及时、依法兑现相关奖惩，调动罪犯坦白检举的积极性，对罪犯坦白、检举揭发的案件要一查到底。监狱要保护坦白检举罪犯的个人隐私和人身安全，对有功罪犯的奖励可以不予公开。

（十一）调查取证

在监狱的执法活动中，调查取证工作是侦办狱内案件和查处罪犯违规违纪行为的法定程序和必要手段。它是民警通过各种公开或秘密途径搜寻、发现、获取相关狱内情报与罪犯信息的一种警务活动，是监禁安全以及其他安全管理不可或缺的内容。监狱中经常用到的证据可分为两大类，一类是涉及狱内刑事案件诉讼的证据，另一类是用于查处罪犯违反监狱管理规定行为的一般性证据，如个体日常积极或消极的言行表现事实等。狱内调查取证的常用方式主要包括以下几个方面：

1. 讯（询）问

讯（询）问是一种最常用的调查取证方式，也是监狱民警侦办狱内案件、查处罪犯违规违纪行为的一道重要程序。监狱人民警察在证实狱内重新犯罪，查明犯罪事实，或对有漏罪的罪犯进行讯问时，需要做讯问笔录；对罪犯严重违反监狱管理规定的行为，必要时也需要做讯问笔录；对现场目击证人取得证言证词时，需要做询问笔录。讯（询）问应采取适当技巧，根据不同案件、不同情况、不同对象，加以灵活运用。

2. 现场勘查

现场勘查，是指对罪犯在关押期间发生违反监管规定行为或重新犯罪行为的地点以及实施行为时留下的痕迹、物证的勘查，是获取证据的重要手段之一。现场勘查应根据案件的具体情况，划定勘查范围，确定勘查顺序。

3. 调查访问

调查访问是指监狱民警对目击者、报案人和现场其他人员进行调查访问，了解事件发生、发现的时间、经过及其他有关情况。

4. 搜查、扣押

搜查是指民警依法对狱内又犯罪的罪犯或可能藏匿违禁品、危险品的罪犯的身体、物品、监舍或其他有关地方进行搜索和检查的执法活动。扣押是民警将与狱内案件有关的物品、文书依法强制收取、扣留，对罪犯持有的危险品、违禁品、违规信件等物品进行强制没收和扣留的执法活动。搜查、扣押必须由两名以上民警按照法定程序进行。

第六章 监狱生产安全管理

监狱的生产安全工作是监狱工作的重要组成部分。加强监狱生产安全管理工作，执行国家有关劳动保护的规定，保障罪犯在劳动过程中的人身安全和健康，是监狱的法定职责。杜绝群死群伤等重特大生产安全事故，减少罪犯工伤死亡、致伤致残事故和有效防范职业病是监狱生产安全管理的重要目标。

一、监狱生产安全管理概述

《辞海》❶ 将"生产安全"解释为"为预防生产过程中发生人身、设备事故，形成良好劳动环境和工作秩序而采取的一系列措施和活动"。在《中国大百科全书》❷ 中，"生产安全"的定义为：旨在保护劳动者在生产过程中安全的一项方针，也是企业管理必须遵循的一项原则，要求最大限度地减少劳动者的工伤和职业病，保障劳动者在生产过程中的生命安全和身体健康。由此可以概括地说，生产安全就是指使生产过程在符合物质条件和工作秩序下进行的，防止发生人身伤亡和财产损失等生产事故，消除或控制危险、有害因素，保障人身安全与健康，使设备、设施和环境免遭破坏的总称。生产安全管理是管理科学的组成部分，也是安全科学的一个分支，旨在通过对生产过程中安全问题的积极关注，运用有效的资源，发挥人们的智慧，进行科学决策、计划、组织和控制，实现生产过程中人与机器、物料、环境的和谐，从而达到生产安全的目标。劳动改造是我国监狱改造罪犯的"三大手段"之一，我国监狱法规定："有劳动能力的罪犯，必须参加劳动。"因此监狱在刑罚执行组织罪犯生产劳动的过程中必须积极面对生产安全管理。

（一）监狱生产安全管理的内涵

监狱生产安全管理，是指监狱在组织罪犯进行生产劳动的过程中，以预防发生人身伤亡和财产损失等事故为目标，根据监狱管理的特点，遵照有关法律规定，按照生产安全管理的基本规律而进行的相关决策、计划、组织和控制等活动。

监狱生产安全管理的目标是减少和控制生产事故、职业危害，保障监狱民警、职工、罪犯的人身安全和健康，减少财产损失和环境破坏，尤其是要坚决杜绝群死群伤等重特大安全生产事故。监狱生产安全管理的对象包括监狱的罪犯、职工和民警，以及监狱的各种生产设备设施、物料、环境和信息等。监狱生产安全管理的主要内容包括监狱生产安全管理机构和生产安全管理人员、生产安全制度建设、安全教育培训、生产安全隐患检查、事

---

❶ 参考自"夏征农，陈至立．辞海（M）．上海：上海辞书出版社，2009．"

❷ 参考自"周光召．中国大百科全书（M）//《中国大百科全书》总编辑委员会．中国大百科全书．第 2 版．北京：中国大百科全书出版社出版：2009．"

故报告、抢险、抢救与调查、生产安全评价管理、监狱民警生产安全直接管理、监狱生产安全文化建设和生产安全档案等。

（二）监狱生产劳动的特殊性

监狱劳动是改造罪犯的基本手段之一，具有法定的强制性，与通常的社会劳动相比，监狱劳动的特殊性，主要表现在以下四个方面。

1. 劳动主体具有特殊性

在监狱劳动中，劳动者主要是罪犯。他们构成复杂，总体文化程度偏低，产业经验不足，生产安全知识和技能掌握不够，普遍存在好逸恶劳的特点。部分罪犯对劳动存在消极和抵触情绪，缺乏生产安全的主动性和积极性，还有部分罪犯在人格、心理上存在缺陷和行为恶习，在劳动中会表现出一定的盲动性，甚至是破坏性。劳动对他们来说更多的是一种强制性义务，罪犯没有工种选择权、薪酬谈判权、辞职权、参与工会权等社会劳动者的劳动权利。

2. 管理主体具有特殊性

监狱人民警察是法定监狱管理者。监狱人民警察承担着教育改造罪犯的任务，一般将主要精力投向监管安全、矫正罪犯和完成生产经济指标上，缺乏相应的生产安全的专业知识和技能，不能较好地满足生产安全管理的要求。监狱生产安全工作的管理主要依赖监狱相关职能部门的推动，生产安全的基础管理和基层管理与一般社会企业相比，相对较为薄弱。

3. 监狱产业具有特殊性

随着监狱关押布局和产业结构的调整，监狱的劳动逐步由煤炭开采、机械加工、农业生产等向劳动密集型的劳务加工行业转变，如服装加工、玩具制作、电子装配等。由于监狱人员高度密集、项目类型相对集中、劳动区域范围小，防止火灾、坍塌、爆炸、中毒等群死群伤重特大生产安全事故和职业病就成为监狱生产安全管理工作的重点。

4. 监狱生产安全管理体制具有特殊性

我国监狱一般实行的是省级以下垂直管理体制，相应的在生产安全的管理上自成体系，与属地相关部门联系和沟通相对较少。监狱建筑的设计建造、消防安全、特种设备管理等基本游离于所属地区相关部门管理之外，政府安全生产监督管理部门对监狱的生产安全监管比较薄弱，不少监狱地处偏僻，监狱利用专业的咨询、救灾、救援等资源的力度不够。

（三）监狱生产安全管理的原则

《中华人民共和国安全生产法》确立了"安全第一、预防为主"的安全生产管理方针，要求建立"政府统一领导、部门依法监察、企业全面负责、社会监督支持、劳动者遵章守纪"的生产安全管理体制。监狱的生产安全管理工作必须遵循一般生产安全管理的基本规律，结合监狱生产劳动的特点和生产安全管理的特殊性，遵循以下原则。

1. 源头管理的原则

源头管理原则是"预防为主"的生产安全方针在监狱生产安全管理中的具体体现。它要求监狱的生产安全要从源头上加强管理，重视基础设施建设、生产项目选择和生产安全风险的辨识等。监狱的新建、改建、扩建工程项目的相关安全设施必须做到与主体工程同时设计、同时施工、同时验收和投入使用，即严格落实"三同时"制度。要按照我国安全生产法、消防法、建筑法、环境保护法、职业病防治法等法律法规和相关国家标准，做到建筑设置布局合理、安全通道畅通、安全设施齐全，规范设置生产区、库房区和生活区。不得使用危险房屋，不得利用基本安全设施不到位的场所从事劳动，要保证合理的罪犯人均厂房面积，配齐消防设施、电器保护设施、应急救援设施，保证安全逃生通道畅通。监狱在引进生产项目、采用新的生产工艺时，要建立准入制度，按照职业健康安全管理体系的要求进行危害辨识和风险评价，确保监狱的生产项目、生产工艺没有高风险、高污染、高危害。对原有的危险性大、高污染、高危害的生产项目和工艺要逐步淘汰或退出。

2. 直接管理的原则

监狱人民警察是监狱的法定管理主体，是安全生产的主要管理者。监狱民警必须认真履行生产安全管理职责，不得将职权交与罪犯行使。监狱民警要落实生产安全直接管理制度，必须深入生产劳动现场，对生产安全工作亲自指挥、亲自布置、亲自检查。必须明确当班民警的生产安全管理职责，明确现场安全检查的部位、频次、方法。值班民警要严格落实对各类危险源点的管控措施，实施走动式管理，加强现场巡查，及时发现罪犯违反操作规程的行为和存在各类安全隐患。危险作业必须由民警现场监护。在发生安全事故时，值班民警要及时启动事故应急预案，迅即汇报，抢救人员和财产，疏散相关人员并保护事故现场。

3. 全员参与的原则

监狱生产安全工作要求全员参与，构建"横向到边，纵向到底"的责任机制，明确每一名监狱民警、企业职工、罪犯的生产安全职责和要求，真正做到"安全生产，人人有责"。监狱要通过制定生产安全的各项管理制度，明确全员在生产安全工作中的职责，并发挥监狱民警、企业职工、罪犯参与生产安全管理工作的积极性、主动性和创造性。特别要重视发挥罪犯的积极性、主动性和创造性。罪犯是生产现场的实际操作人员，其劳动态度、安全意识、安全技能对于生产安全目标的实现具有决定性意义。因此，要教育、引导罪犯树立正确的劳动观，减少自身的不安全行为，并积极制止、检举其他罪犯的违规行为，及时发现、报告安全隐患，鼓励和组织罪犯开展安全技术、生产工艺的革新。

4. 教育培训的原则

安全教育与技能训练是减少监狱民警、职工和罪犯的不安全行为，防止发生事故的重要途径，也是"预防为主"方针的要求。通过安全教育与技能训练能提高监狱民警、企业职工和罪犯做好事故预防工作的责任感和自觉性，促使其掌握生产安全的基本知识和技能，了解生产安全事故发生的规律和机理，从而提高其生产安全的操作水平和管理水平。安全教育要坚持全员教育和专门教育相结合、意识教育和能力教育相结合的原则，通过各种载体和活动，浓厚氛围，突出重点，注重实效。要认真落实对监狱主要领导、分管领导、生产安全管理部门负责人、专兼职生产安全管理民警、监区民警、企业职工、罪犯的安全教育，同时开展好企业负责人安全任职资格培训、特殊工种持证培训、罪犯的"三级教育"、转岗教育、复岗教育等。

5. 预防与处置相结合的原则

生产安全管理重在预防，对发现、识别的各种危险源点和隐患，监狱要积极采取应对措施，整改隐患，控制危险，做好防范，如安全教育、设置安全装置、增加标识、配置劳动保护用品、开展安全检查和隐患整改活动等。在预防的同时，也要根据危险源、危险目标可能发生事故的类别和危害程度制定各类事故的应急处置预案，储备应急救援资源，组织应急预案演练并不断改进、修正。通过有效的预案管理，增强各类人员应对生产安全事故的能力，及时有效地处置各类事故，减少人员伤亡、经济损失和社会影响。

（四）监狱生产安全管理机构和机制

生产安全管理工作的开展离不开组织保障和机制保障，监狱生产安全工作要以我国安全生产法和监狱法等为基本依据，建立相应的管理机构和机制。

1. 监狱生产安全管理机构

我国监狱由国务院司法行政部门主管，普遍实行省级管理机关垂直管理的体制，同时我国安全生产法规定了安全生产的属地管理原则。因此，我国监狱的安全生产工作实行的是由监狱为主体、省级监狱管理机关进行业务指导和属地政府依法监督的管理体制。省级监狱管理机关的生产安全业务指导部门，主要有安全生产监督处、刑务劳动作业处等；监狱生产安全管理机构包括监狱长（监狱企业负责人）、监狱安全生产委员会（领导小组）、安全管理科（刑务劳作科、生产科）、监狱生产安全技术小组（专家组、专业检查组、督察组等）、监区安全生产领导小组、专（兼）职安全员等，具体管理机构如图 6-1 所示。

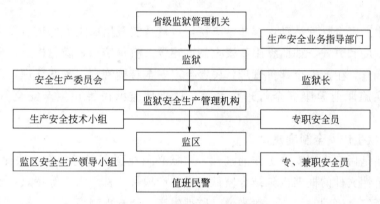

图 6-1　监狱生产安全管理机构

我国安全生产法第十九条根据企业的性质和规模，规定了矿山，建筑施工，危险品的生产、储存、销售，从业人员超过三百人的四类单位和企业必须设置专门的安全生产管理机构或者配备专职安全管理人员。由于监狱生产安全管理工作的特殊性，监狱应该设置专门的安全生产管理机构，配备一定数量的专职安全管理员。罪犯人数多、生产安全管理难度大的监区（监狱下属企业、分公司）也要设置管理机构，配备相应的专职安全管理人员。监狱安全生产管理机构不得随便变更或撤销，专兼职安全管理人员队伍要保持相对稳定。

2. 监狱生产安全管理机制

我国安全生产法规定了"政府监督与指导、企业实施与保障、员工权益与自律、社会监督与参与、中介支持与参与"的管理模式。监狱与社会企业不同，其生产安全管理机制主要包括责任机制、投入机制、隐患排查与整改机制、教育培训机制等方面。

（1）责任机制　要明确监狱各级管理者、民警、企业职工、罪犯的安全生产权利、责任、义务和要求。随着国家对人权保障力度的加大，监狱搞好生产安全工作比一般企业具有更强烈的政治意义，监狱安全生产工作必须明确责任，严格考核、兑现奖惩。

（2）投入机制　要按照国家规定、行业标准和监狱实际情况，配好、配足安全基本设施、设备、防护用品、应急物品，保障安全生产资金的投入，包括基本设施投入资金、安全隐患整改和技术改造资金、保险资金和奖励资金等。

（3）隐患排查和整改机制　要落实隐患的闭环管理制度，建立隐患辨识、评估分析、整改和验收的工作流程和机制。

（4）教育培训机制　对监狱民警、企业职工和罪犯开展生产安全意识、技能的教育培训，有利于提高管理人员和一线操作人员的安全素养。要将民警安全生产技能培训和"执法大培训、岗位大练兵"活动有机结合起来，与民警的正常业务培训结合起来；针对罪犯整体文化程度偏低、参业经验普遍不足的特点，深入、持久、有效地开展相关的安全意识、基本安全知识、岗位安全操作规程的培训；在民警和罪犯中广泛开展反"三违"（违章指挥、违章作业、违反劳动纪律）、"三不伤害"（不伤害自己、不伤害他人、不被他人伤害）、"安全生产月"等活动。

二、监狱生产安全管理的主要内容

监狱的生产安全管理活动内容非常丰富，本章从实践层面重点论述监狱在生产安全管理中的基本制度和方式，如监狱生产安全制度建设，教育培训，隐患排查，事故报告、抢险、抢救与调查，生产安全评价管理，民警生产安全直接管理，预案管理，监狱生产安全文化建设和实施职业健康安全管理体系等，以指导监狱民警在生产安全管理工作中的实践。

（一）监狱生产安全制度建设

建章立制是做好生产安全工作的基础，监狱必须在国家现行的有关法律制度、标准、管理部门规范性文件的框架内，结合监狱自身生产项目、管理水平等特点，建立一整套行之有效的生产安全管理制度。一般来说，监狱生产安全管理制度至少包括以下四类：综合管理类、操作规程类、监督考核类和应急类。

1. 综合管理类制度

主要包括监狱安全生产管理办法及实施细则，各级人员、各部门安全生产责任制，安全生产教育培训制度，职业健康安全管理制度，生产安全事故隐患排查、整改办法，生产安全事故报告及事故处理管理制度，生产现场规范化管理规定，安全生产例会制度，安全生产"三同时"管理办法，民警安全生产直接管理办法，特殊工种及作业人员管理制度，行为安全和岗位安全"双评估"动态管理规定，危险源动态管理、控制办法，职业病及职业中毒管理制度，消防安全管理规定，防暑降温安全管理规定，罪犯吸烟安全管理规定，设备等级安全管理制度，危险作业审批制度等。

2. 安全生产操作程序、技术类制度

主要包括各岗位安全操作规程和生产技术应用安全管理规定等。

3. 监督考核类制度

主要包括安全生产责任制考核规定，安全生产巡查、检查、督查考核办法，罪犯安全生产奖罚规定等。

4. 应急类制度

主要包括各类重大安全生产事故应急处置、演练预案，如触电、火灾、中暑、中毒、厂内交通事故、坍塌、易燃易爆、水泥单位喷窑等应急处置预案和演练预案。

（二）生产安全责任体制

生产安全责任制是监狱各项生产安全规章制度的核心，同时也是监狱最基本的生产安全管理制度，目的是为了有效落实国家生产安全法律法规、政策、要求和"安全第一、预防为主、综合治理"的生产安全工作方针。监狱生产安全责任制必须坚持"管生产必须管安全"、"谁主管谁负责"、"谁审批谁负责"、"谁值班谁负责"的要求，明确各级管理人员的职责，应横向到边、纵向到底，形成各部门配合、全员抓生产安全的协同配合机制和齐抓共管的生产安全工作格局。监狱安全生产责任制度必须与监狱的管理模式相契合，必须与罪犯劳动生产的特点相适应，具有可操作性。

监狱的生产安全责任制要对不同层级的组织、机构和人员的生产安全管理职责作出相应的规定，一般包括监狱生产安全委员会、监狱生产安全检查小组、监狱生产安全专家小组（技术小组）、监狱长、企业总经理、副监狱长（包括分管生产安全、罪犯教育、卫生医疗、基建、财务、民警管理等的副监狱长）、企业副总经理、监区长（分监区长）、副区长（副分监区长）、值班民警、监狱专（兼）职安全员、职工班组长等，同时要对从事劳动的罪犯提出明确的生产安全要求。

1. 监狱长生产安全职责

监狱长作为监狱的首要责任人，应对监狱生产安全负总责。其职责主要有以下几个方面。

（1）将生产安全工作纳入监狱总体工作规划，按照《中华人民共和国安全生产法》的规定设置安全管理机构并配齐、配强安全管理人员，建立健全生产安全责任制，审查批准生产安全重大决策、各项规章制度以及事故应急处置预案；

（2）定期召集专题会议，研究和分析生产安全工作，对存在的重大生产安全问题作出决策；

（3）在布置、制订生产经营工作目标、财务预算、基本建设、技术改造、经济承包等重大经济、技术项目时，同时布置生产安全工作；

（4）按照国家和行政主管部门规定落实安全技术措施经费和安全奖励基金，有计划地组织整治重大隐患，减轻职业危害，改善劳动条件；

（5）督促、检查生产安全工作，把生产安全工作纳入考核评比范畴，坚持生产安全"一票否决"制度。对实现生产安全的先进集体和个人，给予表彰或奖励；

（6）对重伤以上生产安全事故及时组织调查分析，按照"四不放过"的原则严肃处理，并对伤亡事故调查、登记、统计和报告的正确性、及时性负责。

2. 监狱生产安全委员会生产安全职责

监狱生产安全委员会一般由监狱长、分管生产安全的副监狱长、各职能部门负责人和相关部门人员组成，主要职责有：

（1）贯彻执行"安全第一，预防为主、综合治理"的生产安全工作方针和国家生产安全工作的法律、法规和制度，组织制定监狱的生产安全目标、生产安全责任制、生产安全管理制度并监督执行；

（2）每月组织召开生产安全例会，分析生产安全工作形势，对生产安全工作中的重大问题及时作出决策；

（3）健全生产安全管理体系，完善生产安全工作机制，及时配置生产安全所需的各种资源；

（4）组织和监督有关部门有计划地改善生产条件，审查安全计划、措施，检查计划、措施的执行情况，对新建、改建、扩建项目的设计进行会审；

（5）领导、组织生产安全检查和安全教育、安全培训；

（6）对生产安全工作进行考核、奖罚，对生产安全事故进行调查，提出整改和处理意见。

3. 分管生产安全工作副监狱长的生产安全工作职责

主要包括以下几个方面的具体内容。

（1）贯彻执行生产安全的法律、法规和制度，协助监狱长抓好生产安全工作，对生产安全工作负具体领导责任；

（2）直接领导生产安全职能部门工作，组织制定生产安全工作计划、规划，组织编制和审查生产安全规章制度，并督促贯彻执行，组织实施职业健康安全管理体系认证，并使之有效运行；

（3）组织生产安全大检查并督促、落实隐患整改，落实重点危险源管控措施；

（4）对重大隐患及其他重要生产安全事项及时提请研究决策，及时督促落实整改、防范措施；

（5）督促落实新建、改建、扩建项目的安全、消防、环保"三同时"；

（6）负责对危险作业和重大设备、设施检修项目的作业审批。

4. 监狱生产安全职能部门的生产安全职责

主要有以下几个方面的职责。

（1）制订生产安全年度工作计划、教育培训计划、安全技术措施计划、监狱生产安全管理制度、安全操作规程等，贯彻落实本单位的生产安全工作目标；

（2）保障生产安全网络正常有效运行，监督、指导基层监区生产安全工作，定期召开生产安全管理人员会议，学习生产安全管理技能，研讨改进生产安全工作的方法和措施；

（3）组织生产安全大检查，对排查出的隐患督促整改，加强监控，及时查处"三违"行为，对危险作业和重大设备、设施检修项目作业进行审核和现场监督；

（4）督促有关部门定期组织对从事有职业危害的劳动人员进行体检，对劳动防护用品的质量进行监督，按照有关规定组织编制或协助有关部门制定劳动防护用品的发放标准和计划并监督执行；

（5）组织对作业人员的行为评估、岗位评估以及对危险源进行评估，督促对重点危险源制定管理方案和应急预案，加强对重点危险源监控；

（6）建立健全生产安全档案，负责生产安全有关报表、事故的统计、报告，组织对有关生产安全事故的调查、分析并提出处理建议；

（7）负责职业健康安全管理体系的运行控制，负责监狱外包业务、租赁设施等的安全监督管理。

5. 监区长生产安全职责

监区长作为罪犯生产的直接组织者和管理者，其职责主要有以下几点。

（1）贯彻执行生产安全工作的方针、政策和制度，对监区生产安全工作负责，具体布置、协调监区生产安全工作；

（2）协助职能部门抓好对监区民警、罪犯的安全培训，提高全员的安全素质；

（3）开展各种形式的生产安全专题活动，营造良好的安全氛围；

（4）抓好监区安全网络建设和生产安全责任制的贯彻落实，与监区民警签订生产安全责任状，督促监区民警、罪犯严格执行生产安全规章制度；

（5）定期或不定期地对监区生产安全进行检查，督促相关人员抓好安全隐患的整改，消除各类事故隐患；

（6）坚持"谁主管谁负责"的原则，切实贯彻生产安全"五同时"要求，抓好罪犯劳动过程中的劳逸结合，确保均衡生产，杜绝"三超"现象。

6. 监区生产安全专（兼）职安全员的生产安全职责

监区生产安全专（兼）职安全员由监狱民警担任，其职责主要有以下内容。

（1）贯彻执行生产安全工作的方针、政策和制度，协助监区长抓好监区的生产安全工作；

（2）分解落实监区生产安全工作目标，明确所有人员的生产安全责任；

（3）抓好罪犯的"三级"教育培训、复工教育培训、变换工种教育培训，督促罪犯严格执行生产安全规章制度和生产安全操作规程；

（4）每日巡查各劳动岗位，检查安全操作规程的执行情况，消防设施、消防器材的保管、使用情况，各级危险源的管控情况等，消除生产安全管理死角、盲点，整改各类事故隐患，配合上级领导和职能部门调查处理各类事故，保护事故现场；

（5）填报各类生产安全报表，按时写好各类安全总结汇报材料，管理各类基础资料。

7. 监区带值班民警生产安全职责

监区带值班民警的生产安全职责主要包括以下几点。

（1）贯彻执行生产安全工作的方针、政策和制度，按照"谁带班谁负责"的原则，对当班的生产安全负直接管理责任；

（2）做好班前生产安全教育和班后生产安全讲评，弘扬正气，批评违章；

（3）对罪犯生产劳动现场进行经常性的安全巡查，检查各劳动岗位作业罪犯执行生产安全制度的情况，及时纠正各类违章作业，积极整改各类事故隐患，填好安全检查记录，对罪犯在生产劳动过程中的违章作业、违反劳动纪律行为按照罪犯计分考核细则进行考核；

（4）负责当班易燃易爆品、危险品，管控生产工具的领用发放，做好登记，并对使用全过程进行监督，检查消防设施、器材，确保完好有效；

（5）认真学习生产安全知识，掌握各类生产安全事故的处置措施和方法，提高自身安全管理素质和业务水平；

（6）配合、协助上级领导和职能部门调查各类事故，保护事故现场，如实汇报事故发生经过。

8. 罪犯生产安全的基本要求

罪犯在生产安全中，应遵循以下基本要求。

（1）认真学习和严格遵守各项生产安全规章制度，遵守劳动纪律；

（2）必须参加岗前教育培训，经考核合格后上岗，按规定穿戴劳动保护用品，妥善保管、维护、正确使用各种安全防护装置；

（3）遵守安全操作规程，严格执行岗位安全作业标准，爱护设备，保持作业环境整洁，搞好文明生产，做好各项记录；

（4）积极参加各种安全活动，熟悉各类事故应急预案，参加生产安全事故应急演练；

（5）发现事故隐患或不安全因素时，立即向值班监狱民警汇报，发生生产安全事故时，及时向监狱民警报告，按事故预案正确处理，并保护现场；

（6）有权拒绝监狱民警违章指挥、违章作业、违反劳动纪律的指令，对他人的"三违"现象要加以劝阻或制止。

（三）生产安全教育培训

生产安全教育培训工作是提高民警、企业职工、罪犯安全生产意识和素质，减少人的不安全行为，防范生产安全事故，实现文明生产、安全生产的重要途径。生产安全教育培训工作应坚持统一规划与分类指导相结合，归口管理与分级实施相结合，安全技能培训和安全意识强化相结合，形式多样与注重实效相结合。监狱生产安全的教育培训一般包括以下内容和要求。

1. 监狱负责人、监狱分管领导、生产安全管理部门负责人、专兼职生产安全管理人员的教育培训

一般由省级监狱管理机关委托有关资质部门进行培训、考核，对培训合格者颁发合格证书，培训时间每年不少于24学时。我国安全生产法明确要求生产经营单位的主要负责人和安全生产管理人员必须具备与本单位所从事的生产经营活动相应的安全生产知识和管理能力，其中危险物品的生产、经营、储存单位以及矿山、建筑施工单位的主要负责人和安全生产管理人员，应当由有关主管部门对其安全生产知识和管理能力考核合格后方可任职。

教育培训内容主要包括国家有关生产安全工作方针、政策、法律、法规及相关规章制度；生产安全管理的基本知识、方法及有关生产安全技术，有关行业生产安全管理专业知识；安全管理体系建设以及职业危害防范措施；生产安全的新技术、新知识；生产安全管理的有关经验；伤亡事故统计、报告以及职业危害的调查处理方法；生产安全应急处置以及事故案例等。

2. 监狱各类岗位民警的生产安全基本知识培训

一般由监狱民警管理部门组织，生产安全职能部门予以协助。每年教育培训时间不少于16学时。新民警上岗安全生产教育培训的时间不得少于40学时，并经培训考核合格后方可上岗。

教育内容主要包括：生产安全法律、法规、规程、标准等应知应会内容；生产安全现场直接管理内容、方法以及生产安全管理的有关经验，危险源管控的方法和措施；有关生产安全技术以及行业生产安全管理专业知识；有关生产安全的新技术、新知识；生产安全应急处置以及事故案例等。

3. 企业职工生产安全技能培训

由监狱职工管理部门组织，监狱生产安全职能部门协助，根据职工不同岗位特点和要求，每年集中组织轮训、考核一遍，每个职工每年培训时间不少于16学时。

教育内容主要包括生产安全法律、法规、规程、标准等应知应会内容，岗位操作规程，作业场所危险源辨识、风险评价基本方法和要求以及管控措施，与本岗位有关的生产安全技术以及作业生产安全管理专业知识，有关生产安全技术以及行业生产安全管理专业知识，有关生产安全的新技术、新知识，生产安全应急处置以及事故案例和其他需要培训的内容。

4. 罪犯安全操作技能培训

由监狱罪犯教育管理部门组织，生产安全职能部门协助。新入监罪犯要经过监狱、（分）监区、班组三级安全教育。罪犯集训期间安排的生产安全专题教育时间不少于16学时，考试合格后分配到（分）监区；（分）监区在安排新入监罪犯上岗前由监区组织对新分入（分）监区的罪犯进行不少于8学时的生产安全教育；进入劳动班组后，通过集中讨论学习、岗位跟班操作等方式，学习操作技能，班组岗前生产安全教育时间不少于8学时，经综合测试合格后安排上岗操作。（分）监区要将安全操作技能纳入技术教育培训内容，通过集中生产安全教育培训、技术教育、技能比武等形式，分类、分批对罪犯进行轮训，每年轮训一遍，每名罪犯每年轮训时间不少于16学时。

罪犯生产安全教育培训主要内容为：有关生产安全法律、法规、规程、标准等应知应会内容，岗位安全操作规程，作业场所危险源辨识、风险评价基本方法和要求以及管控措施，与本岗位有关的生产安全技术以及行业生产安全管理专业知识，与本岗位有关的生产安全新技术、新知识，"三违"行为控制方法与措施，生产安全事故案例教育，生产安全事故现场紧急情况处理、应急疏散、自救互救，安全设备设施、个人防护用品的使用和维护，其他需要培训的内容。

5. 转岗、调岗、复岗人员生产安全教育培训

监狱民警、职工、罪犯转岗、调岗、复岗必须进行针对性的生产安全教育培训。对新调整到基层一线的人员以及调整到相对复杂的生产系统的人员，监狱应当及时组织有针对性的生产安全教育培训。培训分别由监狱民警管理部门、职工管理部门、罪犯所在（分）监区负责，生产安全职能部门协助。培训时间不少于16学时。

转岗、调岗、复岗人员生产安全教育培训的主要内容：岗位安全操作规程，作业场所危险源辨识、风险评价基本方法和要求以及管控措施，与本岗位有关的生产安全技术以及行业生产安全管理专业知识，与本岗位生产安全有关的新技术、新知识。

6. 特种作业人员安全技能培训

特种作业人员必须经过具有培训资质部门的培训，取得合格证书后方可上岗。监狱常见的特种作业人员有电梯操作工、行车起吊工、锅炉司炉工、水质化验员、场内机动车辆驾驶员、电工、电焊工、架子工等。从事特种作业的人员应当定期审验，并保持相对稳定。严禁罪犯从事不适宜的特殊工种，并尽可能地通过用工人置换、技术革新、服务外包等方式减少从事特殊工种岗位罪犯的数量。监狱、监区应超前安排新增特种作业人员的培训计划，保证一定的持证人员储备。监狱每年分批组织对在岗特种作业人员进行专项技能培训，每名特种作业人员每年培训时间不少于16学时。

特种作业人员安全技能培训主要内容：有关特种设备安全管理、特种作业安全管理的法律法规、制度规定和标准，相关特种设备、特种作业的安全技术，特种作业复审学习培训的其他内容。

（四）监狱生产安全隐患排查

监狱生产安全隐患排查是对生产过程及安全管理中可能存在的隐患、有害危险因素、缺陷等进行查证，以确定隐患或危险因素、缺陷的存在状态，即可能导致事故发生的物的危险状态、人的不安全行为和管理上的缺陷，以便制定整改措施，消除隐患和危险有害因素。监狱各单位、部门主要负责人是本单位、部门生产安全隐患整改、防范的第一责任人，对隐患的整治、防范承担第一位责任。

1. 生产安全隐患排查的要求

监狱的生产安全隐患排查，应坚持动态管理和专业实施的原则。动态就是要经常性地开展生产安全隐患排查，把隐患排查、隐患整改作为生产安全管理的重要和常态的工作，并要根据监狱生产项目、工艺、人员、设备和法律法规、政策、国家标准、技术等内外部影响因素的变动情况及时组织安全隐患排查。专业就是要遵循生产安全的基本规律，遵守各种安全标准，采用科学的手段、方法、技术来辨识隐患、评估风险并制定隐患的整治方案，要善于借助安全评价等专业机构和消防、安全监督管理、特种设备管理等专业部门的力量参与监狱安全隐患排查。

2. 生产安全隐患排查的内容

生产安全隐患排查的对象主要是人、物、环境，即人的不安全行为、物的不安全状态和环境的不良状态。安全隐患排查可以从软件和硬件两个层面展开，软件主要是查思想、查意识、查制度、查管理、查事故处理、查整改；硬件主要是查生产设备、辅助设施、作业环境等。安全隐患主要包括岗位物的隐患、行为隐患、管理性隐患等，重点应当加强对建筑工程、登高作业、劳务加工、高温作业、机械维修等危险作业，从事易燃、易爆、有毒、有害等危险品的生产经营和仓库等危险场所，教学区、医院、罪犯宿舍等人员密集场所，危险房屋以及"三违"行为等的排查。对于危险性大、易发生事故、事故危害大的生产系统、部位、装置、设备等应加强检查频次，如劳务加工场所、电气设备、特殊危险作业、锅炉、压力容器、电梯等。

3. 生产安全隐患排查的方法

生产安全隐患排查应当采用集中排查与平时排查相结合，重点排查与一般排查相结合，定期排查与不定期排查相结合，隐患排查与行为安全评估、岗位危险评估相结合等方法。开展排查时要制订方案，做好相关准备工作，包括确定检查的对象、目的、任务，制订检查计划，安排检查的内容、方法、步骤，编写安全检查表或检查提纲，准备必要的检查工具，对参与检查人员进行分工等。

隐患排查的具体方法主要有：访谈法，即通过与有关人员谈话来查安全意识、规章制度执行情况；查阅资料法，即查阅生产安全的有关文件和记录材料；观察法，即通过对作业现场的生产设备、安全防护设施、作业环境、人员操作等进行看、听、闻、摸等感官方法，寻找不安全因素、事故隐患、事故征兆等；检测法，即利用一定的检测仪器设备，对在用的设施、设备、器材状况及作业环境条件等进行测量。

4. 生产安全隐患排查活动的分类

一般来说，监狱生产安全隐患排查活动可分为以下几类。

（1）定期生产安全隐患检查　定期生产安全检查通过有组织、有计划、有目的的形式来实现，保持固定的频次。如监狱每月一次，（分）监区每周一次，班组每天一次。

（2）经常性生产安全隐患检查　主要通过监狱督查组成员、生产安全管理部门、监狱专（兼）职安全员、生产安全检查组、生产安全专家组（技术小组）、值班民警等以巡查的方式来实现。

（3）季节性及节假日前后生产安全隐患检查　由监狱根据季节变化，按事故发生的规律对易发的潜在危险重点进行生产安全隐患检查。如秋冬季的防火检查，冬季防冻保暖检查，夏季防暑降温、防汛、防雷电等检查等。在元旦、春节、国庆节等重大节假日前和国家重要活动期间，监狱要组织有针对性的生产安全隐患检查，及时消除生产安全隐患，对确实不能排除的，要采取有效的管控措施，保证重大节假日期间和重要时期监狱场所的安全稳定。

（4）专项生产安全隐患检查　专项生产安全隐患排查具有较强的针对性、专业性和灵活性，容易组织，如消防安全检查、电器安全检查、劳动保护用品检查、隐患整改验收检查等。

（5）综合性生产安全隐患排查　综合性生产安全隐患检查是监狱对整个监狱或某生产单位、项目进行的全面性和综合性检查，如监狱的职业健康安全管理体系年度审核时的安全隐患排查，对监狱基建项目管理情况的检查，对服装加工（分）监区的安全检查等。

5. 生产安全隐患的处理

监狱对排查或检查出的生产安全隐患要进行分类和登记建档，以适当的形式书面通报给隐患所在单位和相关管理部门。监狱或（分）监区要制定具体整改计划和方案，明确整改或防范的要求、整治内容、整治措施、整改期限、整改责任单位，列明投入费用预算并确定验收部门。生产安全隐患整改结束后，监狱应当组织或提请有关单位、机构、部门进行验收，验收合格后，方可投入使用或恢复生产。

监狱对在短时间内难以整治的生产安全隐患，应当制定管理方案，明确防范措施，落实管控责任和监控人员。同时要积极筹措资金、争取政策支持、调整产业结构，尽快消除生产安全重大隐患。

对发现生产安全隐患并及时报告或采取有效措施防止事故发生的单位和个人，应当给予相应的表彰和物质奖励；对存在生产安全隐患未能及时发现，或发现后隐瞒不报，或整改不彻底，造成一定后果的，或对重大生产安全隐患未采取有效措施，玩忽职守、弄虚作假、违章指挥酿成事故的，应当追究有关责任人及单位领导的责任；酿成重特大事故的或触犯刑律的，依法追究刑事责任。

（五）监狱生产安全事故报告、抢险、抢救与调查

监狱发生生产安全事故后，必须按照有关规定如实、及时报告，按照应急预案要求，积极开展抢险工作，尽一切可能抢救人员、财产，事后还要开展事故调查，追查事故责任，及时消除安全隐患，吸取经验教训。

1. 生产安全事故的报告

监狱生产安全事故发生后及时、准确、完整地报告事故，有利于及时评估事故损失和影响，制定事故抢险和救援方案，动用多方面资源和力量，从而减少事故损失。如实、及时报告重大生产安全事故也是各级安全管理人员的法定责任。

（1）生产安全事故报告的程序及时限　生产安全事故发生后，事故现场的监狱民警应当立即向本监区领导汇报；监区领导及时向监狱安全部门或监狱领导汇报；情况紧急时，

事故现场的监狱民警可以直接向监狱安全管理部门或监狱领导汇报。发生重特大生产安全事故，监狱必须立即向省级监狱管理机关、驻监狱检察机关、地方相关管理部门如安全监督、公安、环保、质检等部门报告，并在 12 小时内写出事故书面报告；火灾事故要直接向消防部门报告求援，并报告省级监狱管理机关；其他事故要按照法律法规的规定及时向有关部门报告，同时报告省级监狱管理机关。

（2）生产安全事故报告的内容　第一是事故发生单位概况，包括事故发生监狱的基本情况，事故发生的时间和地点，事故涉及的人员及其他情况，事故应急救援情况等。第二是事故的简要描述，包括事故发生的顺序、破坏程度、人员伤亡及经济损失情况、事故类型、事故的性质等。第三是事故发生原因，包括事故发生的直接原因和间接原因。第四是善后处理情况，包括事故善后处理情况，事故的教训，预防同类事故重复发生的建议及对事故责任人的处理意见等。事故报告的有些内容一时无法提供的，在获取后及时补报。对一些轻微事故或一般事故，也可以在事故处理结束后提交专门报告。在重大事故和复杂事故中，首次报告要尽可能地全面、真实，为事故救援决策提供有用信息，并要及时、连续地报告相关情况。

2. 事故现场抢险与抢救

事故发生现场要立即成立以现场最高职务人员为组长的临时现场抢险与抢救小组，进行现场抢救，直到事故抢险与抢救小组赶到现场。在此之前，现场民警要积极组织力所能及的初期处置，如切断电源、疏散现场人员、扑灭初起火灾、查明涉险人员数量和位置等、运送伤员等。监狱生产安全事故应急处置领导小组接到事发监区报告后，应立即启动生产安全事故应急处置预案，赶到事故现场指挥抢救。事故抢险和抢救小组人员应迅速投入现场救援。医疗救护小组迅速对伤员进行抢救和处理，救护车辆迅速转送伤员。后勤保障小组要立即将抢救所需的工具、物资等调集到位。现场调查小组要迅速组织现场警戒，查找事故原因。省级监狱管理机关接到重特大生产安全事故报告后，应急处置领导小组等有关人员要立即赶赴事故现场，迅速研究处置措施。应当妥善保护事故现场以及相关证据，任何部门及个人不得破坏事故现场、毁灭相关证据。因抢救人员、防止事故扩大以及疏通交通等原因，需要移动事故现场物件的，应当作出标志，绘制现场简图并作出书面记录，妥善保存现场重要痕迹。

在有人员涉险的事故中，事故现场抢险和抢救要以救人为重，尽一切可能抢救涉险人员。要冷静、有序、科学组织地抢险和救援，注意救援人员自身的人身安全，注意次生和衍生灾害的发生。

3. 生产安全事故的调查

生产安全事故的调查工作必须做到实事求是、尊重科学、客观公正，做到"四不放过"，即事故原因未查清不放过，责任人未受到处理不放过，隐患未落实整改措施不放过，各级人员未受到教育不放过。按照不同的事故级别，由相关部门组织专门的事故调查组，最后提交的事故调查报告必须经事故调查组全体人员讨论通过并签名。生产安全事故的调查包括以下具体工作内容。

（1）查明事故发生的经过　包括事故发生的具体时间、地点；事故发生前事故发生单位的作业情况；事故现场及事故现场保护情况；事故发生后采取的应急处置措施情况；事故报告情况；事故抢救情况；事故善后处理情况等。

（2）查明事故发生的原因　包括事故发生的直接原因；事故发生的间接原因；事故发生的其他原因。

（3）查明人员伤亡和经济损失情况　包括事故发生前事故发生单位生产作业人员分布情况；事故发生时人员涉险情况；事故当场人员伤亡情况及人员失踪情况；人员伤亡后所支出的费用；事故善后处理费用；事故造成的财产损失费用等。

（4）认定事故的性质和事故责任　对认定为自然事故的（非责任事故或者不可抗拒的事故）可不再认定或者追究事故责任人。对认定为责任事故的要按照责任大小和承担责任的不同，追究事故直接责任人、主要责任人、领导责任人的责任。

（5）提出对责任人的处理建议　通过对事故调查分析，在认定事故性质和事故责任的基础上，根据其行为的性质及后果的严重性，依据相关法律法规和管理制度，提出对事故责任者追究行政、民事或刑事责任的建议。

（6）提出事故整改建议　在事故调查分析的基础上，提出事故防范措施和整改建议，重点要针对事发单位生产安全管理制度、安全投入、安全条件、民警直接管理等方面存在的不足和漏洞，提出相关整改措施和建议。

（六）监狱生产安全评价管理

生产安全评价是以实现安全为目的，对监狱在生产安全过程中存在的危险、有害因素及其危险性进行预测性评价，分析和预测生产过程中存在的危险、有害因素的种类和程度，并对主要危险、有害因素及其可能产生的危险、危害后果提出消除、预防和降低的对策措施。安全评价的程序主要包括前期准备，危害辨识与分析危险、有害因素，划分评价单元，定性、定量评价，提出安全对策措施、建议，作出安全评价结论，编制安全评价报告。

1. 危害辨识

危害是指可能造成人员伤亡、疾病、财产损失、工作环境破坏的根源或状态。危害辨识是指识别危害的存在并确定其性质的过程。危害辨识过程中，应坚持"横向到边、纵向到底、不留死角"的原则，对监狱存在的危险、危害因素进行辨识与分析。

（1）危害辨识的主要范围　包括监狱（工厂、车间）地址及环境条件，厂区平面布局，建筑物，生产工艺过程，生产设备、装置，粉尘、毒物、噪声、振动、辐射、高温、低温等有害作业部位，管理设施、事故应急抢救设施和辅助生产、生活卫生设施，劳动组织、生理、心理因素、人机工程学因素等。

（2）危害辨识的方法　常用的危害辨识方法有基本分析法、工作安全分析法、安全检查表法、预先分析法、危害和可操作性研究、故障类型和影响分析等。

基本分析法是对于某项作业活动，依据"作业活动信息"，对照危害分类和事故类型及职业病的分类，确定本项作业活动中具体的危害。

工作安全分析法是把一项作业活动分解成几个步骤，识别整个作业活动及每一步骤中的危害及其风险程度。在识别过程中要考虑作业活动信息和存在的各种类别的危害。

安全检查表法是对于某项作业活动、某个工作系统、某种装置，根据有关标准、规程、规范、规定、国内外事故案例、系统分析及研究的结果，结合运行经历，归纳、总结所有的危害、不符合项，确定检查项目并按顺序编制成表，以便进行检查或评审。

预先危险分析法也称初始危险分析，是在每项生产活动之前，特别是在设计的开始阶段，对系统存在的危害类别、出现条件、事故后果等进行概略的分析，尽可能评价出潜在的风险程度。预先危险分析的依据主要是同类作业活动或工作系统过去发生过的事故经历以及系统分析及研究的结果。

危害与可行性研究是针对化工装置开发的一种危害辨识、风险评价方法，既可用于设计阶段，又可用于现有装置；既可用于连续的过程，又可用于间歇的过程。

故障类型和影响分析是对于一项作业活动，分析各个环节各种可能的失效类型对作业活动目的的影响，或者对于一个工作系统，分析各个子系统、设备、元件的各种故障类型对于工作系统的影响，以及产生的安全健康危险，然后提出控制措施的建议。

（3）危险源辨识的程序　首先要对监狱的作业活动进行分类，收集必要信息。其次要通过协商和交流、现场观察、查阅有关记录、获取外部信息、进行安全检查等方法辨识危险源。最后对获取的信息、资料进行书面汇总，填写危险源辨识表。一般来说，危险源的辨识要考虑三种时态，即危险源的过去、现在和将来；三种状态，即正常、异常和紧急状态；七种类型，即发生不同等级和类型事故时对物理、化学、生物、心理、生理、行为及其他方面的损害和影响。

2. 风险评价

风险是指特定危害性事件发生的可能性与后果的结合。风险评价是指评价风险程度并确定其是否属于可承受范围的全过程。风险评价的任务是评价识别出危害的危险程度，确定不可承受的风险，并给出优先顺序的排列。常用危害性事件的发生频率和后果严重程度来表示风险大小。按评选结果类型可将风险评价分为定性评价和定量评价两种。

（1）定性评价　定性评价主要是根据经验和直观判断能力对生产系统的工艺、设备、设施、环境、人员和管理等方面的状况进行定性分析，评价结果是一些定性的指标，如是否达到了某项安全指标、事故类别和导致事故发生的因素等。

（2）定量评价　定量评价是在大量分析实验结果和事故统计资料基础上获得的指标或规律，对生产系统的工艺、设备、设施、环境、人员和管理等方面的状况进行定量的计算，评价结果是一些定量的指标，如事故发生的概率、事故的伤害或破坏范围、定量的危险性、事故致因因素的事故关联度或重要度等。

3. 风险控制

通过风险评价，确定了风险等级以后，即可根据不同的风险等级确定风险控制对策。

（1）针对不同风险等级，可采用不同的控制原则　风险控制如表6-1所示。

表6-1　风险控制

风险水平	措　　　施
可忽略	无须采取措施且不必保持记录
可承受	不需要另外的控制措施，需要监测来确保控制措施的有效性得以维持
中度	努力降低风险
重大	紧急行动降低风险
不可承受	只有当风险已降低时，才能开始或继续工作，为降低风险不计成本。若即使以无限资源投入亦不能降低风险，必须禁止工作

（2）风险控制措施的选择　根据风险评价得到的风险等级，按优先顺序确定设计、维

持和改善控制措施。风险控制措施包括管理控制措施和工程控制措施两类。

监狱风险控制的措施主要有：完全消除危害或消灭危害源，如用安全品取代危害品，监狱关停煤矿开采、水泥生产、铸造等高危险生产项目，拆除危险厂房等；降低风险，如将危险源与接受者隔离，用低危险物品替代高危险物品等；限制风险，如利用技术进步，改善控制措施，将技术管理与程序控制结合起来，减少人员在作业环境中的暴露时间等；规避风险，如将监狱的锅炉供热（暖）、登高维修、易燃易爆品存储等危险作业交由有资质的社会企业负责；制定应急预案并演练，如定期组织罪犯开展紧急疏散演练；使用个体防护装置，如及时发放并督促作业人员正确佩戴个人防护用品等。

（七）生产安全直接管理

生产安全直接管理是指监狱民警在依法管理罪犯、组织罪犯劳动的全过程中为确保生产安全应当亲自履行的职责和行为。带班监狱民警应当严格履行生产安全直接管理职责，禁止赋予罪犯生产安全管理职责。民警生产安全直接管理包括以下内容。

1. 出工

出工前，带班监狱民警应当进行队前安全教育，根据生产实际提出生产安全具体要求和注意事项。安排临时性、突击性作业时，应当进行专项安全教育。

2. 派工

布置任务时，应当根据各工种、岗位的不同情况提出具体生产安全要求和注意事项，认真检查劳动防护用品。

3. 巡查

工间应当重点检查作业人员的不安全行为和物的不安全状态，发现问题和隐患，及时纠正和排除。每班监狱民警应当每小时巡查一次，并作好记录。

4. 设备维修

设备的维修作业必须严格执行设备等级管理规定，逐级上报审批。维修前，必须制定详细的作业方案；维修时，必须坚持"人员、教育、措施"三到位；维修完毕，经全面检查确认安全后，方可下达试机指令。

5. 危险源（点）管理

对危险源（点）必须实施重点监控和防范。对作业人员汇报的生产安全隐患和问题必须及时认真查看、分析，并报告有关领导，不得随意安排作业人员处理。

6. 应急处置

发生事故或险情，应当立即组织抢救、抢险，并迅速向上级领导和有关业务部门报告。

7. 交接班

本班能解决的生产安全问题应当及时解决，不能及时解决的问题应当交代接班监狱民警。接班监狱民警对上一班移交的生产安全问题应当全面复查，落实整改或防范措施。

8. 收工

收工时应当对作业人员进行生产安全讲评，服装、箱包等易燃物类劳务加工监区（车间）收工后应当切断电源，并在15分钟后进行检查确认。

（八）生产安全应急预案管理

监狱在组织罪犯生产的过程中，有可能发生安全生产事故，并会造成人身伤亡、财产损失和环境破坏。由于自然、人为或技术等原因，当事故或灾害不可能完全避免的时候，建立重大事故应急救援体系，开展及时有效的应急救援行动，对抵御事故风险或控制灾害蔓延、降低危害后果能起到重要作用。生产安全应急预案是根据预测危险源、危险目标可能发生事故的类别、危害程度而制定的事故应急救援方案，是针对可能发生的紧急事件所需的应急准备和应急响应行动而制定的指导性文件。监狱生产安全事故预案要在国家、地方政府和上级监狱管理机关相关应急预案的总体框架下制定，并与这些预案有机衔接。

1. 生产安全事故应急预案的作用

生产安全事故应急预案通常有以下作用。

（1）应急预案明确了应急救援的范围和体系，使应急准备和应急管理不再是无据可依、无章可循，尤其是培训和演习工作的开展。制订应急预案有利于做出及时的应急响应，降低事故的危害程度。

（2）事故应急预案成为各类突发重大事故的应急基础。通过编制基本应急预案，可保证应急预案足够灵活，对那些事先无法预料到的突发事件或事故，也可以起到基本的应急指导作用，成为开展应急救援的"底线"。在此基础上，可以针对特定危害编制专项应急预案，有针对性地制定应急措施、进行专项应急准备和演练。

（3）当发生超过应急能力的重大事故时，便于与上级应急部门的协调，或者取得地方政府及职能部门的支持。

（4）有利于提高风险防范意识。应急预案制订和演练过程实际上也是监狱生产安全管理者对监狱安全生产资源、管理现状、设施设备、隐患、危险源点等情况系统的排查过程，有利于各类人员提高安全防范意识和技能。应急预案制订后，要在相应的范围内公布并开展宣传和教育活动。

2. 生产安全事故应急预案的分类

监狱生产安全应急预案分为综合应急预案、专项应急预案和现场处置方案。

（1）综合应急预案　监狱的综合应急预案是从总体上阐述生产安全事故处理的应急方针政策，应急组织结构及相关应急职责，应急预案的总体思路，应急行动、措施和保障等基本要求和程序，是应对各类事故的综合性文件。综合应急预案可以作为应急救援工作的基础和"底线"，对那些没有预料的紧急情况也能起到一定的应急指导作用。

（2）专项应急预案　专项应急预案是针对具体的事故类别，如中暑、火灾、机械伤害、危险化学品等危险源和应急保障而制定的计划或方案，是综合应急预案的组成部分，应按照综合应急预案的程序和要求组织制定，并作为综合应急预案的附件。专项应急预案应制定明确的救援程序和具体的应急救援措施，具有较强的针对性。

（3）现场处置方案　现场处置方案是针对具体的装置、场所或设施、岗位所制定的应急处置措施。现场处置方案应具体、简单、针对性强。现场处置方案应根据风险评估及危险性控制措施逐一编制，做到相关人员应知应会，熟练掌握，并通过应急演练，做到迅速反应、正确处置。

3. 生产安全事故应急预案的内容

应急预案是整个应急管理体系的反映，它不仅包括事故发生过程中的应急响应和救援措施，而且还包括事故发生前的各种应急准备和事故发生后的紧急恢复，以及预案的管理与更新等。因此，一个完善的应急预案按相应的过程可分为以下关键要素：方针与原则、应急策划、应急准备、应急响应、现场恢复、预案管理与评审改进。这6个要素既相互独立，又紧密联系，从应急的方针、策划、准备、响应、恢复到预案的管理与评审改进，形成一个有机联系并持续改进的体系结构。监狱生产安全事故应急预案包括以下核心内容。

（1）对紧急情况或事故灾害及其后果的预测、辨识和评估。

（2）规定应急救援各方组织的详细职责。

（3）应急救援行动的指挥与协调。

（4）应急救援中可用人员、设备、设施、物资、经费保障和其他资源。

（5）在紧急情况或事故发生时保护生命、财产和环境安全的措施。

（6）现场恢复。

（7）其他，如应急培训和演练，法律法规的要求等。

4. 生产安全事故应急预案的编制程序

监狱生产安全事故应急预案的编制一般遵循以下程序。

（1）成立应急预案编制工作组　成立由监狱主要负责人为组长的应急预案编制工作组，明确编制任务、职责分工，制定工作计划。

（2）资料收集　由监狱安全管理部门负责收集应急预案编制所需的各种资料：相关法律法规、应急预案、技术标准、事故案例分析、本单位技术资料等。

（3）危险源与风险分析　在对本监狱的危险因素分析及事故隐患排查、治理的基础上，确定本监狱的危险源、可能发生事故的类型和后果，进行事故风险分析，并指出事故可能导致的次生、衍生事故，形成分析报告，分析结果作为应急预案的编制依据。

（4）应急能力评估　对本监狱应急装备、应急队伍等应急能力进行评估，并结合自身实际，加强应急能力建设。

（5）应急预案编制　针对监狱可能发生的事故，按照有关规定和要求编制应急预案。应急预案编制过程中，应注重全体人员的参与和培训，使所有与事故有关人员均掌握危险源的危险性、应急处置方案和技能。

（6）应急预案评审与发布　应急预案编制完成后，应进行评审。评审由监狱主要负责人组织有关部门和人员进行。评审后，由监狱主要负责人签署发布。

本书附录四是某监狱服装加工监区的车间火灾应急预案。

5. 生产安全事故应急预案的演练

监狱组织监狱民警或罪犯进行应急预案的演练是检验、评价和保持应急能力的一个重要手段。它的重要作用在于：可在事故发生前暴露预案和程序的缺陷，发现应急资源的不足，改善应急部门、机构、人员之间的协调，增强监狱民警、罪犯等人员对突发重大事故救援的信心和应急知识，提高应急人员的熟练程度和技术水平，进一步明确各自的岗位与职责，提高各级应急预案之间的协调性，提高整体应急反应能力。

应急演练结束后，应对演练的效果进行评价，并写出演练报告，详细说明演练过程中发现的问题，并对演练过程中发现的问题进行改进。

（九）监狱生产安全文化建设

监狱的生产安全文化是指监狱在生产安全管理活动过程中形成的监狱民警、职工、罪犯和各级管理者生产安全的素质和态度的总和。监狱生产安全文化建设就是以预防和减少事故为主要目标，运用安全宣传、安全教育、安全文艺、安全文学等文化手段，营造安全文化氛围，使生产安全成为监狱各类人员的习惯、价值追求和行为标准。

1. 监狱生产安全文化建设的内容

包括监狱安全观念文化建设、行为文化建设、安全管理（制度）文化建设和安全物质文化建设等方面。

（1）安全观念文化建设　主要通过各种活动、途径、载体形成监狱领导、民警、职工和罪犯共同接受的安全意识、安全理念、安全价值标准，如安全第一、预防为主的观念，安全是最大的效益的观念，安全风险最小化的观念，安全管理系统化、科学化、专业化的观念，自我保护的观念等。

（2）安全行为文化建设　安全行为文化建设是指在监狱安全文化观念的指导下，促使监狱领导、监狱民警、职工和罪犯在生产过程中严格遵循安全行为准则、养成科学的思维方式和安全行为模式，如自觉、严格执行安全规范，进行科学的安全领导和指挥，强化高质量的安全演练，掌握必要的应急自救技能，进行合理的安全操作等。

（3）监狱安全管理（制度）文化建设　监狱安全管理（制度）文化建设是指通过监狱生产安全规章制度的建立和完善，形成组织成员共同认可的生产安全制度体系，并得到全体成员共同遵守，逐步实现生产安全的制度治理。

（4）监狱安全物质文化建设　监狱安全物质文化建设是指监狱生产安全设施、设备、装置、仪器、工具等器物形态的配置、更新和维护，使之具备安全保障性和自身可靠性，以提高监狱生产的本质安全水平。

2. 监狱安全文化建设的实践形式

监狱安全文化建设的实践形式有以下几个层面。

（1）监狱领导层面的安全文化建设　监狱生产安全管理必须被纳入监狱的整体工作规划，生产安全管理的绩效水平必须成为监狱效能考核的重要指标。监狱领导层面在监狱安全文化建设方面起目标制定、组织保障、资源调配、引导推进等重要作用。监狱领导层面的安全文化建设的主要手段有落实领导生产安全责任制，实行生产安全的目标管理；落实"三同时"和"五同时制度"；定期召开安全会议，研究生产安全重大问题；建立行之有效的检查、考核、奖惩制度；提高监狱领导的安全意识和素质；模范遵守各项生产安全制度等。

（2）监狱民警、职工、罪犯的安全文化建设　监狱民警、职工、罪犯是安全文化建设的主要指向，主要手段有监狱民警生产安全管理培训，职工生产安全知识培训，罪犯"三级"教育，特殊工种教育，日常安全教育，上岗教育，班前安全教育、班后安全讲评，标准化岗位和班组建设，技能演练，"三不伤害"活动，生产安全标准化活动，"反三违"活动月、生产安全月、百日安全竞赛以及其他生产安全专题活动等。

（3）监狱安全文化环境建设　主要手段有安全文学和艺术的创作与宣传，制作安全宣传墙报、板报，开展生产安全日、生产安全周、生产安全月活动，开展安全竞赛活动，开展安全演讲比赛、事故报告会和事故警钟日活动等。

（4）生产现场的安全文化建设　生产现场的安全文化建设内容包括张贴安全标语（旗），配齐相关安全标志（禁止标语、警告标志、指示标志），生产现场定置管理，实现生产技术及工艺的本质安全化，防烟、尘、毒管理，健全生产厂区、车间、班组的安全巡查记录等安全台账，加强事故多发点、危险点、危害点控制等。

3. 生产安全文化建设的实施

生产安全文化建设的实施一般包括以下内容。

（1）建立组织，专人负责　监狱、监区要建立负责开展生产安全专题活动的组织和机构，有专人负责，并分解落实责任。

（2）精心部署，制定实施方案　监狱、监区要研究制定符合本单位实际的工作目标、推进措施，提出工作计划和中长期活动计划。

（3）广泛动员，实行全员岗位培训教育　监狱、监区要组织开展包括监狱领导、监区领导、民警和职工、罪犯参加的覆盖所有岗位和工种的培训。平时要宣传生产安全的法律、法规和规章制度，并分别组织监狱民警、职工、罪犯进行生产安全知识考试。

（4）制定监狱生产安全的检查、自评标准，建立生产安全的检查、自评机制　要通过经常性的生产安全的检查、自评，不断排查出事故隐患。

（5）排查隐患，制定治理措施　监狱、监区对排查的事故隐患，应当按照事故隐患的等级进行登记，建立事故隐患信息档案，并按照职责分工实施监控、治理，建立健全事故隐患排查长效机制。

（6）组织考核，总结经验，持续改进和提高生产安全绩效　监狱应当在全面考核的基础上，定期总结生产安全工作的经验，并根据实际情况进行评审，提高各种制度、安全操作规程的要求，持续改进和提高生产安全绩效。

（7）建立生产安全专题活动档案　监狱、监区应将有关生产安全专题活动进行记录、整理、归档，包括安全检查的记录、隐患整改的材料、安全事故登记、特种设备操作人员的登记、安全教育培训的管理记录等，为落实生产安全考核奖惩制度提供依据。

4. 监狱、监区的生产安全考评奖惩制度

在生产安全管理中，考评奖惩制度能充分调动全员参与安全生产的积极性和主动性。监狱在安全生产管理中存在下列行为之一的，由上级监狱管理机关责令改正，并在年度责任制考核中给予扣分或进行经济处罚，情节严重的予以组织和纪律处理。

（1）未按规定设立生产安全管理机构，生产安全管理人员配备不足的；

（2）生产安全管理制度不健全，有章不循的；

（3）对劳动者未按规定进行生产安全教育和培训而安排上岗的；

（4）安排未取得操作资格证书的人员上岗从事特种作业的；

（5）未按规定为劳动者配备劳动保护用品的；

（6）生产安全投入不足的；

（7）未按规定及时报告工伤事故的；

（8）隐瞒重大事故隐患，不如实反映情况或隐患整改不力的；

（9）对重点行业、重点部位、重点人员、重点时段的管理控制未落实生产安全责任人的。

对监狱民警生产安全履职的考核奖惩主要包括以下方面。

（1）强化监狱民警生产安全现场直接管理，将监狱民警生产安全履职情况纳入绩效考核范畴，与评先评优、职务晋升、经济奖励联系起来；

（2）对负有生产安全事故责任或管理失职的监狱民警，取消其年度评先评优资格，根据责任大小，行为的性质及后果的严重性，对事故责任者追究行政、民事或刑事责任。

对罪犯生产安全行为的考核奖惩主要包括以下方面。

（1）建立罪犯安全行为表现记录制度，纳入每日、月的计分考核；

（2）罪犯在生产安全方面表现突出、成绩显著的，如发现、报告、消除生产安全隐患的，制止他人"三违"行为的，开展安全技术革新的，积极参与事故抢险和救灾的，要按规定及时给予罪犯加分、记功、物质奖励、提请减刑、假释。

（3）罪犯违反操作规程、劳动纪律，情节轻微的给予批评教育、扣分处理；罪犯多次违反操作规程、劳动纪律或情节严重的，除给予扣分处理外，应当给予相应的行政处罚，并取消其当年减刑、假释资格；

（4）对蓄意违章造成严重后果的，依法予以惩处。

（十）职业健康安全管理体系的实施

职业健康安全管理体系（Occupation Health Safety Management System，英文简写为"OHSMS"）是20世纪80年代后期在国际上兴起的现代安全生产管理模式，它与ISO 9000和ISO 14000等标准体系一并被称为"后工业化时代的管理方法"，目前在我国获得较为广泛的采用。1999年10月，原国家经贸委颁布了《职业健康安全管理体系试行标准》，2001年11月12日，国家质量监督检验检疫总局正式颁布了《职业健康安全管理体系规范》，自2002年1月1日起实施，代码为GB/T 28001-2001，属推荐性国家标准。职业健康管理体系采用建立管理体系的方式对职业健康安全绩效进行控制，坚持PDCA循环管理（即戴明模型，P是指策划，D是指实施和运行，C是指检查，A是指改进）的思想，强调预防为主、持续改进和动态管理，要求全员参与并严格遵守法规，通过安全生产中介机构的参与，以独立和专业的第三方认证的方式证明管理体系的有效性。危险源辨识、风险评价和风险控制的策划是职业健康安全管理体系的基础，明确组织结构和职责是实施职业健康安全管理体系的必要前提。图6-2为职业健康安全管理体系模式。

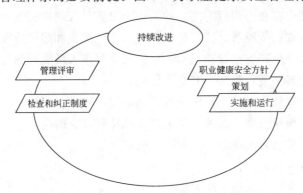

图 6-2　职业健康安全管理体系模式

监狱可以通过引进和实施这种专业化、体系化的安全管理方法，提升监狱安全生产的管理水平和绩效。江苏省监狱系统自2007年起推行了该管理体系，取得了良好的安全绩效。监狱实施职业健康安全管理体系包括下列步骤。

1. 学习职业健康安全管理体系，建立职业健康安全管理体系的实施组织

包括组织管理层培训、内审员培训和全员培训，使所有人员理解和接受职业健康管理体系的管理思想，掌握体系基本知识；培养体系内部审核员队伍；建立体系实施方案，明

确相关部门、人员和实施步骤等。

2. 建立安全方针和安全目标

根据法规、监狱安全生产的实际情况和历史绩效，在初始评审的基础上，建立监狱的生产方针和具体的安全目标，开展有效的培训使之成为监狱组织的重要目标，并为目标的实现配置相应的资源。

3. 体系策划、制定程序性文件和管理性文件、开展内部审核

在有效沟通的基础上对监狱安全管理过程、生产作业进行分析，辨识各种风险并评估分类，制定相应的各层次的手册、程序文件和作业指导书。通过监狱管理代表组织的管理评审，内部体系审核员的内部评审，初步检验相关文件、制度的有效性和持续改进性。

4. 接受外部审核

主要由体系审核的安全中介服务机构对监狱进行全面审核，提出相关不符合项，并据此提出是否推荐认证的意见。体系组织认可的，发布认证证明和认证标志，有效期为两年。

5. 接受复审

每年监狱要接受体系复审，并为此要开展相应的程序文件、管理文件的自查、安全绩效的自评、不符合项的整改等工作，使体系保持持续有效性。复审机构认为现有体系的实际运行情况和安全绩效不符合实施体系的宗旨时，可出具不予继续推荐的意见。

第七章　监狱公共卫生管理

我国监狱法规定，罪犯人身安全的权利不受侵犯，罪犯在监狱服刑期间，健康权利应得到保护。监狱是集中关押罪犯的场所，人群高度密集，如果缺乏科学的公共卫生安全管理，很容易成为群体性、聚集性、突发性卫生事件的高发区，而一旦发生重大疫情、群体性食物中毒、职业健康损害事件或重大医疗安全事故，将直接影响到监狱的执法质量和监狱形象，甚至引发社会矛盾，严重危及监狱安全稳定乃至社会公共安全。因此，切实加强监狱公共卫生管理，保障监狱公共卫生安全，是监狱履行法定职责和维护罪犯合法权益的需要，对维护监狱整体稳定，服务和谐社会的构建具有重要意义。

一、监狱公共卫生管理概述

监狱公共卫生管理是监狱狱政管理的重要部分，不仅包括对有病的罪犯进行诊治和传染病防治，还包含了集体食物中毒、群体性职业损害等突发公共卫生事件的防治以及罪犯健康教育、健康促进和心理卫生等工作。监狱公共卫生安全与监管安全、生产安全同等重要。做好监狱公共卫生管理工作是公正文明执法的体现，也是维护监狱持续安全稳定的重要手段。

（一）监狱公共卫生管理的功能

监狱公共卫生管理具有以下几项功能。

1. 健康保障功能

健康保障功能是指对罪犯的身体健康状况进行鉴定和分析，对患有疾病的罪犯进行诊治。监狱通过对罪犯健康体检和疾病筛查来了解和掌握罪犯的健康状况，建立健康档案，对慢性病进行规范管理和治疗，有针对性地安排劳动工种。通过监狱医疗卫生机构的日常诊疗工作，及时诊治罪犯所患疾病。

2. 疫病防控功能

监狱组织专门机构，对可能在监狱内传播、威胁罪犯生命健康的传染性疫病，采取预防、隔离、检疫、救治等有效措施，以保障罪犯的健康。比如，针对艾滋病、肺结核等传染性疾病，细致地进行逐个筛查并对病犯分押分治；制定狱内突发公共卫生事件的应急防控预案；开展防控各阶段的评估和危机化解后的评价及总结等。

3. 集体食物中毒、群体性职业病防控功能

严格罪犯食品卫生管理，把好罪犯食品入口关，使罪犯吃得饱、吃得热、吃得卫生。严格执行罪犯食堂蔬菜农药残留检验、食品留样化验制度。保证应急设施、设备、救治药品和医疗器械等物资的储备，做到有效预防、及时控制、减轻或消除重大群体中毒事件的危害，帮助罪犯认识各种职业有害因素，并在此基础上针对有害因素的特点正确应对。通

过改善劳动环境，治理有害因素，加强个人防护，消除或降低生产工艺过程中存在的有害因素，预防职业病的发生。教育罪犯采取正确的作业方式，坚持工间操制度，合理组织和安排劳动生产和作息时间，从而消除不良作业方式所引起的职业损害，预防有关疾病。

4. 健康教育与健康促进功能

健康教育是通过有计划、有组织的系统教育活动，促使人们自愿改变不良的健康行为，消除或减轻影响健康的危险因素，预防疾病、促进健康和提高生活质量。健康教育的核心是促使个体或群体改变不健康的行为和生活方式，从而使健康状况得到提高。健康促进是指个人与家庭、社区和国家一起采取措施，鼓励健康行为，增强人们改进和处理自身健康问题的能力。许多传染病的传播和流行与行为密切相关，如艾滋病、甲型肝炎、伤寒等，监狱通过传播医学知识，影响和改变罪犯的态度和价值观，建立健康信念，通过各种形式进行卫生宣教，促使其改变不良生活方式，保持健康的生活方式，提高自我保健能力。

5. 心理疏导功能

心理健康是健康的一个重要方面，罪犯在狱内相对封闭的环境下改造，因为家庭、文化、身份、刑期等因素，容易产生心理问题和心理疾病。在罪犯中开展心理健康教育，运用心理学知识，科学地对罪犯进行心理测试和心理健康水平测定，对存在心理问题的罪犯及时建立心理健康档案，组织心理咨询师进行心理疏导和危机干预，对心理疾患严重或有精神疾病倾向的，及时进行精神病鉴定，早诊断、早干预、早治疗。

（二）监狱公共卫生管理原则

监狱公共卫生管理应严格执行监狱法、传染病防治法等法律法规要求，坚持科学防范，科学管理；立足自身，加强合作；防治结合，防范有力等原则。

1. 预防为主、防治结合原则

预防工作的任务是控制疾病的发生和流行，提高人群防病意识和自我保健能力，保护和促进健康。由于监狱的特殊性，一旦发生疫情或重大公共卫生事件，将难以控制并会造成严重后果。因此公共卫生工作必须坚持预防为主、防治结合的原则。监狱应努力改善公共卫生基础设施，对污水、污物、粪便进行无害化处理，开展预防接种，确保安全饮水、饮食卫生及足够营养，确保生活、劳动、居住场所卫生，保证罪犯足够的休息和锻炼时间。进行以卫生科学为内容和以健康为目的的健康教育，加强监狱医疗卫生机构建设，提高医疗卫生服务能力。加强组织机构建设，确保在发生重大疫情和公共卫生事件时，能及时有效地进行处置。

2. 科学防治原则

应遵循科学防治原则，要运用医学科学、社会科学、心理学和行为科学等多方面知识和手段，根据疫情特点和发展规律，科学地抓好各个环节的防控。完善监狱重大疫情、群体性食物中毒、职业危害等突发公共卫生事件应急预案，对民警和罪犯进行科学防治知识的宣传教育，使他们掌握科学防治方法。

3. 依法管理原则

公共卫生管理的法制化是规范医疗卫生行为的重要手段，监狱作为刑罚执行机关，在严格执行与监狱相关的法律法规的同时，也要充分认识执行医疗卫生行业法律法规的重要性和必要性，不能因强调自身的特殊性而规避公共卫生和医疗管理相关的法律法规。

4. 属地管理原则

根据我国监狱法第五十四条规定，罪犯的医疗保健列入监狱所在地卫生、防疫计划。监狱的防疫和卫生管理工作，严格执行属地管理原则，在防治工作中要执行属地卫生行政部门和疾病预防控制中心的规定和要求，对出现的传染病病人或疫情，要及时报告属地卫生行政部门和疾病控制中心，不得隐瞒不报，不得擅自处置。

5. 统一领导、分级负责、加强合作原则

监狱公共卫生管理应在省级监狱管理机关和监狱的统一领导下，各监区、机关科室和监狱医院分级负责开展工作，全局统一，协调一致，确保各项措施及时有效落到实处。监狱应主动加强与地方上级卫生部门和其他有关部门的联系，加强信息沟通，寻求社会医院、疾病预防控制中心在业务上的指导与帮助。

（三）监狱公共卫生管理的意义

监狱公共卫生管理工作是监狱工作的重要组成部分，是确保监管安全的重要保障措施，也是维护罪犯身体健康、展示监狱文明执法形象、体现以人为本理念的重要环节。

1. 做好监狱公共卫生管理工作是监狱履行法定职责、维护罪犯合法权益的需要

罪犯在监狱内服刑，他的人身自由权利被剥夺，但他的人生安全权利和其中包含的健康权必须受到保护。做好罪犯防疫和公共卫生管理工作，是监狱切实履行法定职责的需要，对保障罪犯健康权益，降低狱内罪犯病死率，提高监狱公正文明执法水平具有重要意义。

2. 做好监狱公共卫生工作是体现以人为本，促进罪犯身体健康，提高改造质量的需要

监狱对罪犯实行惩罚和改造相结合的原则，维护罪犯生命权和健康权，是改造罪犯的基本要求。没有什么比人的生命更值得尊重，也没有什么比人的生命更重要。罪犯在监狱内发生传染病、食物中毒、严重的职业病等，将直接影响到罪犯的改造质量，"以人为本、尊重人、尊重生命"将是一句空话，罪犯的改造秩序得不到保障，将罪犯改造成为守法公民的目标也就难以实现。因此，把对罪犯进行的健康教育纳入教育改造内容，加强监狱卫生防疫工作，努力提升疾病预防控制水平，积极开展医疗救治，促进罪犯身体健康，提高罪犯改造积极性，充分体现人性化关怀，对提高监狱改造质量有极大意义。

3. 做好监狱公共卫生工作是维护监狱持续安全稳定的重要保障

监狱作为国家的刑罚执行机关，维持监狱持续安全稳定是其重要职责之一，在监狱服刑的罪犯群体具有区别于社会一般人群的特定生活方式和心理特征。服刑罪犯的生活、劳动场所比较集中，公共卫生条件相对较落后。同时许多罪犯在服刑过程中存在悲观、忧郁心理，有的罪犯还存在较严重的人格障碍，一旦发生或可能发生重大疫情或其他公共卫生安全事件，如处置不当，更容易造成疫情扩散和人群恐慌情绪的蔓延，导致罪犯对监狱信任危机和不满，进而滋生新的违法事件，甚至可能出现哄闹监狱、暴狱、劫持人质和自杀行为，严重危害监管安全。因此，做好监狱防疫和公共卫生工作对维护监狱的安全稳定具有十分重要的意义。

4. 做好监狱公共卫生管理工作是监狱服务社会发展大局，维护社会和谐稳定的需要

监狱的安全稳定是社会稳定的重要组成部分，关系到社会主义法治的尊严。罪犯在监狱服刑期间，如果监狱暴发传染性疫情等重大公共卫生事件而没有一套行之有效的防控机

制，沟通不当，将会引起罪犯家属的恐慌、不满以及社会高度关注。同时，如果不能及时准确向社会发布真实可靠的信息，事态极易迅速向社会扩散，造成罪犯家属及民众对政府的信任危机，严重损害监狱执法形象和执法公信力。因此，做好监狱防疫和公共卫生工作，对于保障改造环境的稳定，构建和谐平安监狱，为监狱更好地服务社会发展稳定大局，维护社会安定和谐起到积极作用。

（四）监狱公共卫生管理组织机构

监狱应当建立健全监狱公共卫生管理的组织机构，保证整个公共卫生管理体系科学、合理、有序的运转。

1. 组织机构

省级监狱管理机关设立专门部门负责对全省监狱生活卫生工作和医疗机构进行管理，对监狱罪犯生活环境卫生、劳动环境卫生、罪犯食物量等提出要求；研究监狱整体医疗体系建设和监狱医疗发展规划；加强监狱医疗队伍建设和人才培养；指导监狱医院的医疗救治和疾病预防工作；在监狱出现重大医疗事件或重大疫情时，统一指挥行动及协调相关人力资源。监狱设生活卫生科和医疗机构，具体负责监狱罪犯的生活卫生管理和罪犯的医疗救治、疾病预防等工作。

2. 医疗机构体系建设要求

建立以监区卫生室、监狱医院、省监狱管理局中心医院等不同层次的医疗服务体系以及与地方医疗机构建立相互协作的卫生服务保障体系。省监狱管理局根据各省具体情况建立至少1所中心医院，收治危重、疑难疾病罪犯，需做较大手术罪犯，传染病罪犯和精神病罪犯，开展监狱医务人员的进修培训工作等。各监狱要建立医疗机构，主要负责监狱罪犯日常诊疗工作、慢性疾病管理、罪犯健康体检等。监区应设医务室，监区医务室应配备必要的基本设备，主要负责慢性疾病日常管理、病人转诊及健康宣教工作等。

二、罪犯就诊管理

监狱应努力提高疾病预防控制水平和医疗救治水平，促进罪犯身体健康。罪犯在监狱内发生疾病，监狱应当提供及时、有效的医疗服务。

（一）罪犯就医管理

罪犯就医管理一般包括以下几个方面的内容。

1. 罪犯健康分级管理

对罪犯实行健康等级管理有利于监狱医院更好地掌握罪犯的疾病状况，进行有针对性的干预和治疗，同时监狱管理部门可根据不同等级，进行分类管理，实施分级待遇，合理地安排罪犯劳动。

罪犯健康等级可划分为0～3级。0级：身心健康人员；1级：门诊或住院短期内能治愈的轻度疾病状态人员；2级：需门诊或住院长期治疗的慢性疾病、经鉴定为老病残犯人员；3级：符合保外就医规定范围的疾病或其他严重、疑难疾病人员。医院成立罪犯疾病医疗综合工作小组，负责对全监罪犯健康等级的鉴定工作。每月一次对入监体检、日常就诊、健康体检时疑是2、3级罪犯进行等级鉴定，对符合2、3级病犯标准的，及时建立健康档案。

罪犯患病，监区应及时送诊，医院医务人员对就诊罪犯应严格执行诊疗规范，详细询问病史，认真体检，及时诊断，有效治疗。罪犯疾病管理重点是2、3级病犯，对此实行集中管理，对符合2、3级标准的罪犯需住院治疗的应及时住院治疗，不需住院的应集中关押。监区设医务室负责对此类患病罪犯进行医疗管理。对不能集中关押的此类罪犯，实行医院医务人员责任挂钩，医生定期巡诊，及时随访，了解病犯服药情况、治疗效果、目前健康状况，并拟定下一步诊疗计划等。监区应设卫生员，协助民警管理病犯，负责本监区病犯的监测，登记监测数据，督导医嘱执行和服药，提高遵医行为，有针对性地进行健康宣教和健康促进。

2. 急诊管理

为了提高监狱医院急救水平，提高病犯救治能力，降低狱内罪犯病死率，监狱应成立医疗应急领导小组，负责医疗急救的组织、协调、警力安排、后勤保障等。医院应成立以院长或业务院长为组长，各科室主任或业务骨干为组员的急救管理小组，负责监狱罪犯急救管理工作。其主要职责是医务人员急救业务培训、民警普通院前急救知识的教育训练、组织对急危重病犯的救治、组织开展急救演练、抢救设备维护等。监狱医院需设有急诊抢救室，保证其设备、功能、急救药品齐全。

健全监狱医院急救预案，预案应包含急诊医务人员应掌握的基本技能；急诊抢救程序；院前急救及基本心肺复苏等；院内急救——接诊、呼救、会诊、汇报、病情告知、病案记录、善后处理等；转院——建立绿色通道等。

提高急救处置能力。罪犯急诊工作的重点是抢救生命、缓解症状、稳定病情、平安转出。对无生命危险的急诊病人，主要是缓解症状。对危重病人，必须立即抢救，这是急诊工作的重点。接诊医生首先要判断急诊病人的病情，如是危重病人，需判明危重程度和性质，以便快速处置。对暂时不能明确诊断的病人，立即组织科内会诊或全院会诊，或请外院专家来院会诊。急诊病人处置应强调危重优先、生命优先，围绕"快、准、好"，按照急诊抢救程序进行危重病人的抢救。要牢固树立时间、效率、技术就是生命的急诊理念。急诊工作要强调以下几点：一是强化医务人员的责任心，接诊时要做到认真负责、细致主动；二是切实增强时间观念，做到争分夺秒；三是严格规范各种记录，保证各种资料的完整性、真实性、及时性；四是严格执行急诊抢救操作程序；五是认真防范医疗事故的发生；六是严格执行请示报告制度；七是对本院救治困难的病犯，要及时、平稳转诊。

3. 罪犯外出就诊管理

监狱医院技术力量不能满足罪犯疾病救治的，监狱可以邀请社会医院医生来监为罪犯诊治，减少罪犯外出就诊的费用和安全风险。罪犯因病确需外出就诊的，监狱应及时安排外诊。临床医生根据病情需要向科室主任提出外诊请求，科室主任召集人员进行会诊，如确需外诊则填写外诊申请审批表，报狱政管理部门和分管领导审核，经监狱主要领导同意，报省监狱管理局审批。在未审批同意前，严禁擅自带罪犯外诊。如遇紧急情况需外诊时，监狱分管领导电话请示省监狱管理局后，先行安排外诊，再履行审批手续。送诊时，医院需安排医生随行，并携带必要的医用物品，进行途中病情观察和临时处置。

罪犯外出就诊原则是就近、及时、有效、安全。监狱可就近选择1-2家医疗条件好的医院，建立协作关系，签订合作协议，建立绿色通道，建立监管病房。监管病房应配备监管防逃设施。罪犯在协作医院就诊时可优先检查、治疗等。罪犯在外院住院期间，必须按监管要求配备足够警力加强警戒，落实司法部监狱管理局的《罪犯离监就医工作规定》（〔2011〕司狱字 145 号）相关要求。期间，监狱医务民警每日向监狱医院院长汇报病人病情，看押的民警每日向监狱分管或主管领导汇报罪犯情况。罪犯病情稳定且在监狱医院能进行后续治疗时，患病罪犯应及时转入监狱医院治疗。

（二）罪犯健康档案管理

罪犯入监以后即应建立医学健康档案，健康档案包括入监体检表、健康等级鉴定表、老病残犯鉴定表、保外就医鉴定材料、门诊病历、住院病历、罪犯外出就诊医学资料、罪犯收监时随身携带的医学资料及其他医学资料等。健康档案由医院统一规范管理，按法定时限要求保存。

罪犯入监体检时应详细询问病史，认真进行体格检查和必要的医技检查，详实记录。对有外伤或外伤后遗症、器官移植或脏器切除、身体有残疾或功能障碍等情形，应认真做好记录，必要时进行影像留存，并由罪犯本人和送押民警签字确认。

罪犯在押期间因病就诊，首诊医生必须建立起门诊病历，门诊病历由医院门诊部统一保管，对住院病人及时完成住院病历，出院后及时上交医院病案室。罪犯刑满后，门诊病历及时归入罪犯档案。医院病案管理人员应定期整理、分类、维护罪犯健康档案，及时更新。罪犯健康档案材料不得随便泄露，涉及罪犯隐私的，应当保密。

（三）保外就医管理

按照有关规定，被判处无期徒刑、有期徒刑的罪犯，在改造期间有下列情形之一的，可准予保外就医：身患严重疾病，短期内有死亡危险的；患严重慢性疾病，长期医治无效的；身体残疾、生活难以自理的；年老多病，已失去危害社会可能的。罪犯服刑期间，因病需保外就医的，监狱应及时办理。保外就医的办理应严格按照法定程序进行，所有需办理保外就医的罪犯必须住院进行保外就医鉴定，必须诊断准确，证据充分。对监狱医院不能作出诊断的，应委托社会医院专家组及时进行会诊。病情危重、短期内有死亡危险的，应当急事急办，同时，应当积极治疗，稳定病情。保外就医罪犯出监时，监狱应安排医务人员陪同，确保途中安全。监狱应定期对保外就医罪犯进行考察，考察小组应严格按照"三见面"（即与罪犯本人见面、与担保人见面、与社区矫正机构工作人员见面）、"三见底"（即病情见底、表现见底、基本情况见底）的原则进行考察，准确了解罪犯病残情况、在外就医和表现情况等。对病情好转的、不符合保外就医条件的、在外不接受治疗的、社区矫正机构或公安机关要求收监的，监狱应实施收监。对病情符合继续保外就医条件的，应办理续保手续。

（四）药品管理

监狱必须加强对药品的管理使用，以防罪犯在使用药品的过程中出现安全隐患。罪犯使用的药品主要是监狱用于罪犯疾病治疗而发放的药品。病人就诊后凭处方在监狱医院取药。医院对普通病犯一般配三日药物量，慢性病犯不超过一月用量。医院发药时必须填好服药单，药品发放给随同民警，不应交给罪犯直接保管，并向患者和取药的民警交代注意事项。监区应设有专用药品柜，用于存放罪犯药品，由监区民警直接管理，严禁罪犯私自接触药品。监区应备有服药登记本，用于慢性疾病罪犯服药登记。罪犯服药要在民警监视下进行，要见药下肚。罪犯和监狱民警均需在服药登记本上签名，以防罪犯私自藏药。同时，监狱要规范罪犯自费购药和罪犯亲属寄送药品的相关管理工作。

三、监狱防疫管理

监狱防疫管理的主要内容是对传染病的管理。现阶段，监狱发生传染病疫情的可能性依然存在，监狱应严格落实各项管理措施，严格执行传染病防治法和卫生行政部门的相关规定，普及传染病防治知识，加强对传染病犯的管理，确保不发生重大传染病疫情。本书附录五是关于传染病的一些基本知识。

（一）监狱罪犯传染病预防管理

监狱罪犯传染病预防管理一般包括以下内容。

1. 建立监狱疫情处置网络体系

为了使监狱疫情得到有效监控、及时发现、及时处置，监狱应建立科学合理的疫情处置体系。

（1）成立疫情处置应急指挥中心　省监狱管理局和监狱都应成立应急处置指挥中心，负责领导、指挥疫情处置，协调警力、卫技人员和物资，与地方政府、相关机构的协调及信息发布，落实各项防治措施等。

（2）构建监狱疫情监测、预警网络　建立监区卫生室、监狱医院、监狱生活卫生科、监狱分管领导点面结合的传染病疫情监控网络体系，负责对全监传染病监测、报告、登记等工作。

（3）制定各类传染病疫情应急预案　应急预案应当包含以下内容：疫情处置指挥中心的组成和相关职责；疫情的监测与预警；疫情信息的收集、分析、报告、通报；疫情分级和应急处理工作方案；疫情预防，现场控制，应急设备、设施、救治药品和医疗器械以及其他物资和技术的储备与调度；疫情应急处理专业人员的培训等。

2. 落实措施，强化防控

建立生活和劳动场所定期消毒制度、传染病普查制度，落实开展爱国卫生运动等各种预防措施。密切关注监狱外发生的大规模传染病疫情，及时采取阻断措施。建立强制隔离制度，设立传染源隔离区、传染病专门病房。对患有高危传染病的罪犯，采取专人专控，防止引发群体性心理恐慌。

3. 开展传染病防治知识的宣传教育和培训，提高防控能力

监狱应运用多种形式、载体，加强对民警和罪犯传染病知识的宣传和普及，如狱内常见传染病初步识别知识、自我防护知识、现场急救知识等。监狱医疗部门应积极寻求地方卫生部门的业务指导，经常组织医务人员参加属地卫生行政部门举办的各类业务培训，或邀请专业医疗机构为监狱医疗技术骨干开办专业性讲座，经常性开展传染病防控演练，提高自我保健、医疗救治和防控能力。

4. 强化基础管理，做好物资储备

加强监狱基础公共卫生设施的管理，强化应急设施和装备建设，加大对医疗设备、通信设备、交通工具、卫生防护用具的投入和应急药品等的储备，保证在关键时刻能够充分发挥应急救治效能。

5. 监狱常见传染病的预防措施

监狱常见的传染病主要有呼吸道传染病，如季节性流行性感冒、肺结核等；肠道传染

病，如细菌性痢疾、甲型肝炎等；性传播性疾病，如梅毒、尖锐湿疣、艾滋病等。

（1）肠道传染病预防措施　肠道传染病的暴发流行主要是通过饮水或食物引起，因此保证罪犯饮水卫生和饮食卫生是预防肠道传染病的重要措施。教育罪犯不喝污水、脏水和未烧开的水，不吃变质和未烧熟、烧透食物，饭前便后要洗手；加强对餐具的消毒及粪便和污物的无害化处理；及时清理垃圾；做好灭蝇、灭鼠工作；严禁罪犯家属接见时将熟食带入监区。

（2）呼吸道传染病预防措施　呼吸道传染病易传染，流行快，在季节更换、身体疲劳、抵抗力弱时容易发生。在季节更换时要求罪犯注意保暖、休息，合理安排罪犯劳动，不超时、超体力劳动。住宿人员密度适合，保持生活、劳动、休息场所通风。教育罪犯不洗凉水澡，不乱吐痰，打喷嚏时要捂住口鼻。定期对环境进行消毒处理。对于体质较弱罪犯进行免疫接种等。

（3）性传播疾病预防措施　性传播疾病主要与个人的不良行为有关。加强对罪犯的自我保健教育，让罪犯建立文明健康的生活方式，洁身自爱，严禁不健康性行为，不吸毒、不与他人共用注射器针头，消除罪犯自卑心理。生殖器有溃疡、皮疹的罪犯要及时就诊。做好公共场所（浴室、公共厕所）的卫生监督与管理。加强性病监测监督工作，严禁有性病人员献血。

（二）传染病罪犯的管理

监狱对传染病罪犯的管理一般包括传染病罪犯的发现和传染病的控制与管理两部分。

1. 传染病罪犯的发现

传染病罪犯的发现一般有入监体检、疾病筛查及健康体检工作和日常诊疗三种途径。

（1）严把罪犯入监体检关　所有入监罪犯在收监时，监狱医院要在第一时间对入监罪犯进行相关体格检查。体检时医务人员须详细询问病史，除了进行常规肺结核、病毒性肝炎检查外，对有可疑传染病的罪犯以及不明原因发热人员，要及时进行有针对性的检查。对不能明确诊断的，要隔离进行医学观察，直至明确诊断和治愈。对与传染病罪犯一起收监的其他罪犯也要进行相对隔离、观察，确保入监时有传染病的罪犯及时得到有效隔离和治疗，不发生传染病暴发流行。

（2）认真做好罪犯疾病筛查及健康体检工作　监狱可根据自身所处区域以及常年传染病发病特点，有针对性地开展传染病筛查工作，将定期开展传染病的筛查工作纳入常态化工作，至少每季度进行一次 HIV 抗体筛查，每半年进行一次结核病筛查工作。监狱至少每两年对全监罪犯进行一次全面健康体检，体检内容包含常见传染病，如肺结核、乙型、丙型肝炎等，对筛查和体检中发现的传染病，及时报告，及时隔离，及时治疗，做好登记，建立医学档案，做好随访工作，对密切接触者进行医学观察，必要时进行预防性治疗。

（3）做好日常诊疗工作　监狱押犯单位，发现有可疑传染病病人时要及时送医院诊治，医院应开设发热门诊，当出现不明原因发热的病人、群体不明原因疾病及可疑传染病时，及时进行隔离和医学观察，对不能明确诊断的要及时请当地疾病预防控制中心或上级医疗机构来院会诊，以明确诊断和处置措施。

2. 传染病的控制与管理

对传染病的控制与管理一般包括以下内容。

（1）对传染病病人的措施　关键是早发现、早诊断、早报告、早隔离、早治疗。

一是做到早发现、早诊断。许多传染病早期传染性最强，若能及早全部无漏地发现病人，有利于对患者及时采取有效的治疗，控制传染源，防止传染病继续传播。早发现、早诊断的基础是进行卫生宣传教育，普及医学知识，提高群体识别传染病的能力；提高医务人员的业务水平和责任感，加强流行病学资料收集；监区要及时送病人就诊，不得延误检查、隐瞒病情，不得擅自隔离与处置。

二是做好传染病报告。传染病报告是疫情管理的基础，是控制传染病的重要措施，也是国家法定的制度，迅速、全面、准确地报告传染病可使卫生防疫机构及时掌握疫情，及时制定控制和消灭疫情的策略和措施。报告责任人、种类、时限、方式均应按《中华人民共和国传染病防治法》规定执行，对可能导致疫情或严重后果的传染病或原因不明的群体性疾病以及发生传染病暴发流行时，在报告属地疾病预防控制中心和卫生行政机构的同时，应及时向监狱突发公共卫生事件应急管理领导小组和监狱上级主管部门汇报。

三是做到早隔离、早治疗。将病人隔离是防止病原体扩散的有效方法。将有传染性的病人与周围易感者分隔开来，不仅便于管理和消毒，而且有利于病人得到及时治疗，起到控制和消灭传染源的作用。监狱应设立专门的传染病病房收治和隔离传染病罪犯。

（2）对病原携带者的措施　对罪犯中病原携带者由医院和监区共同管理，做好登记，建立档案，相对集中关押，对他们进行卫生宣教，养成良好的卫生行为和习惯，并由医生定期随访。经2~3次病原学检查为阴性时，方可解除管理。此类罪犯不得安排在食堂岗位。

（3）对接触者的措施　凡与传染源有接触的易感者，需采取检疫措施。检疫期限是自最后接触之日起，相当于传染病最长潜伏期。根据各病特点，对接触者分别进行医学观察、隔离、应急接种、药物预防等，以保护接触者和及早发现新病例。

隔离观察：是指将甲类传染病接触者收留在指定场所进行医学观察，限制其活动范围，实施诊察、检验和治疗。

医学观察：是对乙类、丙类传染病接触者施行的措施。接触者可以正常学习和工作，但要接受体检、测量体温、病原学检查和必要的卫生处理。

应急接种：主要针对潜伏期长的传染病接触者，接种后可产生自动免疫和被动免疫，如麻疹、病毒性肝炎等。

药物预防：对某些有特效药可防治的传染病接触者，可以采用药物预防。

（4）对动物传染源的措施　视被感染动物的经济价值和疾病种类，采取杀灭、焚烧、深埋、治疗等措施。

（5）对疫源地的措施　对疫源地主要采取消毒措施。因传染病传播途径不同所采取的措施也不同，如肠道传染病由于粪便污染环境，故重点在污染的物品及环境的消毒；呼吸道传染病由于通过空气污染环境，其重点是空气消毒；经水传播的传染病重点是饮水消毒。

（三）传染病暴发、流行的处置

传染病暴发、流行的处置，应做到日常密切监测，及时发现、及早报告，迅速启动处置预案，尽量把传染病控制在一定的范围和人群之内，并采取积极有效的治疗措施。

1. 监测和报告

传染病的监测和报告制度是处置传染病暴发、流行的基本制度。只有重视日常传染病的监测，才能及时发现、及早报告，给传染病暴发、流行的处置赢得时间，有效防止传染病的蔓延和扩张。

（1）监测　监区医务室为监狱传染病暴发流行的第一监测点，负责所管辖区域传染病的监测。监狱医院和生活卫生科为第二监测点，负责对全监传染病及疫情的监测。当监区发现可疑传染病、不明原因群体性发热和群体性疾病等，应及时报告监狱医院和生活卫生科。医院和生活卫生科在第一时间对报告的病人及时进行初步判断，对不能排除是传染病的，及时报告监狱疫情应急指挥中心，同时报属地疾病预防控制中心和卫生行政部门，并要求在2小时内派专家来监会诊；明确诊断后，对病人及时隔离、及时治疗、及时报告，并进行流行病学调查。

（2）报告　一是监狱系统内部的报告，监狱内发生传染病疫情，监狱应当向省监狱管理局报告，实行日报告和"零报告"制度，明确报告责任人和报告时间，内容包含传染病病例发病、转归、隔离情况以及物资、人员等，不得瞒报、缓报和漏报。二是向属地疾病控制中心和卫生行政部门的报告，严格按照传染病防治法的要求，在规定时间通过规定方式报告。

2. 应急处置

传染病的应急处置应当根据不同传染病种类及其特性，采取不同的针对性处置措施。下面以甲型H1N1流感为例说明应急处置措施。

甲型H1N1流感响应分四级。Ⅳ级响应：国际上出现流感病毒在人际间传播并引发持续性疫情（世界卫生组织发布流感大流行四级以上警告）或国内其他省（市、区）出现散发病例；Ⅲ级响应：省内出现单个病例或国内其他省（市、区）已经出现局部流行；Ⅱ级响应：省内出现聚集性病例，疫情存在严重扩散的趋势；Ⅰ级响应：按照卫生部有关规定执行。根据响应级别不同，实施相应的甲型H1N1流感应急响应措施。

（1）Ⅳ级应急响应措施　监狱进入24小时疫情应急值班状态。

监狱医院建立发热门诊及独立的隔离观察室，严格执行预检分诊制度。发热呼吸道病人必须到发热门诊就诊，确诊病犯转诊时应有监狱人民警察、医护人员押送和护送，并采取严格的医学防护措施。

严格执行对罪犯亲属会见、外来人员进监、新收监罪犯等人员健康状况的监测；严格控制外来人员参观、警示教育和社会帮教等活动；严格不明原因发热、肺炎和类流感病例的检测，一旦发现上述情况，应加强隔离，按规定实行医学观察或治疗。

禁止罪犯接受会见食品，高温季节严禁供给罪犯真空包装肉制品，严格罪犯食堂猪肉等物资验收索证制度和食品加工制作的管理，确保饮食安全。

监狱组织医务人员开展或参加地方卫生行政部门组织开展的业务技术培训，并组织应急演练提高实战能力；同时加强院内感染控制和医务人员防护工作，以应对可能发生的疫情。

积极、广泛开展面向全员的健康教育活动、爱国卫生运动，加强个人卫生，提高全员的健康意识和自我保护能力。

保持罪犯生活、劳动、学习场所的通风、采光良好。

严格控制罪犯劳动时间，严格执行户外工间操制度，保证罪犯足够的休息和活动时间。

与地方卫生行政部门保持联系，互通信息，密切关注疫情发展，建立联防联控工作机制。

（2）Ⅲ级应急响应措施　在Ⅳ级应急响应的基础上，增加以下措施。

加强和落实属地卫生行业管理。监狱要规范发热门诊和隔离医学观察室的管理，并组织监狱医院开展或邀请地方卫生行政部门共同开展对甲型H1N1流感防控工作的督导、检查。

做好病人救治和接触者处理工作。监狱应按照规定组织人员到社会定点医院进行沟通、协调，做好罪犯转诊和医疗救治、密切接触者处置等准备工作。

做好个人防护和医院感染控制准备工作。监狱对甲型H1N1流感密切接触者进行预防性服药。主动接受各级医疗救治专家组对病人救治进行的技术指导。医疗机构内流感样病例及候诊室其他呼吸道疾病患者均需佩戴口罩。对于其他密切接触者建议佩戴口罩。

做好疫情防治物资储备。根据监狱范围大小、押犯多少，备足充足的防护服、医用口罩、防护镜、长筒靴、温度计、消毒液和消毒用具等应急物资和医疗器材。

流行病学调查。积极配合开展对病例的流行病学和临床特征调查，对病例的可能感染来源、潜伏期、传染期和临床表现进行认真调查，对病例的所有密切接触者进行追踪和调查，对出现症状者要就地进行隔离和医学观察7天，参加流调人员应做好个人防护工作。

监测和报告。疫情发生监狱的医疗机构要设立流感样病例预检分诊点或指定专人加强预检分诊工作，详细询问流行病学史（从疫区归来、与可疑和确诊病例密切接触者、与患病动物有接触史等），对具有流行病史的流感样病例或肺炎病例要立即进行隔离和报告。

药物应用。按照药物储备与应用的原则，监狱应积极协调地方卫生行政、疾病预防控制等部门，组织储备抗流感病毒药物；根据疫情形势及防控工作要求，适时补充药物，必要时主动向卫生行政部门或省监狱管理局请求支援。

消毒。监狱应组织消毒知识和技能的培训，制定消毒制度，有效、合理和规范地开展消毒。监狱医院应科学指导各监区或社区做好对可能污染的物品、用具的消毒工作。

健康教育。疫情发生后监狱要及时组织开展健康教育工作，消除恐慌心理，同时教育、引导和组织出现流感样症状的人员及时就医，减少外出，外出时佩戴口罩。

（3）Ⅱ级应急响应措施　在Ⅲ级应急响应的基础上，加强或增加以下措施。

流行病学调查。在地方疾病预防控制机构指导下，监狱要及时配合开展甲型H1N1流感的流行病学调查，追踪密切接触者。对有关监狱人民警察、职工进行家庭隔离和医学观察；对罪犯所在监区实行封闭隔离，并采取医学观察和必要的预防与治疗措施。

监测。监狱应严格发热门诊和隔离病房的管理，加强发热呼吸道病例预检分诊工作，配备专业人员，对发热病人进行鉴别诊断，对可疑病人要及时进行报告和隔离医学观察。

药物应用。根据治疗和预防工作需要，监狱应主动与地方卫生行政部门协调，及时拟定抗流感病毒药物使用计划。

检疫。对外来人员实行交通检疫措施，测量体温，对体温≥37.5℃者进行医学观察。对可疑病人，监狱应立即与当地社会定点医疗机构联系，并及时报告当地疾病预防控制机构。对来自疫情发生地人员实行健康随访制度，出现症状者立即送当地社会定点医疗机构进一步医学检查。

健康教育。监狱要大力开展健康教育和咨询，教育全员做好个人防护，勤洗手，病人就诊时或与他人接触时要戴口罩。

严格隔离。监狱发生疫情时，应根据地方卫生行政部门对疫情流行情况的科学判断，依据规定、意见和建议，实施监狱封锁、停产等措施。

医疗救治。病例转送到社会定点医院，转运工作由社会定点接诊医疗机构或急救中心承担，转运过程中监管措施由监狱人民警察实施，并采取相应预防措施。

加强进监人员管理。严格控制外来人员，暂停参观、警示教育和社会帮教等活动；停止罪犯亲情共餐、离监探亲和禁止邮寄个人物品进入监内；同时控制监狱人民警察、职工出差，暂停外出考察和旅游。

严格劳务生产项目管理。疫情发生时应停止劳务生产，严格封闭管理，严防疫情的传播和蔓延。

（4）Ⅰ级应急响应措施　在坚持卫生行业属地管理和采取上述措施的基础上对卫生资源实施统一管理和调度，省监狱管理局加强指导和督察。

加强依法科学防范。监狱疫情防治工作严格执行地方卫生行政、疾病预防控制和定点社会医疗机构的管理、预防和医疗救治等措施。

加强医学观察管理。监狱工作人员进入监区实行集中隔离备勤、采取医学观察 7 天无异常后方能进入监区执勤；同时禁止监狱人民警察外出，实行 24 小时休息待命制度。新收监罪犯一律实行医学观察 7 天无异常后，方可分配到监区。

严格隔离期间劳务项目管理。发现群体性不明原因发热、肺炎和类流感病例，以及被确诊为疑似或确认为甲型 H1N1 流感病例后所在监区或监狱一律实行隔离观察。

医疗救治管理。监狱应积极协调所在地县（区）级以上卫生行政部门，根据流感流行情况，调动一切医疗资源，加强危重病犯的救治，必要时，在指定医院设立或启用医疗隔离和救治病区。在监狱医疗机构就诊的所有呼吸道疾病患者均需戴医用口罩。

监测策略调整。流感监测重点为收集和报告流感样病例就诊数、住院病例数、严重病例、死亡病例情况，病人药品、疫苗和其他物品的使用情况，为掌握疫情进展、疫情严重程度，以及医疗救治、疫苗和药品合理使用提供决策信息和依据。

药物应用。监狱要落实有关部门，协调和配合属地卫生应急指挥机构及时组织评估、预测药物需求量，组织储备，最大程度地满足临床治疗及重点人员预防用药的需求。

疫情公布。按规定由省卫生厅负责向社会发布本行政区域内疫情信息。

加强宣传、科学防治。监狱要组织制定宣传方案，运用广播、电视、橱窗和报纸等多种形式开展健康教育，向全员普及防治知识。合理调剂食品供应，改善伙食，增加营养，提高抵抗力。走中西医结合道路，在专家指导下，配治中草药，落实药物科学预防。

加强指导、科学管理。监狱管理局组织人员在发生疫情的监狱进行蹲点指导，科学组织、指挥和实施甲型 H1N1 流感防治各项工作，采取积极有效措施，切实维护监管秩序，确保监管场所安全稳定。

甲型 H1N1 流感疫情平息（发病率明显下降，常规监测不再发现甲型流感病毒）或流感大流行结束（发病率明显下降，稳定在历年季节性流感流行水平）后，监狱应按规定配合所在地卫生行政部门对流感疫情、流感大流行处置情况进行评估。评估内容包括甲型 H1N1 流感、流感大流行的危害、现场调查处理情况、疫苗和药物使用情况、病人救治情况、措施效果评价、应急处理过程中存在的问题和取得的经验及改进建议。评估报告上报属地人民政府和上一级人民政府卫生行政部门，同时上报监狱管理局。

四、罪犯饮食安全管理

目前，食品安全已成为社会关注的热点问题。监狱作为国家刑罚执行机关，必须按照监狱法的规定，建立罪犯生活、卫生制度，保证罪犯"吃得饱、吃得热、吃得卫生"。罪犯饮食安全管理主要包括三个方面的内容，一是监狱食堂管理，二是罪犯食品管理，三是罪犯食品安全事件的应急处置。

（一）监狱食堂管理

根据《中华人民共和国食品安全法》规定：食品生产、食品经营和食品餐饮服务等服务场所，必须保证食品安全，保障公众身体健康和生命安全。监狱食堂在饮食管理上应符合食品安全法的要求。

1. 健全物资采购制度

监狱应建立监狱食堂生活物资采购管理制度，规范采购程序，对可以招标采购的物资一律进行招标采购，对不宜招标采购的实行比价采购。建立健全物资查验管理制度，对肉制品等物资验收，首先要对供货经营企业进行经营许可证、营业执照、卫生许可证等证件的索证、索票，详细记录所采购食品的名称、规格、数量、供货者名称及联系方式、进货日期等内容，保证监狱在出现食品安全问题时追查的可追溯性。其次是对肉制品进行现场验收，主要围绕肉制品的感官性状、有无异味、食品包装有无破损、保质期等方面进行现场验收。对大众素菜应实行相对固定经营企业供货，登记详细联系方式、供货时间、数量及供货者名称等，力争做到索证、索票。现场验收时，应进行农药残留等检测，检测合格后，现场检查大众素菜的新鲜度、有无腐烂等现象。对油、调味品等物资进行采购时，应查验供货者的营业执照、卫生许可证和食品合格证明文件等材料，同时，现场验收时应详细记录食品的名称、规格、数量、生产批号、保质期等内容。监狱食堂采购的生活物资经现场验收合格后，按照监狱食堂物资存放定置图分类摆放，明码标识。

同时，建立监狱食堂物资保管制度，定期对生菜库、粮库、面粉库等库房进行检查，做到生活物资先进先出，确保无过期、霉变、变质物资。

2. 落实食堂卫生管理制度

监狱食堂应严格执行《中华人民共和国食品安全法》，建立健全监狱食堂卫生管理制度，认真落实饮食卫生"五四制"，即：原料、成品的"四不"制度（采购员不买腐烂变质的原料；保管员不验收腐烂变质的原料；加工人员不用腐烂变质的原料；服务员不卖腐烂变质的食品），存放"四隔离"制度（生品与熟品隔离、成品与半成品隔离、食品与杂物、药物隔离，食品与天然冰隔离），用（食）具"四过关"制度（一洗、二刷、三冲、四消毒），环境卫生"四定"制度（定人、定物、定时、定质量）和个人卫生"四勤"制度（勤洗手剪指甲、勤洗澡理发、勤洗衣服被褥、勤换工作服）。监狱饮食安全卫生工作必须纳入属地化管理，接受地方食品药品监督部门的监管，监狱食堂必须取得地方卫生行政部门核发的餐饮服务许可证，食堂从业人员必须取得健康证，每年进行健康检查，对新上岗人员必须先进行健康检查，取得健康证后方可上岗，并将健康证在醒目处公示。定期对监狱食堂从业人员进行饮食安全管理制度、食品安全知识培训，提高监狱食堂从业人员食品安全水平。对主副食品（含罪犯夜班餐、加餐、回民菜、病号餐等）留样 48 小时，并采取有效防腐变质措施。

3. 加强现场制作管理

监狱应对监狱食堂配备足够的民警，设专职司务长。认真做好监狱食堂食品烹饪、加工过程中的现场管理，对思想不稳定，有可能导致监管安全事故的罪犯及时调离岗位。保证监狱食堂炊事人员按照食品制作要求、工艺流程规范操作，确保罪犯直接入口食品、熟食品卫生安全，确保罪犯吃热、吃饱、吃得卫生。同时，监狱食堂每天应做好食品制作现场的卫生清洁工作，对炊具、灶具等设施进行清洗、消毒，保持食堂卫生整洁，做到无污垢、无积尘、无积水积物，及时清除垃圾。罪犯在餐厅就餐时，必须有所在监区民警在现场进行管理，不得伙吃伙喝，互相串换食品，不得将饭菜私自带离就餐场所。食堂不得存放有毒、有害物资，要严格物资的验收、保管和领发。

4. 改善监狱食堂设施

监狱应不断改善监狱食堂的硬件设施，提高监狱食堂食品安全系数。监狱食堂布局要合理，具有合理的设备布局和流水作业工艺流程布局。保证食品流水作业，防止待加工食品和直接入口食品、熟食发生交叉污染，避免接触不洁物品。配备有防蝇、防尘、防鼠、排油烟设施，保证监狱食堂的清洁卫生。落实防霉、防腐措施，防止食品的腐败、变质，影响食品安全。同时，监狱食堂应设有粮库、油库、调味库、餐具消毒间、更衣室、冷藏库、锅炉房、生菜储存库、监狱民警值班室等辅助用房，满足监狱食堂正常运转的需要，添置农药残留、非法食品添加剂检测等设备，加强对监狱食堂采购生活物资的检测。

（二）罪犯食品管理

罪犯食品安全管理是指监狱及相关职能部门采取计划、组织和控制等方式，对食品采购及食品配送等过程进行有效的监管和控制，以达到确保食品安全的目标。虽然我国监狱法规定罪犯收受物品和钱款，应当经监狱批准、检查，但监狱对于食品的来源渠道、运输等无法监控，很难保证食品的安全性。一般来说，罪犯食品应该在监狱专门设立的供应站（超市、小卖部）采购，严格限制罪犯亲属寄送食品，监狱应加强对罪犯供应站的管理。

1. 健全进货索证索票制度

对购入的食品，索取并仔细查验供货商的营业执照、生产许可证或者流通许可证、标注通过有关质量认证食品的相关质量认证证书等材料。上述相关证明文件应当在有效期内首次购入该种食品时索验。索取供货商出具的正式销售发票，或者按照国家相关规定索取有供货商盖章或者签名的销售凭证，并留具真实地址和联系方式。销售凭证应当记明食品名称、规格、数量、单价、金额、销货日期等内容。索取和查验后要整理建档备查，相关档案应当妥善保管。

2. 严格食品进货查验记录制度

每次购入食品，应详细检查食品的外包装是否整洁干净，标签的字迹印刷是否清楚，封口是否严实等；验食物外观有无破损、污损、变形、杂物、霉变，嗅气味是否有异味等；验包装上内容是否与检验报告内容相符，是否有厂名、厂址、生产日期、保质期，如果已超过保质期的决不能收。验收时应详细记录食品的名称、规格、数量、生产批号、保质期、供货者名称及联系方式、进货日期等内容，采取账簿登记、单据粘贴建档等多种方式建立进货台账，食品进货台账应当妥善保存。

3. 加强食品储存管理

健全库房管理制度，食品仓库实行专用并设有防鼠、防蝇、防潮、防霉、通风的设施及措施，并运转正常。食品应分类，分架，隔墙隔地存放。各类食品有明显标志，有异味或易吸潮的食品应密封保存或分库存放。建立仓库进出库专人验收登记制度，做到勤进勤出，先进先出，定期清仓检查，防止食品过期、变质、霉变、生虫，及时清理不符合食品安全要求的食品。食品仓库应经常开窗通风，定期清扫，保持干燥和整洁。

4. 完善配送过程的监管制度

食品配送人员必须每年进行健康检查，取得健康证明后方可参加工作，工作时应穿戴整洁的工作衣帽，保持个人卫生。认真制订培训计划，定期组织管理人员、从业人员参加食品安全知识、职业道德和法律、法规的培训以及操作技能培训。运输食品的车辆应专用，并定期冲洗、消毒，保持清洁、干燥、无异味，禁止与有毒、有害、有异味、易污染的物品混装运输。运输食品时要下垫上盖，防止污染，装卸时应轻装轻卸，防止碰撞，食品装卸时再次检查所装食品的保质期、包装等情况，确保所装食品卫生。

同时，对罪犯一次性购买量要进行适当控制，防止食品过期。民警在清监搜身时，发现过期食品，要予以没收销毁。

（三）罪犯食品安全事故的应急处置

食品安全事故是指由食品引发的对人体健康有危害的事故，包括食物中毒、食源性疾病和食物污染等。监狱重点要防范罪犯食物中毒事件。食物中毒系指人摄入了含有生物性、化学性有毒有害物质的食物或把有毒有害物质当作食物摄入后出现的非传染性急性或亚急性疾病。一般将食物中毒分为 4 类，即细菌性食物中毒、有毒动植物中毒、化学性食物中毒和真菌毒素和霉变食品中毒。细菌性食物中毒系指因摄入被致病菌或其毒素污染的食物后发生的急性或亚急性疾病，是食物中毒中最常见的一类。细菌性食物中毒的特点一是发病率高，病死率低，二是夏秋季发病率高，三是动物性食品是引起细菌性食物中毒的主要食品。常见细菌性植物中毒表见附录六。有毒动植物中毒、化学性食物中毒以及真菌毒素和霉变食品中毒又被称为非细菌性中毒，系指因摄入含有天然有毒成分的动植物、化学物质污染的食物或被毒真菌及其毒素污染的食物后发生的急性或亚急性疾病，在日常生活中也经常发生。常见有毒动植物中毒和化学性食物中毒表见附录七。中毒发生的原因虽各不相同，但发病具有如下特点：发病呈暴发性，潜伏期短，来势急剧，短时间内可能有多数人发病；中毒病人一般具有相似的临床表现，常常出现恶心、呕吐、腹痛等上消化道症状；发病与食物有关，患者在近期内都食用过同样的食物，发病范围局限在食用该有毒食物的人群，停止食用该食物后发病很快停止；食物中毒病人对健康人群不具传染性。

当罪犯中发生疑似食品安全事故时，应快速有效处置，及时控制疫情，做好心理疏导，稳定监区改造秩序。

首先，当监区发生可疑食品安全事故时，监区民警应在第一时间向监狱生卫部门、医院等报告，报告时应详细报告所在监区、中毒人数、在罪犯小组中的分布、中毒症状等基本情况；同时，做好监区事故现场的保存，以便现场调查时采集相应标本；对罪犯进食的可疑食物进行初步调查；对其他罪犯进行正面教育和引导，消除其他罪犯的恐惧心理；落实相应的监管制度，确保监区的秩序稳定。

其次，监狱生卫部门、医院接到发生可疑食物中毒报告后，立即启动食品安全事故应急处置程序，组织有关人员携带相应材料和治疗抢救药品前往食物中毒所在监区，到达监区现场后，应急处置各小组分工协作，有序开展现场处置工作。医疗救治组及时对患者进行必要的抢救措施，同时，对患者运送医院抢救前进行必要的治疗，对于症状特殊的如有机磷农药中毒的患者，迅速协助抢救及时明确诊断，给予特效药治疗。疫情处置组到现场后应尽快收集病人呕吐物、排泄物，收集患者还未进行抗生素治疗的粪便，收集剩余食物，包括食物所涉及的餐具、炊具的细菌涂抹采样。现场流调组对进食者逐个进行询问调查，询问每一个进食者在大批患者发生前48小时内的进食食谱，每个人进餐的主食副食，名称、数量。除集中怀疑的一餐之外，特别注意那些几餐与众不同的人，如凡是没吃某种食品的无一发病或凡吃某一食品的多数都发病，尽快查明原因，明确出现最早的中毒症状、主要症状与潜伏期等基本资料。同时，通过现场询问提供的线索，在调查中还可以继续补充采集样品，对可能导致食物中毒的食品进行采集标本，对其原料来源、加工过程、储存条件进行调查，必要时还应该追踪到食品的供应点及生产经营场所。

监狱应急处置小组通过初步处置确认为食品安全事故的，监狱应及时向省局食品安全管理部门及地方卫生监督主管部门报告，接受省局的统一指挥及地方卫生监督部门的技术指导、监督检查，达到快速、科学、有效处置，防止疫情扩散，稳定监区改造秩序。

最后，做好罪犯心理疏导，稳定罪犯改造情绪。当罪犯中发生疑似食物中毒事件时，罪犯往往会产生恐惧心理，对监狱安全工作失去信任感，极易产生恐慌心理，严重威胁监狱监管安全。因此，监狱食品安全事故应急处置小组在处置全过程中应做好罪犯的心理疏导和正确引导工作，主要围绕三方面进行心理疏导和正确引导工作，一是监区民警对中毒罪犯进行心理疏导和安慰工作，对其他未中毒罪犯进行教育引导工作；二是监狱应急处置小组在现场处置全过程中，注重罪犯心理疏导和教育引导工作，及时向罪犯说明监狱开展的处置情况、进展及本次事故的可能原因，监狱采取的应对措施等，必要时请地方专业专家进行教育引导，以增强罪犯对监狱的信任度；三是监狱心理咨询师及时对有心理阴影或障碍的罪犯进行心理疏导，达到尽快消除事故影响，妥善安置和慰问罪犯，恢复监区正常的生产、生活秩序，保持监狱安全稳定的目的。

五、罪犯职业健康管理

人在不良的生产环境、劳动条件下长时间劳动会对人体造成损害，引起职业性疾患，甚至引起职业病，影响人的生命和健康质量。我国监狱法要求有劳动能力的罪犯必须参加劳动，监狱对参加劳动的罪犯必须执行国家有关劳动保护的规定，必须加强罪犯的职业健康管理。

职业性有害因素是指在生产环境和劳动过程中存在可能危害劳动者健康的因素。职业性有害因素按其来源可分为三类：一是生产工艺过程中产生的有害因素，有化学因素、物理因素、生产性粉尘、电离辐射、生物因素等；二是劳动过程中的有害因素，如劳动组织和制度、精神（心理）紧张等以及劳动强度过大或生产定额不当等；三是生产环境中的有害因素。在实践中，职业性有害因素常常不是单一存在的，往往同时存在多种有害因素。劳动者在生产环境中接触职业性有害因素，不一定会产生职业性损害。发生职业性损害必须具备一定的作用条件，主要包括：一是接触机会，如不采取防护措施比采取防护措施发生职业性损害的概率大；二是接触方式，相同的有毒有害因素不同的接触方式发生职业性损害的概率不一样；三是接触时间和浓度（强度），长时间接触高浓度（强度）职业性有害因素，发生职业性损害的概率就大。

职业性损害发病具有下列特点：病因明确，病因即职业性有害因素，在控制病因或作用条件后，可予消除或减少发病；所接触的病因大多可检测和识别，且浓度或强度需达到一定程度，才能使劳动者致病；在接触同一有害因素的人群中常有一定数量的人发病，很少只出现个别病人；如能早期诊断，及时治疗、妥善处理，康复较易。

（一）监狱职业卫生防护的主要内容

监狱企业不同的工种，在生产工艺过程、劳动过程、生产环境中会产生不同的职业性有害因素，对人体造成损害，引起职业性疾患。因此，监狱对参加劳动的罪犯必须执行国家有关劳动保护的规定，加强罪犯的职业健康管理，保护罪犯的身体健康和生命安全。

1. 健全职业卫生制度，加强监狱企业管理

监狱应认真贯彻执行《中华人民共和国职业病防治法》，《中华人民共和国安全生产法》等法律法规及上级主管部门有关职业卫生的规章、制度，建立健全职业卫生管理机构，配备足够的安全管理人员，完善监狱职业卫生安全的各项规章制度。

建立监狱职业卫生预评价制度，加大对监狱职业卫生安全的投入。对监狱新建、改建、扩建项目，应确保职业卫生防护设施与主体工程同时设计、同时施工、同时投入使用。对监狱新引进项目，如箱包、电子等项目，应进行有毒有害因素评估，尽量引进有毒有害成分少、易于防护的项目。同时，监狱应扎实运行职业健康安全管理体系，制定相应的职业卫生管理、作业场所危害因素监测等制度，加强对劳动过程、生产现场的管理，确保从业罪犯在劳作过程中免受职业性有害因素对身体的影响。建立职业卫生教育和培训制度，定期对从事劳作罪犯进行职业危害因素及防护知识培训，提高罪犯的自主防护意识。建立罪犯职业健康监护制度，动态掌握罪犯的健康状况。

2. 开展危害因素监测，改善作业场所环境

生产环境监测是识别和评价职业性有害因素的重要环节，通过监测可以掌握生产环境中危害因素的性质、强度（浓度）及其在时间、空间的分布；估计人的接触水平，为研究接触水平与健康状况关系提供依据；了解生产环境中的卫生质量，评价劳动条件是否符合劳动卫生标准要求；检查预防措施效果，为进一步控制危害因素提供依据。监狱应根据职业卫生要求，建立职业危害因素监测制度，每年邀请有资质的职业病防治机构对监狱劳作

场所生产环境中危害因素进行监测，动态掌握劳作场所职业性有害因素的性质、强度（浓度）等。同时监狱应加强职业性有害因素自评机制，做好危险源的辨识和风险评价，制定危险源风险控制对策。

监狱应根据劳作场所职业性有害因素情况，不断加大投入，做好职业性有害因素的控制，减少职业性有害因素对人体的损害。职业性有害因素的控制措施主要包括生产环境的控制措施与个人防护措施。生产环境的控制措施有：合理安排车间布局，生产工艺流程中尽量避免使用有毒物质，控制或消除产生职业性有害因素的操作环节，隔离、密封或合理通风，降低空气中的浓度。监狱重点要做好劳作场所的通风，积极利用自然通风，必要时采取机械通风的措施，有效降低作业场所中有害因素的浓度。同时，监狱应落实个人防护措施，针对不同的职业性危害因素配备防护设施，如隔热服、防尘口罩、防毒口罩等。

3. 健全健康监护档案，维护罪犯身体健康

健康监护是通过各种检查和分析，掌握职工健康状况，早期发现健康损害征象的重要手段，主要目的在于评价职业性有害因素对接触者健康的影响及其程度，以便采取预防措施，防治有害因素所致疾患的发生和发展。监狱应按照《中华人民共和国职业病防治法》的规定，建立罪犯健康监护档案，定期对罪犯进行身体健康检查，健康检查分为就业前检查和定期检查两种基本类型。监狱对罪犯从事劳作前必须进行从业前健康检查，了解罪犯是否适宜该项作业，建立罪犯就业前的健康状况等基础资料。每两年开展定期检查，及时发现职业性有害因素对健康的早期影响，早期发现和处理职业性损害和其他疾病患者，检出易感人群和具有职业禁忌证的罪犯，及时调离本岗位。对尘肺等作业需进行特殊检查项目，监狱应定期邀请职业病防治机构来监狱对罪犯进行检查。

（二）几类常见职业损害的预防

不同的生产劳动环境会导致不同的罪犯职业损害。下面介绍几种常见的职业损害的预防。

1. 中暑

中暑是高温作业环境下职业损害的主要类型。高温作业是指工作地点有生产热源，当室外实际出现本地区夏季通风室外计算温度时，工作地点的气温高于室外 2℃ 或 2℃ 以上的作业。高温作业时，人体可出现一系列生理功能改变，主要为体温调节，水盐代谢，循环系统、消化系统、神经系统、泌尿系统等方面的适应性变化。如果超过一定限度，则可产生不良影响，发生中暑。中暑分轻症中暑和重度中暑。具备下列情况之一者，可诊断为轻症中暑：头昏、胸闷、心悸、面色潮红、皮肤灼热；有呼吸与循环衰竭的早期症状，如大量出汗、面色苍白、血压下降、脉搏细弱而快；体温达 38℃ 以上的。凡出现热射病、热痉挛或热衰竭的主要临床表现之一者，可诊断为重症中暑。发生罪犯轻症中暑，应使患者迅速离开高温作业环境，到通风良好的阴凉处安静休息，给予含盐清凉饮料，解开衣扣，必要时进行冷敷或冲洗冷水浴等措施。对重症中暑罪犯除采取上述措施外，应迅速通知医院做好应急救治准备，并做好现场救治工作。

防暑降温措施主要包括以下四个方面。

（1）加强宣传教育，提高自我防范意识　监狱要加强对防暑降温知识的宣传教育，充分利用日常管教、集体活动和板报、局域网等形式进行防暑知识的宣传。就如何早期预防、早期识别、早期处置做到人人知晓，增强罪犯自我防范意识。广大民警应熟悉各项防

暑降温措施，熟知中暑病犯早期症状的识别和简单的急救处理方法，一旦出现先兆中暑的病犯，能及时发现，有效处置。

（2）强化组织领导，落实防暑降温措施　监狱应高度重视罪犯防暑降温工作，成立以监狱职能科室、医院及各监区负责人为成员的领导组织，加强对防暑降温的组织领导，定期对各监区的防暑降温工作开展情况，措施落实进行检查，督促。各监区要根据自身监区劳作实际情况，对罪犯生产、生活各个环节的防暑降温工作进行部署和安排，采取有效措施改善工作场所的高温环境，对高温时段实行抓两头，避中间的工作方法，避开高温时段劳作。

（3）加大保障力度，改善生产生活条件　监区及生产车间应准备适量的人丹、十滴水、清凉油等防暑药品和充足的饮用水，高温期间食堂应提供绿豆汤、酸梅汤等防暑降温食品。夏季高温，人体消耗量大，监狱应根据具体情况适当提高伙食标准，科学合理安排食谱，确保罪犯营养。高温季节，对从事高温作业罪犯发放耐热、透气良好的工作服等防护物品。监狱应不断加大对罪犯生产生活场所的投入，明确各监区劳作现场、监舍的电风扇等降温设施配备要求，定期检查保证其功能完备和正常使用，在财力允许的情况下，可安装空调等设施，彻底改善作业、生活场所条件，消除高温环境。

（4）完善救治机制，提高监狱处置能力　在高温季节前，监狱医院应对全体医务人员进行动员和教育，组织全体医务人员对中暑的诊断、治疗、处置流程等进行业务学习，提高监狱医务人员处置中暑的能力和水平，同时，根据监狱中暑应急救治预案，定期开展中暑应急救治模拟演练，提高医务人员的急诊意识、救治水平，并通过演练，不断完善预案，确保监狱一旦发生中暑罪犯能处置及时，快速有效。监狱医院医务人员应定期深入基层罪犯劳作现场进行医疗、中暑巡诊，强化"分片包干、固定结对"的医疗保障模式，落实首诊负责制，提高卫生保健质量。监狱医院要对抢救室设施设备、抢救药品和物品进行认真的清理和完备，确保关键时刻能拉得出、用得上。要加强与地方协作医疗单位的沟通与合作，确保绿色通道畅通、快捷。

2. 尘肺

生产性粉尘是指在生产中形成的，并能够较长时间浮游在空气中的固体微粒。它是污染作业环境的职业有害因素之一。尘肺是在生产过程中长期吸入粉尘而发生的以肺组织纤维化为主的疾病。

尘肺的预防措施包括以下三个方面。

（1）采用"革、水、密、风、护"　即进行工艺改革和技术革新，湿式作业，密闭尘源，通风除尘，个人防护等综合措施，做好防尘、降尘工作。这是预防尘肺的最根本措施，通过改进工艺过程，采用先进设备，如采用数控操作、计算机控制等避免接触粉尘；进行湿式作业，防止粉尘飞扬，减低生产环境中粉尘浓度；应用密闭、抽风、除尘等设施，降低生产环境中粉尘浓度。

（2）建立健康监护档案　对接触粉尘作业的罪犯进行从业前健康检查和定期健康检查，及时发现对健康的早期影响，检出易感人群和具有职业禁忌证的罪犯，及时调离本岗位。

（3）做好罪犯个人防护和个人卫生　罪犯从事劳作前，必须按照监狱职业卫生要求，佩戴防尘口罩等，民警在劳作现场应加强监督检查，确保各项职业卫生规定完整执行。同时，应教育罪犯养成良好的个人卫生，勤洗澡、勤换衣服，保持皮肤清洁。

3. 一氧化碳中毒

一氧化碳是工业生产中分布最广泛的一种有害气体，当含碳物质不完全燃烧时均可产生。生产中接触一氧化碳的作业有炼焦、炼铁，机械制造工业中的铸造等；生活中接触一氧化碳有煤气发生炉、锅炉等。对急性中毒患者应立即转移到新鲜空气处，解开领扣，保持呼吸道通畅，并注意保暖。对于轻度中毒者，吸入新鲜空气即可迅速好转；中度至重度中毒者，应及时送医院进行抢救和治疗。

监狱应经常测定劳作现场空气中的一氧化碳浓度，或设立一氧化碳报警器，监视一氧化碳浓度变化。维修和定期检测煤气管道，防止漏气。罪犯劳作现场要加强自然通风，必要时进行机械通风，有效降低生产环境中一氧化碳浓度。罪犯要严格遵守安全操作规程。监狱经常性开展安全意识教育，普及急救知识，定期组织罪犯进行自救、互救训练，提高罪犯的自救、互救能力。加强就业前及定期健康检查，对有神经系统、心血管系统疾患等职业禁忌证罪犯，不得从事此项劳作。

第八章 监狱信息安全管理

随着计算机技术的高速发展，信息时代悄然而至，由此引起的信息安全问题受到政治、经济、军事、文化等各个领域的高度关注，信息安全管理也随之产生。通过计算机存储、传输和处理的信息有许多是政府宏观调控决策、商业经济信息、能源资源数据、科研数据等重要信息。这些信息有的是敏感信息，甚至是国家机密，因此，难免会受到各式各样的人为攻击，例如，信息的泄露和窃取、数据的篡改和删减、计算机病毒等。同时，网络实体还要经受诸如水灾、火灾、地震、电磁辐射等方面的考验。当前，信息安全已经成为信息化建设与应用的重要内容。监狱作为国家的刑罚执行机关，拥有一定数量的国家机密和工作秘密，监狱应该按照《中华人民共和国保守国家秘密法》和司法行政机关的相关规定，确保该类信息的安全。同时监狱日常工作对网络和信息资源的依赖性不断增强，监狱应当建立健全安全、可靠的防护系统，保障监狱计算机系统安全有效运行和监狱正常工作的开展。

一、监狱信息安全管理概述

当前，监狱工作的信息化水平越来越高，对网络信息资源的依赖性也越来越强。监狱信息的安全问题也受到越来越广泛的关注，如何保证监狱信息资源被合法、充分、高效和安全的利用，是当前监狱信息化建设的一个重要课题。

（一）信息和信息安全的内涵

在信息时代和全球化背景下，信息和信息安全已广泛地被人们所熟知，某种程度上已成为一种时代的表征。

1. 信息的内涵

"信息"一词最早可追溯到两千年前的西汉。当时就有"信"字出现，作为消息理解。历史上有两种经典的解释，一种是本体论，另一种是认识论。本体论认为，信息是事物存在的方式和运动状态的表现形式。"事物"指存在于人类社会、思维活动和自然界中一切可能的对象。"存在方式"指事物的内部结构和外部联系。"运动状态"指事物在时间和空间上变化所展示的特征、态势和规律。认识论认为，信息是主体所感知或表述的事物的存在方式和运动状态。主体所感知的是外部世界向主体输入的信息，主体所表述的则是主体向外部世界输出的信息。目前，具有代表性的定义主要有四种。1948 年，美国数学家、信息论的创始人仙农（Shannon）在题为《通讯的数学理论》的论文中指出："信息是用来消除随机不定性的东西"。1948 年，美国著名数学家、控制论的创始人诺贝特·维纳（Wiener）在《控制论》一书中指出："信息就是信息，既非物质，也非能量。"武汉大学周戟教授认为，信息是系统的组成部分，是物质和能量的形态、结构、属性和含义的表征，是人类认识客观世界的纽带。邓宇、邓海、邓非等的信息定义认为信息是事物现象及其属性标识的集合。[1]

2. 信息的分类

信息可以按不同的方法进行分类。

（1）按照性质，信息可分为语法信息、语义信息和语用信息。

（2）按照地位，信息可分为客观信息和主观信息。

（3）按照作用，信息可分为有用信息、无用信息和干扰信息。

（4）按照应用部门，信息可分为工业信息、农业信息、军事信息、政治信息、科技信息、文化信息、经济信息、市场信息和管理信息等。

（5）按照携带信息信号的性质，信息可分为连续信息、离散信息和半连续信息等。

（6）按照事物的运动方式，信息可分为概率信息、偶发信息、确定信息和模糊信息。

（7）按传播对象的范围，信息可分为开放性信息和封闭性信息。

3. 信息的特性

信息具有可识别、传载性、不灭性、共享性、时效性和能动性等特性。

（1）可识别　信息是可以识别的，对信息的识别又可分为直接识别和间接识别。直接识别是指通过人的感官识别，如听觉、嗅觉、视觉等；间接识别是指通过各种测试手段识别，如使用温度计来识别温度、使用试纸来识别酸碱度等。不同的信息源有不同的识别方法。

（2）传载性　信息本身只是一些抽象符号，如果不借助于媒介载体，信息对于人们是看不见、摸不着的。一方面，信息的传递必须借助于语言、文字、图像、胶片、磁盘、声波、电波、光波等物质形式的承载媒介才能表现出来，并按照既定目标进行处理和存贮；另一方面，信息借助媒介的传递又是不受时间和空间限制的，这意味着人们能够突破时间和空间的界限，对不同地域、不同时间的信息加以选择，增加利用信息的可能性。

（3）不灭性　不灭性是信息最特殊的一点，即信息并不会因为被使用而消失。信息是可以被广泛使用、重复使用的，这也导致其传播的广泛性。当然，信息的载体可能在使用中被磨损而逐渐失效，但信息本身并不因此而消失，它可以被大量复制、长期保存、重复使用。

（4）共享性　信息作为一种资源，不同个体或群体在同一时间或不同时间可以共同享用。这是信息与物质的显著区别。信息交流与实物交流有本质的区别。实物交流，一方有所得，必使另一方有所失。而信息交流不会因一方拥有而使另一方失去拥有的可能，也不会因使用次数的累加而损耗信息的内容。信息可共享的特点，使信息资源能够发挥最大的效用。

（5）时效性　信息是对事物存在方式和运动状态的反映，如果不能反映事物的最新变化状态，它的效用就会降低。即信息一经生成，其反映的内容越新，它的价值越大；时间延长，价值随之减小；一旦信息的内容被人们了解了，价值就消失了。信息使用价值还取决于使用者的需求及其对信息理解、认识和利用的能力。

（6）能动性　信息的产生、存在和流通，依赖于物质和能量，没有物质和能量就没有

---

[1] 参考自"邓宇，邓海，邓非. 信息的数理新定义与广义信息运算（J）. 中华中西医学杂志，2004，2（7）：115."

信息。但信息在与物质、能量的关系中并非是消极、被动的，它具有巨大的能动作用，可以控制或支配物质和能量的流动，并对改变其价值产生影响。

4. 信息安全

信息安全是信息时代所衍生的安全问题，它与政治、经济、文化等紧紧相连，任何国家、部门、行业都十分重视，是不容忽视的国家安全战略。同时，信息安全也是一门国家重点发展的新兴交叉学科，涵盖了计算机科学、网络技术、通信技术、密码技术、信息安全技术、应用数学、数论、信息论等多种学科，在社会工作和生活中受到越来越多的关注和运用。

信息安全，不同国家、不同机构、不同部门、不同学者给出的定义也不尽相同。英国BS7799信息安全管理标准体系给出的定义是："信息安全是使信息避免一系列威胁，保障商务的连续性，最大限度地减少商务的损失，最大限度地获取投资和商务的回报，涉及的是机密性、完整性、可用性。"美国国家安全局给出的定义是："因为术语'信息安全'一直仅表示信息的机密性，在国防部我们用'信息保障'来描述信息安全，也叫'IA'。它包含5种安全服务，包括机密性、完整性、可用性、真实性和不可抵赖性。"国际标准化委员会给出的定义是："为数据处理系统而采取的技术的和管理的安全保护，保护计算机硬件、软件、数据不因偶然的或恶意的原因而遭到破坏、更改、显露。"国内学者认为，信息安全保密内容涵盖实体安全、运行安全、数据安全和管理安全。国内相关立法给出的定义是："保障计算机及其相关的和配套的设备、设施（网络）的安全，运行环境的安全，保障信息安全，保障计算机功能的正常发挥，以维护计算机信息系统的安全。"国家信息安全重点实验室给出的定义是："信息安全涉及到信息的机密性、完整性、可用性、可控性。综合起来说，就是要保障电子信息的有效性。"等。这些定义，涉及到物理、运行和数据等层面，体现了机密性、完整性、可用性等安全属性，从信息安全的历史、作用层面、基本属性等视角对信息安全的概念予以解释。这些解释部分概括了信息安全的内涵，但仍不够系统全面。综合来看，信息安全是指信息网络的硬件、软件及其系统中的数据受到保护，不因偶然的或者恶意的原因而遭到破坏、更改、泄露，系统连续可靠正常地运行，信息服务不中断。简单地说，信息安全就是保证内部信息不受外部的威胁。信息安全主要包括以下五方面的内容，即需保证信息的保密性、真实性、完整性、未授权拷贝和所寄生系统的安全性。

（二）监狱信息安全的内涵

监狱信息有广义和狭义之分。广义的监狱信息是指与监狱相关的一切信息，包括外部信息和内部信息两个方面。狭义的监狱信息指监狱作为国家的刑罚执行机关所拥有和掌握的，仅由特定主体知晓的内部信息。这些内部信息中有的是国家秘密，一旦发生泄密事件，将会给监狱工作带来不良影响，甚至会极大地损害国家安全和利益。监狱信息安全，就是保障监狱涉密信息和计算机网络中的信息资源免受各种类型的威胁、干扰和破坏。从监狱信息安全的实践来看，对监狱信息安全造成威胁的原因主要有以下几种：一是物理环境方面，指火灾、雷击、地震、通信干扰、电力故障等原因造成的网络或信息系统损毁、业务中断等情况；二是信息技术层面，指计算机系统和网络本身存在缺陷，或感染病毒，或受黑客攻击和破坏，或信息设备中隐藏"后门程序"，引起的安全隐患；三是制度管理层面，信息安全制度不健全、安全防范意识不到位等导致的信息泄漏等。这三个层面的问题需要在监狱信息化的进程中逐步加以解决。

1. 监狱信息安全的内涵

监狱信息安全涉及到诸多方面，包括制定监狱有关信息安全政策、风险评估、控制目标与方式选择、制定规范的操作流程等。概括起来，主要包括以下几个方面。

（1）物理层安全　主要包括环境安全、设备安全、介质安全，防止网络设备、设施、介质和信息因自然灾害、环境事故、人为物理操作失误或错误及以物理手段进行的违法犯罪行为等导致网络信息安全事故的发生。

（2）设备安全　存放、传输重要信息数据的服务器以及关键设备是否经过检查或采取屏蔽干扰措施，保证信息数据的安全。比如计算机、路由器、传真机、密码机，甚至复印机、碎纸机等。

（3）存储介质安全　保证介质（磁盘、磁带等）数据安全及介质本身的安全，对移动存储介质的控制、防盗、防丢失。

（4）传输安全　信息数据或保密件在传输过程中的安全。

（5）系统应用安全　主要包括授权与认证系统和数据库审计与访问控制系统的安全。

（6）安全管理　信息安全管理平台的开发与应用和保密制度的建立与规范，增强监狱整体信息安全防范水平。

（7）保密件管理　监狱密级文件的收发、登记、传输、使用、保存等的管理。

（8）新闻宣传管理　对外宣传的稿件必须经过严格的审核审批程序，不得涉及涉密信息。

2. 监狱信息安全的基本属性

监狱信息安全除了具有行业特殊性之外，也具有信息安全所具备的共性特征。和信息安全一样，监狱信息安全的基本属性包括保密性、完整性、可用性、真实性和可靠性五个方面，通俗地讲，就是保证信息的有效性。

（1）保密性　指监狱信息不被非授权获得或解析，信息系统不被非授权使用的特性。具体指：保证数据即便被捕获也不会被解析，保证信息不泄露给非授权用户，保证信息系统即便能够被访问也不能够越权访问与其身份不相符的信息。

（2）完整性　指监狱信息未经授权不被修改的特性。具体指：防止信息被非授权用户修改，防止信息被授权用户不正确地修改，任何被非法修改的信息都能够被发现。

（3）可用性　指信息及信息系统能够为授权使用者所正常使用。一是保障信息的正常传递和信息系统的正常运转，如保证办公自动化系统、安防集成系统、狱政管理信息系统等信息系统正常稳定地提供服务；二是万一信息被破坏，确保能够迅速准确地恢复数据。

（4）真实性　指信息系统在交互运行中确保信息的来源以及信息发布者的真实可信及不可否认的特性。

（5）可控性　指针对特定信息和信息流具备主动监测、过滤、限制、阻断等控制能力。

3. 监狱信息安全管理目标

监狱的信息安全管理工作以保障信息的有效性为价值追求。要想实现监狱信息的安全，需同时具备四种管理能力，即安全防范、隐患检测、信息对抗和应急处置。唯有如此，才能实现综合防范、及时发现、快速处置的管理目的，从而既能保守国家秘密，又能便利信息资源的合理利用。

（1）安全防范能力　指采取各种技术与管理措施，对计算机非法入侵、感染病毒、数据丢失、网络瘫痪等潜在威胁进行有效的预防，对保密件的管理进行严密的监控，在不同层面提升安全防范能力。例如，一方面，通过加密的方式保证信息的机密性不被破坏；采用冗余机制防止信息被非法修改；通过定期对设备和通信线路进行检查以保证信息系统的可用性、稳定性；通过建设 PKI/PMI 信任体系来保证网络中用户身份的真实性；通过建立相应的过滤手段，限制有害信息，使其不能任意在网络空间中蔓延，以保证网络的可控性。另一方面，通过严格的管理制度对涉密文件的收发、登记、传输、使用等进行控制和管理。

（2）隐患检测能力　指检测发现各种已知或未知的信息安全威胁的能力。在监狱系统大规模、分布式网络环境中，要充分考虑到可能出现的未防御成功的情形，采取有效的手段，以便及时发现信息系统面临的潜在威胁。可以通过不同的方式来提升隐患检测能力。例如，通过采取鉴别机制防止非法人员对网络的访问；通过设置入侵检测设施及时发现木马程序对网络的入侵；通过对信息流进行监控以及时发现重要信息系统中的机密信息在网络上的扩散而破坏机密性的现象。

（3）信息对抗能力　指在必要时采用积极防御手段，对各种威胁进行有效的遏制。要提高信息对抗能力，可通过对特定的网段、服务建立攻击监控体系，实时检测出绝大多数攻击，并采取相应的行动，如断开网络连接、跟踪攻击源、记录攻击过程等。

（4）应急处置能力　指采取各种措施，使得信息系统针对所有可能出现的突发事件，具备及时响应，并妥善应对所遭受的攻击，进而恢复基本服务的能力。监狱信息系统必须具备应急处置能力，保证系统发生安全事故后，能够及时做出有效响应，采取合适的应急措施处理事故。建立健全信息安全应急处置预案，加强灾难备份建设，增强信息基础设施和重要信息系统的抗灾能力和恢复能力。如对一些重要的业务系统建设"业务应急系统 BES-PCS"可以帮助一线运维人员快速、简捷、可靠地恢复业务运行，最大程度地减少系统中断时间，实现预期的业务持续运行指标（RTO）。

（三）监狱信息安全管理的原则

信息安全管理一般遵循以下几个原则。

1. 依法管理

监狱信息的管理应以宪法、刑法、国家安全法、保密法、通信网络安全防护管理办法等为依据，从政治的高度、法律的维度，紧密结合监狱工作的实际，扎实落实各项行之有效的措施，确保信息的安全。要按照法律规定的监狱信息化建设标准，把监狱的信息化建设与监狱的整体建设同时规划、施工和启用。要按照科学的标准准确定位信息的保密安全等级，对监狱工作中的各类信息进行有针对性的分类管理。

2. 预防为主

监狱信息安全管理工作的重点是预防。在日常的信息安全管理中，要制定信息安全事件的应急响应机制，并经常开展信息安全隐患排查和应急处置演练，及时将安全隐患遏制在萌芽之中，并提高信息安全突发事件的应对能力和水平。要加强监狱民警的信息安全防范意识教育，促其自觉遵守有关规定，如公务员法中"保守国家秘密和工作秘密"的规定，人民警察法中"不得泄露国家秘密、警务工作秘密"的规定，重点加强涉密人员的选用、教育和监督管理，并从信息使用、传播和管理的各个环节落实防范措施，增强监狱信息的安全性。

3. 责任明确

要健全信息安全管理的组织体系，明确信息管理中的各层级的责任，形成主要领导抓总体、分管领导抓具体、职能科室抓细节、相关人员抓执行的责任体制。要将监狱的信息安全工作与其他工作一起布置安排，一起检查督促。要经常性地开展监狱信息安全隐患排查工作，及时按照事故处理的"四不放过"原则处置信息管理中的各类隐患。

4. 软硬并重

安全工作，说到底就是人和物的管理。在监狱信息安全工作中，除了需要计算机、传真机、密码机、防控软件等软硬件之外，还需注重信息安全制度的建立、涉密人员的教育管理、应急预案的建立等，形成软硬兼施、立体多元的信息安全防控体系。

5. 正确处理狱务公开和信息保密的关系

监狱信息有开放性信息和封闭性信息之分。开放性信息，具有包容性和共享性；封闭性信息，是监狱内部的操作规范和行事准则，具有排他性和保密性。监狱在处理监狱信息时要准确定位信息的性质，正确地处理好保密与信息公开的关系，既要按照《中华人民共和国政府信息公开条例》和司法部有关狱务公开的要求，及时、准确、全面地公开相关信息，又要保证监狱涉密信息的安全。

（四）监狱信息安全管理的意义

从全球信息化发展的大趋势、监狱现代化建设面临的机遇和挑战中可以看到，大力推进监狱信息化建设，强化信息安全管理是当前监狱工作面临的一项重要而紧迫的战略任务。加强监狱信息安全管理的意义主要体现在以下几个方面。

1. 监狱信息安全管理是保守国家秘密的需要

监狱的许多工作涉及到国家秘密，比如监狱的警力配置、武装力量、警戒设施等情况。这些秘密是仅限于特定群体知晓的内部信息，一旦泄露便会给不法分子的不法行为提供可乘之机，不利于监狱的安全和社会的稳定。因此，要站在保守国家秘密的高度来认识监狱信息安全管理工作。

2. 监狱信息安全管理是规范、高效执法的需要

监狱办公对信息化的依赖性越来越强，甚至出现了离开计算机就无法正常工作的尴尬局面。信息化办公在带来高效、快捷的同时，也面临着高风险，比如病毒的扩散、网络的漏洞等导致的内网的瘫痪或信息的泄密等，这些都将影响到正常的执法活动。因此，要进一步加强监狱信息安全的管理，确保监狱执法程序的有效运转和执法活动的顺利进行。

3. 监狱信息安全管理是维护社会稳定的需要

当前，国际人权斗争愈演愈烈，国外某些势力长期丑化和攻击我国的人权状况，试图把监狱变成其和平演变的"主要战场"。监狱的涉密信息成为居心不良的机构、团体乃至个人企图窥探的目标。这些信息如果泄露，被肆加炒作、利用，将会影响监狱的执法形象，造成较坏的社会和国际影响，破坏监狱正常的执法秩序，影响社会的安全与稳定。因此，要从维护社会安全与稳定、有效应对国际人权斗争的高度去把握监狱信息安全管理的重要性。

二、监狱信息安全管理的主要内容

监狱信息安全管理是通过维护监狱信息的保密性、完整性、可用性、真实性、可控性等来管理和保护监狱信息的一项体制，是对监狱信息安全保障进行指导、规范和管理的一系列活动和过程。监狱信息安全管理需要事前的严密防范，也需要事后的高效处置，需要技术的支撑，也需要制度的管理，是一个较为系统、复杂的过程。

（一）监狱信息安全防范管理的技术手段

监狱系统信息安全管理的技术体系可以分为三个层面：物理安全、运行安全以及数据安全

1. 物理安全

主要包括环境安全、设备安全和通信线路安全。监狱系统中的信息比商业信息更为敏感，其安全性要求更高。其中，物理安全是整个系统安全的前提，可参照《信息系统物理安全技术要求》、《电子计算机机房设计规范》、《信息技术设备的安全》等标准来实施。重点做好以下工作：一是确保通信线路安全，信息传递线路的畅通和安全是监狱信息安全的基本保障，应依据不同信息安全等级的要求，采用不同特性的传输材料和传输方案，以提高系统安全保密功能。监狱内网、外网、罪犯教育网要实现"三网"物理隔离，各网须单独布线组网。监狱内网为涉密网，综合布线须采用屏蔽线缆。二是加强对供配电系统、报警联动系统、接地防雷系统、电视监控系统等关键系统的检查，保证设备正常运行。三是对机房必须采用防盗、防雷、防火、防静电、电磁屏蔽的设计。

2. 运行安全

监狱系统信息化依托网络实现信息共享和网上办公，但资源的共享和分布，增加了网络的易受攻击性。采用网桥、网关进行的网络扩充和互联，更增加了网络安全控制的难度。提高网络运行安全可以从以下几个方面入手。

（1）根据应用系统的涉密程度、网络的重要性和安全风险等因素，划分安全区域。将不同的安全区域进行隔离，涉密信息系统必须与互联网及其他公共信息网络实行物理隔离，当前主要是监狱内网、外网以及罪犯教育网的三网隔离。网络隔离有两种方式，一种是采用隔离卡来实现的，一种是采用网络安全隔离网闸实现的。隔离卡主要用于对单台机器的隔离，网闸主要用于对整个网络的隔离。

（2）设计监狱信息化网络系统时，既要建立高安全的服务器网段，同时也要选择高安全的应用服务协议。

（3）重点分析网络边界的安全需求，各个网络之间必需的数据转接，应采用安全数据网关，并确保不存在信息泄漏的可能性。

（4）工作资料的共享和中转可通过本单位提供的内网邮件、网络硬盘（FTP）等措施来实现，这样可以减少局域网内对移动存储介质的依赖，减少泄密的几率。

（5）采用防火墙，在内部网络与不安全的外部网络之间设置障碍，阻止外界对内部资源的非法访问，防止内部对外部的不安全访问。主要技术有：包过滤技术，应用网关技术，代理服务技术等。防火墙能较为有效地防止黑客利用不安全的服务对内部网络的攻击，并且能够实现数据流的监控、过滤、记录和报告功能，较好地隔断内部网络与外部网

络的连接。

(6) 建立 PKI 体系。PKI（Public Key Infrastructure，公钥基础设施）技术是信息安全技术的核心，采用 PKI 技术，在全系统范围内建立一致的信任基准和证书管理策略，保证横向和纵向信任服务体系之间信任链互连，通过数字证书、数据签名、用户名及其访问口令，进行身份认证及访问权限的控制，拒绝越权操作。这个体系的建立需要上级主管部门统一规划和组建专门为监狱系统服务的"证书管理机构"。

3. 数据安全

操作系统、应用系统和数据库是监狱系统信息化建设的基础平台，对其中的潜在安全性隐患应予以高度重视，主要有以下几个方面：一是根据计算机系统评级准则要求，尽量采用安全性较高的网络操作系统，并进行必要的安全配置，取消非必要服务，加强口令编排的保密性；二是定期进行系统漏洞扫描，及时更新操作系统补丁程序，定期分析系统日志，以便及时发现异常行为，安装防病毒等安全防护软件并及时进行升级；三是做好数据备份工作，制订一套完善的备份策略，配备必要的备份软件，对监听录音系统等重要数据采取磁盘阵列、光盘、磁带介质备份等多套异机、异地备份方法，确保信息系统的数据安全；四是在信息系统开发上，避免系统存在单点故障隐患，当一个系统发生问题时，不应影响其他子系统，不允许各子系统之间过分依赖或粘连过多；五是做好应用系统的测试工作，在亲情会见系统、安全防范与应急指挥系统、监管与执法管理系统等应用系统上线前，应进行详细的系统测试，尽可能排除其中的技术缺陷。

(二) 监狱信息安全防范的管理手段

三分技术，七分管理。在 ISO 17799 信息安全管理体系标准的十大控制要项中，有七项是与管理相关的，而只有三项与技术相关。可见，管理因素在监狱信息安全的管理与防范中具有极其重要的作用。在构建监狱系统信息安全的管理体系时，针对具体的安全威胁即管理对象，应确定不同的管理目标，采取不同的管理手段。例如风险评估、应急处理等。这些管理手段需要由相应的管理主体来进行，即承担相应职能的管理部门，管理部门需要依据配套的法律、法规、政策等管理依据来进行管理，管理依据的制定以及具体实施需要依赖于管理人才、资金等资源。因此，从宏观角度来看，构建监狱系统信息安全的管理体系，要注意六个方面的基本因素：管理主体、管理对象、管理依据、管理资源、管理目的、管理手段。从微观上说，应注重以下几个方面。

1. 健全组织体系

成立信息化领导小组和保密委员会，具体负责信息化建设和监狱机要工作，并及时对潜在的、隐藏的、既成事实的安全威胁进行及时有效的处置。明确信息安全工作责任，把监狱信息安全确立为"一把手"工程，监狱及各个单位的"一把手"应把信息安全工作作为监狱安全工作的重要内容，在日常工作中同时部署、同时检查。

2. 加强监狱信息安全教育

分类对民警进行教育，一方面要重视对民警网络安全意识方面的警示教育，利用国内外有重大影响的窃泄密案件及其造成的危害对民警开展警示教育，使其深刻认识到信息安全的重要性，自觉规范日常行为，比如严禁一机多用、u 盘混用、内网和外网互联等，正确处理狱务公开和保密工作的关系。另一方面，要重点加强涉密人员的教育和管理，签订保密承诺书，促其掌握保密知识技能，严格遵守保密规章制度，不得以任何方式泄露国家秘密，对因意识不到位造成安全隐患的或酿成一定后果的要及时予以处理，使监狱民警明白危险就在身边，切实增强安全防范意识。

3. 重视监狱信息安全人才培养

高素质信息人才的匮乏是我国信息化面临的最大难题，对于监狱来讲尤为突出。要切实加强监狱民警中信息安全人才的培养、引进和使用，为监狱配备素质过硬的信息专业技术人才。要严格监狱机要岗位人员的选用条件和要求，系统进行保密技能培训和纪律教育，确保其政治业务素质。要紧跟信息化发展步伐，适时开展信息人才交流和监狱信息安全工作论坛，通过多种形式的交流互动，切实保证监狱信息人才的工作水平适应新时期监狱工作的需要。

4. 制定监狱系统信息安全标准

要着手监狱系统信息化工作的标准化建设，制定契合监狱实际的信息化建设规划。要围绕监狱信息安全管理的各个环节，制定具有权威性、统一性、多层次的信息安全标准。要对照标准，不断强化硬件、软件、人员、系统安全、运行规范、数据和软件备份等方面的投入和建设。要建立上下联动的标准体系维护机制，不断优化和完善各项安全标准。

5. 建立监狱信息安全评估体系

围绕政治、经济、技术等方面分析潜在的安全威胁，评估危害造成损失的严重程度，明确并规范哪些系统需要专网，需要什么加密措施，确定系统中的信息安全级别以及相应的安全防范应急措施等。要依托评估体系，适时对监狱信息安全工作进行评估，及时堵塞安全漏洞，落实防范措施，提升监狱信息工作的安全水平。

6. 制定监狱信息安全政策和法规

要建立专门的信息安全政策和法律法规，对监狱日常的信息工作进行规范、保障和惩戒，形成有序的信息工作秩序。要将政策法规具体涵盖到对系统建设单位的要求、移动存储介质使用规定、安全问题报告制度和程序、系统安全操作规范、信息安全检查规范、数字证书管理规范、信息安全项目建设标准等方面内容，力求具有广泛的适用性和指导性。

7. 制定监狱信息安全审计、测试制度和规范

根据安全标准和信息保密级别、安全级别的不同，应建设不同的安全审计规范、审计程序、审计内容，接受有关部门的安全审计，以确保安全政策和安全标准得到落实，建成适合于各类信息安全产品和信息系统的安全测试平台，每年由专业单位对重要信息系统进行安全测评，提高应用软件系统的安全功能。

8. 加强信息安全管理体制机制建设

成立信息安全管理工作机构，配备专职的信息安全技术人员，不断完善"条块结合、以块为主"的安全管理体系，按照"谁使用谁负责、谁主管谁负责"的要求，明确信息安全责任，把信息安全列入基层单位基础工作规范化考核，将自查与普查、定期检查与不定期检查相结合，发现问题，及时整改。要建立完备的信息安全管理工作制度，明晰不同岗位的职责要求，提高管理的针对性和实效性。

9. 严格新闻宣传的审批制度

要切实加强对监狱新闻宣传工作的管理，实行自审与送审相结合的制度。对拟公开出版、报道的信息，按照保密规定进行自审，对涉及国家秘密界限不清的信息要送主管部门

审定。监狱自审的信息也要按照严格的程序进行审定，以防因为疏忽造成工作上的失误和被动。自审信息一般需要经过"二审"程序，即先由拟稿人交由分管领导审核，再由分管领导交由主要领导审签。

10. 完善保密制度

坚持"保守机密，慎之又慎"的原则，结合监狱实际，建立完善的保密制度，切实加强对保密工作的管理。要严格机要文件的使用程序，认真做好涉密文件的登记、借阅、复印、回收、销毁等工作。要严格机要人员、涉密人员的选拔、配置、教育和监督管理。

11. 完善应急机制

制定完善的应急响应措施，建立信息异地备份中心，提高系统抗攻击和抗灾难能力。加强与上级信息化主管部门的沟通协调，建立协同处置机制，增强信息安全事件处置能力。适时开展信息安全事件应急处置演练，紧抓应急处置中的关键点，通过过程的反复强化，提高信息安全事件的实战处置能力。

12. 加大对信息安全建设的投入

由于体制、机制等多方面的原因，监狱系统财政经费保障未完全到位，在充分利用上级拨款的基础上，应努力多渠道自筹资金，每年有重点地建设一部分项目，避免让资金问题成为制约监狱系统信息化发展的瓶颈。在监狱建设规划时要充分考虑到信息安全工作方面的需求，不断配备先进的设施和软件，增强信息安全的基础防控能力。

（三）监狱信息安全事件的处置

监狱的信息安全管理需要制定详细的、可操作的应急预案，以确保发生信息安全事件时能够及时、高效地进行处置，尽最大可能掌握处置的主动权，最大限度地挽回损失和影响。

1. 监狱信息安全事件处置原则

监狱信息安全事件处置一般遵循以下几个原则。

（1）分级处置原则　根据事件发生的可控性、严重程度和影响范围，将监狱信息安全事件共分为四级：Ⅰ级（特别重大）：监狱内网大规模瘫痪或监狱绝密文件丢失，事态发展超出监狱的控制能力，对监狱的执法活动和执法形象造成非常严重的影响；Ⅱ级（重大）：监狱内网发生较大规模瘫痪或监狱机密文件丢失，对监狱的执法活动和执法形象造成严重的影响，需要跨部门协同处置；Ⅲ级（较大）：监狱内网发生瘫痪或监狱秘密文件丢失，对监狱的执法活动和执法形象造成一定的影响，不需要跨部门协同处置的突发公共事件。Ⅳ级（一般）：监狱内网受到一定程度的损坏，不影响正常的执法活动和监狱的执法形象。

（2）分类处置原则　根据信息安全事件的原因进行分类，并进行有针对性的处置。根据信息的形态，主要分数据类信息和非数据类信息。数据类主要指依托计算机、网络或其他存储介质运行、保存的信息；非数据类，主要指借助纸质媒介得以保存的信息。对于数据类信息安全事件再进一步理清事件产生的深层次原因，并进行处置。

（3）协同处置原则　监狱信息安全事件，关系到监狱的执法公信力和执法活动的正常有效开展。如果发生了较为严重的网络安全或者泄窃密事件，并可能造成较大社会影响的，要及时向上级主管部门报告，及时争取支援，利用更多的资源对信息安全事件进行及时的处置。

（4）快速处置原则 信息化某种程度上意味着信息资源广泛共享和快速传播。监狱涉密信息一旦泄露，必须及时处置，才能最大限度地挽回影响，减少损失。

2. 常见监狱信息安全事件处置方法

在监狱信息安全管理的实践中，为了高效规范地处置信息安全事件，监狱管理者总结出以下几种常见信息安全事件的处置方法和流程。

（1）网站、网页出现非法言论事件应急处置 由有关部门的值班人员负责随时密切监视信息内容，发现在网上出现非法信息时，值班人员应立即向本单位信息安全负责人通报情况。情况紧急的，应先及时采取删除等处理措施，再按程序报告。信息安全相关负责人应在接到通知后立即赶到现场，作好必要记录，清理非法信息，妥善保存有关记录及日志或审计记录，强化安全防范措施，并将网站网页重新投入使用。追查非法信息来源，并将有关情况向本单位网络领导小组汇报。信息化领导小组组长召开小组会议，如认为事态严重，则立即向上级信息化主管部门和公安部门报警。

（2）黑客攻击事件应急处置 当值班人员发现网络信息内容被篡改，或通过入侵检测系统发现有黑客正在进行攻击时，应立即向信息安全负责人通报情况。信息安全相关负责人应在接到通知后立即赶到现场，并首先将被攻击的服务器等设备从网络中隔离出来，保护现场，并将有关情况向本单位信息化领导小组汇报。对现场进行分析，并写出分析报告存档，必要时上报主管部门恢复与重建被攻击或破坏系统。信息化领导小组组长召开小组会议，如认为事态严重，则立即向上级信息化主管部门和公安部门报警。

（3）病毒事件应急处置 当发现有计算机被感染上病毒后，应立即向信息安全负责人报告，将该机从网络上隔离开来。信息安全相关负责人员在接到通报后立即赶到现场，对该设备的硬盘进行数据备份，启用反病毒软件对该机进行杀毒处理，同时通过病毒检测软件对其他机器进行病毒扫描和清除工作。如果现行反病毒软件无法清除该病毒，应立即向本单位信息化领导小组报告，并迅速联系有关厂商研究、解决。信息化领导小组经会商认为情况严重的，应立即向上级信息化主管部门和公安部门报警。如果感染病毒的设备是主服务器，经本单位信息化领导小组同意，应立即告知各单位做好相应的清查工作。

（4）软件系统遭破坏性攻击的应急处置 重要的软件系统平时必须存有备份，与软件系统相对应的数据必须按本单位容灾备份规定的间隔按时进行备份，并将它们保存于安全处。一旦软件遭到破坏性攻击，应立即向信息安全负责人报告，并使该系统停止运行。检查信息系统的日志等资料，确定攻击来源，并将有关情况向本单位信息化领导小组汇报，再恢复软件系统和数据。信息化领导小组组长召开小组会议，如认为事态严重，则立即向上级信息化主管部门和公安部门报警。

（5）数据库安全应急处置 主要数据库系统应按双机热备设置，并至少要准备两个以上数据库备份，平时一个备份放在机房，另一个备份放在另一个安全的建筑物中。一旦数据库崩溃，值班人员应立即启动备用系统，并向信息安全负责人报告。在备用系统运行期间，信息安全工作人员应对主机系统进行维修并作数据恢复。如果两套系统均崩溃无法恢复，应立即向有关厂商请求紧急支援。

（6）广域网外部线路中断应急处置 广域网主、备用线路中断一条后，值班人员应立即启动备用线路接续工作，同时向信息安全负责人报告。信息安全相关负责人员接到报告后，应迅速判断故障节点，查明故障原因，由信息安全工作人员立即予以恢复。如属电信部门管辖范围，立即与电信维护部门联系，要求修复。如果主、备用线路同时中断，信息安全相关负责人应在判断故障节点，查明故障原因后，尽快研究恢复措施，并立即向本单位信息化领导小组汇报。有必要，应向上级信息化主管部门汇报。

（7）局域网中断应急处置　设备管理部门平时应准备好网络备用设备，存放在指定的位置。局域网中断后，信息安全相关负责人员应立即判断故障节点，查明故障原因，并向网络安全组组长汇报。如属线路故障，应重新安装线路。如属路由器、交换机等网络设备故障，应立即从指定位置将备用设备取出接上，并调试通畅。如属路由器、交换机配置文件破坏，应迅速按照要求重新配置，并调测通畅。如有必要，应向上级信息化主管部门汇报。

（8）设备安全应急处置　小型机、服务器等关键设备损坏后，值班人员应立即向信息安全负责人报告。信息安全相关负责人员立即查明原因。如果能够自行恢复，应立即用备件替换受损部件。如属不能自行恢复的，立即与设备提供商联系，请派维护人员前来维修。如果设备一时不能修复，应向本单位信息化领导小组汇报。

（9）保密件丢失处置　保密件丢失后立即进行网络监控，防止丢失的保密件内容通过网络途径泄密。一旦在网络发现涉密信息，立即与上级信息化主管部门联系，协调予以删帖，控制影响，同时，向公安部门报警，全力查找丢失文件。

监狱信息安全事件的处置工作结束后，事发单位要重点抓好三个方面的工作。一是要迅速采取措施，抓紧组织抢修受损的基础设施，减少损失，尽快恢复正常工作；二是要进行调查评估，总结经验教训，不断改进信息安全处置预案，升级信息安全管理系统；三是要及时进行奖惩。按照有关规定，对在信息安全事件应急过程中表现突出的单位和个人给予表彰，对贻误时机，给信息系统安全造成重大损失的，追究相关人员的责任。

第九章 外国监狱安全管理制度

维护监狱的安全和秩序是所有国家监狱管理当局共同面临的问题。同时，监狱安全管理技术具有一定的通用性，这就使得不同国家监狱之间的相互交流和借鉴成为可能。联合国成立后，积极倡导和推动各国在预防、减少犯罪和刑罚执行方面的合作，产生和形成了大量关于刑罚执行、监狱制度、囚犯保护的国际公约、区域性公约、规范和共识。外国监狱，尤其是西方发达国家的监狱比较重视罪犯和监狱的分类，并将此作为保障监狱安全的基本制度和实现行刑、矫正个别化的基础。本章重点介绍美英等国家的相关罪犯分类、监狱分类制度和其他的安全控制制度。

一、外国监狱的罪犯分类制度

一般认为，现代意义上的罪犯分类制度首先产生于荷兰。1598 年，荷兰政府将阿姆斯特丹市的维兹拉修道院改为女子监狱，率先实行男女罪犯分押，这是现代罪犯分类制度的萌芽。1704 年，罗马教皇十一世为未成年犯设立了专门监狱，主要按罪犯的年龄和性别分类。1775 年威廉十四世在比利时的一所监狱采用了依据罪犯年龄、性别和犯罪特征等因素区分关押的措施，促进了分类制度的进一步发展。有关国际性会议对罪犯分类的讨论，不仅促进了罪犯分类理论的传播和研究的国际化，而且使越来越多的国家推行罪犯分类制度。如 1925 年在伦敦举行的国际刑法与监狱会议上，专门讨论了罪犯的分类问题，并发表了以下声明：

"防止犯罪性较小的受刑人受犯罪经验较多的受刑人的恶性感染，应是刑事执行机构关注的首要问题之一；

受刑人的分类应根据其年龄及性别作必要的分离，并考虑其精神状态，根据受刑人应改善的性格及能力决定；

受刑人的分类实施，应在特别机构或同一执行机构内的不同建筑中执行。"

1955 年在日内瓦举行的联合国第一届预防犯罪及罪犯处遇大会通过的决议《囚犯待遇最低限度标准规则》规定：为防止囚犯之间的"不良影响"，"使他们恢复正常社会生活"，对"不同种类的罪犯应按照性别、年龄、犯罪记录、被拘留的法定原因和必须施以的待遇，分别送入不同的监狱的不同部分"。目前，罪犯分类已成为世界各国监狱通行的一种制度，并且在监狱工作中的影响越来越大。

（一）外国罪犯分类制度概述

在接受罪犯之后，除了进行入监教育等活动之外，最重要的事情就是分类，这些问题要由监狱或者矫正部门来解决。罪犯分类需要解决两个最根本性的问题，一是如何关押罪犯，这涉及在什么警戒等级的监狱或者罪犯居住单元关押罪犯的问题，主要与关押罪犯的身体约束措施或者监狱的警戒度等级有关。二是如何监督罪犯，这涉及对罪犯的监督等级或者监管等级。当代的罪犯分类主要可以分为两大类。

1. 初次分类

初次分类也可称为最初分类。这是接受中心对新入监罪犯进行分类。初次分类主要涉及四个方面的内容，或者说要进行四个方面的分类。

（1）警戒度　进行这方面分类的目的，是要决定罪犯分配到什么样警戒度的监狱服刑的问题。不同警戒度的监狱在建筑等物理设施方面有一定的差别，以便关押不同危险程度的罪犯。一般而言，监狱的警戒度主要分为四类：超高警戒度——最高警戒度，最高警戒度——高警戒度，中等警戒度——低警戒度，最低警戒度。

（2）监管　进行这方面分类的目的，是要决定特定罪犯的监管等级，以便确定罪犯将来的监督等级和优惠待遇类型。在考虑这个问题时，主要的着眼点是确定是否允许罪犯走出安全围墙。许多监狱系统将监管等级分为四类，有两种监管等级的罪犯可以走出围墙之外，有两种监管等级的罪犯不能走出围墙之外。至于对四类监管等级的名称并不完全一样，通常分别称为：封闭式等级、中等等级、限制等级及可外出等级。

（3）住宿　进行这方面分类的目的，是要决定将新判刑的罪犯安置在什么样的监舍中住宿。在没有实行分类之前，一般将新来的罪犯安置在有空床的监舍中即可，其他的问题就不再考虑，但是，现在需要考虑与罪犯住宿相关的其他问题。例如，如果将一名性格懦弱的罪犯与一名很容易惹麻烦的罪犯关在同一间监舍中，那么，这种安置不论是对于罪犯来讲，还是对于监狱工作人员来讲，都会带来很多问题。因此，国外监狱发展起了一种比较复杂的分类——内部分类，用来识别那些有类似内在特征的罪犯，将他们安置在一起住宿。这种分类系统大体上将罪犯分为三种类型：暴虐—侵害者型，柔弱—受害者型，普通型。普通型罪犯既不会遭受第一种类型罪犯的威胁，也不会虐待第二种类型的罪犯。

（4）计划　进行这方面分类的目的，是要决定对罪犯实施什么样的劳动、培训和治疗计划。

2. 重新分类

重新分类是指根据罪犯在服刑期间的变化进行分类，这种分类通常是在罪犯服刑一定时间之后进行的。分类的目的是根据罪犯在服刑期间的变化，调整对罪犯的监管等级、矫正计划、住宿安排等。在重新分类过程中，除了考虑上述初次分配时考虑的四个方面之外，还要考虑罪犯在执行矫正计划和教育方面的进步情况、释放后计划、移送到其他矫正机构的需要、法律状况和行政管理方面的需要。重新分类通常要考虑下列因素。

（1）已经服刑的时间；

（2）在服刑期间发生违纪行为的类型和频率；

（3）在矫正机构中是否使用毒品或者酒精；

（4）心理和情绪的稳定性；

（5）监狱工作人员对罪犯的个人责任感强弱的评价；

（6）与家庭、社区的联系；

（7）参与矫正计划的情况；

（8）在劳动和其他方面的行为表现。

不过，也有的学者提出了其他的观点。他们认为，在罪犯进入监狱系统之后，分类不是一种一次性的活动，而是一种周期性进行的活动。

（二）罪犯分类的意义

对新入监罪犯进行分类并在罪犯服刑期间再进行相应的分类，其重要性和意义主要体现在这几个方面。

1. 保护罪犯

通过分类，可以使一部分罪犯免受另一部分罪犯或者其他因素的侵害。安全的环境是监狱优先考虑的目标，尽管罪犯分类不能完全消除监狱暴力，但是有效的分类可以影响那些可能会加剧监狱暴力的因素。消除这些因素的分类措施包括将严重紊乱罪犯与一般罪犯分离开来；将对抗性帮伙的成员分开监禁；筛选出特别危险的罪犯，如有自杀倾向的罪犯、老弱病残罪犯、使用毒品的罪犯等，对他们进行特别的监视、治疗或者计划安排。这样就可以保护一部分罪犯免受其他罪犯的伤害，也就可以为特定的罪犯提供医疗、戒毒和精神病学方面的服务。

2. 保护公众

分类有助于保护公众免受高危险性罪犯的侵害。将具有不同危险性的罪犯安排到不同警戒度的监狱中改造，对具有不同危险性的罪犯采取不同的监管措施和提出不同的释放建议。这样，就可以大大降低罪犯逃跑的可能性，也可以大大降低将高危险性罪犯错误地安排在社区中服刑的可能性，从而减少严重犯罪对社会的危害。

3. 有效利用监狱资源

有效的罪犯分类可以最大限度地提高效率，节省在监狱建设、警戒设施的配备和监管人员安排等方面的资源，从而向罪犯提供最公平、最协调和最平等的安置。罪犯分类的相关信息可以提供给监狱管理当局来确定监狱预算、需要新建监狱的类型和数量、工作人员的配备、矫正计划的安排、矫正服务的提供等很多方面。

4. 促进罪犯控制并对罪犯实现矫正的个别化

恰当的罪犯分类有助于增强对罪犯的控制。在分类过程中，可以将那些经常违反监狱规则的罪犯分到较高监管等级中，给他们提供较少的优惠待遇和工作机会。这样，就可以减少这些罪犯进行危害行为的可能性，从而大大加强监狱对罪犯的控制。同时，在罪犯分类关押的基础上，监狱可以采用不同的矫正资源、安排不同的矫正计划，针对罪犯的个体情况开展相应的矫正和训练活动。在罪犯服刑期间根据相应的标准再次分类，可以实现矫正计划和活动的动态性。

（三）美国监狱的罪犯分类

美国监狱的罪犯分类一般分为初步分类、重新分类与释放前分类三种。

罪犯初步分类通常在罪犯接受中心进行。罪犯接受中心是罪犯初步分类的专门机构。罪犯分类要根据罪犯人格调查情况进行。人格调查的范围包括犯罪人的个性、身心状况、境遇、经历、受教育程度和其他有关情况。具体地讲，罪犯分类要考虑以下资料：司法机关的指控材料，判决执行材料，犯罪前科材料，心理测试材料，教育程度测验及智商测验材料，职业才能测验材料，当地缓刑监督官员及警察局提供的材料，社区力量如家庭成员、代理人、雇主等提供的材料等。罪犯分类程序分审查、制订方案与鉴定三个步骤。罪犯接受审查期间，监狱管理人员要向他们详细讲解监狱规章，通常还发给人手一册的监狱手册。新入监罪犯还可以在指导下参观监狱。有的监狱还放映有关狱内矫正活动和各种设施的电影和幻灯片。监狱审查的最终结果形成初步的人格调查材料。根据人格调查，监狱对罪犯要进行以下主要分类并施以相应处遇：根据性别不同，将罪犯分为男犯与女犯；依据年龄的标准，可分为成年犯与少年犯；根据罪犯主观恶性大小及改造难易程度，分为初犯和累犯；依照罪犯精神状况，将罪犯分为常态罪犯和精神病罪犯（各州和联邦政府设立特殊犯监狱和治疗中心，专门收容就治精神病罪犯）。初步分类往往还考虑吸毒病者、性犯罪者等特殊情况。

重新分类是监狱所实施的分类，其过程持续罪犯整个服刑期间。重新分类实际上是不断掌握罪犯矫正的情况，并根据罪犯的人格变化，相应地调整其处遇。罪犯重新分类涉及罪犯关押场所、居住场所、矫正方案等的变动。

刑释前分类通常在罪犯释放前1年零3个月内进行，释放的一般形式是假释。

美国的罪犯分类工作深受《美国模范刑法典》的影响。尽管《美国模范刑法典》只是示范性法典，没有法律效力，但是，它却深深影响美国一些州的立法和行刑实践。《美国模范刑法典》第304—1条明确了罪犯分类的内容：矫正机构应设立罪犯接受中心；矫正局长对每一接收中心，应任命分类委员会，分类委员会由矫正局长的代理人、医师、精神科医师或临床心理学家、处遇部的代表、保安部的代表以及其他人员组成；分类委员会应调查罪犯之医学的、心理的、社会的、教育及职业的情况，以及罪犯经历、犯罪动机，并向矫正局长报告，矫正局长据此确定罪犯的服刑设施。该法典的第304·1条的第1～4项对监狱的重新分类及释放前分类加以了规定。根据规定，监狱要设立处遇分类委员会，处遇分类委员会要对罪犯处遇及处遇调整提出建议，监狱长据此改变或调整罪犯处遇。

（四）英国监狱的罪犯分类

英国监狱通常分为A、B、C、D四种类型，其中A类监狱关押最危险的罪犯。如果某一罪犯被认为是最危险的，那么，不管这罪犯的性别、年龄，都可以到A类监狱服刑。至于其他类型监狱如何关押罪犯，以及如何对罪犯进行分类，则有不同的情况。所有地方监狱和押侯中心属于B类监狱，所有开放式监狱或者重新安置中心属于D类监狱，其余监狱属于C类监狱。原则上，女犯和青少年犯罪人（指15～21岁的犯罪人）不参与正常的分类，这两类罪犯有单独的监狱，即妇女监狱和青少年犯罪人矫正所，按照警戒度等级大体上分为两类：封闭式监狱和开放式监狱。因此，对这两类罪犯的分类工作并不占重要地位，接受新判刑的女犯和青少年犯罪人的主要工作，是将他们安置到各自的监狱中。同时，对未决犯也不进行分类工作。因为他们都会被关押到未分类监狱，也就是地方监狱，一般情况下，这些监狱的条件相当于B类监狱。这样，对新判刑罪犯的分类工作，主要就集中在成年男犯身上。

1. 对成年男犯的最初分类

新判刑的成年男性罪犯有可能被分到下列四类监狱中的一种。

（1）A类 根据英国有关法规的规定，A类监狱由英国监狱管理局伦敦总部直接管理。关押到这类监狱的罪犯，也是由该局下属的观察、分类与安置处直接评价和分类的。被分为A类的罪犯，是那些最危险的罪犯，他们逃跑之后会对公众、警察和国家安全造成极大的威胁或者伤害。从这种意义上讲，只要罪犯具有这样的可能性，那么所有的罪犯都有可能被分为A类。当监狱最初收押了被指控或者判决犯有一些严重罪行的罪犯时，监狱就会向伦敦总部的观察、分类与安置处提交报告，要求进行分类。这个罪犯可能会被观察、分类与安置处临时分为 A 类，并且会被送到相应的监狱监禁。对于那些被分为 A 类的罪犯，会进一步确定他们的逃跑危险等级。这种危险等级有以下三种。

逃跑危险。大多数 A 类罪犯都会被分为这种等级。这类罪犯被认为是没有特殊条件和技能可以摆脱限制他们行动的安全警戒措施的人。当时也没有获得信息表明，这类罪犯有帮助他们计划和实施逃跑行动的朋友或者资源。这类罪犯也没有过逃跑的历史或者确切的逃跑计划。监狱管理局根据这样的信息认为，这类罪犯有可能利用一切机会逃跑，对公众、警察和国家安全有很严重的威胁。

高度逃跑危险。一小部分罪犯会被分为这种等级。这类罪犯的历史和背景表明，他们有能够计划和实施逃跑行为的能力和决心。当时获得的信息表明，他们具有可以用来计划和实施逃跑行为的朋友或者资源。也有信息表明，这样的罪犯和其朋友能够接触武器或者爆炸物，并且有可能利用它们实施犯罪和避免被抓获。被分为这种等级的罪犯，很有可能是重大犯罪人，例如隶属某个组织的恐怖分子、武装抢劫犯、使用武力和暴力帮伙进行犯罪活动的重大贩毒犯。

特别逃跑危险。只有极少数罪犯会被分为这种等级。这类罪犯除了具有高度逃跑危险罪犯所具有的特征之外，他们还具有这样一些特征，例如，对公众有特别严重的危险，是被他们的组织或者集团认为有极大价值的成员。这些罪犯有强烈的逃跑动机，必须采取最严格的安全措施。由于 A 类罪犯是由英国监狱管理局直接分类的，属于特别分类程序，因此，在日常管理中对成年男犯的分类，主要集中在与 B、C、D 类监狱有关的事务上。

（2）D 类　根据英国《监狱管理局令 2200》的规定，在对成年男犯开始进行最初分类时，必须认为所有罪犯都适合于 D 类，但是有下列情形的除外：因为暴力犯罪而被判处 12 个月以上监禁的；被判决犯有除最轻微的性犯罪之外的任何性犯罪；以前因为暴力犯罪或者性犯罪而被判处 12 个月以上的监禁刑，并且没有在开放式监狱服过这些刑的；本次或者以前的判决涉及纵火或者任何与输入或销售毒品有关的犯罪；近来有过逃跑或者潜逃的历史。

（3）C 类　如果一名成年男性罪犯具有上述五种情形，那么，就可以将这名罪犯分为 C 类（在监管方面比 D 类更加严格的一级），但是，有下列情形的除外：因为暴力犯罪或者性犯罪而被判处 7 年以上监禁刑；以前因为暴力犯罪或者性犯罪而被判处 7 年以上的监禁刑，并且没有成功地在 C 类监狱中服过刑；本次判决中有一项判决判处的刑罚超过 10 年；近来有过从封闭式监狱逃跑的历史，或者有重要的、可以用来帮助逃跑的外部资源。一般情况下，那些因为非暴力性犯罪而被判刑的罪犯，被判处短期刑和中等长度刑期的罪犯，至多被分为 C 类，以后被安置到 C 类监狱服刑。

（4）B 类　那些因为严重犯罪、暴力犯罪、性犯罪和毒品犯罪而被判处监禁刑罚的犯罪人，会被划分为 B 类，以后会被送到 B 类监狱服刑。

经过最初分类或者初始分类，大概有 1% 的罪犯被分为 A 类；19% 的罪犯被分为 B 类；48% 的罪犯被分为 C 类；17% 的罪犯被分为 D 类。

2. 重新分类

与美国监狱相类似，在英国监狱系统中，也有对服刑罪犯进行重新分类的问题。当罪犯按照最初分类服刑一段时间之后，他们的行为和心理倾向可能会发生变化。因此，根据这些变化对罪犯重新分类，调整他们的监管等级和监狱类型，就显得很有必要。根据英国的规定，当一名罪犯成功地服刑一段时间之后，就必须考虑他们是否适合被分为 D 类。一般情况下，除了刑期低于 12 个月的罪犯之外，对其他所有罪犯都必须进行这样的重新分类。根据英国《监狱管理局令 2200》的规定，重新分类的时间间隔分为两种：对于被判刑 12 个月到 4 年的罪犯，至少每 6 个月就要进行一次重新分类审核；对于被判刑 4 年或者更长刑期的罪犯，至少每 12 个月就要进行一次重新分类审核。

（五）意大利监狱的罪犯分类

罪犯分类是意大利监狱法规定的重要内容。根据规定，监狱要对罪犯进行人格观察，据此来核实各入狱人身上有哪些妨碍他们建立正常生活关系的生理的、心理的、感情的、教育的或社会的缺陷和由此产生的需要。为进行观察，设法获取生理、心理或社会方面的材料，并根据其生活方式及其接受待遇的现实能力做出评价。对罪犯的人格观察一般在监狱内进行，必要时，可以送入观察中心。对罪犯的人格观察由监狱工作人员、心理学家、社会学家、临床犯罪学家等在监狱长的领导下进行。对罪犯的分类处遇要根据罪犯的人格进行。罪犯分类处遇包括分类收押与个别处遇。罪犯分类收押包括以下内容：被告人、被收容人要与受刑人分押；25 岁以下青少年要与成年犯分押；被判处拘役者要与被判处有期徒刑者分押；对男女犯实行分押。分类收押还包括罪犯在同一监狱内不同监区的分押与编组内容。个别处遇的处遇要素为教育、劳动、宗教、文化、娱乐、与外界接触机会等，具体的处遇方式应由狱内规章规定。

（六）日本监狱的罪犯分类

日本罪犯分类的法律依据是《监狱法》、《监狱法施行规则》及《行刑累进处遇令》等。在日本，所有已被定罪入狱的罪犯都要接受分类调查。调查是根据医学、心理学、教育学及其他专业知识和技能进行的，不仅要进行心理方面的测验、观察，还要从有关部门获取数据和有关资料。《行刑累进处遇令》第 10 条规定："在监狱认为有进行分类调查必要时，可以借阅诉讼记录或照会市、镇、村办公处所、警察机关、学校、保护团体、或其亲属、雇佣关系者等，要求报告必要事项。"接受调查包括以下内容：罪犯的身体和精神状况、个人历史、家庭背景及其他情况、对职业和学业教育的态度、改造愿望、将来打算及其他个人方面问题。对罪犯的接受调查一般在分类中心进行。在日本，每个矫正区内部有一个作为区分类中心的监狱。分类中心配备分类专家，并装备必要的设备。分类中心的职责是：接受刚定罪、不满 26 周岁、刑期 1 年以上的男性罪犯，并对其进行为期两个月的调查；接受精神或举止失常而需要详细检查的罪犯；向其他监所给予指导与援助。

日本监狱的分类级有收容分类级和处遇分类级。收容分类级是作为区别应收容的设施或设施内的区划基准的分类级；处遇分类级是作为区别处遇分类方针基准的分类级。收容分类级的判定基准是"犯罪倾向的进度"，具体着眼点有四个：设施收容经历；反社会集团的属性，行为人所参加的是否是反社会集团，其地位如何等；犯罪形态，看犯罪人是偶发犯罪、机会犯还是习惯犯；习癖与生活态度。处遇分类的着眼点是需要进行教育者，需要进行职业训练者，需要进行生活指导者。在此基础上，罪犯被分为 20 类。根据罪犯犯罪倾向的进度，罪犯被分为 A 级、B 级。前者犯罪倾向未加剧，后者犯罪倾向加剧。根据服刑人形式上的特征，即年龄、国籍、刑名、刑期等因素分为 W 级，即女犯；F 级，即外国人；I 级，即被处以监禁者；J 级，即少年；L 级，即执行刑期在 8 年以上者；Y 级，即未满 26 岁的成年人。根据罪犯精神状况，将罪犯分为 M 级：MX 级的罪犯为弱智者，MY 为精神病质者，MZ 为精神病患者。根据犯罪人的身体情况将罪犯分为 P 级：PX 级罪犯为病理疾患者，PY 为聋哑者，PZ 为年老者。根据处遇需要将罪犯分为：V 级，需要进行职业训练者；E 级，需要进行学科教育者；G 级，需要进行生活指导者；T 级，需要进行专门治疗者；S 级，需要进行特别护理者。

二、外国的监狱分类制度

外国的罪犯分类和监狱分类往往是联系在一起的，《联合国囚犯待遇最低限度标准规则》对于囚犯要"按类隔离"的规定，实际上也明确了监狱的分类标准。西方国家监狱分类标准主要是监狱的戒备级别（或称为警戒度、看管强度等）。

（一）外国监狱分类的标准

在当代西方国家，监狱或矫正机构的种类繁多，使用的名称也很复杂，但主要是按照下列标准进行分类。

1. 按照罪犯性别划分

根据监狱中关押或者服刑的罪犯的性别，可以将监狱或者矫正机构分为三种类型：男犯监狱、女犯监狱和男女混合监狱。

2. 按照罪犯年龄划分

根据罪犯的年龄对监狱进行分类，可以将监狱主要划分为两类：成年犯监狱和未成年犯监狱。

3. 按照警戒度划分

警戒度是指在矫正机构内对罪犯行动的限制程度以及相关的设施和措施。根据警戒度的高低对监狱进行警戒度等级划分，通常可以分为最高警戒度等级、高警戒度等级、中等警戒度等级、最低警戒度等级。根据警戒度等级的不同，设计、建造不同的监狱，配备不同的监狱设施和相应的监狱工作人员。

4. 按照管辖权限划分

由于在不同的国家，管理监狱的机构不同，可以按照监狱管辖权限的差异，将监狱划分为三种类型：地方监狱、州或省监狱、中央或联邦监狱。

（二）美国的监狱分类制度

美国的监狱分类标准很多。这里重点介绍美国监狱按照警戒度分类的做法和技术。

按照警戒度的不同等级对矫正机构进行分类的做法，在北美地区比较流行。其中，美国联邦监狱系统的划分更具有代表性。自 20 世纪 80 年代，美国联邦监狱局的罪犯及监狱分类系统开始生效和实施。运用这个分类系统，要根据犯罪类型，在矫正机构中逃跑或者进行暴力行为的历史，预计的监禁时间长度，以前被羁押的类型等，来对罪犯进行分类，确定罪犯的警戒度等级。关押不同警戒度等级罪犯的矫正机构，相应地也就属于不同警戒度等级。一般而言，监狱警戒度等级的划分，按照以下六个方面的标准进行。

1. 监狱外围的物理屏障；

2. 是否有武装看守人员执勤的岗楼；

3. 是否有机动车巡逻；

4. 探测设备，包括是否在地面或者围墙上安装电视摄像机、探照灯、电子感应设备；

5. 住宿房间的类型；

6. 内部的建筑与安全，例如，有两道门的安全出入口、安全玻璃、电子控制的铁门、工作人员与罪犯之间的物理障碍设施。

根据各个监狱在上述六个方面的设施情况，可以将监狱划分为不同的警戒度等级。目前，美国联邦监狱系统中近 94% 的矫正机构属于下列五种警戒度等级中的一种。

1. 最低警戒度矫正机构

这类矫正机构又称为"联邦监狱营"。其特点是，罪犯住在集体宿舍中，监狱工作人员与罪犯的比例比较低，没有一般监狱常见的围墙设施。这类矫正机构重视发展罪犯劳动和矫正计划，其中的许多监狱设在较大的矫正机构附近，或者建在军事基地附近，罪犯利用自己的劳动为较大的矫正机构或者军事基地提供服务。这类矫正机构占联邦矫正机构总数的 27% 左右。

2. 低警戒度矫正机构

这类矫正机构有用双层铁栅栏做成的围墙，大部分罪犯住在集体宿舍中，罪犯大量地参加劳动和矫正计划。监狱工作人员与罪犯的比例要高于最低警戒度的矫正机构。这类矫正机构占联邦矫正机构总数的 36% 左右。

3. 中等警戒度矫正机构

这类矫正机构的特点是，有更加牢固的围墙，它们通常是用双层铁栅栏做成，并且有电子监控设施；罪犯通常住在监舍中；矫正机构内有多种劳动和矫正计划；有较高的监狱工作人员与罪犯的比例，实行很严格的内部控制。这类矫正机构占联邦矫正机构总数的 24% 左右。

4. 高警戒度矫正机构

这类矫正机构又称为"美国感化院"。其特点是，有非常坚固的围墙（有的是混凝土墙，有的是双层铁栅栏）；罪犯住在单人监舍或者多人监舍中；罪犯受到监狱工作人员的严密监视；罪犯的行为受到管制。这类矫正机构占联邦矫正机构总数的 13% 左右。

5. 行政性矫正机构

这类矫正机构是指有特别使命的矫正机构，例如，拘留外国人或者审前犯人，治疗有慢性医疗问题的罪犯，收押极端危险的、暴力性的或者容易逃跑的罪犯。这种机构能够收押属于各种警戒等级的罪犯，这类矫正机构目前只有 1 所。

通过表 9-1 可以了解以上五类警戒度监狱的典型设计特征。

（三）英国的监狱分类制度

在英国，目前的监狱分类基本上仍然以"蒙巴顿标准"为标准，根据警戒度等级将监狱分为四种类型。

1. A 类监狱

这类监狱又称为"分散监狱"，用来关押那些逃跑之后会对公众、警察、国家的安全构成极大威胁的罪犯。因此这类监狱属于最高警戒度等级，有极其严密的防逃措施和设施，罪犯要在这种监狱中逃跑几乎是不可能的。

表 9-1　不同警戒度等级监狱的典型设计特征

警戒度等级	最低警戒度	低警戒度	中等警戒度	高警戒度	最高警戒度
围墙	无	双层铁栅栏	双层铁栅栏或非武装的岗亭	双层铁栅栏,安全出入口	与高警戒度相同
岗楼	无	无	多种情况相结合	有一定间隔的岗楼和巡逻监视相结合	与高警戒度相同
外围巡逻	无	有间隔的外围巡逻	有	有	有
探测设施	无	任意决定是否采用	至少有一种	有一种以上探测设备	有多种探测设备
住宿	集体宿舍或多人房间	单人或多人房间	单人监舍或房间	单人内部监舍和单人外部监舍	单人内部监舍
照明	最低水平	围墙和内部有一定照明	整个围墙和内部庭院都有照明	所有围墙和内部区域都有高密度照明	与高警戒度相同

2．B 类监狱

这类监狱关押那些不需要采取最严格安全措施的罪犯,但是,罪犯要从这种监狱逃跑也是非常困难的。

3．C 类监狱

这类监狱关押那些不适合关押在开放式环境中,但是又不能认定有明确逃跑企图的罪犯。这类监狱罪犯一般住在集体宿舍中。对于这类罪犯来说,采取简单的、基本的安全措施就足以防止他们逃跑。

4．D 类监狱

这类监狱实际上就是开放式监狱,关押那些值得信任、适合在开放式监狱中服刑的罪犯。在这类监狱中,几乎没有什么安全措施,外围的安全措施很少,或者是一些象征性的栅栏,罪犯自己管理自己房间的钥匙。罪犯可以参加监狱组织的劳动,也可以每天到周围的社区中工作。

（四）日本的监狱分类制度

在日本,监狱分为不同种类。按照执行刑罚的种类不同将监狱分为三种类型:惩役监、禁锢监、拘留场。日本的分类收容、累进处遇工作比较先进,管理教育有特色。日本监狱把收押对象按性别、年龄、国籍、犯罪倾向、服刑年限、身体或精神障碍等分为十级,予以分类关押;又按改造表现在生活指导、业余活动、教育、劳动和职业训练等方面实行四级处遇。日本的社区处遇工作发展迅速。《更生保护事业法》的制定实施促进了日本监狱社区处遇的快速发展,使日本成为"大陆法系国家中适用社会类处遇较好的国家"。同时,日本的医疗监狱体系完善。日本在全国设立了五个专门治疗精神疾病及身体残疾罪犯的病监,还指定五个医疗重点设施对需要专门治疗和长期治疗的病犯进行治疗,起到医疗中心的作用。

三、外国监狱安全控制制度

监狱押犯具有逃跑、在监狱内实施暴力的可能。为了维护监狱的正常监管秩序,除了上述的罪犯分类和监狱分类制度外，各国监狱都建立有较为完善的监狱安全控制制度。

（一）美国监狱安全控制制度

美国监狱监控罪犯的基本措施包括：点名、搜查和清监，对工具、钥匙和武器的控制，使用罪犯，惩罚措施等。有的学者在以上措施基础上加入餐具控制、麻醉剂控制、监狱探监控制三种措施，统称之为"标准安全措施"。

1. 狱内规章制度

狱内规章制度是规范罪犯行为的基本准则，它对维护监狱秩序和安全有着不可替代的作用。美国的示范性法典《美国模范刑法典》第303—6条及第304—7条专门规定了有关狱内规章的内容，肯定了狱内规章的地位和作用，各州的罪犯守则详细、明确地规定了相关内容。如马德里州的《犯人手册》规定，罪犯不可有下面行为：误杀、伤害、打架斗殴；以任何方式参与性行为、暴乱或骚乱；以任何方式煽动、引起、卷入或者实施任何反抗活动、暴乱或骚乱；盗窃或者拥有盗窃来的财物；拥有任何可以用来逃跑的工具；任何敲诈勒索、强迫压制行为；未经准许不到、迟到、离开指定区域；拒绝工作、不接受矫正机构的安排；抗拒或干扰工作人员执行公务；拒绝接受搜查，或者不让搜查财物或监舍；赌博或者拥有赌具等。

2. 点名、搜查和清监

点名可以控制、约束罪犯活动，可以查明罪犯的位置，可以预防罪犯脱逃。因此，点名是控制罪犯的重要手段。监管人员在点名时，机构所有活动都要暂时停止，所有罪犯都要点到。搜查和清监是为了检查违禁品，如武器、酒精、未经医生开处方批准使用的麻醉剂等，搜查与清监次数取决于罪犯的警戒分类。受高度警戒处遇的罪犯要接受较多次数的搜查和清监，而受中度或低度警戒处遇的罪犯则接受相对少的搜查与清监。检查技术主要包括使用金属探测器、X射线装置和电视监控仪三种。

3. 日常物品控制

日常物品控制包括工具、钥匙和餐具控制。控制劳动工具非常重要，每件偷到的工具都可能作为武器使用，或帮助罪犯逃跑。因此，监狱建有严格的工具检查和防盗制度，像螺丝刀、老虎钳等要存入车间的工具房内，焊枪要存入仓库。控制钥匙也是一项重要安全措施。钥匙串放入控制室内，不能让罪犯接触，值班的官员在值班和交接班时都要仔细检查。监狱要将餐具，包括厨房设备，纳入安全控制方案中。

4. 使用罪犯

美国监狱，特别是南方的一些监狱，受到信任的罪犯已被广泛用来控制其他罪犯的活动。使用罪犯控制罪犯，增加罪犯之间的牵制力量，有助于监狱控制罪犯。

5. 惩罚措施

对罪犯轻微的违规行为由看守长主持的小组处理，对罪犯严重的违纪行为由惩戒委员会处理。委员会可采取以下惩戒措施：警告，剥夺罪犯进场院活动、看电影、打电话的特许权，行政隔离，转狱，建议拒绝或撤销减刑，推迟假释等。

6. 警戒设施、武器和麻醉剂控制

确保警戒安全的物质方法是使用各种保安装置如栅栏、锁、电视摄像机等。围墙和栅栏常常在心理和实际上用作逃跑的障碍物。锁是又一种用于警戒安全防范的工具，可用以阻止脱离管理的罪犯活动，阻挡罪犯接近某些区域。钢窗和钢门也起着控制罪犯活动的作用，一些新式的监狱已开始使用门上装有难以破坏的窗户以便于监狱管理人员观察。监房是用坚固的材料做成的，但内部允许罪犯自己布置。装有特殊镜头的闭路电视监视着监狱内的各个走廊大门和栅门，与扬声系统和电子锁装置相结合的电视监控可以由一名监狱管理人员在控制中心操作，有效地监视着许多类似的通道。有的监狱在监房的天花板上安装了小型摄像机来监视监房里的罪犯。武器控制更是必不可少的警戒安全措施，尤其是塔楼使用的武器。给监狱塔楼、饭厅或监区警卫配备武器的监狱，警卫任务结束后，子弹都要锁进武器库，以防止罪犯同时抢到枪支和弹药。监狱内滥用毒品者占有一定的比例，麻醉剂和毒品的控制在许多监狱已成为一个重点。

近年美国又出现了一种叫"单元管理"的监控罪犯措施。所谓单元管理，即把监狱分成一些小单位，每个单位即一个单元，在每个单元内确立管理权限、人员配置、工作关系等。其实，美国监狱最引人注目的安全防范制度就是实施分级安全警戒。《美国模范刑法典》第304—2条对分级安全警戒制度给予了肯定。美国的安全警戒级一般分为三级：最高警戒级、中等警戒级与低度警戒级。在高度警戒级监狱，实施特别严格的监督、管理和控制。如禁止犯人之间交谈，要求犯人集体活动呈单行行进；多数犯人在狱中走动要有许可证；犯人要在警卫人员陪同下从一个区域走到另一个区域；可以在任何时间对罪犯点名；犯人在狱中任何地方都可能受到搜查，包括脱光衣服的搜查和体腔搜查。在最高警戒级监狱中，罪犯在淋浴和大小便时都要受到监视。来访者也要受到严格检查，且许多监狱不许犯人与来访者直接交谈，来访前后，犯人都可能受到脱光衣服的检查。

（二）英国监狱安全控制制度

英国监狱控制罪犯的制度主要包括以下几个方面。

1. 关于物品的控制

为了保证监狱安全，英国《监狱规则》规定，不仅爆炸物、枪械、毒品不能带入、带出监狱，而且任何钱财、衣服、食物、饮料、烟卷、书信等不能随意带入、带出监狱。监狱不允许罪犯持有的物品，一律不能放在监舍内。为了保证监狱的安全，法律授以监狱管理人员随时搜查的权力，包括对罪犯人身和监舍的搜查。在搜查中，监狱官员可能要求罪犯脱掉袜子、掏空衣兜，还可能检查罪犯的嘴、耳朵、鼻孔与头发。一般情况下，当罪犯进入监狱、离开监狱、进入隔离单元、与外界人士会见后，都可能被要求接受全身搜查。监狱对罪犯监舍进行搜查的次数取决于监狱的类型、罪犯的分类等级。英国监狱强化对狱内毒品的控制，引入了毒品强制检查制度。在罪犯入监、临时释放返回监狱后都要接受监狱的检查与检验，需要向狱方提供尿样。在狱方有根据地怀疑某个罪犯吸毒时，可以强制其接受检查。此外，监狱可以随机地对罪犯进行抽查，以发现是否有罪犯使用毒品。

2. 对外来人员和车辆的控制

根据《监狱规则》（1999），任何人员进入或者离开监狱都要接受检查，任何车辆进入或者离开监狱都要停车接受检查。对于停留在监狱附近的车辆，被要求离开而不离开的，监狱长可以实施强制措施。根据有关规定，任何外来人未经内务大臣允许不能视察监狱。对于被允许的视察者而言，除非内务大臣同意，任何人不能拍照、画监狱内的草图或与罪犯联系。为了防止诸如毒品等违禁物带入监狱，监狱官员可以对来监会见者进行搜查。搜查的对象通常是手提包与衣兜，但有时也可以贴身搜查。如果会见者拒绝搜查，监狱可以不允许其会见，或者只允许其在封闭的环境下会见。在监狱有比较充分的理由认为会见者将带入非法物品时，监狱可以请警察实施全身搜查。当监狱官员认为来监的会见者携带枪支、毒品时，无需警察加入，就可以对会见者进行全身搜查。

3. 对罪犯的控制

英国监狱采取的控制罪犯活动的基本措施是对罪犯进行分类，通过对人身危险性不同的罪犯的评估认定，使监狱能够充分运用有限人力、物力、财力，使其发挥最大的作用。从有关资料看，英国对人身危险性比较大的罪犯不仅从监狱层面考虑对其控制，即尽可能将其关押在警戒程度比较高的监狱，而且从监区层面考虑对罪犯的控制，将人身危险性较大的罪犯关押在管理较严格的关押单元。英国将监狱分为开放式监狱与封闭式监狱两种，开放式监狱关押 D 类罪犯，即短期犯或接近服刑末期的罪犯，其余类型押入封闭式监狱。封闭式监狱也有安全警戒程度的差别，关押 A 类罪犯的封闭监狱即所谓"分散型"封闭式监狱是安全警戒程度最高的监狱。目前英国监狱所采取的罪犯控制措施有：没收罪犯的财物、调换罪犯的劳动岗位、隔离、禁闭、身体限制等。根据《监狱规则》43 条，如果监狱长认为某个罪犯可能实施暴力、恐吓他人、鼓动其他罪犯实施违反监规的行为，可以将其隔离。监狱长直接实施的隔离为 3 天，如果经过视察委员会同意，监狱长可以将罪犯隔离一个月。对于不满 21 岁的青少年犯，隔离期不超过 14 天。如果罪犯正在实施暴力，监狱官员可以对罪犯适用下列方法：第一，将罪犯关押于禁闭室，直至罪犯平静下来；第二，对罪犯使用手铐或者腕套、拘束衣，使用拘束衣未经过视察委员会的授权不能超过 24 小时。监狱官员无论对罪犯实施上述方法中的那一种，应当尽快报告监狱长或者监狱视察委员会。

4. 监狱内部的监控技术

随着科学技术的飞速发展，越来越多的监控技术被用于英国的监狱管理之中，包括监视技术、监听技术、报警技术、通信技术、交通技术、探测技术、常规技术、电子计算机技术等多种形式。英国的一些监狱为了防范罪犯暴乱、自杀、自伤、纵火、斗殴等事件的发生，在常规技术建设中可谓费尽心机。如建设和使用坚固的防损设备，其中有高强度不锈钢囚室马桶、耐火塑料制成的床垫、高强度暖气片等，在某些高度警戒监狱中还装有铁甲板、防弹玻璃等。有些新型的电子监控技术也正在逐步推广使用，例如通过安置在罪犯体内或附加于罪犯体表的传感器，把该犯的各种信息发往监管人员控制的遥测系统中心。通过这类遥感装置，可以对罪犯实施一天 24 小时不间断的监视，甚至还可以通过它来影响和控制罪犯的行为。为了控制罪犯在监舍内使用毒品，英国监狱广泛使用警犬。英格兰与威尔士监狱局在 1995 呈报议会的报告显示，在 24 个监狱设施中就有 450 只警犬。

（三）德国监狱安全控制制度

根据德国的《刑罚执行法》，德国监狱对罪犯实施以下安全防范措施：规范罪犯行为，控制罪犯个人财物，对特殊罪犯采取特殊的安全措施。此外，《刑罚执行法》授权刑罚执行官行使搜查权、直接强制措施权以维护监所正常秩序。

根据德国法律，罪犯需要遵守以下行为规定：遵守监狱的作息时间（包括劳动时间、业余时间和休息时间），不得扰乱执行官员、其他犯人和其他人的有秩序的共同生活；遵守执行官员的命令，未经许可不得擅自离开指定地点；保持监房和监狱提供物品的整洁等。为防止罪犯滥用个人财物，监狱对罪犯财物予以管制，罪犯在监内只能保存或接受执行机关给他的或经执行机关许可转让给他的物品。罪犯的现金要记入其账户。

监狱根据罪犯的行为或心理状态，认为其在很大程度上存在脱逃危险的，或存在对他人或物实施暴力、或自杀或自伤危险的，可对其采取特殊的安全措施。如德国《刑罚执行法》第 88 条第 2 项规定的没收或扣留物品，夜间监视，与其他犯人的隔离，剥夺或限制罪犯监外逗留权，安置到经特别防范的没有危险物品的监房，带上镣铐等六种措施，这六种措施由监狱长决定。德国监狱对罪犯的搜查可分为对人的搜查与对监房的搜查。对人的搜查还分为裸体检查与非裸体检查。搜查命令由监狱长下达。

根据德国法律规定，刑罚执行官有行使直接强制措施的权力。为此，《刑罚执行法》第 95 条对直接强制措施做了专门规定。根据规定，直接强制措施是指以体力、辅助工具或武器作用于人或物。体力是指徒手直接作用于人或物，体力的辅助工具是指镣铐，武器是指职务上使用的砍击兵器和射击武器以及刺扎物。

（四）日本监狱安全控制制度

根据《日本监狱法施行规则》，日本监狱的一般性安全防范制度有：出入监警戒制度、门户关闭制、清监制和搜查制等。出入监警戒制度，指监狱的刑务官对出入监狱者要严加警戒，如果有必要，可以检查出入者携带的物品。门户关闭制是指刑务官应上锁关闭监狱的大门、各出入口、监房、工厂以及禁止拘禁在监者打开的场所。钥匙由固定的刑务官员保管。刑务官非经所长命令或没有其他官员在场，不得将监房门打开或让监者出狱。根据规定，刑务所所长应命令刑务官至少每日对监房检查一次。此外，所长可以命令刑务官对从工厂或监外回监的在监者的身体及衣服进行检查。

日本推行累进处遇制，根据累进处遇制，监狱对表现不同的罪犯施以不同的监管控制。除此之外，监狱对罪犯采取先行防范措施。先行防范措施有两种：一种是单独拘禁，另一种是使用戒具。单独拘禁的对象是监狱认为有隔离必要的。戒具有四种，即镇静衣、防声具、手铐、捕绳。《日本监狱法施行规则》第 50 条规定：刑务官认为有必要时，"可以对有自杀可能的在监者使用镇静衣；对不听制止大声喧哗的在监者使用防声具；对有可能实施暴力、逃跑或自杀的在监者或押送中的在监者使用手铐及捕绳。"

四、外国监狱安全管理制度的启示

综观中外监狱分类的实践，可以看出，世界各国的监狱分类总的方向及趋势是一致的。❶ 我国司法部监狱管理局负责人表示，监狱分类制度有利于监狱资源的优化配置，降低行刑成本，有利于罪犯的分类管理、分类矫治，有利于提高罪犯改造质量，有利于罪犯顺利回归社会，应作为完善中国监狱刑罚执行制度的一项重大改革措施，尽快列入议事日程，加快推进实施。❷ 研究中外监狱分类的意义不仅仅是找出中外监狱分类的异同，更为重要的是通过比较，吸收、借鉴外国监狱分类的先进制度和经验，逐步推进我国监狱、罪犯分类制度的发展和安全管理制度的完善，促进我国监狱在长期安全稳定的基础上持续发展。

---

❶ 参考自"武延平. 中外监狱法比较研究（M）. 北京：中国政法大学出版社，1999：34."
❷ 参考自"中国监狱将按戒备等级分类管理对罪犯科学分类［N/OL］. 中国新闻网，2005-06-18［2011-12-1］. http://news.qq.com/a/20050618/001414.htm."

（一）加快推进监狱分类建设

我国男犯监狱在立法上虽然没有重刑犯监狱与轻刑犯监狱的划分，但在实践中还是延续原来监狱与劳改队的分重、轻刑的两级分押模式。这种划分与西方一些国家根据罪犯的人身危害程度设置不同警戒度的监狱、实行不同的狱政管理方式、施以罪犯不同的处遇相比，显然过于简单，不适合当今分押和改造罪犯的需要。目前押犯结构十分复杂。从安全的角度看，罪犯两级倾向比较突出，一方面，罪行严重、恶习深、难改造、危险性强的罪犯增多，如死缓无期犯、暴力犯、团伙犯、流窜犯、涉毒涉黑类罪犯、累犯、判刑两次以上的罪犯、青壮年罪犯等。有些罪犯对社会持怨恨、敌对或仇视态度，其犯罪心理和恶习难以遏制，本能地产生抗拒改造心理，致使监内危险因素增长，重特大恶性案件时有发生，极少数抗拒改造的顽固犯扰乱监规，破坏正常的监管秩序；另一方面，遵守监规、接受改造的罪犯仍占多数。这两类罪犯在同一监狱内混押，后者常受前者的污染、欺压，有的罪犯因此原因而凶杀、自杀或脱逃。监狱方面为保障安全，必须以难改造的罪犯为基准确定管束强度，采取较严密的警戒防范措施和严格的管理制度。这些监控手段对前类罪犯的控制尚显不足，对后类罪犯则是富余甚至是过度的。而一些好的激励罪犯改造的措施，常因出问题或怕出问题而不能实行。2005年以来，我国开始探索监狱的三级分类，即建设高度戒备、中度戒备和低度戒备监狱，分别关押具有相应危险程度的罪犯。高度戒备监狱主要关押被判处15年以上有期徒刑、无期徒刑或者死刑缓期两年执行的罪犯，累犯，惯犯，判刑两次以上的罪犯或者其他有暴力、脱逃倾向等明显人身危险性的罪犯。在其他戒备等级监狱服刑的罪犯，如果经过服刑过程中的分类调查，认为该犯具有明显的人身危险倾向，也应送到高度戒备监狱关押。中度戒备监狱主要关押刑期不满15年的罪犯。低度戒备监狱，主要应关押人身危险性较低的罪犯，包括经分类调查认为适合在低度戒备监狱服刑的过失犯，刑期较短的偶犯、初犯。在其他戒备等级监狱服刑，经分类调查，认为适宜转入低度戒备监狱服刑的罪犯。但这项工作到目前为止，进展非常缓慢，监狱建设和管理模式雷同现象仍然非常普遍。

要加快推进我国监狱的分类制度，实现对不同危险程度罪犯的分类关押、管束和改造。首先要整体规划，根据全国押犯总量、构成情况，确定各类监狱的数量规划，结合全国监狱的现有布局情况，在各省（自治区、直辖市）合理布建各类监狱。可对部分现有监狱进行改造，使之满足警戒等级分类的要求。其次要出台各类监狱的建设标准，对各类监狱的基本设施、警力资源配置、管理强度、罪犯奖惩制度等进行明确的规定，体现监狱警戒等级与管理强度的协调。最后，要实现资源的合理配置，对警戒等级高的监狱，要提高警囚比例，配备足够的安全设施和保卫力量，采用高科技手段控制罪犯并加强教育和心理矫正的力度，把高度管束与加强转化有机结合起来。

（二）设立罪犯分类监狱，专门进行罪犯分类，为监狱安全管理和矫正罪犯提供科学依据

在一些发达国家，都设有罪犯接收和分类中心，为监狱、罪犯的分类和科学矫正罪犯提供科学依据。接收和分类中心由专家小组依据医学、心理学、教育学、管理学、社会学等专门的知识和技术对罪犯的个性、身心、经历、家庭情况、罪行情况、犯罪原因、主观恶性、改造方案的适应性等进行细致的了解、测验和考查，然后依据考查的结果对罪犯进行分类，制定矫正方案，将他们送入适合其服刑、矫正的相应监狱中。因此，建立接收和

分类中心是实现科学行刑、有效改造罪犯的基础。在我国，除少部分省份成立了新犯分流监狱，对罪犯进行集中教育、简单分类外，绝大部分省份是根据罪犯刑期和省级监狱管理机关与公安机关协调确定的投送地域将罪犯分配到相应的监狱中。类似的罪犯分类机构只是在各个监狱中的入监监区。但这些入监监区仅是对罪犯进行入监教育的机构，限于精力、经验和技能的限制，不可能对罪犯进行系统的分类，所进行的分类不过是在某个监狱内部的罪犯分配而已。

我国应该借鉴西方发达国家的经验，尽快设立专门的罪犯接受和分类监狱，出台罪犯分类技术标准和操作规程，培养罪犯分类的专门人才，形成科学的罪犯分类体系。罪犯接受和分类监狱除进行我国监狱法规定的收监和罪犯入监教育外，主要任务是开展罪犯分类调查，提出每名罪犯分类和关押监狱类型的建议。同时，要完善动态分类机制，按照一定的时间间隔和标准，对罪犯在服刑期间进行再次分类。当然，完全根据再次分类的结果将罪犯投入到另外的监狱显然也是不合适的。除出于安全考虑必须将部分罪犯调整至更高警戒等级的监狱外，可以在监狱内部不同管控强度的监区之间调整罪犯。另外，科学的罪犯分类标准是实施罪犯分类的技术保障，要在借鉴吸收西方发达国家经验的基础上，根据我国罪犯的心理行为特点和犯罪学、社会学、教育学、医学等成果，形成有我国特色的分类标准。

（三）要突出对重点危险罪犯的管控，确保监狱安全稳定

可以看出，西方发达国家对重点危险罪犯的控制可谓绞尽脑汁，如对部分极度危险的罪犯长期单独关押，不安排参加劳动，宿舍内杜绝一切可以作案的物品，不得直接接触监狱管理人员和其他罪犯，随身佩戴监控仪器等。而我国对重点人员的管理一直较多地强调教育与转化，相应的防范和约束性措施不多，客观上会对监狱安全和民警人身安全造成严重威胁。因此，要理性看待改造、教育和矫正的局限性，按照"矫正可以矫正的，不可矫正的不能使之为害"的原则，对部分恶习深、性格极度扭曲的罪犯，要以管束和安全防范为主。如安排单人间关押，参加劳动需有本人申请并经监狱同意，接受监狱对其人身、物品、宿舍的随时检查，从严控制与他人接触等。当然，也不能不对该罪犯进行任何的教育、感化，更不能随便地将某个罪犯界定为"不可矫正"之人员，擅自放弃对罪犯的矫正职责。

随着涉黑、涉枪、涉恐、涉毒犯罪，有组织犯罪，团伙犯罪，暴力犯罪的增加，监狱面临的安全压力不断加大。因此，监狱要吸取国外部分监狱暴乱的教训，重点加强以下几个方面的管理：首先是强化毒品、麻醉品、手机、武器、劳动工具等危险品和违禁品的管理。其次，要及时拆散罪犯的小团体，防止罪犯相互勾结，图谋不轨。再次，民警要增强自身安全的防范意识。如清除小间小舍，配齐执勤装备，落实双人带班制度等。民警要尽量避免在偏僻的环境与危险罪犯单独接触。最后，要注重细节管理。如认真查验罪犯信件、邮包，观察罪犯言行神态，实现生活现场"全塑化"和劳动工具"链式化"。

附　　录

一、某省监狱监管安全风险评估办法

1. 监狱监管安全风险评估总体要求

（1）评估目的　监狱监管安全风险评估的目的在于进一步加强监狱监管安全风险的监测和预警，进而有针对性地加强监狱安全管理。评估的结果不作为考核监狱及其领导工作实绩的依据。

（2）评估角度　影响监狱监管安全的因素很多，本监管安全风险评估主要是考量对监管安全有直接影响或有重大间接影响的因素，包括警戒条件、狱政管理、教育改造、狱内侦查、狱情动态、押犯状况、生活卫生、公正文明执法、技防手段应用、警务保障等10个方面。对各个项目的评估坚持全面性、客观性和动态性原则。

（3）评估要求　监狱各职能部门、各监区按照监管安全风险评估标准具体实施评估，必须坚持分工负责、实事求是的原则，准确无误地做好监狱监管安全风险评估。

2. 监狱监管安全风险评估办法

第一条　为客观评估监狱监管安全状况，提高监管安全预警能力，按照司法部《关于加强监狱安全管理工作的若干规定》（司发通〔2009〕109号）的要求，结合我省监狱实际制定本办法。

第二条　监管安全风险评估是根据监管安全设施的保障程度和安全管理状态以及它们之间相互作用所导致的监管安全风险可能性的预测。

第三条　评估工作应坚持全面、客观和动态性原则，采用定量评估与综合分析相结合，过程评估与结果评估相结合，监狱评估与省局评估相结合的方式，按高、中、低三等分别评定各监狱监管安全风险等级。

第四条　监狱成立监管安全风险评估工作领导小组，组织、协调、督促、检查监管安全风险评估工作，监狱主要领导担任组长，其他党委成员任组员，下设办公室，分管监管安全的领导任办公室主任，相关科室负责人为办公室成员，办公室设在狱政管理科，负责日常评估工作。各监区应当成立相应的监管安全风险评估组织。

第五条　评估办法如下，设置警戒条件、狱政管理、教育改造、狱内侦查、狱情动态、押犯状况、生活卫生、公正文明执法、技防手段的应用、警务保障等10个评估项目，总分100分。对各监狱存有安全风险的，予以扣分。评估分＜80分的，风险等级为"高"；90分＞评估分≥80分，风险等级为"中"；评估分≥90分的，风险等级为"低"。

第六条　监狱根据本办法制定评估细则，每季度对监狱进行评估。监狱每季度将综合评估结果报省局。

第七条 根据评估结果，监狱、监区制定相应的防范对策，努力降低监管安全风险。

第八条 本办法由省局狱政处负责解释。

第九条 本办法自20××年×月×日起施行。

3. 监狱监管安全风险评估标准

监狱监管安全风险评估标准见附录表1。

附录表1　监狱监管安全风险评估标准表

序号	项目	子项	内　　容	得分
1	警戒条件	周界屏障	监狱有一个关押点围墙未达标的扣1分 围墙内侧5米或外侧10米有建筑物的扣1分;建筑物顶部未设滚刺网等防护设施的扣1分 岗楼设置不达标的扣1分 有穿过围墙的出水口、会见通道的,有一个扣1分 电网不达标的扣2分 围墙等警戒设施维护、维修不及时的扣1分 照明不达标的扣1分	
		武装看押	应当武装看押而未武装看押的扣2分 未建立武警监门哨的扣1分	
		安防设施	监门设施不达标的扣1分 监门管理不符合要求的扣1分 车间、监房门、窗、锁不牢固的扣1分	
2	狱政管理	"三大现场"管理	民警带值班不符合要求的扣1分 罪犯学习现场管控不到位的扣1分 罪犯生活现场管控不到位的扣1分 罪犯劳动现场管控不到位的扣1分 劳动工具管理不符合要求的扣1分 小间小舍管理不规范的扣1分 每申请一次加班扣0.1分 清监搜身不符合要求的扣1分 违禁品管理不到位的扣1分 隐患排查不符合要求的扣1分 罪犯生活用品未实行全塑化的扣1分	
		重点人头管理	顽危犯排查、管控不到位的扣1分 特殊岗位罪犯管理不规范的扣1分 老病残犯、精神病犯管理不规范的扣1分 外来人员、车辆管理不符合要求的扣1分 罪犯联号制度落实不到位的扣1分 评估期内罪犯外出的,每人次扣0.1分,在外住院的,每例扣1分	
		重要部位管理	高危犯监区、禁闭室设置不规范的扣1分,管理不规范的扣1分 医院管理不规范的扣1分 会见室管理不符合要求的扣1分 伙房管理不规范的扣1分 集中管理的库房和危险品仓库管理不规范的扣1分 锅炉房管理不规范的扣1分	
		重要时段管理	有罪犯在节假日加班的扣1分 有罪犯夜间劳作的扣1分	

序号	项目	子项	内　　容	得分
3	狱内侦查	狱情搜集	未按规定建立狱侦组织网络的扣1分 未按规定物色、布建、使用耳目的扣1分 发现重大狱情未及时报告的扣2分	
		狱情分析	未严格执行狱情分析制度的扣1分	
		狱情处置	狱情处置不及时、不彻底的扣1分 对狱内案件未及时立案侦查的扣2分 未制定预防和处置预案并未组织演练的扣1分 民警不能够正确应用《监狱安全实用手册》的扣1分 对狱内突发事件处置不力的扣2分	
4	关押状况	关押点	监狱每多一个关押点扣1分	
		关押人数	押犯在6000人以上的扣3分,押犯在5000至6000人的扣2.5分,押犯在4000至5000人的扣2分,押犯在3000至4000的扣1.5分,押犯在2000至3000人之间的扣1分,押犯在2000人以下的不扣分 超过关押能力关押的,每超过100人扣1分	
		关押的重点人员	重大刑事犯占押犯总数的比例每增加10%扣0.5分 重危分子每人次扣0.1分 危害国家安全罪犯、有重大社会影响的罪犯等每人次扣0.1分 "三假"人员每例扣0.1分 精神病罪犯占押犯总数的比例每增加10%扣1分	
5	狱情动态	狱情动态	发生打架斗殴、对抗管教等被行政处分的罪犯,每名扣1分,受到加刑的扣2分 凡发生社会向监狱传递违禁品的,每发现一例扣1分 凡发生一例预谋案件的,每例扣1分	
6	教育改造	教育改造	未落实"5+1+1"教育模式的扣2分,教育时间达不到要求的扣1分 对罪犯未作心理测试的扣1分,对有心理问题的罪犯未及时作心理矫治的扣1分 对顽固犯未制定个别矫正方案的,每一例扣0.1分,未开展攻坚转化工作的扣1分 未按规定对罪犯进行人身危险性评估,每人次扣0.1分;未建立罪犯矛盾化解机制的扣2分;未落实相关责任人的扣1分	
7	生活卫生	生活卫生	未严格执行罪犯实物量标准的扣1分 罪犯饮食安全存在隐患的扣1分 从事伙房管理的民警及从事炊事劳作的罪犯未按规定体检的扣1分 罪犯医疗管理、卫生防疫、药品管理不到位的扣1分 罪犯服装未按规定打标志的扣1分	
8	公正文明执法	罪犯减刑假释	未按照规定程序和要求办理减刑假释、暂予监外执行案件的扣2分	
		文明执法	民警打骂、体罚、虐待罪犯的扣5分,纵容罪犯打骂、体罚、虐待罪犯的扣5分	
		罪犯考核	未按规定对罪犯进行奖惩的,每发现一例扣2分 未按照《罪犯计分考核及奖罚规定》对罪犯进行考核的每例扣0.1分	
		警戒具使用	未按规定使用警戒具的扣2分	
		申诉控告	对罪犯的检举、申诉、控告未按规定处理的扣1分	

序号	项目	子项	内　容	得　分
9	警务保障	警务保障	基层监区警力不达标的扣2分 未按规定配备单警装备的扣1分 罪犯离监未派装有GPS定位系统警车的扣1分 监狱对民警履职和遵守工作纪律情况监督不到位的扣1分 值班备勤警力不足的扣2分，监狱防暴队建设不规范的扣2分	
10	技防设施应用	监控报警	监控、报警未全覆盖的扣2分，监控、报警点设置不规范的扣1分 视频监控信号与省局监控指挥中心联网率达不到90%的扣1分 监控室民警未按规定履职的扣1分 监狱大门、周界等要害部位的视频监控信号未与驻监武警部队作战勤务室信息互通的扣1分 监狱未实行分级监控的扣1分 报警信息处置不及时、不到位的扣2分	
		软件应用	安防数字信息集成系统使用不正常的扣1分 管教信息使用不正常的扣1分	

4. 组织实施，评估结果

经过调查打分，如十项总分之和为83分，根据监狱监管安全风险评估办法第五条"90分＞评估分≥80分，风险等级为中"，该监狱监管安全风险等级为中等。

二、某监狱监区监管安全风险评估办法

1. 监区监管安全风险评估实施办法

（1）指导思想　以科学发展观为指导，紧紧围绕"五个不发生"的目标，坚持"安全为天"的理念，始终以维护监管安全为第一要务。开展监区安全状况评估，就是通过对监区实发性事项、先兆性事项和创新性措施进行定量综合分析，实现对监区安全状况的定性描述，提高监区监管安全工作的针对性和实效性，从而促进监狱的安全稳定。

（2）组织领导　监狱成立监区安全状况评估领导小组。组长：监狱长；副组长：政委；成员由党委其他成员组成。评估领导小组负责对监区安全状况的最终认定；负责对直接承担安全责任民警的认定；负责对评估办法和未尽事宜的解释。领导小组下设评估办公室，分管副监狱长兼任主任，狱政科科长任副主任，管教科室其他科长为成员，评估办公室设在狱政科，主要负责评估工作的组织、指导、协调和考核。各监区应成立评估工作小组，具体负责评估工作的组织实施。

（3）评估原则

① 科学评估的原则。坚持把握监管安全工作的特点和规律，运用科学的方法和手段指导监管安全工作。

② 依法评估的原则。坚持依照监管制度办事，不能因为强调评估工作而影响正常的管理和执法工作。

③ 求真务实的原则。评估目的在于全面提升监管安全防范的能力，重点放在基层，坚持与基层工作实际相结合，体现管理成效，力戒形式主义和短期效应。

④ 服务安全的原则。坚持围绕确保监管安全，立足超前防范，狠抓各项监管制度的落实，不断提高安全防范的主动性、针对性和实效性。

⑤ 公正评估的原则。以事实为依据，公平、公正地开展评估工作。

（4）评估要素　监管安全评估由实发性事项、先兆性事项和创新性措施三项内容构成。实发性事项，是指实际已发生的监管安全事件，主要包括打架斗殴、对抗管教、抗拒劳动、企图自杀、脱管失控等。其中脱管失控，是指罪犯超越分监区民警管理范围、管理视线、脱离联号，而未被及时发现的。先兆性事项，是指监区在日常管理工作中未能执行好监管制度和管理规定而可能给监管安全构成威胁的事项。监管制度执行不到位和管理规定落实不到位虽然不能立即或必然导致监管安全事故的发生，但监区疏于执行、疏于管理却与监管安全事故的发生成正向比例关系。创新性措施，是指监区围绕监管安全，在落实民警安全责任、强化狱情收集、构建罪犯矛盾调处机制、激发罪犯改造积极性和改造质量评估等方面采取的创新方法和措施。创新性措施的实施，能有效提升管理水平，从而提高安全保障系数。

（5）评估等级　监区监管安全状况评估实行"星级"管理，设定为四个等级，从高到低依次为 4★级、3★级、2★级、★级。

（6）评估周期　评估以自然月为周期，每月开展一次监区安全状况等级评估工作。

（7）评估方法

① 实发性事项评估。实发性事项评估采用比例法，以月度五项实发事项合计数为分子，以监区押犯总数为分母，计算出比例。实发性事项不超过 1%（含 1%）的为 4★级，1%～2%（含 2%）的为 3★级，2%～3%（含 3%）的为 2★级，超过 3% 的为★级。下列重大监管安全事件为否决性事项：罪犯自杀未遂；罪犯脱离监区民警管控达 30 分钟以上；罪犯狱内又犯罪而被加刑；罪犯私藏手机等违禁物品；出现其他严重危及监管安全的重大隐患。将出现否决性事项的监区列为重点监控的监区，取消当月安全状况等级评估资格。

② 先兆性事项评估。先兆性事项评估采用百分考核法。十七个子项全部落实为满分100 分，未落实事项予以分项扣分，其中三班制劳作、押犯在 250 人以上监区在涉及罪犯人次扣分时按扣分值的 95% 进行打折。押犯人数较少或无直接生产任务的监区扣分事项可在最高分值以上加重扣分。被上级领导检查出问题的，加重扣分。

③ 创新性措施评估。创新性措施评估采用加分法，由监区进行申报，其新方法、新措施在监狱内应具有独创性，且不应重复加分。将先兆性事项评估得分与创新性措施评估加分进行合计，累计最高分不超过 100 分。得分在 90～95 分（上限不含本数，下限含本数。下同）的，在实发性事项评估基础上降一等；在 85～90 分的，降二等；80～85 分降三等，直至降为★级。

④ 考核办法。每月 5 日前，由管教部门根据各自的职能，对各监区进行考核、收集数据，召开会议提出初步的考核意见，于每月 10 日前报监狱安全状况评估领导小组审定。评定结果进行网上公布。

（8）评估要求

① 思想重视，精心组织。各级领导和全体民警要充分认识监区安全状况评估的必要性和重要性，高度重视此项工作。各单位主要领导对评估工作负第一位责任，要认真研究

《监区安全等级评估标准》，要分层面专题召开民警和罪犯会议，深入地动员发动。要结合实际，全面深入地分析本单位监管安全管理工作中存在的安全隐患和薄弱环节，制订切实可行、操作性强、完善细化的实施方案，统筹安排，精心实施。要教育民警抓好各类监管制度的落实，增强维护监管安全的责任感和紧迫感。

② 强化责任，认真实施。监区安全状况等级评估实行责任倒究制。监区在考核过程中未发现的问题，被监狱在事后检查中发现的，监区对实发性事项没有上报的或弄虚作假的，监狱严肃追究相关责任人的责任，并对照《监区安全等级评估标准》加重扣分。

③ 强化监督，严格考核。安全状况等级评估结果与监狱年度的评先、评优挂钩。当月出现否决性事项的监区，监区将作为重点监控单位进行整顿，监区责任民警按监狱规定处理；当月先兆性事项评估分低于80分的，监区必须对分监区领导诫勉谈话，并落实整改措施；一季度内两个月或连续两个月安全状况评估为★级的监区，监狱将对监区领导诫勉谈话，对监区发出预警，责令限期整改，并跟踪问效。同时评估结果和罪犯的奖励分挂钩，监区监管安全状况评估为 4★级的，人均增拨奖励分 1 分；3★级的，人均增拨奖励分 0.5 分；监区被作为重点监控单位或当月先兆性事项评估分低于 80 分（不含 80 分）的，人均减拨奖励分 0.5 分。

2. 监区监管安全等级评估标准

监区监管安全状况实发性事项评估表见附录表 2。

附录表 2 监区监管安全状况实发性事项评估表

序号	安全要素	考 评 办 法	备注
1	罪犯打架斗殴次数	以五项实发监管事件数为分子，以监区押犯总数为分母，实发性事项不超过 1%（含 1%）的为 4★级；1%～2%（含 2%）的为 3★级；2%～3%（含 3%）的为 2★级；超过 3% 的为★级。罪犯自杀未遂、罪犯袭警、罪犯脱离监区民警管控达 30 分钟以上、罪犯狱内又犯罪、罪犯私藏手机和其他严重危害监管安全的重大隐患为否决性事项	
2	罪犯对抗管教次数		
3	罪犯抗拒劳动次数		
4	罪犯企图自杀次数		
5	罪犯脱管失控次数		

监区监管安全状况先兆性事项评估表见附录表 3。

附录表 3 监区监管安全状况先兆性事项评估表

序号	管理要求	扣 分 情 形	分值	扣分事宜	实得分
1	民警规范执勤。执勤警力配置合理；分监区领导、民警按时到岗，不酒后上岗；不将手机带入监内；不从事与岗位无关的工作；严格落实民警人身防护保护措施；民警严格执行监管制度和管理规定	民警单人执勤、酒后上岗、将手机带入监内、未严格执行相关人身防护制度的，不得分。执勤警力安排不合理、不到位的，发现一次扣 2 分；分监区领导、民警未按时到岗的，每例扣 2 分；执勤期间看书、报、杂志，玩电脑游戏的，每例扣 3 分；警务室管理不到位的，每例扣 2 分；未严格执行直接管理、双人巡查、工间点名、执勤备勤巡查等制度，发现一次视情扣 2～5 分；未按规定时间、地点有秩序地组织罪犯集体活动的，扣 2 分；执勤民警未随身携带对讲机等警用物品的，扣 2～5 分	15		
2	罪犯三联号制度。各分监区按规定制定厂房、监房三联号表，做到联号的编排符合要求，罪犯对联号对象、联号责任清楚	厂房、监区罪犯未被编入联号小组的，每发现 1 人次扣 1 分，3 人次以上不得分。联号编排不合理、不及时的，每例扣 1 分；联号成员不清楚责任的，每例扣 1 分；零星劳作罪犯联号编排不及时的，扣 2 分；重点人员联号未落实的扣 5 分，2 人次以上不得分	10		

174

序号	管理要求	扣 分 情 形	分值	扣分事宜	实得分
3	清监搜身制度。所有罪犯进入监舍都必须接受安检和搜身；监区必须严格执行日检查、周小清、月大清制度	罪犯收工回监舍安检率未达100%、搜身率未达100%、重点人头未查的，每例扣1分；零星罪犯进入监舍，民警对其搜身、安检率未达100%的，每例扣1分；安检、搜身现场警力不符合规定的，发现一次扣2分；分监区未按规定组织分管民警、值班民警开展日检查、周小清、月大清、平时突击清监搜身工作的，每少一次扣3分；监狱查出罪犯私藏工具、绳索、现金、封箱胶带等严重违禁品的，不得分；查出其他违禁品的每例扣2分	10		
4	劳动工具、库房、罪犯生活用品管理。严格执行《劳动工具的管理规定》、《小房间管理规定》；罪犯生活用品做到全塑料化	重要物资库、危险品库、工具柜的钥匙未由民警直接管控的，不得分；劳动工具未登记、编号，无领用登记手续的，发现一例扣1分；剪刀、菜刀、加力钳等重要劳动工具未固定或固定不牢的，发现一例扣3分；监舍内的板凳、垃圾桶、痰盂、脸盆、脚盆、漱口杯、餐具、皮带扣等罪犯生活用品未实行塑料化的，每发现一例扣1分	5		
5	狱内侦查工作。狱侦管理网络健全，有专人负责；耳目、信息员使用、设置合理，能反映有价值线索	狱侦管理网络不健全，无专人负责的，扣1分；耳目、信息员使用比例不达标、设置不合理、使用不规范的，扣2分；未能及时反映联号、生活、劳动小组成员违规违纪情况的，发现一例扣1分，严重违规违纪情况未及时汇报的，不得分	5		
6	罪犯矛盾调处机制。及时处置罪犯中存在的各种矛盾、解决罪犯的合理诉求；重危分子、精神异常、心理危险型罪犯的排摸和管控；做到排摸及时、管控有效，无漏排漏控人员	民警未严格执行"首问制"，遇事推诿的，发现一次扣2分；对罪犯提出的心理求询未及时安排的，扣2分；发现罪犯言行异常，疑似为精神疾病未及时汇报的，扣2分；未按规定传递罪犯的申诉、控告、检举材料的，发现一例扣2分；对罪犯其他合理需求未给予解答的扣1分，造成后果的按相关规定处理。发现罪犯中危及监管安全和改造秩序的苗头性、倾向性问题排摸不准确，不及时汇报，或未采取必要的防范措施的，未严格落实重点人头管控措施的，或安排重危人员零星加班的，重点人头超出规定活动范围的，不得分	5		
7	外来人员、车辆管理。严格落实外来人员、车辆进入监区审批、登记、验证、安全检查制度；严格落实民警全程陪同制度；车辆在监内停放位置适宜，现场确保足够的警力	带车、陪同民警未严格执行对外来车辆、人员的审批、登记、验证、安全检查制度，车辆装卸现场警力不符合相关规定的，扣2~5分；外来车辆和人员进入监区民警未全过程陪同的，发现一次扣3分；外来驾驶员、外协人员等违反监狱有关规定，私自为罪犯传递物品的，不得分	5		
8	公共活动区域的管控。罪犯进入会见室、医院、浴室、球场、伙房、冲开水点等公共区域，警力到位，安全措施落实，防范周密	罪犯进入会见室、医院、浴室、球场、伙房、冲开水场地等公共区域，警力安排不到位，安全防范措施未落实的，发现一次扣2分，连续两次不得分	5		
9	特岗犯的选用。特岗犯的物色、使用符合《特定岗位罪犯管理规定》	特岗犯使用未严格执行审批手续的，发现一例扣2分；选用不符合规定的，每例扣1分；对特岗犯日常管理不到位，出现欺压卡要等牢头狱霸行为的，发现一例扣2分，造成严重后果的，不得分	4		

序号	管理要求	扣分情形	分值	扣分事宜	实得分
10	会见、亲情电话、邮包管理制度。严格执行会见、亲情电话、邮包管理规定	会见现场警力安排不到位，每少一人扣1分；监听落实不到位的，发现一次扣1分；未严格执行物品检查的，每例扣1分，导致违禁品流入监内的不得分；亲情电话监听过程中未及时发现有碍罪犯改造情形的，每例扣2分；邮包检查不认真，导致违禁品、非监狱购买的食品等物品流入监内的，不得分	4		
11	门、窗、锁等警戒设施完好情况。坚持做好日常检查，报修及时，安全无隐患	门、窗、锁等警戒设施存在隐患，未坚持做好日常检查、报告制度的，报修不及时的，扣2～5分	5		
12	公正文明执法方面。严格依法管理罪犯，无打骂体罚现象；坚持公正、公平、实事求是的原则对罪犯进行考核和奖惩；无"三超"现象	民警出现打骂体罚罪犯，在日常考核、行政奖惩中，严重失实，弄虚作假的，不得分。在计分考核中出现差错的，发现一次扣2～5分；调整劳动时间未经审批的，发现一例扣3分	4		
13	民警"4+1"制度。对分管罪犯、新投改罪犯、重危犯基本情况掌握清楚、全面	民警管教业务基本功不扎实，对分管小组罪犯、新投改罪犯、重危犯"4+1"情况不熟悉的，发现一例扣2分	5		
14	个别教育和集体教育制度。严格执行"十必谈"制度，"十必谈"及时、效果好；讲评教育针对性强、效果好	对新入监犯、顽危犯、特管犯、住院犯等未严格执行定期谈话教育制度的，少一次扣1分；谈话教育未达到规定次数和谈话面的，未落实"十必谈"要求的，每例扣1分；未落实讲评教育的，一次扣2分	5		
15	狱情报告制度。重大狱情及时报告，一般狱情月度全面报告不隐瞒	重大狱情未及时报告的，不得分。一般狱情隐瞒或未及时报告的，发现一例扣3分	5		
16	罪犯饮食安全管理。严格执行罪犯饮食安全管理制度	罪犯会见时带入食品和邮包寄送食品，发现一次扣2分；罪犯相互间不得互吃互喝，不得将吃不完的饭菜留至下顿食用，发现一次扣1分；罪犯食堂卫生状况较差的，发现一次扣2分	4		
17	其他监管安全制度	未严格执行相关监管安全制度，造成监管隐患的，视情节给予扣分，直至不得分	4		

3. 组织实施，评估结果

根据日常考核情况，对照监区监管安全等级评估标准打分。如某监区月度各项考核分数总和为83分，则该监区的监管安全风险等级为2★级。

三、罪犯人身危险程度检测表（RW检测表）

附录表4为罪犯人身危险程度检测表（RW检测表）

检测日期：　　　年　　月　　日　　　　　　No：

检测员＿＿＿＿＿＿＿＿＿　职务＿＿＿＿＿＿＿＿＿＿　检测单位＿＿＿＿＿＿＿＿＿＿＿

被检测人＿＿＿＿＿＿＿＿＿＿案由＿＿＿＿＿＿＿＿＿＿＿刑期＿＿＿＿＿＿＿＿＿

问 卷 题 目	选　项	得分
Fc： 过去被判过刑(或劳动教养)次数	0　无 3　一次 6　两次以上	
Fn： 本次被判刑时的年龄	0　56 周岁以上 1　46～55 周岁之间 2　36～45 周岁之间 4　18 岁以下(不含 18 岁) 6　18～35 岁之间(含 18 岁)	
Fq： 刑种、刑期是	0　3 年以下(含 3 年) 2　3～10 之间(含 10 年) 4　10 年以上有期徒刑 8　无期徒刑、死缓	
Fx： 犯罪形态	0　犯罪预备或中止 3　犯罪未遂 5　犯罪既遂	
Fl： 犯罪的类别	0　过失性犯罪、渎职类犯罪、其他破坏经济秩序类犯罪 2　其他侵犯人身、民主权利和侵犯财产类犯罪、贪污、受贿类犯罪 3　寻衅滋事、聚众斗殴、其他危害社会管理秩序类犯罪、其他危害公共安全类犯罪 5　盗窃、诈骗(含金融类诈骗、合同诈骗)、危害国家安全罪 7　故意杀人、伤害、抢劫、强奸、绑架、爆炸、投毒、放火、贩毒	
Ft： 共同犯罪成员或黑恶势力成员	0　不是共同犯罪 2　是共同犯罪，但不是主要成员 5　是共同犯罪，是主要成员；或是主犯；或是黑恶势力犯罪，但不是主要成员 8　是黑恶势力罪，且是主要成员	
Zz： 犯罪前的居住状况	0　有固定居住场所；或农村居住 2　有较固定居住场所 5　没有固定居住场所；或长期流浪	
Zy： 受教育状况	0　大专以上 1　高中(或中专) 2　文盲 5　初中或小学	
Zh： 婚姻状况	0　已婚，且夫妻感情较好 1　未婚 3　离婚 5　处于婚姻危机状态；或另一方离家出走，长期失去联系	
Zg： 与家庭成员(或主要联系人)关系	0　很好 2　一般；或紧张，但有改善的可能 5　非常紧张，或与其长期失去联系	
Zj： 家庭经济状况	0　较好 1　一般 2　较困难 5　极困难	

问卷题目	选项	得分
Zl: 犯罪前 3 年内就业经历(含从事农业、在厂矿企业工作,或自己经营企业)	0 6 个月以上工作经历;或在家务农;或在校学生 2 有 6 个月以下工作经历;或短暂失业;或打工 5 无业;或长期失业	
Zn: 犯罪前(或服刑过程中)掌握的劳动技能情况	0 熟练,能应付劳动需要 2 不太熟练,基本能应付劳动需要 5 无劳动技能;或老弱病残	
Ew: 犯罪前交往状况	0 无违法犯罪经历人 1 无违法犯罪经历人,但均羡慕有钱人生活 3 有个别违反犯罪经历人 5 有很多违法犯罪经历人	
Ey: 犯罪前在娱乐场所(或发屋、保健中心、洗浴中心等)消费或工作经历	0 没有 2 偶尔 4 经常	
Eb: 犯罪前(或服刑期间)是否赌博(含数额很小的娱乐性赌博)	0 从不赌博 1 偶尔赌博 2 经常赌博	
Ej: 犯罪前酗酒状况	0 没有 2 偶尔 4 经常	
Ex: 性行为状况	0 正常;或无 2 有重婚、或同居、或嫖娼、卖淫等非法性关系经历 5 有强奸、奸幼经历;或同性恋倾向	
D: 吸食或贩卖毒品经历	0 从不吸食或贩卖毒品 2 偶尔吸食,但未成瘾;或曾经贩过一次毒 5 有较长吸食毒品史或多次贩卖毒品经历	
Xq: 情绪稳定状况	0 很稳定 2 不太稳定,但不影响服刑生活 4 很不稳定	
Xj: 精神或心理状况	0 正常 2 不太正常,需要一定的帮助 4 有障碍,难以适应服刑生活	
Xh: 适应环境状况	0 很快适应 2 不太适应,但需要一段时间调整 4 有障碍,难以适应服刑生活	
Xk: 身体健康状况	0 健康或很少有病 1 偶尔有病,但能很快治愈 4 很差,有严重的慢性病、传染病;或身体残疾,失去生活自理能力	
Xs: 自杀心理产生情况	0 没有 2 偶尔有 4 经常有	

178

问卷题目	选　项	得　分
Y： 犯罪归因状况	0　自己原因 2　家庭原因 3　他人原因 5　社会原因	
合计得分_____		

检测结果分析

   1. 危险性预测：

   2. 处置建议：

四、某监区服装加工车间火灾事故应急预案

1. 编制目的

为防止服装加工车间火灾事故的发生以及在出现火灾情况下做出快速、正确的反应，在第一时间内有效地扑灭火灾、抢救人员和物资，最大限度地降低火灾损失，根据监狱生产安全总体预案，特制定本预案。

2. 危险性分析

（1）车间概况　本车间主要从事服装加工，包括布料储存、裁剪、服装缝制、包装等主要工序。车间总占地面积 10000 平方米，建筑面积 4200 平方米；生产现场民警×名，劳动罪犯×名。民警办公楼面积 1200 平方米，为二层结构；有两个安全出口，宽度为1.6 米。劳动车间楼为二层结构，合计面积 3000 平方米，每层长 100 米、宽 30 米、高2.8 米。一层有安全出口 2 个，宽度 2.5 米，二层有安全出口 2 个，宽 2.5 米，车间有电梯 2 台。

（2）车间楼布局　一层东门 1 个，西门 1 个，电梯临近东门，东门左侧电器控制柜 1个，缝纫车间 1 个，布料车间 1 个，成品库 1 个；二层东门 1 个，西门 1 个，电梯临近东门，东门左侧电器控制柜 1 个，维修间 1 个，裁剪车间 1 个，缝纫车间 1 个，布料车间 1个，成品库 1 个，烫台 1 个。

（3）消防设施配置　劳动车间无喷淋装置，一、二层分别设火灾报警器 20 个、双头消防栓 12 组、灭火器 22 只。院内有双头消防栓 4 组、灭火器 14 只。民警办公楼有双头消防栓 4 组、灭火器 8 只。

（4）危险性分析　车间内服装衣料等原料可燃且数量多，各种布料的燃烧速度快。同时，由于大量使用电熨斗等电热工具，电力线路复杂，导致火灾的因素增多。存放的原料和成品如没有采取垫板隔地，长时间直接放在地面，受潮发霉后容易自燃。布料燃烧产生的毒气比普通火灾产生的毒气毒性更强。车间人员密集，一旦出现火灾，易蔓延引起大火，造成人员群死群伤。

火灾因素识别：明火、电器开关、用电线路、电熨斗等电热工具、树脂胶等。

3. 应急组织机构及职责

设立事故现场指挥组、通信联络组、火灾扑救组、人员抢救组、物资疏散组、后勤保障组。

（1）现场指挥组

① 组长：监区长（教导员）

② 现场指挥：分管生产安全的监区领导

③ 主要职责：定期组织生产安全检查，消除安全隐患；对监区民警、罪犯进行安全教育；对消防设施及时进行检测和更新，保证使其处于有效状态；组织监区全体人员进行应急预案演练；接到火灾报警后，及时启动监区火灾应急预案，迅速通知各组负责人并组织监区民警开展救援工作；负责与监狱应急指挥中心的协调、联系；负责进行事故的初步调查和有关隐患整改等等。

（2）通信联络组

① 组长：监区现场执勤警长

② 主要职责：迅即了解情况（火灾地点、原因、火势、被困人员数量、涉险物资价值等），向监区现场指挥组和监狱应急指挥中心、应急指挥领导小组等汇报；在监狱相关机构的领导下，与省监狱局、公安消防、医院、安全生产监督部门等联系；续报有关情况等等。

（3）人员抢救组

① 负责人：分管生产安全的监区领导

② 主要职责：组织民警、职工、义务消防队员根据火势情况对火场内被困人员实施解救；对伤员立即送监狱医院；注意救援人员的防护和自身安全；及时疏散无关人员；设立隔离带，禁止无关人员入内；清点人员，确保涉险人员数量准确无误等等。

（4）火灾扑救组

① 负责人：监区专（兼）职安全员

② 主要职责：及时切断电源；组织义务消防人员扑灭初起火灾；灭火要彻底，防止复燃；清理火源点附近的易燃、易爆物品；根据火灾原因正确使用消防水枪、灭火器、黄沙等进行灭火；如火势较大无法扑灭，应该设法控制火势；等等。

（5）物资疏散组

① 负责人：火源点现场执勤民警

② 主要职责：对火灾现场或有可能受到火灾威胁的易燃易爆品、贵重物品等进行抢救、搬离。

（6）后勤保障组

① 负责人：分管监管安全的监区领导

② 主要职责：负责有关灭火器材、防护物资的保障和供应；引导公安消防、医院等人员、车辆、物资赶赴现场；负责现场应急的通讯工具、车辆、办公设备等等。

4. 应急响应

（1）第一个发现火情或得知火情的监区执勤民警立即向监区、监狱领导、监狱应急指挥中心汇报。报警要说明失火的具体地址、位置、监区名称、失火物品名称、火势大小、火灾现场有无危险品、涉险人员数量、报警人姓名、报警所使用的电话号码等情况。

（2）现场执勤监区民警或监区负责人将火情通知监区现场指挥组和其他小组，警力迅速集结，听从监区现场指挥组的统一安排部署。

（3）各组成员由本组负责人通知，按部署迅速展开行动。

所有应急人员接到通知后要立即到现场。在应急抢险过程中，本着"救人先于救火"的原则进行。参与抢救的人员要勇敢、机智、沉着，做到紧张有序，一切行动要听从指挥，有问题要及时上报指挥组。

如火情严重，监区无力扑灭或监狱应急指挥领导小组决定由监狱或公安消防机构进行火灾救援的，监区火灾指挥组应立即调整相关任务，组织监区警力从事人员疏散、清点、现场警戒、外来人员和车辆的引导、现场救援的应急保障等工作。

本方案一经实施，要组织相关人员进行演练，使每人熟知自己的任务。并根据情况变化，及时修改该预案。

5. 附件

由以下内容组成：

（1）车间平面图和楼层结构图；

（2）车间物品定置图；

（3）消防器材统计表；

（4）义务消防队员名单；

（5）通信录；

（6）车间电路图。

6. 应急预案备案、维护和更新

本预案报监狱安全科审核并备案。当上级要求、监区生产工艺、流程、应急资源、监区组织机构等变化时，及时由分管生产安全的监区领导提出预案修改的建议，按规定程序进行修改。根据预案演练情况，及时完善本预案。监区每半年对该预案评估一次。

7. 制定与解释

本火灾事故应急预案由本监区制定，解释权归本监区。

8. 应急预案实施

本预案自发布之日起实施。

20××年×月×日

五、传染病基础知识

由病毒、衣原体、立克次体、支原体、细菌、螺旋体、真菌及寄生虫等病原体感染人体所产生的疾病统称为感染性疾病，其中传染性比较强，可以引起传播的一组疾病称为传染病。如肺结核、病毒性肝炎、流行性感冒、艾滋病等。当病原体侵入机体后，即与机体相互作用、相互斗争，称为传染过程。在传染过程中，由于机体免疫状况和病原体的特性不同，传染过程不一定都会引起传染病，然而传染病的发生必然有传染过程。传染过程是在个体体内发生的，是一种纯生物学现象。当某病在某地区、某时期的发病率显著超过同一病种散发发病率水平时，即形成疾病流行。在一个集体或固定人群中，短时间内某病发病数突然增多，称为暴发。这里所指短时间主要是指在该病的最长潜伏期内。引起疾病暴发的原因多半是许多人接触了共同的传染源或污染物。传染病的暴发有时可表现为同时暴发（如食物中毒暴发、流行性感冒、水痘及腮腺炎等呼吸道传染病的暴发），有时也可表现为连续蔓延暴发（痢疾、伤寒及甲型病毒性肝炎等消化道传染病的暴发）。目前传染病种类有甲、乙、丙三类39种。

1. 传染病的基本特征

传染病具有下列四个基本特征以区别于其他性质的疾病，同时也可作为确定传染病的先决条件。

一是有病原体，每一种传染病都是由特定的病原体引起的，包括微生物与寄生虫等。二是有传染性，传染性意味着病原体能排出体外，污染环境并能再感染易感者。这是传染病区别于其他感染性疾病的关键所在。传染病病人传染期的长短，取决于在每一种传染病中病原体何时排出体外以及持续多久，传染期是隔离病人的依据。三是有流行病学特征，主要包括流行性、季节性、地方性、外来性等。四是有感染后免疫，人体感染病原体后，通常都能产生针对病原体及其产物的特异性免疫，称感染后免疫。

2. 传染病的流行过程

传染病的流行过程就是传染病在人群中发生、传播和终止的过程，表现出群体的发病特点。传染病要发生流行，必须具备传染源、传播途径和人群易感性三个基本环节，三个环节必须同时并存，缺一不可。

（1）传染源　传染源是指体内有病原体生存、繁殖并能将病原体排出体外的人或动物。常见的传染源有病人、病原体携带者、受感染的动物。

（2）传播途径　病原体从传染源排出后，到达另一个易感者所采取的方式，称为传播途径。常见的传播途径包括以下几个方面。

经空气传播。包括经飞沫传播、经飞沫核传播、经尘埃传播。呼吸道传染病如流行性感冒、流行性脑脊髓膜炎、麻疹、水痘、结核病等经此途径传播。

经水传播。水源受到病原体污染，可导致传染病流行。一种是饮用了被污染的水后引起疾病流行，如霍乱、伤寒、细菌性痢疾、甲型和戊型肝炎等肠道传染病；一种是与疫水接触而引起的流行，如血吸虫病、钩端螺旋体病等。

经食物传播。引起食物传播有两种情况：一是食物本身含有病原体；二是在不同条件下食物被病原体污染。所有肠道传染病、某些寄生虫病及个别呼吸道传染病（如结核病、白喉）均可经食物传播。

接触传播。包括直接接触传播和间接接触传播，如性病、狂犬病等通过直接接触传播；许多肠道传染病和部分呼吸道传染病通过间接接触传播，如白喉、结核病。

经媒介节肢动物传播。是指通过苍蝇、蚊子、虱子、跳蚤、蜱及螨等节肢动物作为媒介造成的传播。

经土壤传播。是指易感者通过各种方式接触了被污染的土壤所致的传播。常见的有肠道寄生虫病（如蛔虫、钩虫）及破伤风、炭疽。

医源性传播。是指在医疗预防过程中，由于未能严格执行规章制度和操作规程人为地造成某些传染病的传播。它包括两种类型：一类是易感者在接受治疗、检查措施时，由于所用器械针筒、针头、采血器、导尿管等受污染而引起的传播；另一类是由于输血或所使用的生物制品和药物遭受污染而引起的传播，如乙型、丙型肝炎，艾滋病等。

垂直传播。是指病原体通过母体传给子代的传播。

（3）人群易感性　人群作为一个整体对某个传染病的易感程度，称为人群易感性。

3. 传染病基本预防措施

传染病的预防是指在尚未出现疫情之前，针对可能存在的病原体的环境、媒介昆虫、动物等所采取的经常性预防办法，或针对可能受病原体威胁的人群采取的免疫预防措施。

（1）经常性预防措施　一是改善卫生条件。传染病预防不仅与防疫工作本身有关，而且还涉及环境卫生、食品卫生、个人卫生和消毒、杀虫、灭鼠等综合性卫生措施。二是健康教育。它是一项通过教育来提高人们健康知识水平和自我保健能力的活动。健康教育要面向所有人员。许多传染病的根源之一就是不良的生活卫生习惯，通过对传染病预防知识的教育来提高人们的防病知识，通过卫生宣教来改变人们的不良行为，人们懂得的健康知识越多，传染病就越不容易发生和流行。

（2）预防接种　预防接种又称人工免疫，是利用生物制品将抗原或抗体注入机体，使机体获得特异的免疫力，保护易感人群，以预防传染病发生及流行，是预防、控制甚至消灭传染病的重要措施。预防接种包括人工自动免疫和人工被动免疫。

六、常见细菌性食物中毒表

附录表5为常见细菌性食物中毒表。

附录表5　常见细菌性食物中毒表

污染细菌	污染食物	中毒原因	主要临床表现	预防
沙门氏菌属	动物性食物	细菌对肠黏膜侵袭及内毒素协同作用	发热、恶心、呕吐、腹痛、腹泻等消化道症状	防止食品被污染，低温储存食品，食用前彻底加热杀灭病原菌
变形杆菌属	熟肉及内脏的熟制品	细菌侵入肠道感染及肠毒素作用	恶心、呕吐、腹痛、腹泻等消化道症状及面部和皮肤潮红、荨麻疹等过敏症状	防止食品污染，食用前彻底加热杀灭病原菌和控制人类带菌者食品污染
葡萄球菌	食物种类很多，如肉、鱼、蛋等	葡萄球菌肠毒素刺激神经系统	主要以呕吐为主要特征及上腹部痉挛性疼痛及腹泻	防止食品污染，低温通风防止肠毒素形成，加强对肉类的检验
副溶血性弧菌	海产品和盐渍食品，如咸肉、咸菜等	细菌侵入肠道及产生耐热性溶血毒素	上腹部阵发性绞痛，继而腹泻，粪便为水样或糊状，一般先腹泻后恶心、呕吐	控制病菌繁殖，低温储存食品，加热杀灭病菌
蜡样芽孢杆菌	食物种类繁多，如肉制品、素菜、凉拌菜等	细菌侵入肠道及腹泻、呕吐毒素	呕吐型表现为恶心、呕吐，腹痛、腹泻较少；腹泻型表现腹痛、腹泻，一般不发热	做好卫生工作，严格卫生管理制度；防止食品受到污染，食用前彻底加热杀灭病原菌
致病性大肠杆菌	动物性食物	细菌感染及其产生的耐热、不耐热肠毒素	表现为急性胃肠炎型、急性菌痢型，产生高热	重点防止对熟肉制品的再污染

七、常见有毒动植物中毒表

附录表 6 和附录表 7 分别为常见有毒动植物中毒表和常见化学性食物中毒表。

附录表 6　常见有毒动植物中毒表

食　物	有毒成分	中毒原因	主要临床表现	预　防
马铃薯发芽或部分变绿	龙葵素	龙葵素对胃肠道有刺激作用，对中枢神经有麻痹作用	咽喉部烧灼感，其后出现恶心、呕吐、腹痛、腹泻等胃肠炎状，还会出现头晕、轻度意识障碍、呼吸困难等症状	马铃薯应低温储存于干燥阴凉处，防止发芽，发芽马铃薯应丢弃
四季豆	植物血凝素	血凝素对消化道黏膜的刺激、凝血作用	恶心、呕吐、腹痛、腹泻等消化道症状伴头晕、出冷汗等	四季豆煮熟、煮透，使四季豆失去原有绿色
鲜黄花菜中毒	类秋水仙碱	秋水仙碱经消化成剧毒的二秋水仙碱物质	呕吐、腹泻伴头晕、口渴、咽干等	用水浸泡、用开水烫后弃水炒熟食用
鱼类引起组胺中毒	组胺	组胺引起过敏	面部、胸部等部位皮肤潮红伴头痛、心跳呼吸加快等	防止鱼类腐败变质
毒蕈中毒	碱、类树脂、毒肽类等毒素	不同毒蕈的相应毒素对组织的作用不同	胃肠毒型、神经型、溶血性、肝肾损害型	防止误食

附录表 7　常见化学性食物中毒表

名　称	有毒成分	中毒机理	主要临床表现	预　防
亚硝酸盐食物中毒	(1)储存过久的新鲜蔬菜腐烂；(2)刚腌制不久的蔬菜含有大量亚硝酸盐；(3)腌肉制品加入过量的硝酸盐及亚硝酸盐	亚硝酸盐为强氧化剂，进入人体后，使血中低铁血红蛋白转变为高铁血红蛋白，从而失去运输氧的功能，致使组织缺氧，出现青紫而中毒	口唇、舌尖、指尖青紫等缺氧症状，重者出现眼结膜、面部及全身青紫，自觉有头痛、呼吸急促、烦躁不安等表现，严重者昏迷，可因呼吸衰竭导致死亡	(1)保持蔬菜的新鲜，勿食存放过久的变质蔬菜；(2)肉制品腌制中不可多加硝酸盐
有机磷农药中毒	各种剂型的有机磷农药，一般分为剧毒类：如甲胺磷，高毒类：如敌敌畏，低毒类：如乐果等	有机磷农药进入人体后，对体内胆碱酯酶的活性产生抑制作用，因其可与胆碱酯酶迅速结合，形成磷酰化胆碱酯酶，失去催化水解乙酰胆碱的能力，结果使大量乙酰胆碱在体内蓄积，导致以乙酰胆碱为传导介质的胆碱能神经处于过度兴奋状态	一般为急性中毒，分为三度：轻度中毒表现为头痛、恶心、呕吐、瞳孔缩小等；中度中毒除上述症状外，还有肌束震颤、轻度呼吸困难、意识障碍、瞳孔明显缩小等；重度中毒表现为瞳孔如针尖大，呼吸极度困难，出现青紫、昏迷、呼吸衰竭等症状	有机磷农药专人保管，单独存放；对蔬菜进行有机磷农药残留检测；使用有机磷农药时必须穿戴工作服、手套等防护措施，用后及时洗净手、脸

参 考 文 献

[1] 毕玉谦. 司法公信力研究. 北京：中国法制出版社，2009.
[2] 蒋才宏等. 监狱精细化管理——基于实践的视角. 北京：法律出版社，2010.
[3] 人民日报理论部. 加强和创新社会管理党员干部学习参考. 北京：人民日报出版社，2011.
[4] 赵秉志. 刑法基本问题. 北京：北京大学出版社，2010.
[5] 中国监狱学会. 在新世纪新阶段的起点上. 2004.
[6] 金鉴. 监狱学总论. 北京：法律出版社，1997.
[7] 储槐植. 外国监狱制度概要. 北京：法律出版社，2001.
[8] 于爱荣等. 罪犯矫正质量评估. 北京：法律出版社，2008.
[9] 宋胜尊. 罪犯心理评估——理论·方法·工具. 北京：群众出版社，2005.
[10] 于爱荣等. 矫正技术原论. 北京：法律出版社，2007.
[11] 赵运恒. 罪犯权利保障论. 北京：法律出版社，2008.
[12] 浙江省监狱学会. 法治视野下的罪犯权利观——首届"长三角"（监狱学）学术论坛论文选粹. 杭州：浙江省监狱学会，2007.
[13] （意）贝卡里亚著. 论犯罪与刑罚. 黄风译. 第2版. 北京：中国法制出版社，2005.
[14] 陈兴良. 刑法的启蒙. 北京：法律出版社，2007.
[15] （法）米歇尔·福柯著. 规训与惩罚. 刘北成，杨远婴译. 第3版. 北京：生活·读书·新知三联书店，2007.
[16] 於兴中. 法治与文明秩序. 北京：中国政法大学，2006.
[17] （美）菲利普·津巴多著. 孙佩妏，陈雅馨译，路西法效应：好人是如何变成恶魔的. 北京：生活·读书·新知三联书店，2010.
[18] 林茂荣，杨士隆. 监狱学——犯罪矫正原理与实务. 第7版. 台北：五南图书出版股份有限公司，2010.
[19] 何勤华，夏菲. 西方刑法史. 北京：北京大学出版社，2006.
[20] 王泰. 现代监狱制度. 北京：法律出版社，2003.
[21] 金延平. 领导学. 大连：东北财经大学出版社，2011.
[22] 刘延平，杜英歌. 组织领导学. 北京：清华大学出版社，北京交通大学出版社，2011.
[23] 于爱荣，魏钟林. 监狱囚犯论. 南京：江苏人民出版社，2011.
[24] 于爱荣，黄运海. 监狱文化论. 南京：江苏人民出版社，2009.
[25] 王传道. 刑事侦查学. 第3版. 北京：中国政法大学出版社，2008.
[26] 金占明，白海. 企业管理学. 第3版. 北京：清华大学出版社，2010.
[27] （美）理查德·L·达夫特著. 管理学. 第7版. 范海滨、王青译. 北京：清华大学出版社，2009.
[28] 郑霞泽. 监狱整体建设问题研究. 北京：法律出版社，2008.
[29] 王戌生. 欧洲监狱制度与进展. 北京：中国工商出版社，2004.
[30] 全国监狱劳教人民警察执法大培训岗位大练兵活动领导小组办公室. 监狱劳教人民警察防范与处置监所突发事件实战训练. 北京：司法部，2010.
[31] 常宁. 监禁刑执行若干问题研究. 北京：中国长安出版社，2009.
[32] 司法部监狱管理局，司法部预防犯罪研究所. 监狱体制改革理论与实践研讨文集. 北京：法律出版社，2011.
[33] 于爱荣，王保权. 监狱制度论. 南京：江苏人民出版社，2010.
[34] 张苏军. 中国监狱发展战略研究. 北京：法律出版社，2000.
[35] 郭建安，鲁兰. 中国监狱行刑实践研究：上. 北京：北京大学出版社，2007.
[36] 吕淑然，刘春锋，王树琦. 安全生产事故预防控制与案例点评. 北京：化学工业出版社，2010.
[37] 中国安全生产协会注册安全工程师工作委员会组织. 安全生产管理知识. 北京：中国大百科全书出版社，2008.
[38] 罗云等. 现代安全管理. 北京：化学工业出版社，2009.
[39] 江苏省监狱管理局. 江苏省监狱系统安全生产管理手册. 南京：江苏省监狱管理局，2007.
[40] 刘铁民. 中国职业安全健康管理体系内审员培训教程. 北京：冶金工业出版社，2002.
[41] 司法部监狱管理局. 监狱信息化工作手册. 北京：司法部监狱管理局，2010.
[42] 邹建华. 如何面对媒体——政府和企业新闻发言人适用手册. 上海：复旦大学出版社，2008.
[43] 王兴亚. 赢得"互联网"大考. 南京：南京出版社，2010.
[44] 陈炳卿. 营养与食品卫生学. 第3版. 北京：人民卫生出版社，1996.
[45] 王簊兰. 劳动卫生学. 第3版. 北京：人民卫生出版社，1997.
[46] 范群. 预防医学. 南京：东南大学出版社，2006.
[47] 王建华. 流行病学. 第6版. 北京：人民卫生出版社，2004.

[48] 黄祖瑚，李军．传染病学．北京：科学出版社，2002.

[49] 何鹏，杨世光．中外罪犯改造制度比较研究．北京：社会科学文献出版社，1993.

[50] 王志亮．外国监狱囚犯暴乱及对策研究．桂林：广西师范大学出版社，2009.

[51] 吴宗宪．当代西方监狱学．北京：法律出版社，2005.

[52] 于爱荣．监狱评论（4）．北京：法律出版社，2011.

[53] 孙海波．监狱突发事件防范应对处置与案例解析．北京：法律出版社，2009.

[54] 吕昭华．现代行刑制度发展方向——"首要标准"问题研究．杭州：浙江人民出版社，2009.

[55] 杨殿升．监狱法学．第2版．北京：北京大学出版社，2008.

[56] 张晶．中国监狱制度从传统走向现代．北京：海潮出版社，2001.

[57] 冯建仓，陈文彬．国际人权公约与中国监狱罪犯人权保障．北京：中国检察出版社，2006.

[58] 腰明亮．监狱安全生产管理．北京：中国政法大学出版社，2006.

[59] 吴正明，魏杰．监所安全防范与执法规范化建设指南．北京：法律出版社，2011.

[60] 严强．公共政策学．北京：社会科学文献出版社，2008.

[61] 张泽虹，赵冬梅．信息安全管理与风险评估．北京：电子工业出版社，2010.